P9-AGI-955

WITHDRAWN
UTSA Libraries

Cuentos, II

Sección: Literatura

Francisco García Pavón:
Cuentos, II

El Libro de Bolsillo
Alianza Editorial
Madrid

®

LIBRARY
The University of Texas
At San Antonio

© Francisco García Pavón
© Alianza Editorial, S. A., Madrid, 1981
Calle Milán, 38; ☎ 200 00 45
ISBN: 84-206-1959-0 (O. C.)
ISBN: 84-206-1821-7 (Tomo II)
Depósito legal: M. 11.427 - 1981
Compuesto por Fernández Ciudad, S. L.
Impreso en Closas-Orcoyen, S. L. Polígono IGARSA
Paracuellos del Jarama (Madrid)
Printed in Spain

«El liberalismo es, pues, una conducta y, por tanto, es mucho más que una política. Y, como tal conducta, no requiere profesiones de fe sino ejercerla, de un modo natural, sin exhibirla ni ostentarla. Se debe ser liberal sin darse cuenta, como se es limpio, o como, por instinto, nos resistimos a mentir.»

GREGORIO MARAÑÓN
(«Ensayos liberales»)

La agonía de doña Nati duró diez días. Fue para nosotros un decamerón angustioso. Como no tenía más familia que una sobrina, los vecinos y amigos nos turnábamos en la vela y ayuda. Yo, todavía de pocos años, iba como acompañante de mi madre y posible auxilio al llegar al desenlace.

La última noche de su lucha, mientras los velantes de turno permanecían junto a la moribunda, me quedé solo en el gabinete de doña Nati, sentado sobre la gran banca manchega de vestiduras rojas. Exactamente enfrente del balcón, abierto de par en par por aquel calor prematuro de la primavera de 1939. Estaba al apuntar el día. No llegaba ruido alguno de la calle. La luz del gabinete estaba apagada, pero se traslucía a través de los cristales cromados la claridad del contiguo cuarto de doña Nati y del recibidor, que quedaba a mi izquierda, velado por delgada cortina color de rosa.

Al decir del médico «aquello iba de prisa». Mi madre no consintió en acostarse aquella noche y yo decidí acompañarla.

Me encontraba desvelado y mi imaginación revivía
episodios y recuerdos de aquella vida que estaba para
concluir.

Desde niño —ya empezaba a querer afeitarme—, doña
Nati fue un personaje importantísimo para mi sensibi-
lidad, para mi imaginero *. Su figura truncada de coja
casi gigante; sus ideas y conversaciones; su afecto, entre
severo y tierno, hacia cuantos la rodeábamos, me obsesio-
naron siempre... Me obsesionan todavía. Tanto, que al
cabo de tantos años, este libro, conjunto de historias de
su vida, de la vida de los míos y de la mía propia en sus
primeras singladuras, se me ha venido de las mientes
a la pluma casi sin sentir.

...Todavía, en aquella su última hora, con la muerte
en la boca, estaba allí, al otro lado de la puerta con papeles pintados —rombos amarillos, verdes y rojos— con
toda su personalidad erguida... No en lucha con la muerte, sino llamándola, tirando de ella con todas sus ansias.

Blanco su cabello, blanco su camisón de dormir; y con
su rostro moreno, casi negro por la congestión, la había
visto momentos antes agarrarse con ambas manos a lo
más alto del cabecero de su cama altísima para favorecer,
con un esfuerzo suicida, la arribada de la muerte. Cuando
mamá y las otras personas querían impedírselo, ella, con
palabras que astillaban sus dientes enclavijados, gritaba
sordamente:

—Dejadme, dejadme, por piedad.

Al cabo de un poco, rendida por el esfuerzo, y atena-
zada por el dolor de la gangrena que le tenía totalmente
desgarrada su única pierna, se dejaba caer sobre la almohada y sudorosa, respiraba con fatiga... Pero al rato,
súbitamente despabilada, volvía a levantar los brazos hasta la barra del cabecero y erguía su corpachón procurando
que el esfuerzo —el médico le prohibió absolutamente
todo movimiento— rompiese cuanto antes las débiles
cuerdas que la amarraban a la vida.

Enfrente de mí, en el gabinete, pegadas al balcón, estaban la mesa-camilla con tapete de terciopelo rojo y la
gran butaca de mimbre con almohadones. Faltaban las

muletas, siempre apoyadas a la izquierda de la butaca
—entre ésta y el balcón— y la campanilla de plata con
que solía llamar a Isabel —un campanillazo— y a Pedro
—dos—. Con las muletas hizo su último viaje a la
cama. Y la campanilla estaba ahora sobre la mesilla de
noche, junto al verdó y los frascos de específicos.

En torno a aquella mesa me senté mil veces con mamá
y otras amigas para hacer tertulias interminables a doña
Nati en las veladas del invierno. Ahora, en la penumbra,
podía imaginármela, si quería, sentada en su butaca, leyendo «El Liberal» a la luz recogida de una pantalla.
Severo el gesto, y caladas las gafas de plata... O dirigiéndose olímpica —imagen frecuente de su oratoria do-
méstica— evocando a Castelar, a Sagasta o a «tu buen
tío Vicente cuando fue alcalde en la primera República
y en la Revolución del 68». Otras veces sonreía tierna,
entornando sus claros ojos al referir pequeñas y antiguas
historias del pueblo o al recordar a su amado sobrino,
el militar, casi siempre ausente.

Se expresaba de manera tan redicha y bien pronuncia-
da, con vocabulario tan desacostumbrado entre señoras
del pueblo, que junto a la inflexibilidad de su tono y
gesto, eran muy pocos los que se atrevían a replicarle.

A ella le oí por primera vez que la etiqueta política
de cada cual, con frecuencia no es fruto de ideas y medi-
taciones, sino de humores, de glándulas. Y añadía: «Nosotros los liberales, que no queremos sojuzgar a nadie ni
que nadie nos sojuzgue, somos los sanos, o al menos
los de una conformación mental y humoral más de acuerdo con la naturaleza sana. Todas las personas inteligentes
—añadía rotunda— somos liberales».

Al abuelo y a ella sí que daba gusto oírles. Eran igua-
litos. Pude comprobarlo cuando llegó la guerra. Ambos
repudiaban por igual, no ya el menor desmán, sino la más
mínima imposición estatal, viniere de quien viniere. Los
dos tenían el mismo mal genio y la misma dulzura de
corazón... Venían de otro mundo, no sé si más antiguo
o más moderno, pero preñado de ingenuidad, de candor,
de un fanático respeto por el semejante a la hora de

personalizar. Seres extasiados ante la maravilla de vivir, ante el milagro del ser humano, del amor, de la inteligencia, del rasgo individual.

La verdad es que al abuelo le gustaba mucho hablar de doña Nati. El y Lillo se acercaban a la mesa-camilla algunas tardes, si no había mujeres. Pero como el abuelo, sobre todo por el día, siempre tenía prisa, cuando pasaba por nuestra calle procuraba no hacerlo por la acera de enfrente de la casa de Natividad, porque ésta, que se aburría muchísimo, al verlo entreabría el balcón y lo llamaba:

—Luis, Luis, sube un momento.

Si por descuido lo cazaba, llegaba a casa lamentándose:

—Me cogió Natividad y ¡adiós mañana! Todo se ha quedado por hacer.

—Ya te habrás puesto tú a tiro —refunfuñaba la abuela, que era beatísima y poco simpatizante de doña Nati.

* * *

Se abrió la puerta de la alcoba. Salió Isabel con una bacinilla muy tapada. Cruzó el gabinete sin decirme nada. Inmediatamente apareció mi madre. Se sentó junto a mí. Estaba muy pálida, como mareada.

—¿Qué te pasa? —le dije.

—Nada.

—Debías echarte un rato. Estás enferma.

—Deja. Desgraciadamente falta poco.

Isabel volvió a cruzar hacia el cuarto.

—Isabel, deje usted abierta esa puerta que se ventile un poco la alcoba.

—Sí, señora.

—¿Te has mareado, verdad?

Me pasó la mano por la frente.

—...Un poco.

Me miró sonriendo a medias, con aquellos sus enormes ojos claros, sin igual para mí. Sin igual para siempre, siempre, siempre.

Nació para sufrir y en el sufrimiento encontró la justificación de su vida. Nosotros, sus hijos, fuimos el consuelo que la compensó de todo.

—¡Qué mujer! —dijo casi suspirando.

Mi madre tuvo siempre veneración por doña Nati. Admiraba su fortaleza entre tantas desgracias como acosaron su vida. Comparando mamá su historia con la tristísima de doña Nati, casi se creía una elegida. Y gozaba oyendo sus disquisiciones y posiciones siempre tan redondas y diáfanas. Doña Nati, a su vez, le dedicaba, los que en su boca eran los mejores elogios: «Tu madre —me decía— es la más liberal del mundo porque todo lo comprende y perdona. Tiene el liberalismo de aquellos cristianos de verdad, los de las catacumbas, que amaban hasta al león que los desgarraba... Y cree, en esto se pasa, que todas las ideas son respetabilísimas.»

Luego de pensar un rato, mi madre me puso las manos sobre el hombro:

—No sé qué voy a hacer sin Natividad. Después de mi madre, ella me aconsejó en los momentos difíciles. Su casa, una silla junto a su mesa, tuve siempre en las horas de aburrimiento, de desconsuelo, de soledad... Y su «carrillo» para salir al campo.

El «carrillo». Aquella noche, cuando después de cenar, subía al piso de doña Nati para seguir la vela, lo vi en el porche, descansando sobre las lanzas, en la semioscuridad. «Ya no te montará más doña Nati —pensé—, ¿dónde irás a parar?»... Y el macho «Lucero» estaría en la cuadra impaciente con tan largo reposo.

—Mamá ¿por qué no nos quedamos con el carrillo de doña Nati? Se lo compramos a quien lo herede.

—Estaba hecho sólo para ella. Además sería muy triste...

Recordé al macho «Lucero», tan viejo, tan lento. De verdad que estaba bien para ser arreado por la pobre inválida, pero ridículo para nosotros.

—Mamá; ¿te imaginas conduciendo el carrillo?

Sonrió sin ganas.

—...Y cantando a la vuelta de las excursiones como ella:

> Corre mulilla torda
> campanillera,
> corre ligera
> que al cielo vas.

Mi madre sonrió ahora con más ganas. Casi se le saltaron las lágrimas, porque yo, cuando doña Nati movida de un optimismo imposible cantaba aquello al macho casi inmóvil, por lo bajo, me burlaba de ella.

—¿De qué te burlas, tontón? —me decía doña Nati sin dejar de mirar al camino—. ¿De que le digo que corra a este pobre, viejo y querido Lucero?... Pues él lo entiende... y mueve las orejas.

Y volvía a cantar más fuerte entre las risas de cuantos la acompañábamos.

Yo, como mi madre, también me sentía emocionado, entonces como ahora, recordando aquellas ingenuas excursiones, que habrá ocasión de detallar.

Un día, Pepa, nuestra criada de la Puerta del Segura, la que se casó con el ruso, animada por mis burlas, aunque era tan discreta, aprovechando la oscuridad de la noche, se puso a cantar a toda voz dándole una manotada al macho en el anca y sin duda impacientísima porque no acabábamos de llegar:

> Mi jaca,
> que rompe y corta el viento
> cuando cruza por el puerto
> caminito de Jerez.

—¡Insolente! —gritó doña Nati—; ni rompe ni corta el viento, pero bien que te lleva a que te esparzas.

—Yo le pido perdón, doña Nati. Era una *bromiya*.

—Calla. Ya lo sé que era una *bromiya,* pero más me duele que se burlen de mi Lucero que de todos mis muertos.

* * *

Llegó don Tomás el médico, vestido de comandante del ejército republicano. Estaba en el pueblo pasando unos días de permiso y venía cada dos o tres horas a visitar a doña Nati.

Apenas sin saludar, preguntó a mamá:

—¿Qué tal está?

—Igual. Procurando acelerarse la muerte.

—Ya...

—¿Cómo viene usted tan temprano?

—No he dormido... Me han avisado para que me reincorpore en seguida, pero me parece que ya todo es inútil... Esto se acaba, como doña Nati.

Nada dijimos. El quedó en silencio también, mirándose las puntas brillantes de las botas. Por fin preguntó:

—¿Puedo entrar?

—Creo que sí.

Mamá se levantó y pasó delante. Volví a quedarme solo. Se oían los primeros pájaros y el cielo se esclarecía.

* * *

Enfrente de mí, junto al balcón, estaba colgado el retrato del único y queridísimo sobrino que fue de doña Nati: «mi Paco», como ella le llamaba. Tal vez miré hacia él por asociación de ideas. También fue militar de carrera. Creo que comandante de ingenieros. Allí estaba frente a mí con su candorosa sonrisa un poco estereotipada. El fue la última alegría y definitiva tristeza de doña Nati. En época de paz, cuando le daban permiso, lo pasaba en mi pueblo con doña Nati, su única familia. Vestido de paisano, con un canottier de anchísimo lazo negro, paseaba por las calles del pueblo con un cierto aire de melancolía y dejadez. Su rostro dulce siempre parecía sonreír. A la caída de la tarde solía sentarse en la terraza del casino ante una cerveza y un gran plato de patatas fritas. Cuando salía de casa de doña Nati, ésta abría el balcón y sin poderse mover de la butaca, asomaba el busto al balcón cuanto podía. «Mi Paco» se volvía un par de veces y la saludaba con la mano o levantándose brevemente el canottier.

—Que no tardes, Paco.

Si doña Nati volvía de su paseo con el carrillo y él estaba, como dijimos en la terraza del casino, paraba lo más cerca que podía. El comandante, al verla, invariablemente tomaba el vaso de cerveza y el plato de las patatillas y se acercaba al carrillo a obsequiar a la tía y a la compañía. Alguna vez se armó gran juega allí mismo. «Mi Paco» hacía traer más cervezas y patatillas e invitaba a todos los del carrillo. El camarero apoyaba la bandeja en las ancas del macho y desde allí servía al interior.

Doña Nati gozaba mucho con aquellas atenciones de su sobrino y alzando el vaso de cerveza y relamiéndose decía:

—Qué fresquita está, Paco, qué fresquita.

Ante aquel jolgorio el macho volvía la cabeza, filósofo, para ver qué se trataba sobre sus cuartos.

—Lucero no sufras, que tú también tendrás ración cuando lleguemos a casa.

Acabada la colación arreaba el carrillo y añadía:

—No tardes, Paco... no tardes.

Y Paco saludaba alzando mucho el sombrero.

A las pocas semanas de comenzada nuestra guerra «Mi Paco» murió de manera que nunca se aclaró del todo.

¡¡¡Mi Paco!!! —recordaba yo perfectamente aquel grito desgarrador de doña Nati, cuando llegó la noticia de su muerte. Aquella torre de mujer se dobló para siempre. Parece que la veo de bruces sobre la mesa camilla, contraído el gesto por el dolor. Las lágrimas caían sobre el tapete de terciopelo rojo. Con ambos puños golpeaba sobre la mesa ¡¡¡Mi Paco!!!

Desde entonces fue otra. Pasaba sus muchas horas de soledad mirando aquel retrato, llorando sin consuelo, como un niño gigante... «¡¡¡Mi Paco!!!». Con su asombrosa fuerza de voluntad lograba sobreponerse a ratos, pero era inútil, la sombra del ala del murciélago velaba la clara pupila de sus ojos. Pronto aquel dolor moral empalmó con su renovado dolor físico. Y al cabo de todo llegaría aquella misma mañana, antes que mamá volviese a salir de la alcoba.

* * *

Empezaron a llegar los íntimos: «los dos amigos», es decir, mi abuelo y Lillo; Plinio, el ex jefe de la Guardia Municipal y tantos otros que poco a poco irán asomando su perfil en las páginas que siguen.

*Aquí, para hacer boca de sus muchas presencias a lo largo
de este libro, se esboza la historia de «los dos amigos»*

Cuando volvían del casino a la hora de cenar, para
ellos muy temprana, se paraban en la puerta del abuelo
un buen rato. Recuerdo perfectamente sus sombras lar-
guiruchas proyectadas sobre la acera de cemento. Generalmente en esta despedida de la jornada echaban el último
cigarro. Y lo echaban como ellos sabían, dándole mucho
copero y parsimonia, concediendo a cada cigarro la importancia que debe tener.

—Si en el otro mundo dejasen fumar y tomar un vaso
de vino de cuando en cuando, la cosa sería más llevadera
—solía decir Lillo.

El abuelo siempre respondía lo mismo:

—Tú, espérate, que a lo mejor dejan.

—Cuando tú lo dices, Luis, algo habrá. Porque eso de
dejar a un hombre tantos años quedo, sin pito ni gota,
es demasiado.

Siempre concluían estas bromas diciendo que le iban a
consultar al cura, don Eliseo, que era primo del abuelo.

—Tu primo, que es un santo, tiene que saber lo que
pasa allí de verdad.

Cuando coincidían con don Eliseo en algún ágape de bautizo o boda, desde hacía qué sé yo cuántos años, le iban con la misma pregunta:

Y don Eliseo se sonreía y decía:

—A lo mejor, porque ninguna de esas dos cosas es mala.

—¿No te decía yo, Luis?

Con el tiempo se hizo famosa en el pueblo esta tesis ultramundana de los dos amigos, y a su tenor había quienes aseguraban haber oído en el cementerio destoserse a los muertos fumadores.

* * *

Desde tiempo inmemorial, Lillo, cuando cerraba su carretería, antes de irse a comer pasaba un rato por la fábrica del abuelo. Si hacía calor los dos amigos se bajaban a la cueva y allí se bebían un par de vasos de vino con sifón. A lo mejor Lillo se traía en el bolsillo, envuelto en papel grasiento unas rodajas de chorizo, algo de queso o una loncha de jamón.

—Ya verá qué chorizo más rico traigo hoy, Luis.

—Vamos a verlo.

Desde la puerta de la cueva se les oía allá abajo chacharear. Luego, en la fresca oscuridad de la hondura, se veían moverse las lumbrecillas de los cigarros. A eso de la una subían los dos la pina escalera despaciosamente, y se paraban riéndose de cosas antiguas que recordaban. Cosas de sus tiempos, de gentes ya muertas, de casas derribadas, de caballos muertos o de mujeres que fueron mozas hacía muchos años.

* * *

Por la tarde, cuando llegaba Lillo para después marcharse al casino, el abuelo solía estar regando el jardín con un sifón de goma negra. Para entrar en el jardín, rodeado de una cerca de alambrera y madera y con techo así como japonés, Lillo, que era tan alto, tenía que com-

barse para pasar por la puertecilla. Pero antes de entrar
se quedaba un rato con la abuela, que estaba cosiendo en
el patio «a lo fresquito». Y Lillo le hablaba de su mujer
que estaba paralítica o de la carne tan tierna que había
comprado aquella mañana en la plaza.

—¿Has visto cómo se ha puesto de hermoso el rosal
amarillo que me traje de Valencia, Lillo? —le preguntaba
el abuelo, oculto por la hiedra que tapizaba la alambrera
del jardín.

—Una hermosura, sí señor.

—¿Y las palmeras enanas?

—Ya, ya, enanas. Están como unas mozas.

Callaba el abuelo y Lillo reanudaba su cháchara con la
abuela, que siempre se quejaba de todo.

En primavera muchas señoras amigas de la casa iban
para que el abuelo les diese flores. El lo pasaba muy bien
escogiendo las más hermosas y componiendo los ramos
armónicamente: «Este para doña Lola. Este para doña
Concepción».

Así que el abuelo terminaba de regar el jardín, si tenían
ganas, se iban al casino que entonces se llamaba el «Círculo Liberal» y si no, se sentaban en el patio fresquito, y
hacían una pipirrana, que se tomaban con vino tinto y
pan tierno.

En el entremedio de la merienda, cuando estaban en
pleno apetito, Lillo solía decir aquello de:

> ¡Ay!, pan caliente
> y vino fuerte
> mi muerte.

Y cuando acababan y quedaban bien llenos:

—En fin, Luis, que sea lo que Dios quiera.

* * *

Los días de gran reunión familiar o cuando íbamos de
campo o en los días de matanza, Lillo y el abuelo gustaban de contar sus aventuras y sucedidos en otros tiempos.

Sus mejores historias eran de las posadas de los pueblos de Cuenca y de Soria cuando iban a comprar madera. También las sabían de cacerías y de los baños de Valencia, de Alicante y de Villafranca.

En tocante a posadas siempre recordaban una de la provincia de Cuenca cuya ama, llamada Micaela, tenía el culo muy gordo al decir de Lillo —«así, como un serón»— y solía proveer a sus huéspedes en todas sus peticiones. Todo tenía su tarifa en aquel mesón singular y el que quería algo más que comer, bastábale con decir, por ejemplo, huevos fritos, sardinas y de postre… lo de siempre. Al marido de la Micaela parece que si había huéspedes que pedían «postre», le entraba un sueño tan súbito que no le despertaban artilleros. Si algún día era mucha la clientela de postrimerías, la Micaela llamaba a una vecina pecosa y rojiza de pelo, «más valiente que Prim», al decir de Lillo.

Se reían mucho también contando lo que les ocurrió una noche en cierta posada de Soria, donde coincidieron con unos cómicos de la legua. Una vez que cenaron, entre los huéspedes reunieron unos cuartos y se los ofrecieron a los farsantes para que les hiciesen alguna mojiganga en el patio de la posada, pues hacía un buen oraje y había una luz muy propia, amén de unos faroles de aceite que trajo la mesonera. Lo cual, que Tiburcio el barbero, que iba con el abuelo y Lillo en aquel viaje y era muy faldero, se enamoró de una cómica de talle fino que bailaba muy bien.

Cuando acabó el cuadro y comenzaron las chirigotas, Tiburcio se apartó un poco con la cómica del talle fino, que parecía muy complaciente, y al hurgarle los rincones, halló ser mocete lo que él creyó moza, pues como había pocas mujeres en la compañía, a él, que era algo delicado y tenía buena voz, le tocaban siempre las suplencias. Como todos los huéspedes estaban en el secreto, menos Tiburcio, que así le cegaba su picardía, lo pasaron en grande al ver el escurrizón del barbero, que quería esfogar dándole una paliza al imitador. Y las cosas se pusieron tan bravas que el mozo tuvo que salir campo a traviesa para no caer en las manos del ofendido. Este se cansó tanto en la carrera, que quedó vencido de fatiga, mientras el comiquillo, entre los árboles, y a la luz de la luna, le hacía cucamonas al resoplante alfageme.

De las aventuras del balneario, la mejor fue la que le ocurrió a Lillo en Valencia.

Se marcharon a tomar las aguas la abuela, el abuelo, Lillo y uno que luego fue diputado.

Lillo, que era gran manchavarí, fue con su traje de paño gordo y chaleco de doble fila, como quien va a San Antón. A las pocas horas de llegar al hotel, que estaba junto a la playa, Lillo rompió a sudar de tal manera, que no se daba paz a enjugarse. Y pronto lo convencieron para que al día siguiente se comprase un traje de verano si no quería morir cocido en su propia salsa. Y fue Lillo a los almacenes. Y al poco apareció con un traje gris claro que era una preciosidad.

—Fijaos, por ocho duros, qué hermosura. Esto de las confecciones va a ser la solución de los pobres.

Y marcharon a dar una vuelta por la playa. Lillo, como un marqués, y el abuelo pensando comprarse otro terno como aquél en vista de lo mucho que lucía.

Cuando pasó un buen rato de paseata y se levantó la brisa, Lillo se detuvo de pronto y empezó a mirarse y a remirarse por todos sitios.

—¿Qué te pasa, Lillo?

—No sé. Siento como una opresión, como un malestar.

Y todos le miraban a la cara por ver si le cambiaba el color. Pero pronto fue el mismo Lillo quien localizó la causa de sus dolores. Alargó el brazo y dijo asustado:

—¡Cucha, cucha, cucha!

Y todos vieron cómo la manga del traje gris claro se encogía como un gusano. Y luego las perneras del pantalón, subiéndose como temerosas del suelo.

Contaba Lillo riéndose, que cuando colgó el traje flamante en la percha de la fonda, estaba tan chico, que a su nieto le vendría de perlas.

* * *

Si el abuelo estaba de mal humor, sólo hablaba Lillo.
Cuando el abuelo estaba de buenas, Lillo le escuchaba
sonriendo.

Durante toda, toda su vida, fueron juntos a bodas y a
entierros, a las cacerías, a las partidas de mus. Al teatro
y a los toros. A las comilonas y a los velatorios. A los
buenos y a los malos negocios. En invierno, envueltos en
sus capas azules que ocupaban toda la acera. En verano,
con sus trajes de dril y los sombreros de paja.

* * *

Con los años fueron dejando de ir a cosas. Luego la
guerra los apagó mucho. Hasta del casino se dieron de
baja por no sé qué tiquis miquis con cierta directiva. Cada
vez se quedaban más en el patio o en el jardín del abuelo,
aunque sin perder el humor. Y aunque con risas de rescoldo seguían repasando una y mil veces aquellas historias
de sus tiempos luminosos; historias pulidas y repulidas
por la repetición. Historias ya en su puro esquema, que
con sólo apuntarles se les encendía la cansada risa...
o quedaban pensativos sobre los mismos recuerdos.

... El último invierno del abuelo, cuando empezó a ori-
nar sangre, cambiaron mucho las cosas. El pobre viejo no
se apartaba de la chimenea de su comedor, cada día más
pálido y contrito. Lillo llegaba al anochecer y se sentaba
a su lado, viendo en silencio el crecer y recrecer de las
llamas. De vez en cuando Lillo sacaba alguna historia
vieja, pero en vez de la risotada acostumbrada, el abuelo
se limitaba a mover la cabeza levemente, con aire de
amarga melancolía.

Si Lillo sacaba la petaca y le ofrecía como siempre:

—Vamos a echar un pito, Luis.

El abuelo, casi llorando, decía que no con la cabeza.

* * *

—¿Cómo está Luis? —le preguntaban a Lillo por la
calle.

—Mal, muy mal. Ni el tabaco le gusta.

—Mala cosa —respondió el demandante, si sabía bien los gustos del abuelo Luis.

Desde el día que murió el abuelo, Lillo entró en una especial monomanía. Decía a cada instante:

—Luis, tú espérame. Guárdame un sitio junto a ti. No me hagas una «trastá» y guárdame un sitio. No vayas a dejar que otro se siente en él. No se lo vayas a ceder al hermano Anselmo, ni a Juan Antonio, ni a Llavador, ni a nadie. Tú guárdame mi sitio bien pegado al tuyo... que yo voy rápido. Ya verás qué bien lo vamos a pasar.

* * *

Duró dos años más. Lo vi por última vez pocas semanas antes de su muerte. Iba muy despacio, como pensativo y muy pegado a la pared. Lo detuve y tardó un poco en reconocerme con sus ojos pequeños y nublados. «Esto va de prisa, sabes —me dijo—. Pero estoy muy contento, no vaya a impacientarse el abuelo. Me tiene allí un asiento guardado a su lado y ya sabes lo nervioso que es. Estoy deseando llegar allí y decirle: aquí me tienes, Luis. He tardado un poco, pero ya ves que no le falto a la palabra. No ha sido mía la culpa. Y cuando me siente allí para descansar ¡vamos a reír poco! Vamos a reír juntos como siempre, hasta el fin de las eternidades. Ya lo verás tú cuando llegues.»

Y quedó mirándome, con sus ojos de rayita, semiciegos. Y una lágrima le cayó veloz por su cara de indio viejo.

Me dio una torpe manotada en la espalda y sin añadir palabra siguió andando, pegadito a la pared.

*Crónica de los trágicos amores de María Jesús Cifuentes
y don Juan José Morales*

Siempre que se hablaba de noviazgos recios y apasionados, doña Nati solía decir: «A ver si ésos van a terminar como María y Juan José Morales.»

Varias veces le oí contar la historia, del más puro romanticismo rural. A doña Nati, entonces muy joven, le impresionó el episodio y lo contaba con todos los pelos y señales. En el fondo de este deleite por el suceso famoso, más que el prurito de una recreación literaria, había mucho —creo yo— de secreta envidia, de ensueño de amor no logrado por ella, cuyo matrimonio fue un verdadero desastre. Su alma severa y justa, tenía una soterrada fibra romántica que no llegó a vibrar, sino de rechazo: por reflejo de vidas ajenas.

Y siempre que sacaba a plaza la famosa historia añadía: «Un día tenemos que ir al "Hidalguillo" y veréis cómo todavía se respira allí aquella tragedia amorosa. Porque es tanta la fuerza del amor cuando de verdad llega, que hasta su paisaje queda indeleblemente marcado».

«El Hidalguillo» era la finca de monte donde se desarrollaron los cantados amores. Y poco antes de la guerra, un día radiante de abril, que debió desvelar en el cansado corazón de doña Nati sus juveniles nostalgias de un amor inefable, se dedicó febrilmente a organizar «la peregrinación romántica» —como ella decía.

Era domingo. La caravana iba compuesta por dos tartanas y el «carrillo» de doña Nati. Todas mujeres, mi hermano y yo. Mujeres mayores, casi ancianas y mujeres jóvenes se echaron al camino entusiasmadas por conocer el escenario de los mentados amores de María Jesús y Juan José Morales.

A la altura de un viejo molino sobre el Guadiana —«El Moledor»—, escondida tras el repecho de una colina suave, como teta morena y primeriza, a trasmano del camino, hay un rodal grande de monte abandonado. Cercábalo una valla de estacas y alambre con puerta desvencijada. Hacia el centro del pedazo, al abrigo de la blanda vaguada, una casa de campo, «El Hidalguillo», con sus puertas y ventanas cerradas herméticamente. Ante la fachada principal un cenador rodeado de chopos y bancos de piedra. Junto al edificio, pozo de aljibe con abrevadero. La casa, grandona y baja, no tenía especial carácter.

Por entonces —hoy es viñedo— por falta de tránsito y cuidado se habían desbocado matorrales y lentiscos, los cardos y la jara, y toda la finca parecía inundada de malezas y hierbas ociosas.

Costó poco trabajo el franquear la puerta de la valla y los excursionistas acampamos junto a la casa, no lejos de la piedra rojiza, en la que, con caracteres toscos, de lápida de cementerio primitivo, estaba la famosa inscripción en verso, que compuso y mandó esculpir un sobrino romántico de María, la heroína del episodio. Mientras vivió el sobrino poeta, don Olegario Treviño, juez de primera instancia de Almodóvar del Campo, quedaron intactas fincas y casa, como recuerdo sentimental de los enamorados. Luego, después de nuestra guerra, los herederos de don Olegario, menos sensibles al romance amo-

roso, tiraron la casa, roturaron la tierra y deshicieron la
piedra conmemorativa, cuya inscripción decía así:

> Que nadie ose pasar estos linderos
> frontera de sagrados matorrales,
> purificados por el amor de tía María
> y de su novio Juan José Morales.

Juan José Morales fue hijo de un rico bodeguero, y
estudiante en Valladolid se contagió del romanticismo
ambiente y publicó versos. Desviado de la tradición familiar de los negocios y tierras, pasaba el tiempo entre libros y papeles. Estuvo en París dos años. Según doña
Nati, cuando en vacaciones venía al pueblo, gustaba de
pasear solo por el campo; organizar fiestas en su casa,
en las que él mismo recitaba versos y hacía cantar y tocar
el piano a las señoritas del lugar. Alguna vez se trajo de
Madrid a famosos escritores y artistas que pasaban días
con él, los llevaba a Ruidera y decían conferencias en el
salón del Casino.

Le llamaban el «inspirado vate», porque muchas noches, solo, en una mesa de mármol, y bajo un espejo
del Casino de San Fernando, se quedaba hasta las tantas
escribiendo versos, mientras sus amigos hacían la partida,
la tertulia o iban de mujeres.

Yo llegué a ver un retrato suyo. Llevaba una perilla
zorrillesca y aparecía con ademán doliente y desvaído:
una mano en la mejilla y con la otra acariciando un libro
que había sobre la mesa contigua.

Tuvo buena facha y por el dinero de sus padres más
que por sus versos, se le cotizó muy alto entre las señoritas del pueblo en edad de amor. Pero el hombre melancólico y tímido, nunca mostró especial inclinación por
ninguna de las que bien le miraban, hasta que llegó
María Jesús Fuentes.

Era ésta de familia muy nombrada en el pueblo, de
abolengo antiguo. Los Morales eran ricos nuevos. Pasó
ella sus primeros años en un colegio de religiosas de
Albacete, de suerte que Juan Antonio no tuvo ocasión

de conocerla hasta que cumplidos sus estudios, hacia los diecisiete años, volvió a su casa definitivamente.

Todo fue «como una hoguera» —decía doña Nati. A los pocos días de conocerse sus amores fueron famosos en el pueblo. Noviazgo tan espectacular y vehemente, que todos lo vivían como una novela por entregas. Tan lelos estaban. Tan embebidos en su sentir, que resultaban continuado espectáculo. Cartas que iban y venían, serenatas de barberos musicantes, ramos de flores; rondas melancólicas y guardas cuidadosas a toda hora. Arrobos en el baile, en las reuniones y paseos. Amores, que no obstante su posible ridiculez, merecían la simpatía general. Venían gentes de Argamasilla y de Villa Robledo para verlos. Hasta las prostitutas, tan sedientas de amor verdadero, merodeaban por ver a Juan José Morales pasear la calle con María, por verla a ella asomada tras el visillo, por ver la vidriera que se abría un momento para lanzar un billete... Y las noches de serenata, cuando tocaban los barberos las guitarras y bandurrias bajo el balcón, o un cantador popular llamado Triguero recitaba coplas amorosas, compuestas por don Juan José, acudían a la calle de Socuéllamos enjambres de curiosos para oír y contemplar el galán ante el balcón, entre cuyos blancos visillos, apagada la luz, alguna vez asomaba la mano o el rostro de María.

Cuando en primavera y verano la familia de María marchaba al «Hidalguillo», Juan José todos los días y alguna noche de luna, en su caballo blanco, cabalgaba hasta allá, para no dar paz a sus trabajos amatorios. Durante horas y horas se les veía pasear por el monte, seguidos de la madre de ella o de algún sirviente, cogidos de la mano, como si el mundo en rededor no existiese.

María, al decir de doña Nati, era una mujer delicada, frágil, blanca, rubia, con una dulce sonrisa. Bizqueaba un poco —esa es la verdad— pero eso aumentaba su fragilidad y modestia.

Mientras las «chachas» preparaban la comida a la llama de unos lentiscos, se acordó doña Nati de una de las «coplas» —como decía ella— que compuso Juan José para su novia. Fueron cantadas en muchas serenatas y se hicieron populares. Doña Nati las repetía con un soniquete doliente y sentimental:

Dijo no sé que amador:
Para enamorarlas, verlas.
Tú la viste, y el amor
ha convertido al autor
en un pescador de perlas.

* * *

Un día, casi de repente, murió el padre de Juan José Morales. Y parece que sus negocios quedaron un poco enmarañados. El heredero de más desdichas que glorias, tan entregado estaba a su amor y tan distante de los tráfagos económicos, que no se preocupó en absoluto de poner en orden su torcida hacienda. Y entre un mal socio del difunto y algunos acreedores de peores artes, antes de un año dejaron a Juan José Morales, madre y hermana en franca bancarrota.

El padre de María, a la vista de la nueva situación, empezó a darle recortes más o menos diplomáticos al noviazgo. Buscaba pretextos a cada instante para pasar largas temporadas en «El Hidalguillo», para viajar. Pero como ninguna de estas sisas daba completo lugar a su proyecto de malbaratar aquellos amores, decidió que María marchase de nuevo al colegio de Albacete para «completar su educación».

Juan José, que en la resaca de su capital perdió hasta el caballo, para estar más cerca de su amor alquiló una habitación al molinero de «El Moledor» y allí vivió durante semanas, hasta que por la misma María supo la decisión paterna de volverla al colegio de Albacete.

«Días antes de que partiese María —contaba doña Nati— Morales parecía un loco. Ni comía ni dormía. Pasaba el día como inquieto centinela, fatigando el monte, sin perder de vista todos los accesos a la casa de

María. Cuando ya la cosa no tenía remedio —al día siguiente saldría María para Albacete— Juan José pidió una entrevista al padre de ella... "Nunca un hombre de este pueblo ha llorado tanto. Rogó, suplicó, exigió... pero el padre fue inflexible." El no pretendía —dijo— romper las relaciones, sino separarles por un tiempo, para que Juan José más sereno, pudiese ordenar sus ideas y ver la forma de orientar su vida. La presencia de María le impedía todo trabajo y dedicación a su mal parada hacienda... Posiblemente el pobre Juan José no se daba cuenta de la verdadera causa de esta actitud. Siempre tan ajeno a la realidad. Le resultaría inconcebible que se le despreciara ahora por pobre. Dábale él al conflicto mayores dimensiones trágicas, pensaba que su suegro quería casarla con otro. Cualquier cosa menos comprender la prosaica verdad.»

Las gentes y el romance que luego se hizo, cuentan, que al salir de aquella entrevista de tan tristísimo final, Juan José consiguió darle un billete a María pidiéndole que cuando todos estuvieran dormidos acudiera para despedirse a la linde de la finca. Lo más probable es que una criada, que fue ama de cría de María, arreglase aquel último encuentro.

María y Juan José, a la medianoche, se reunieron en el molino. Lo que pasó después nadie lo sabe. Lo cierto es que al día siguiente, el molinero, muy de mañana, vio que salía sangre bajo la puerta del cuarto alquilado a Morales. Llamó en vano. Forzó la puerta y encontró a los novios sobre la cama de Juan José, muertos, con las manos cogidas.

La imaginación popular dio su versión de lo ocurrido en un romance famoso —larguísimo, que doña Nati sabía a trozos. Y recuerdo oírselo recitar con voz ronca y ademanes didácticos y aseverativos:

> Junto al Tomillar del Oso
> hay un molino de antaño
> que llaman «El Moledor».

El molinero es Antonio,
la molinera Asunción;
y un muchacho que tenían
que muy pronto se murió,
también le decían Antonio
«Antoñico el moledor».
En ese triste molino
yo diré lo que pasó
el veinticuatro de marzo
del año noventa y dos.

... ...

Al padre de la María
el demonio que no para
le endureció el corazón
y quiso quebrar los hierros
de aquel irrompible amor.
En los altos del molino
aquella noche ocurrió
la más sangrienta tragedia
que jamás el pueblo vio.

... ...

—¿Por qué has puesto tantas flores
encima de ese colchón?
—En los altares y féretros
las flores son lo mejor.
—¿Por qué mandas vestirme
con tan blanco camisón?
—¿No es mejor estar desnudos
para los juegos de amor?
—Las muertas y novias llevan
trajes del mismo color.
—¿Por qué entre abrazo y abrazo
afilas ese facón?
—Entre el amor y la muerte
no cabe filo mayor.

—Ya entiendo lo que maquinas
y yo no me opongo, no,
que antes que nos desaparten
prefiero la muerte yo.

… … … … … … … … … … … …

Apenas apuntó el día
la María se durmió,
que aunque se espere la muerte
así son de fatigosas
las batallas del amor.
El mirándola dormida,
primero se persignó
e inclinándose, lloroso,
en la boca la besó.
Y la besaba con fuerza
no fuese a oírse su voz,
mientras que por el costado
dos veces le hundió el facón.
Tuvo su boca en la boca
hasta que ella no alentó.
El último aliento de ella
llorando se lo tragó.
Después la tendió a su lado
y una mano la cogió,
y con la otra, la faca
él se hundió en el corazón.

… … … … … … … … … … … …

Ante los muertos yacentes
el padre de la María este planto recitó:
¡Oh!, si yo hubiera sabido
la fuerza de vuestro amor,
la mejor boda del mundo
os habría dado yo.
No estáis muertos los dos solos
también estoy muerto yo,

y de las fincas que tengo
nadie sacará los frutos
en tanto que aliente yo.
Eso será por mi usura,
la penitencia mayor...

... ...

Y dicen —aseguró doña Nati— que hasta que murió
el padre de María tuvo sus viñas de liego y no consintió
en coger un solo grano, dejando que se las vendimiaran
los pobres del camino.

                          *   *   *

Después de la comida paseamos mucho por «El Hidalguillo». Las mujeres lo miraban todo y comentaban que
amores de aquellos ya no había. Que vivíamos en una
época muy materialista y de costumbres depravadas. Pero
más que hablar recuerdo que miraban, olían, hacían oído
y se ensimismaban, como si cada una repasara sus viejos
o nuevos sueños de amor.

Luego, los de la peregrinación, a excepción de doña
Nati, fuimos hasta el molino «El Moledor» que todavía
trabajaba. El molinero, un hombre joven y algo chato,
nos subió hasta la habitación de la tragedia, donde había
ahora una especie de mechinal. En una pared, casi a la
altura del techo, medio cubierta de cal, todavía estaba
la famosa lápida que mandó poner don Olegario, el sobrino, tan prolijo en inscripciones, y que decía así:

Por la incomprensión del mundo
y los prejuicios sociales
que hizo su amor imposible,
aquí dejaron la vida
la María Jesús Cifuentes
y don Juan José Morales.

Ahora se da cuenta de la creación de «El Infierno»,
talleres de ebanistería y carpintería mecánica

«Que no sea usted terco —le decían todos al viejo—, que ese motor es antieconómico. Tiene demasiada potencia para lo que usted necesita. Gasta un río de fuerza.»

El viejo no quería oír hablar de aquello. Muchas veces se le veía parado ante la verja de madera que amparaba al gran motor. Y lo miraba como a una tierna criatura, embebecido. «¡Qué son tiene!», solía decir para sí.

El reostato, horizontal, estaba sobre una breve columna y se manipulaba rotando un diámetro con dos empuñaduras. Detrás había un gran tablero de mármol blanco con el interruptor grande como una parrilla, el voltímetro, y, en la parte de arriba, una calavera y dos tibias talladas en madera por el mismo viejo. Y en la cimera del tablero de mármol, con letras de mucho bulto: «¡Peligro de muerte! ¡No tocar!»

Nosotros, los niños de la casa, pasábamos siempre por el «cuarto del motor» huidizos y desconfiados de tanta prevención, chispa y calambre.

Un sábado por la tarde, cuando los operarios, después de cobrar, cuasi jubilosos, hacían corro en el patio de

la fábrica y luego que alguno insistió en la conveniencia
de cambiar el motor por las sabidas razones, el viejo,
en un arranque casi tribunicio, patético, contó la historia
de los motores de la casa.

Antes, desde la fundación del taller, sólo hubo una
máquina; la de aserrar, que se movía a pie. Con ella se
hizo realmente la primera mitad del pueblo. Recordaba
el viejo el esfuerzo que suponía pasarse horas y horas en
la serradora moviendo las piezas de madera y dándole al
pedal pesadísimo.

Un día, alguien le dijo al viejo que en Valencia había
aserradoras movidas por máquinas de vapor. Como las
del tren, pero más chicas. Y sin encomendarse a nadie
marchó a Valencia con unos cuartos suyos y otros pocos
que le prestó su compadre Juan Antonio y mercó una
máquina inmensa de vapor, alemana por más señas, que
le trajo el tren desde la estación de Río Záncara. Desde
allí hasta Tomelloso se transportó en dos grandes carros.
El pueblo entero vio llegar el artefacto con emoción te-
merosa. «Este descreído de Luis —dijo el párroco—, con
su nefasto afán de progreso corromperá al vecindario.»
(El viejo se reía hasta enseñar el galillo al repetir aquel
sábado la sentencia del cura.) Los pocos progresistas que
había en el lugar —posibilistas y así— decían: «¡Viva
Luis!» Y los remansados de cerebro: «Quien ama el
peligro perece en él.»

Cuando instalaron los técnicos teutones que vinieron
exprofeso aquella máquina y empezó a marchar y a mover
la vieja aserradora que trocó el pedalón por la polea, se
produjo tal estrépito de bielas, pistones y vapores, que la
gente amedrantada creyó que el pueblo temblaba y se
vendría abajo. Los escasos progresistas rodeaban al viejo,
que, nerviosísimo, reía como un Mefistófeles entre los
humos y vapores. Los de cerebro maganto quedaban en la
portada con los ojos muy abiertos y prestos a la fuga.
«¡Esto es un infierno!» «¡Luis ha puesto un infierno
en el pueblo!»

—¡Pues «El Infierno» se llamará! —dijo el viejo, riéndose de los temerosos... Y cuando hicieron la portada nueva, con letras de grandísima alzada se puso el nombre definitivo de aquella fábrica: *El Infierno*. Y a la calle se le llamó en adelante «Callejón del Infierno»... Durante años las beatas se persignaban al pasar ante la portada nueva y se dijo que cierta noche, una santa cofradía roció con agua bendita aquella puerta del Infierno.

Fueron años felices. La mitad del pueblo que faltaba por hacer se construyó con el pistoneo de la máquina de vapor del viejo Luis. Los más reacios llegaron a convencerse de su utilidad y beneficio.

Pero un día todos empezaron a considerar anticuada la máquina de vapor. Los buenos eran los motores eléctricos, tan limpios, tan silenciosos. Y todos, dale que dale: «Tienes que comprar un motor, Luis; tienes que comprar un motor y largar ese armatoste...» Como se amplió el número de las máquinas del taller, hacía falta más potencia. Era irremediable... Un día vino un viajante, también alemán, con gafas de oro y tiesos bigotes maizeños. «Y me convenció. Y me vendió ese motor. Esa joya... No quise ver sacar de casa la máquina y la caldera. Me fui de caza con Lillo.» «Con esta hermosura de motor tan silencioso, tan discreto, tan seguro, fabricamos los muebles para las casas, alcoholeras y bodegas que hicimos antes con el pedal y la máquina de vapor. Vosotros, operarios del Infierno, ¿habéis visto alguna vez un motor que suene menos, tan prudente, tan señor, tan suave, con esa potencia superior? Venga de colgarle máquinas y máquinas, y él, tan sereno.» (Lo decía con las gafas empañadas y haciendo ademán de aguzar el oído.)

Ya digo que por el «cuarto del motor», que comunicaba el patio grande con el taller, los niños de la casa pasábamos con respeto, procurando no acercarnos a la valla de madera. A veces nos quedábamos allí un rato mirando la calavera y escuchando el ruido suavísimo, blanco, casi melodioso del motor alemán. («Qué ricura de motor alemán», decía el viejo, que para otros efectos de técnica arriba era aliadófilo.) A veces, no sé si por calor o por frío, la anchísima correa de cuero que iba desde el eje del motor, pasando por una alta tronera, hasta el gran eje de las transmisiones de toda la fábrica, sonaba un poco: pla... pla... pla, a manera de palmadas esporádicas, blandas.

Cuando sonaba la campana y acababa la faena, entraba Arias, el encargado, y paraba el motor. Primero movían el reostato, que estaba sobre la columna, para irle quitando fuerza. Cuando estaba casi en silencio tiraba del interruptor grande, que estaba en el tablero de mármol. Quedaba todo en silencio absoluto, y el motor —es una sensación imborrable— como si no hubiese pasado nada, como si le diera igual marchar que no marchar.

* * *

El viejo tuvo mala suerte, porque un día se presentó un señor de Madrid con un coche, que ofreció por el viejo motor alemán otro motor nuevo de menos potencia y bastante dinero más del que costó el viejo. «Es una barbaridad que tengan ustedes eso. Tiene potencia para mover tres fábricas como ésta.»

—Eso le decíamos todos.

—El máximo de productividad con el menor consumo. Es ley que no debe olvidarse —dijo el señor de Madrid con cara de listo.

Tantas le daban por todos lados, que el viejo decidió callarse. Los oía con dolorida indiferencia. El cigarro en la boca y mirando al suelo... Acordaron fechas para efectuar el cambio. Y él se calló. Se hicieron recibos y cartas. Y él se calló... Al final de la entrevista —ya caía la tarde cuando el señor aquel de Madrid hizo arrancar el coche—, el viejo, sofocado con las manos encrespadas, rompió en improperios:

—¡Sinvergüenza! ¡Canalla! ¡Hijo de caballo blanco!... La ley de la productividad... ¿Qué sabrá el levita este?

Y luego, volviéndose a todos los suyos:

—Y vosotros, insensibles, fenicios... iréis a la ruina por no saber amar las herramientas.

Acudieron los hombres con mono azul, por la mamana temprano, y a la hora de la comida ya estaba todo listo. El viejo motor alemán destronado, en el suelo, junto a la puerta del «cuarto», esperando la salida.

Sobre el pilar de cemento que antes ocupó estaba el nuevo motor, pequeño, oscuro, demasiado esquemático e insignificante para todo aquel aparato de valla, calavera y «peligro de muerte». (Aquello ya no era Infierno ni «ná».) Después de la comida vendrían por el motor alemán con un camión.

El viejo, que no quiso presenciar aquellas tristes mutaciones, en la siesta, cuando nadie lo veía, se llegó al «cuarto del motor» y quedó mirando todo aquello en silencio. Y miraba melancólico con las manos cruzadas en la espalda, el puro con boquilla de ámbar entre los dientes y las gafas moteadas de serrín.

Luego de un largo rato, diríase que de oración, mejor, de tiernos recuerdos, se quitó el puro de la boca, clavó una rodilla en tierra, no sin trabajo, y le dió un largo beso al viejo motor alemán, compañero de tantos trabajos y juveniles esperanzas.

Después de incorporarse miró con altanería al motorcito flamante y le lanzó un salivazo como cifra de su enconado desprecio. Nerviosísimo, con las manos atrás, la cabeza hacia el suelo y las gafas nubladas de lágrimas, marchó patio arriba, hacia el jardín, donde pasó toda la tarde con la podadera en la mano retocando sus rosales, tan amados para él como aquel rudo motor teutónico.

*Historia antigua, moderna y contemporánea
del ascensor de doña Nati*

Mientras se moría y no se moría doña Nati, el abuelo, nostálgico, pero a la vez orgulloso de recordar sus hazañas de artesano famoso, contó la historia del ascensor de aquella casa.

El ascensor de doña Nati era el único que había en el pueblo. Las casas de dos plantas que allí hay no precisan de tales finuras. Y los niños de Tomelloso nos iniciábamos en el conocimiento de estos fabulosos artilugios de la capital, o sea Madrid —porque en Ciudad Real ni hablar—, mirando con muchísimo respeto aquel cajón de madera que se desperezaba lentamente hacia arriba y hacia abajo y que nuestra vecina tenía por ascensor.

—Desde que le cortaron la pierna, ¿sabéis cómo bajaba y subía doña Nati las escaleras? —nos preguntó el abuelo a sus oyentes con aire casi misterioso—. Pues a *culás*. Sobre dos almohadas que le ponían en los escalones. Mientras estaba sentada en una, la otra se la ponían en el escalón siguiente. Pesaba tanto que no podía bajar o subir con las muletas una escalera tan pina.

La primera vez que vi aquello me dolió tanto, que le dije indignado: «¡Natividad! ¡Esto no puede seguir así! ¡Yo le haré un ascensor!»

Calló de nuevo, y de nuevo sonreía sólo recordando sus antiguas y traviesas inventivas. Luego siguió con aire reflexivo:

—Yo había visto unos montacargas en Valencia que los movía el obrero que hacía de ascensorista, rotando un volante, cuya rueda dentada engranaba con una polea de cadena. Yo podía hacer uno igual. Escribí a mi amigo Llavador pidiéndole un diseño de aquellos ingenios. Me lo envió en seguida, con el precio de todos los artilugios metálicos, que los fabrican en el mismo Valencia. Estudié la posible colocación de la caja junto a la escalera. Hablé con el albañil. Y sin encomendarme a nadie encargué los herrajes y cadena y me puse a hacer la caja. Cuando todo estaba en marcha me presenté un día aquí y le dije a doña Nati:

—Dentro de quince días el ascensor está funcionando.

—Pero, Luis, hijo mío —me dijo—, si eso va a costar un dineral.

—Lo primero es que no va a costar un dineral, porque ninguno de los que intervenimos vamos a ganar nada, y lo segundo es que lo pagará usted cuando quiera o cuando pueda.

—Eso de ninguna manera. —Ya sabéis cómo era—. Yo pago en el acto. Dígame usted, Luis, cuánto me va a costar.

—No sé todavía. No creo que llegue a las mil pesetas.

—Basta. Dentro de quince días, cuando todo esté puesto, tendrá usted las mil pesetas.

El abuelo volvió a sonreír y continuó:

—¡Qué mujer! En seguida se puso en movimiento. Vendió un solar, hizo no sé qué canvalaches y esperó con impaciencia la conclusión de la obra. Yo, claro, venía por aquí todos los días para ver cómo iba la instalación y siempre me repetía:

—A ver qué hace usted, Luis. Piense que yo peso
mucho. Que soy muy pesada de cuerpo y... de palabra
—y se reía.

—No se preocupe usted. Podrán ir en él dos personas
más pesadas que usted.

—No quiso asomarse a ver nada. Esperaba que todo
estuviese concluido.

Luego de un silencio largo, el abuelo continuó la
relación:

—El día que inauguró el ascensor fue un verdadero
jubileo. Vino tu madre —me dijo—, doña Flor, doña
Carmen Padilla, las de Moreno, estaba aquí «mi Paco»,
yo qué sé. Toda la vecindad... Parece que la veo ahora
mismo. Vestida de gris hasta los pies. Tan alta. Apoyada
en las dos muletas, sobre el rellano de la escalera... Su
pelo, entonces ya blanco, y los ojos negros, muy autori-
tarios, tremendamente severos, fijos en el armatoste, recién pintado de azul como está ahora.

(El ascensor de doña Nati, cuya confección coincidió
con la instalación del trenillo de mi pueblo, ahora caigo,
tenía algo de ferroviario. Un gran cajón azul, muy fuerte,
sin vidrios. Con una media puerta, de suerte que a la
viajera se le veía el busto cuando estaba sentada dentro
en un austero banquillo. Su desnudez, color y grosería
del mecanismo le daban aspecto, si no de vagón, sí de
vagoneta que enloquecida volaba en lugar de andar.)

Con gran solemnidad le dije: «Va a comenzar la prueba». Con mucha pausa, para que viese bien cómo funcio-
naba todo, abrí la puerta. «Ahora se cierra bien.» «Ahora
se sienta una.» «Se acomoda bien.» «Se empuña el mango
de este volante»... «Se suelta esta clavija que sirve de
seguro y freno y se empieza a rotar el volante muy despacio hacia atrás.» Y comencé a darle. Y el ascensor,
claro, a descender suave, suave... Me miraba fija, fija.
Nunca se me olvidará. Y cuando iba a desaparecer del
todo mi cabeza de la vista del piso segundo, me quité la
gorra y la saludé. ¡Adiós! Llegué abajo; inmediatamente
volví a ascender. Al verme aparecer, tan solemne, tan
seguro, vi que tenía los ojos llenos de lágrimas, aunque

sin estremecer el gesto. Todos aplaudieron como si yo llegase, milagrosamente salvado, del fondo del infierno. Hice una reverencia y pasé a la segunda prueba. «Ahora, para que vea que no se hundirá con su peso, bajará Lillo conmigo. Venga, Lillo.» Y montó Lillo, pero como no cabía en el estrecho banquillo, tuvo que ponerse de rodillas junto a mí, como si fuera confesando conmigo.

—Venga, Luis, dale al timón. «Padre Luis, yo me confieso...»

Y volvimos a saludar quitándonos las gorras los dos. «¡Los hermanos Mongolfier!», gritó Lillo. Cuando retornamos, nuevos aplausos.

Después de tres o cuatro pruebas con Lillo, sin Lillo, con «mi Paco» y sin «su Paco», se decidió ella a inaugurarlo.

La entramos con sus muletas. Se acomodó en el banquillo. Le coloqué las muletas recostadas en el ascensor, porque si no tenía las muletas al lado se ponía muy nerviosa. Le cerré la puerta. Puso la mano en el mango del volante. Quitó la clavija. Y muy tranquilamente, hierática, empezó a darle a la rueda. La vi descender sin quitar sus ojos de los míos, inmóvil. En aquella cara estaba el agradecimiento más hondo que he recibido en mi vida. Cuando desapareció bajamos todos en tropel las escaleras para recibirla en el zaguán. Entonces sonreía como un niño, encarnada.

—Muy bien —le dije—. Y ahora hay que darle al volante para el lado contrario, es decir, hacia adelante! De nuevo se puso seria y empezó a girar. Subía, subía, subía... Y todos, de nuevo en tropel, corrimos escalera arriba para recibirla. Y la recibimos con «vivas». Llegó radiante. Y —qué mujer— antes que la sacásemos del ascensor me alargó un billete de mil pesetas.

—Cóbrese usted, Luis, y si sobra algo invite de mi parte a sus operarios a carne frita con ajos, en la huerta.

—Desfiló todo el pueblo por esta casa para ver el ascensor. Yo traje a muchos forasteros... —añadió satisfecho.

—Pensándolo bien, Luis —me decía—, me ha costado mucho menos el ascensor que hacer obra en la planta baja para poder habitar allí, como pensaba hace mucho tiempo. Además, yo siempre me resistía a dejar este balcón.

—En ese balcón —me señalaba el abuelo—, donde se ha pasado la vida. Ahí y en el carrillo.

Yo recordaba las miles de veces que había visto a doña Nati subir y bajar en su ascensor azul con media puerta. Y lo hacía ya con tal soltura, que siempre iba asomada a aquella barrerilla del postiguillo dando instrucciones: «Pedro, échale bien de comer al macho.» «Isabel, ¿encendiste el brasero?» Y su voz enérgica y autoritaria subía y bajaba por la tronera del ascensor, mientras ella, con su brazo poderoso, daba al volante.

Ya no volvería a bajar más.

Y pocos años después, acabada la guerra, cuando los herederos hicieron obra en su casa, vi llevarse en un carro aquel ascensor que siempre me pareció tan importante y enorme, ahora como un cajoncito, descolorido el azul, desvencijado y con sus cables sueltos como greñas. Si el abuelo hubiese visto sacar aquel despojo —él estaba ya también con doña Nati— se habría retorcido de dolor como cuando se llevaron su querido motor alemán.

Que todos los miembros de su modesto pero honrado y apasionado imperio de artesano, están ya diluidos en la nada y sólo queda este homenaje de mis recuerdos, que quiero estampar en letras de molde para estirar la duración de aquel gran pequeño hombre, de aquel ser de buen natural, ingenioso, optimista e ingenuo liberal. Porque, pensándolo bien, sólo porque hay hombres de estos merece la pena vivir.

V

*Se relata el robo de los once jamones, con la intervención
del gran jefe Plinio y de su ayudante
D. Lotario para atrapar al ladrón*

La cosa fue que al abuelo se le presentó ocasión de comprar once jamones a un precio irrisorio. Muchos jamones eran para las pocas personas que entonces habitaban su casa, pero por aquello de no desperdiciar el lote y presumir de comprador cargó con ellos.

La abuela también estaba gozosa con aquellas once bendiciones pendientes de las vigas de aire del sobrado. Bien abrigaditos con pimentón, arrancaban las más gritadas alabanzas a los pocos que tuvieron ocasión de asomarse a aquel paraíso jamonil.

La abuela se quejaba a veces por compra tan abundante, pero con la boca chica, pues sabía para sus adentros que aquel lote cubriría un invierno de bien comer y poco gastar.

Pero, lo que ella decía luego, después del chasco: «... Si eran demasiados jamones... Si aquello era una tentación... Si tanta abundancia ponía nervioso a cualquiera... Le despertaba la codicia...»

... Y una mañana, cuando la abuela subió a la despensa para efectuar el examen ocular que tenía por costumbre, vio con espanto que aquellas once bendiciones, que aquellos once cuerpos bien salados, que aquellas once glorias jamonales habían volado sin dejar corteza, tomiza, hueso, tocino... ni casi olor. Aunque la abuela al lamentarlos llorando dijese: «Si aún parece que los veo, si aún les huelo aquel aliento pringoso que tenían... Si parece mentira, Dios mío, que hayan podido irse.»

Decía luego que no se había llevado en su vida una impresión tan grande, desde que encontró muerta en la cama a su suegra, precisamente el día de la boda de papá. Noventa y cinco años estuvo esperando la vieja para largarse precisamente en la fecha que se casaba su primer nieto.

Con la falda recogida llegó llorando al despacho de la fábrica:

—¡Se los han llevado! ¡Ay! ¡Ladrones...! Me los han arrancado.

Tuvo que estar un buen rato sentada en el sillón giratorio del *bureau*, hasta concluir la oración y hacer saber a papá y al abuelo que se trataba de los jamones.

A los gritos acudieron los operarios, aprendices y cuantas gentes había en la casa. Y nos llegamos todos a ver los once vacíos que en el aire de la cámara habían dejado los once jamones volanderos. Once vacíos y once clavos desnudos en las vigas de madera. Y mirábamos todos —menos la abuela, que lloraba mirando al suelo— con la boca abierta hacia aquel jamonar que fue, esforzándonos en imaginarlos como dulces y pesados badajos de aquella campana bien aromada.

Todavía olía a su reciente y salona vecindada; aún estaba cuajado el ambiente del aliento de sus curados tocinos.

—¡Si aún parece, hermana Paulina, que los veo! —gritó la pobre abuelilla, levantando el ojo, y, hasta él, el pico de su delantal.

—Sosiégate, muchacha; sosiégate, que de menos nos hizo Dios —decía la buena Paulina—. No estarían muy ahítos quienes se los llevaron.

—Y yo? Es que estaba yo ahíta, que apenas rebané un poco de tocino del más endeble de los once? ¿Es que estaba yo ahíta, hermana Paulina, que todavía no había llegado al hueso del más ruin?

Mientras, el abuelo husmeaba, no el vapor y aliento de los idos, sino las posibles huellas de los ladrones.

—¿La llave de la cámara la echaste de menos? —preguntó.

—¡Yo qué he de echar! Si desde que los trajeron la llevaba conmigo, pegada al cuerpo como escapulario.

—La cerradura no ha sido forzada.

—Seguro que fue por la ventana, que estaba siempre abierta para el oreo de los... ¡Ay, qué lástima!

La ventana, ni ancha ni alta, sin reja, sólo con mosquitera, daba mismamente sobre el tejado. Se podía saltar a placer desde las tejas más contiguas sin escalera ni alza alguna.

El abuelo empezó a palpar la alambrera y en seguida halló que estaba despegada, en un buen trecho, del marco de la ventana, aunque los forzadores cuidaron de componerla torpemente, como si no se fuesen a echar en falta los jamones antes que el desperfecto de la alambrera.

—Milenta cocidos me habrían salido este año con esas hermosuras —seguía la abuela. Y señalaba el techo, como si permaneciesen todavía aunque sólo fuese en sombra; descompuestos o fedientes, pero de todo punto incomestibles.

—Once jamones provocan al más ahíto —sentenció Lillo, mirando a la abuela desde su altísima cara.

—No creas que no pensé yo en eso cuando compré el lote —saltó el abuelo—. La carne de jamón, como la de mujer en cantidad, tienta mucho. Por ninguna mujer delgada fue la guerra de Troya; y el mejor ladrón se resiste a echarle la zarpa a un jamón solitario o a dos, remedio de pobres. Pero ¡once!, ni San Antonio resiste.

—Por una vez en la vida, castigo ha sido —coreó la abuela.

—¡Vaya, vaya! — dijo el abuelo, palpando la mentira de la alambrera—. Algún transeúnte de tejados, algún

jinete de caballetes vio el tesoro y franqueó la puerta.
Y no es operación de un minuto el romper, entrar, descolgar y llevarse uno a uno...

—Que no eran granos de anís —dijo Lillo.

—Tú los viste. Algunos, más que de gorrino, de toro parecían —lamentó la abuela.

—Debió ser operación despaciosa y meditada. Emplearían anoche más de una hora, digo yo.

—Y ahora estarán desayunándoselos.

El abuelo lo meditó un poco, se rascó la patilla y rompió al fin:

—Once jamones son muchos. Esto no puede quedar impune. Voy a llamar al jefe de la G. M. T. (se refería a Plinio, el jefe de la Guardia Municipal de Tomelloso). —Y sin más, bajó la escalerilla del sobrado hasta la cocina, y pasó al recibidor, donde estaba el teléfono de manivela, para llamar a Manuel González, alias Plinio.

Los obreros volvieron a su trabajo y alguno, dicho sea de paso y según se supo, contento del rapto de los jamones. Las barnizadoras, a su taller y alguna, dicho sea sin pecado, contenta por el fin de la jamonería de la abuela. Y los demás, con Lillo, la hermana Paulina, la tía Frasquita, que pasaba unos días allí, y nosotros, aguardamos en el recibidor sentados en las mecedoras de rejilla la llegada del jefe.

He de confesar que yo estaba emocionadísimo y contento con todo aquello, que me iba a deparar, por vez primera en mi vida, el ver la actuación del jefe Plinio, famoso en toda la región manchega y parte de Andalucía por sus agudezas y artes policiales.

No habría pasado un cuarto de hora cuando se oyó el ruido del motor de un coche que se detenía ante la puerta principal. Esperamos unos segundos sin hablar ni casi respirar. En seguida se oyeron tres golpes solemnes de uno de los pesados, barrocos y forjados camadores de la gran puerta de aquella casa.

—El jefe —dijo Lillo con respeto.

Bajó a abrir el abuelo. Se oyeron los saludos. Y subieron los cuatro escalones de mármol blanco que había desde el portal al recibidor. Venía Plinio delante, con su gorra de plato azul encasquetada, sable a la izquierda y gran revólver niquelado a la derecha. Como siempre, traía su medio cigarro en la comisura del labio. Junto a él, su ayudante e incomparable compañero de aventuras, don Lotario, el veterinario. Su coche «Ford», su persona y su laboratorio del herradero, siempre estaban a la disposición de aquel gran artesano de oficio policial que era Plinio. Don Lotario, pequeño, morenísimo, de nariz aguileña y ojos saltones, siempre vestido de negro, andaba un poco de lado como en trance de tomar carrerilla.

Se sentaron luego de los saludos de rigor y hablaron un poco del tiempo que hacía y del que iba a hacer, y por fin el abuelo comenzó la relación del caso. Por cierto que en el discurso de esta exposición, a la abuela le volvió la congoja, que ahora estaba latente o sobreentendida.

Plinio escuchaba inmóvil, medio cerrados los ojos, como le era hábito, y curvada la boca hacia abajo. Don Lotario, sentado en el borde de la silla, seguía, inquieto con los ojos, antes que con los oídos, la explicación del abuelo. En seguida se emocionaba don Lotario con los casos de justicia y movía sus piernecillas, como pronto a entrar en acción.

El abuelo, según su costumbre, explicaba el caso despaciosamente, sin olvidar pormenores, haciendo expresivos movimientos con la mano. Elevaba a veces sus cejas pobladísimas, grises, sobre los aros de oro de las gafas y permanecía algunos momentos con el gesto inmóvil, suspendido, esperando el efecto de sus razones.

—Once jamones como once estrellas, sí, señor —sonrezó la abuela.

Plinio, lo más que hacía era limpiarse la ceniza del cigarro que le caía a gusto en la guerrera azul, deteniéndose morosa entre los gruesos botones dorados de su uniforme, grabados con la sigla G. M. T.

Cuando el abuelo concluyó la exposición del caso, quedó mirando al Jefe, que no se había inmutado. Y luego, a don Lotario, que a su vez también miraba al Jefe, en espera de decisiones.

Como el silencio se prolongaba, el abuelo sacó la petaca, ofreció a todos los fumadores y empezó el despacioso rito de liar, sin que se oyese otra cosa que el leve crujir del papel de fumar y algún: «¡Ay, Señor!» de la abuela.

Luego, los chisqueros.

Plinio, después de dar un par de chupadas profundas de pecho al pito, dijo a media voz:

—Vamos a la cámara.

En la camarilla otra vez, Plinio miraba desganado hacia donde iba señalando el abuelo.

—¡En esos once clavos estaban! ¡Que clavado se vea el ladrón en otras tantas cruces! —gemía la abuela.

Cuando concluyó el abuelo, Plinio hizo su primer movimiento de policía ya en acción. Empujó la alambrera y empezó a examinar los tejados con gran detenimiento. Y sin abandonar su examen, de espaldas a nosotros, iba preguntando:

—Y ese tejado ¿de dónde es? ¿Y esa medianera? ¿Y aquella otra?

Había sacado un cuadernillo blanducho y un lapicero de punta roma y luego de calarse sus antiparras de plata fue escribiendo despacio quiénes eran los vecinos con tejado proclive a aquel donde se asomaba la ventana de la cámara.

En el entretanto subió la Providencia, muchacha anterior a la Sagrario, rascándose el pecho como siempre. «Mucha desazón tiene ésta en las mamellas», solía decir Lillo al verla en tal trajín. Se quedó un rato en la puerta del camarín con la boca a medio abrir viendo las diligencias, hasta que la abuela, entre «Jesús y Jesús», le echó un reojo recriminativo.

—Ama, que si pelo el pollo, o qué —dijo al fin.

—Déjame a mí ahora de pollos, puñeto... O sí, pélalo y sea lo que Dios quiera. Pero pronto.

Todavía estuvo la chacha unos momentos viendo la cosa, hasta que la abuela la enfocó de nuevo.

Ahora Plinio, ya sin gafas, miraba absorto por la ventana. Todos esperábamos su decisión. Por fin, sin volver la cabeza, preguntó:

—¿Anduvieron por estos tejados hace poco albañiles o enjabelgadores?

—Yo no recuerdo —dijo el abuelo.

—No, Manuel, no —añadió la abuela—; si yo los hubiese visto habría disimulado los jamones. Que no me fío yo de quien tejadea, aunque sean albañiles..

Acto seguido, Plinio se rascó el cogote metiéndose la mano bajo la gorra, y dijo al cabo de un ratillo de rasque:

—Está bien. Vamos para abajo.

De nuevo en el recibidor, Plinio se apartó a un rincón con don Lotario y le habló muy secretamente unas cuantas palabras. Apenas corto el parlamento, que recibió el albeitar ayudante con muchísimo misterio, don Lotario, sin decir nada, rapidísimo, bajó al portal y marchó a la calle, dando un gran portazo.

Plinio se sentó. Nos sentamos todos. El abuelo volvió a ofrecer la petaca. Cundió la ronda. Papeles. Chisquero. Llamas. Silencio.

—¡Ay, Señor!

Yo sabía muy bien que ni el abuelo ni Lillo pensaban ya en los jamones y sí en las misteriosas palabras que el Jefe dijese al veterinario; en la salida súbita de éste, en la actual espera, etcétera. Seguro que uno de los famosos golpes maestros del Jefe de la G. M. T. iba a producirse de un momento a otro.

Hasta la abuela, con poca fe en la inteligencia de los hombres, debía imaginar torpemente que con la vuelta de don Lotario retornarían uno a uno los once jamones famosos, como niños arrepentidos de su escapada.

Llegó a ser tan completo el silencio en el recibidor, que cuando la abuela no suspiraba se oía el tic-tac de los relojes de todos los que estaban allí, a pesar de tenerlos metidos en el bolsillo, como es natural.

Sí habría pasado más de media hora, cuando se oyó el motor del viejo «Ford», y en seguida los llametazos

secos en la puerta principal. Don Lotario. Al abrir la alta
puerta de la calle, el recibidor se inundaba de la transparente luz del día. Cerraron. Vuelta a la penumbra. Plinio
salió al encuentro del que llegaba. Y otra vez quedaron
hablando en voz baja en la escalera. Quien ahora tenía
la palabra, precipitadamente, era el veterinario. Plinio
le escuchaba con la boca apretada, los ojos hacia el suelo,
una mano en el sable y la otra en la espalda. Cuando
el albéitar terminó su parte, Plinio, sin cambiar de posición, quedó unos minutos pensando.

Por fin, perezosamente, ahora con la mano que tuvo
en el sable puesta en el mentón, entró en escena. Se
cuadró en la puerta de la escalera. Todos lo mirábamos
casi sin aliento.

Y habló con voz enérgica pero grave:

—¡Que venga la muchacha, la Providencia!

Casi antes de que Plinio acabase de pronunciar su
orden, la Providencia, que estaba escuchando tras la
puerta entreabierta del comedor que daba al recibidor,
gritó:

—¡Ay!

Y el abuelo, como un huracán, se lanzó hacia allá.
Pero la Providencia ya escapaba por la escalera de servicio al patio. El abuelo corría ahora por el patio tras
ella, que luego de trazar en su carrera una amplia curva
para despistar al seguidor, salió por la portada de la
fábrica. Plinio y don Lotario echaron a la carrera, escaleras abajo hacia la puerta principal, para ver de cortarle
el paso a aquella mala Providencia. Luz en el recibidor.
Pasa la Providencia corriendo a todo gas con las manos
en el pecho, calle de Martos arriba. Ruido del motor del
«Ford», y soleta al fin tras la muchacha ante la expectación de los transeúntes.

—¡Pijotera, pijotera! —decía la abuela—. ¡Si ya me
lo olía yo!

* * *

A los pocos días, acabada la captura, obtenida la declaración de la Providencia, detenido su novio y... no

devueltos los jamones al seno camaril, el abuelo preguntó a Plinio:

—Oye, Manuel: explícame cómo averiguaste lo de los jamones.

—Fue pura psicología, ¿sabes? De verdad que no sabía qué podía haber pasado con los dichosos jamones. Pero cuando estábamos en la cámara y vi aparecer a la pécora de tu criada, me acordé de pronto del sinvergonzón que tiene por novio y ligué la cosa.

—¿Y dónde mandaste a don Lotario?

—A que llevasen al novio al Ayuntamiento y le hiciesen unas preguntas. Lo cual que el novio no estaba en el pueblo. Que había marchado aquella misma mañana a vender género por los pueblos cercanos.

—¿Y qué género vende ese gachó? —preguntó el abuelo.

—El siempre pasó por corredor de vinos con muy mala fama, pero toda la vida ha corrido lo que no era suyo. Ya cuando estuvo en Madrid en la «mili» le llamaban «el Choricero».

Luego el abuelo nos resumió la relación de Plinio:

La Providencia se chivó a «el Choricero» de los jamones. Este le propuso la despamonación. Ella le abrió la portada y por una escalera de mano alta que le tenía preparada, él subió al tejadillo, rompió la alambrera y con la ayuda «providencial» descendió los jamones uno a uno. En dos sacos los trasladó a su casa y desde su casa al tren, para realizarlos pronto. Cuando volvió a los tres días, Plinio lo esperaba en la estación. Naturalmente, venía sin los jamones y sin dinero. Cuando le propusieron pagar, dijo que de eso nada y que prefería la cárcel. Allí se encontró con su Providencia, que, según Plinio, le dijo todo lo que se puede decir a un hombre y algo más, pero que «el Choricero» la oyó como el que oye llover. Mandaron a ambos una quincena a la cárcel del Partido en Alcázar de San Juan. Y como decía la abuela con muchísima razón: «Menudo pleito nos ha resuelto el tal Plinio; que ella no comía con las prisiones de nadie; que eso de que la autoridad castigue al delincuente, está bien; pero que no beneficie, o al menos repare al perjudicado, es señal de que la Justicia es mala, como hecha por hombres que no ven más allá de sus narices».

Como encima de la desjamonación sin remedio, el abuelo, rumboso, invitó a Plinio, a don Lotario y a Lillo a una merienda para celebrar el éxito policíaco de aquéllos, la abuela se negó a servir la tal merienda —«que después de cuernos, penitencia»— y hubo de hacerlo la tía Frasquita, mientras la abuela, desde el mirador del gabinete, entre sonlloro hacía todos los comentarios apuntados y otros más enterizos y contundentes que callo.

VI

Aquí, para subrayar la utilidad y regocijo del carrillo de doña Nati, se describe la memorable excursión que hicimos al «Atajadero», el mismísimo día de la República

De las muchas excursiones que hicimos en el carrillo de doña Nati, la que mejor recordaba en aquellas horas de su agonía era la del 14 de abril de 1931. La significación de la fecha, la emoción del día y otras cosillas de repertorio personal, debían sobreelevar en mi memoria aquel lejano viaje.

Lo que resultaba, y en parte me sigue resultando un poco raro, es que doña Nati, republicana de toda su vida y por las «cuatro sangres», como ella decía, se decidiese a salir del pueblo en aquel día tan luengamente esperado.

Me atrevo a pensar que, a la hora de la verdad, sintiese algo así como de miedo, mejor, inquietud o confuso desasosiego. Digo yo que no se sentiría con paciencia suficiente como para estarse todo el día en su butaca, metidita en casa. Tampoco era cosa de andarse dando vueltas por la calle con el carrillo. Lo cierto fue que el día 13 nos convocó de manera casi ordenancista para que nos preparásemos a la excursión.

Y así, mamá, Caridad, la muchacha, mi hermano y yo llegamos a la puerta de doña Nati, contigua a la de la

Cruz Roja y muy cerca de la nuestra en la acera de enfrente. E íbamos provistos de cestas, sombreros de paja, mantas, botellas y otros menajes de campo. Era una mañana muy hermosa. El carrillo estaba aculado en la ancha puerta, casi portón de doña Nati. Pedro e Isabel, sus buenos criados y vecinos, preparaban los últimos detalles. Mientras esperábamos, intentábamos columbrar por algún lado la llegada de la República, aquella señora de mármol con gorro frigio y bandera desplegada.

Entre Isabel, mamá y Pedro ayudarían a doña Nati a meterse en el ascensor. Primero la incorporarían en el sillón. Le pondrían las muletas y sujetándola levemente la llevarían hasta el ascensor. Mientras ella descendía, mamá, Isabel, Pedro y Caridad bajaban la escalera con una silla, una almohada grande, la bolsa de terciopelo rojo con el vaso de plata y el estuche de los anteojos.

Llegó el ascensor lentamente al suelo. Dentro, como una gran ave en pequeña jaula, doña Nati, erecta, grave, morena, gigantesca, con el pelo albo, bata primaveral y aquel leve gesto de temor que ponía en trance de moverse.

Y mientras esperaba que la sacasen del ascensor:

—Buenos días, jovencitos. Qué día más hermoso para la República.

Pedro, una vez bien calzado el carrillo, inmovilizó al macho sujetándole del diestro. Isabel abrió la puerta del ascensor. Puso en las muletas a la señora. Dio ésta un paso fuera del cajón. Otro y otro. Mamá e Isabel junto a ella vigilando aquellos pasos. Caridad abrió la puerta del carrillo, puso la almohada entre los asientos. Llegaron con doña Nati. La colocaron de espaldas al carrillo. La sentaron en la almohada. Se retrepó bien y luego, con un esfuerzo mayor, apoyando ambos brazos en los asientos y medio a pulso, siempre con su cara de terror, consiguió alzar su tronco hasta el asiento derecho. Suspiraba, sudaba un poco. De dos culadas se corrió hasta su puesto de auriga. Y antes de tomar las ramaleras pasó revista a todo:

—¿Está el pienso?

—Sí, señora.

—¿Y mi vaso de plata?

—Sí, señora.

—¿Y las cerillas?

—Sí, señora.

Y continuó con su veterana memoria de viajera de tartanillo enumerando adminículos hasta cerciorarse de que nada faltaba.

Luego, una vez que nos colocamos todos, las órdenes de segundo grado:

—Pedro, quita las calzas.

—Quitadas.

—Cierra la cortinilla de atrás.

—Cerrada.

Dio las últimas recomendaciones, inspeccionó nuestra colocación; miró su reloj de pecho:

—Las nueve en punto.

Y solemnemente se dio a sí misma la orden de marcha:

—Pues… marchen.

Y lucero empezó a andar pasito a pasito sin el mayor optimismo.

—Estoy pensando —dijo la señora— que antes de tomar camino vamos a dar una vueltecita por la Plaza para ver si hay ya movimiento de República.

Y sí había por la calle más animación que de costumbre, aunque animación pacífica y expectante. En la Plaza, muchos corrillos de hombres, especialmente junto a la puerta del Ayuntamiento. Y en el balcón de las Casas Consistoriales ondeaba enorme la bandera tricolor que yo veía por vez primera en mi vida. A doña Nati debió emocionarle, porque detuvo el carrillo casi en medio de la Plaza, frente al Ayuntamiento. La mirábamos en silencio, un poco embobados. A mí me resultaba algo extraña la franja morada. La bandera era como de seda fina, casi transparente, y el viento, más que moverla, la acariciaba, formándose solemnes ondulaciones, morbideces abrillantadas y perezosas.

—La bandera de la libertad —casi musitó doña Nati sin apartar la vista de la enseña. Sus ojos se humedecieron

y mamá y ella se miraron sin hablar, tal vez sin poder
hablar. Luego añadió:

—Parece mentira... Debía tener yo trece o catorce
años cuando la vi por última vez. Todavía entonces can-
tábamos las niñas el romance de Mariana Pineda.

Y entonó, casi suspirando.

> «... Marianita volvióse a su casa
> y al momento se puso a pensar
> si Pedrosa la viera bordando
> la bandera de la libertad.»

¿«Qué Marianita de Tomelloso habrá bordado esta bandera? ¿No la habrá tenido alguien guardada desde entonces?

—Parece nueva —dijo mamá.

— ¡Otra bandera! —gritó mi hermano.

En efecto, por la glorieta de la Plaza, en mangas de
camisa blanquísima, con su gris melena desordenada y aire
marcial, avanzaba Meliano con otra bandera tricolor. Y
desde donde estábamos, aunque no se oía, parecía que
hablaba con ella. Levantaba el brazo izquierdo hacia la
tela con ademán oratorio.

—A ver qué dice el bueno de Meliano.

Y nos llegamos hasta salir a su encuentro. Llevaba el
rostro encendido de júbilo y los ojos brillantes. Y se
paró ante nosotros, mirando el paño, pero con intención
de que lo oyésemos, así como algunos muchachos que
le seguían.

— ¡Miradla qué hermosa! ¡La bandera de la libertad!
¡Se acabaron las cadenas! ¡Se acabó el oscurantismo!

Y con todo brío siguió su marcha piropeando a la
bandera, hablando para todos y para él mismo.

Doña Nati por fin arrancó el macho y lo dirigió hacia
la calle de la Feria, que era nuestro camino.

Cada vez se veía más gente. Y asomada a los balcones y ventanas. Por una calle transversal se oyó música
de bandurrias y guitarras. Doña Nati hizo oídos.

—¡Dios Santo! —exclamó—. ¡Si es el «Himno de Riego»!

Y desembocó en la calle de la Feria una rondallita de barberos que con paso bailarín y las caras sonrientes se abrían paso con una bandera tricolor.

> Que si Riego murió fusilado
> no murió por ser un traidor,
> que murió con la espada en la mano
> defendiendo la Constitución.

—¡Venga, niños —gritó doña Nati—, aprended conmigo el nuevo himno nacional!

> Que si Riego murió...

Y nosotros, medio tímidos, sonriendo, la seguíamos. También nos cruzamos con un grupo de chicos mayores del colegio que iba cantando:

> Hoy somos pequeñitos,
> mañana creceremos,
> República queremos
> y viva la libertad.

Y casi a la altura del Hospital nos encontramos con don Jacinto, el que fue mi maestro, que al reconocernos se acercó jubiloso al carrillo.

—Pero, Natividad, ¿se marcha usted hoy, el día más grande de la historia de España?

—Vamos a celebrarlo al campo, don Jacinto.

—Yo pienso estar todo el día en la Plaza viendo el gozo popular, el sano gozo por haber arrojado la tiranía del viejo solar ibérico. —Y de pronto, exaltándose, tomó ademanes oratorios—. «... Ahora verán los retrógrados lo que va a ser España, lo que podemos hacer, lo que será la patria en manos de los buenos, de los inteligentes, de los hombres libres, de los no argollados por el fanatismo, usuras ni latrocinios al bien común.»

—Muy bien, don Jacinto.

—Abur —y partió dando zapatetas como un chiquillo.

Después de la soflama de don Jacinto, por vez primera en aquel día luminoso se ensombreció el rostro de doña Nati. Durante un buen trecho guió al macho sin decir palabra. Hasta que mamá le preguntó:

—¿En qué piensa usted, Natividad?

Hizo un gesto profundo, preocupado y detuvo el carrillo; sin duda temía que con el traqueteo sobre los adoquines no se la oyera bien. Estábamos ya junto a «Villa Pepita», que era el prostíbulo más elegante de la población.

—Pensaba —rompió al fin— que personas como nosotros, como don Jacinto, como Meliano... ¡como Salmerón, no podremos gobernar por mucho tiempo. Somos demasiado tiernos, crédulos y entusiastas...! Infantiles. Ser liberal es estar demasiado de acuerdo con lo espontáneo, con la naturaleza, con los impulsos del corazón. Somos sensitivos y románticos. Y el Estado es una cosa artificial o al menos dura, que requiere maniobrismo, frialdad, cálculo, cinismo, crueldad sin medida a veces. Harían falta republicanos con barboquejo y no los hay. Somos unos ilusos. Y los reaccionarios, no, porque se basan en la concretísima razón de su dinero, de su bienestar y del palo duro a quien se mueva. Ahí no hay engaño. Nosotros defendemos ideales, fórmulas de ensueño, como si todos fuésemos buenos. Ellos, como si todos fuésemos malos. Somos unos ilusos. Ya lo verás. Si a don Jacinto lo nombraran alcalde... empezaría con ensueños líricos de amor al prójimo, de bondad natural, de instrucción y cultura y un día se encontraría con los pies bien aferrados por gentes más prácticas que saben dónde van. «Por los buenos administradores... de su casa», que dijo el poeta. Somos políticos de tertulia, de casino, pero a la hora de la verdad vendrán los extremosos de uno y otro lado, los que creen que todo está bien y los que creen que todo hay que hacerlo de nuevo, y nos aherrojarán para qué sé yo cuántos años, como siempre. Los liberales no somos un producto político sino cordial, lírico. Lo he visto bien claro ante el infantilismo de don

Jacinto y de Meliano. Me he acordado de aquellos liberales de antaño... Nuestro reino no es de este mundo.

Se abrió una ventana de «Villa Pepita» y dos furcias
desgreñadas, sonriendo, empezaron a colocar unas colga-
duras con la bandera tricolor.

—¡Uf! —refunfuñó doña Nati, y arreó el macho de
mal talante.

En el campo no parecía el día de la República. Estaba
como siempre. Un poco más solitario. Tan sugestionados
estábamos por el acontecimiento, al menos yo, que pensé
que hasta la naturaleza se hubiese renovado de manera
notable. O que los labriegos habrían adoptado especiales
fórmulas de manifestación. Sí, recuerdo a la perfección
que hacía un calor prematuro.

—Cánovas era un liberal —musitó mamá al cabo de
un rato. Sin duda, queriendo significar que no todos los
liberales habían de ser como don Jacinto o Meliano...
o nosotros.

Doña Nati la miró con severidad.

—Cánovas era un astuto que daba una a Dios y otra
al diablo.

Mamá no se atrevió a replicar.

En toda la llanura se veía un solo carro. Un solo vian-
dante. La República estaba en el pueblo.

Al cabo de un gran trecho nos encontramos un ciclista
que traía un gran ramo de romero atado al manillar.

Doña Nati desfrunció el gesto, hizo un esfuerzo por
animarse y rompió a cantar con aquella voz que tenía:

> Vengo del monte corriendo
> de por romero y tomillo
> que es un aroma campestre
> que me recuerda un cariño.

—Venga, niños, a cantar:

> Vengo del monte corriendo...

Y todos cantamos con las voces quebradizas de la primera mañana.

—Me gusta ese cantar por lo del «cariño» —comentó doña Nati—. Es más bonito decir un cariño que un amor o una pasión y demás borriquerías... Tener un cariño. Eso está bien.

Hacia la mitad del camino del Atajadero, donde íbamos, la muchacha y nosotros los niños estábamos cansados del traqueteo del carrillo y decidimos hacer andando el trecho que faltaba... No era prudente dar los pasos muy largos, si no dejaríamos el carrillo muy atrás.

* * *

Seguimos tras el carrillo triscando, diciendo palabras menudas, haciendo pis y de cuando en cuanto cogiendo plantas silvestres. Así llegamos hasta «El Atajadero», término de nuestra excursión.

Elegido lugar, bajamos a doña Nati con todo su aparato de almohadas y muletas y la sentamos junto a una encina. Se hizo un gorro de papel para guardarse del sol y pidió que le llevasen patatas para mondar.

Desenganchamos a «Lucero», que quedó refocilándose junto a un árbol con el saco del pienso al alcance del hocico.

A los niños non mandaron a cortar leña, mientras las mujeres majaban la carne, desempapelaban especias y hacían las demás manipulaciones de la comida. Harían un caldillo de patatas con carne de cordero, que doña Nati consideraba manjar insuperable.

Mientras mamá y la criada guisoteaban en la sartén puesta sobre grandes piedras, doña Nati leía sus periódicos. Cuando todo aquel trozo de monte olía ya a caldo de patatas, doña Nati, haciendo bocina con las manos, dio el grito jubiloso:

—¡Niños, a comer...! ¡A comer, niñitos!

He aquí la primera comida de la República —dijo, alzando el cucharón con solemnidad y cuanto estuvimos todos aprestados junto a la gran sartén—: que Dios le dé vida y a nosotros también para no volver jamás a comer bajo tiranía de nadie.

Acabado el raro brindis con campanaje, brindis sin respuesta, brindis de cucharón, comenzamos a comer en corro fraternal y con gran apetito.

Doña Nati comía muy limpiamente, con la servilleta pendiente del austero escote, y entre cucharada y cucharada alababa la bondad de la carne, lo sabroso del caldo, la sazón de las patatas, el equilibrio de las especies y la calidad del vino, que, aunque cerril, era superior y traslúcido.

Luego del postre y el café, como la siesta, aunque abrileña, apretaba, pidió que la recostásemos. Le echamos una manta sutil, se puso la gorra de papel sobre los ojos y pronto quedó traspuesta.

* * *

Volvimos temprano porque doña Nati estaba impaciente por saber qué pasó en el pueblo. Cuando tuvimos el pueblo a cataojo, doña Nati frenó, sacó los gemelos de su bolsa de terciopelo rojo y oteó con detenimiento el horizonte… «Buscará —pensé yo— si hay incendios, humo de fusilería o tal vez si la roja puesta del sol tenía en aquella fecha señalada un aditamento morado.»

Entramos en poblado a solespones. Las calles estaban llenas de gente. Niños con banderas tricolores de papel. Corros de mozas en las puertas. Zurras y rosquillas. Mozos alumbrados que cantaban. Mozas con flores de papel tricolor en la oreja.

Hacia el centro del pueblo la aglomeración era mayor. Rondallas. Comparsas de mozos voceadores, roncos, con pancartas. Muchos señores, desde los balcones, con sonrisa benévola, miraban el espectáculo callejero. En el «Círculo Liberal» una gran bandera y un retrato de Castelar. Volvimos a encontrar a Meliano, ya ronquísimo, requebrando a la bandera. La gente nos saludaba jubilosa. Unos cuantos se acercaron al carrillo y pusieron una banderita en la collera del macho. Nos dijeron que había habido grandes discursos desde el balcón del Ayuntamiento. Plinio y don Lotario estaban sentados pacíficamente con un gran rosetón tricolor en el pecho, en la terraza del Casino de San Fernando. Doña Nati preguntó a varios si había ocurrido algo desagradable. Todos dijeron que no, que había sido una gran fiesta, que no hubo más accidentes que los del vino.

Por fin llegamos a nuestra casa. Doña Nati sonreía con satisfacción al saber que todo había ido bien. Y antes de que la bajásemos del carrillo llegaron sus amigas republicanas y simpatizantes, alborozadas, dispuestas a hacerla tertulia y contarle punto por punto lo que pasó en aquel día histórico.

VII

*Se refiere a la vuelta de las Fallas de Valencia en 1936,
con ciertos detalles relativos al inglés que leía
«The Times»*

Veníamos de las Fallas de Valencia aquel marzo de
1936, en un vagón de segunda, de aquellos que no tenían
pasillo corrido, sino una puerta en cada compartimiento.
No recuerdo si coincidimos o fuimos juntos los que de
mi pueblo regresábamos en el mismo coche. Me refiero
a don Julián Gómez, su hermano Pascual Gómez, Lillo,
el abuelo y yo. Porque en tocante al inglés que venía
junto a nosotros, estoy seguro de que no lo habíamos
visto en nuestra vida ninguno de los paisanos.

Durante mucho tiempo las cosas estuvieron así: el
abuelo dormitaba con el cogote recostado en el respaldo
y el sombrero derrumbado sobre las gafas. De vez en
cuando soltaba un ronquido agudo que crecía en intensidad hasta altísima cúspide y nada más iniciar el descenso
se cortaba en seco. Lillo intentaba dormir también con la
mano apoyada en la mejilla y el codo sobre el brazo del
asiento. El inglés, vestido con un «marfelán» a cuadritos,
gorra de visera y pipa cachimba, leía *The Times* sin mover un músculo, ni una hoja. Parecía que siempre leía lo

mismo. La única muestra de vida de su fábrica humana eran unas nubecillas de humo que salían de su pipa, rebasaban la cortina del *The Times* y se perdían desfilachadas entre las redecillas del equipaje.

Don Julián Gómez, como rico que era, iba vestido de señorito, con joyas, traje nuevo y cadena de reloj. Pascual vestía de pobre, con traje de pana, gorra y corbata antiquísima. Ambos iban bien despiertos, los brazos cruzados sobre el pecho, caras bravas, congestionadas e inexpresivas.

Yo... los miraba a todos o me asomaba a la ventanilla o inventaba canciones al soniquete del tren.

Durante mucho tiempo las cosas no cambiaron. Nadie hablaba, a no ser Pascual Gómez, que cada diez o quince minutos decía en voz alta y como para sí:

—*Al tercer bou...*

Y don Julián le contestaba luego de un breve intervalo:

—*... las dos orelles.*

Volvía el silencio de los hombres y quedaba el mero ruido del tren, hasta que de nuevo Pascual repetía la frase valenciana:

—*Al tercer bou...*

—*... las dos orelles* —contestaba su hermano impertérrito, como coro automático, sin mirarlo, subrayando su respuesta sólo con una leve inclinación de cabeza.

Así que Pascual escuchaba la réplica de su hermano, se arrellenaba en el asiento y quedaba tan satisfecho.

Al principio pensé que aquello de tanto repetir lo del *bou* y de las *dos orelles* era por pitorrearse del inglés (que entonces estaba de moda entre los de derechas burlarse de los ingleses y entre los de izquierdas de los alemanes), pero luego he comprendido que no. Lo hubieran dicho igual si estuvieran solos y aunque el viaje hubiera durado cientos de días. Porque los Gómez eran así de tabarristas.

La razón del dicho, que se hizo famoso en el pueblo y según luego contó el abuelo fue porque al salir un día de los toros, los Gómez oyeron a un aficionado que comentaba así el comportamiento acertado de no sé qué torero:

—¡*Ché, y al tercer bou, las dos orelles!*

La frase cayó tan bien a los hermanos Gómez que realmente a ella se redujo todo el equipaje y sensación que se traían de las fiestas valencianas.

Por fin, Lillo, cansado de hacerse el dormido, se levantó, tomó la bota de tinto que iba en la redecilla (movimiento que aprovechó para estirar con muy poco disimulo sus larguísimos miembros) y dijo, enseñándole el cuero a todos:

—¿Y si echáramos una gota?

—Buena idea la de Lillo —dijo Julián, alargando los brazos.

—Pero que muy buena idea, sí, señor —coreó su hermano.

Pascual, antes de beber, le ofreció al inglés:

—¿Quiere usted, *monsieur?*

El inglés hizo un gesto muy amable que quería decir que no y volvió a empantallarse con el periódico.

No sentó bien a mis amigos y parientes la abstención del inglés. Pascual, al verse rechazado, hizo un gesto de resignación y empezó a beber.

El abuelo, fuese porque su sueño había llegado al fin, o porque oyó el chorro del vino, que es lo más seguro, despertó. Bostezó enseñando sus muelas de oro, se pasó la mano por las guías del bigote y quedó mirando en éxtasis los garabos que hacía Lillo al beber del chorro, sin duda por llamar la atención del inglés, que seguía imperturbable. Bebió el abuelo también con gran reposo y prosopopeya. Hizo, al concluir, un sonoro ruido con la lengua en señal de complacencia, y una vez vuelta la bota a su sitial, comenzaron todos a liar tranquilamente sus cigarros orondos y prietos.

El humo azul llenó el departamento. Daba la sensación de que se había desperezado el viaje; que comenzaba una etapa nueva.

De verdad que cada vez, al menos a mí, me parecía más muerto.

Se iba doblando poco a poco hacia un lado, sin perder su rigidez.

—Tóquelo usted y verá como está frío —dijo Pascual al revisor.

—De eso nada —se excusó con ademán de superstición.

Nuevo silencio. Todos mirábamos esperando el menor síntoma de vida. En seguida silbó la locomotora. Empezó a frenar el tren. Por fin se detuvo.

—En fin —dijo—, voy a ver al policía... —pero cambió de parecer y con la mayor decisión dio en el hombro al supuesto cadáver.

—Señor, el billete —añadió en voz alta.

Y el inglés, sin hacerse esperar, ni abrir los ojos, ni variar de postura, se llevó la mano al bolsillo y sacó su kilométrico. Luego de cierto titubeo picó el revisor el cuaderno y lo devolvió a la mano caída del inglés, que se lo guardó sin recomponer su postura. Su único comentario fue una vedija de humo azul que salió de la pipa.

El revisor, sin añadir palabra, nos hizo un saludo al estilo militar y marchó.

Hasta que llegamos a Río Záncara, donde debíamos bajarnos —diez minutos después— nadie dijo nada. Mirábamos al inglés que seguía en su fingida muerte y nada más. Era un espectáculo inusitado.

Ya parado el tren, cuando nos bajábamos, dijo Pascual en voz alta:

—Adiós, míster.

Y el míster impasible, a manera de saludo, echó otro golpe de humo de su pipa.

Recuerdo perfectamente que, ya en el andén de Río Záncara, mientras esperábamos que un mozo recogiese nuestro equipaje para llevarlo al coche que nos esperaba y el tren arrancaba, todos nos sentíamos un poco en ridículo... especialmente ellos, los viejos.

—Pues, sí, señor —dijo Pascual—; ahí lo tenéis leyendo el *te times*.

—El *te times*, Pascual, tú lo has dicho —le coreó su hermano.

—¿Qué dirá ese papel que lleva este hombre dos horas sin cambiar de hoja? —comentó Lillo mirando hacia el inglés.

—Pues debe de decir todo lo del mundo —contestó el abuelo.

—El *te times*, ya se sabe, lo dice todo (Pascual).

—Vaya si lo dice todo el *te times* (Julián).

—A un hombre así —comentó el abuelo— lo mismo le da ir a Argamasilla que al Polo. Se coge un periódico y ahí me las den todas.

—Un periódico no. El *te times* (Pascual).

—Solamente el *te times* (Julián).

—A estos jaros, cuando se mueren, les meten un *te times* en la caja y lo pasan tan ricamente toda la eternidad (Lillo).

—Para ser feliz en la otra vida... (Pascual).

—El *te times*, el *te times* (Julián).

Se dejó por fin de hablar del inglés. Sólo cuando se hacía un silencio largo los dos hermanos volvían a la vieja tocata:

—*Al tercer bou...*

—*Las dos orelles.*

O la nueva de:

—El *te times...*

—Sí, señor, el *te times.*

Cuando por fin el inglés cambió la hoja del periódico, saltó Pascual:

—¡Atiza!, si ya ha leído una página. ¡Qué tío!

—Es que el *te times*, amigo, tiene mucha miga —replicó el hermano—; desde Valencia a Chinchilla, una página del *te times*. Ni más ni menos.

—Chinchilla, sí, señor —dijo Pascual al ver que el tren paraba—. ¡Hace más frío que en Chinchilla! Ya se sabe.

Lillo cantó a media voz:

En el penal de Chinchilla
canta una voz cada día:
«no lloro la libertad,
sino a la que más quería».

—Eso no lo dice el *te times* (Pascual).
—A lo mejor sí (Lillo).
Ya corría el tren jaleoso y alegre entre los viñedos
manchegos. Luego de otro rato de broma a costa del
inglés, Chinchilla y cierto cuento del abuelo, que yo no
entendí, sobre una tal Eustaquia que tenía cabrillas en
las piernas, volvió el silencio a nuestro compartimiento.
Yo me fijaba en los tapetillos que cubrían los respaldos
de los asientos, con las siglas M. Z. A. Y si aquellos
trenes eran para Madrid, Zaragoza y Alicante, no me
explicaba por qué iban también a Valencia.
El inglés había dejado, por fin, el *The Times* y parecía
dormir sin apearse la pipa de la boca.
Pascual, que llevaba mucho tiempo sin hablar, salvo
lo del *tercer bou* soltado de vez en cuando como campanada de reloj, dijo de pronto con ademán exagerado:
—¡Arrea, mi madre, que se nos ha muerto el inglés!
Despertados todos de la somnolencia miramos hacia
el hombre del «macferlán».
De verdad que parecía totalmente pálido, casi verdoso,
rígido, duro, con la pipa en trance de despegársele de
los labios y baqueteado como un fardo por el ajetreo
del coche. Llevaba las manos cerúleas abandonadas sobre
los muslos, la cabeza reclinada hacia atrás con gesto
lacio. Daba la impresión de que si el convoy diese un
frenazo o cualquier otro movimiento brusco, caería sobre
nosotros como un fardo.
—¡Qué va a estar muerto! (Lillo).
—Que va muerto, digo. Acabó el *te times* y la diñó
indigesto (Pascual).
—No jorobes, Pascual —dijo Lillo inseguro al parecer—, es que los ingleses duermen así de muertos.
—Te digo que está muerto, Lillo, fíjate qué color se le
ha quedado. Tiene las carnes caídas; y bota en el asiento

como un bulto. Ni respira. Estoy seguro que está
frío que un marmolillo.
Lillo, con mucho cuidado, alargó la mano hasta
una del inglés.
—Pues —exclamó— si está frío de verdad.
—No te digo —recalcó Pascual tocándole tamb
mano—. Si tenemos la negra. A ver qué hacemos
—Pero bueno, ¿es que estáis locos? —excla
abuelo también titubeando.
—Vamos a llamar al revisor. No podemos con
así —dijo Pascual.
Y luego, dirigiéndose a mí:
—Anda, Paquito, mira por la ventanilla a ve
ve al revisor en el estribo.
Yo no me moví. Aunque me inclinaba a cree
muerte del inglés, que tal parecía de verdad, alg
yo en los ojos de los viejos, que no me hacía estar
del todo. Consulté al abuelo con la mirada y me
que no me daba muchos ánimos. Todos me obse
esperando mi reacción. Bajé los ojos. Presentía no
extraña crueldad en todo aquello. Crueldad cont
contra el inglés, no lo sabía bien.
En éstas se abrió la puerta del compartimiento
una bocanada de aire perfumado de la primave
girón del sol, entró el revisor.
—¿Qué pasa? —dijo al ver las caras de todos
—Que qué. Que el inglés éste ha doblado el
El revisor miró hacia el inglés y pareció que
serio.
—Está frío como una llave (Pascual).
Sin atreverse a tocarlo, el revisor se sentó a
y quedó contemplándolo con gesto inseguro.
—A éste le conozco yo mucho. Tiene negocio
lencia y viaja a cada instante. Habla muy bien el
—¡Atiza! —dijo el abuelo.
—Pues anda... Pero aunque hable español h
hacer algo por él —dijo Pascual con tono equív
—Pues sí. Llamaremos al policía de servicio
revisor sin hacer ningún ademán de moverse.

*Ahora trataremos del anónimo que recibió el señor cura
párroco y de la intervención del teniente Casariego*

El teniente Casariego estaba muy feo recién levantado. Su pelo color panocha, era de erizo, brioso. Los
párpados cansados y rugosos propendían a continuar cerrados. El mal sabor de boca mañanero le obligaba a
mover constantemente el morro, coronado por un bigote
hitleriano y maiceño. Entre la guerrera verde, mal abrochada, asomaba la pelambre vinosa del pecho. Con sus
manos torpes, deformes, llovidas de grandes pecas, movía
sin ganas los papeles que había sobre la mesa.

Así que traían el desayuno, liaba el primer cigarro y
echaba una ojeada al ABC, ya se sentía otro. Diríase que
encajaba en el molde del día; que abandonaba definitivamente la agria cáscara del despertar. Entonces se abrochaba bien la guerrera, acababa de abrir los ojos y hasta
su cabellera metálica parecía abatirse y cobrar poso. Acabando estaba el primer pitillo, el de la estabilización de
su cuerpo, cuando se abrió la puerta de su despacho
súbitamente y apareció don Alvaro, el párroco del pueblo.
Entró con todo brío, con toda autoridad, con toda la
razón. Crujiéndole la sotana de alpaca que tan blanda-

mente se ceñía a las curvas de su cuerpo; el bonete bien encasquetado y un sobre verde entre sus dedos sonrosados.

Al teniente Casariego no le hizo mucha gracia la forma de presentarse el párroco, esa es la verdad. No admitía él ínfulas de nadie y menos del clero por... tatatá... tatatá... tatatá, una serie de cosas que no venían a cuento. Era católico, apostólico y romano por profesión y por unas vagas convicciones que no se paraba en analizar; anticlerical por oscuras tradiciones familiares y nacionales que sólo confesaba a sus íntimos. Comprendía que el «orden establecido», le obligaba a guardar especiales consideraciones a los ministros de la Iglesia, pero en el fondo de su alma consideraba estas pleitesías imposiciones de la ordenanza. Su secreto, su inconfesado deseo que tal vez jamás se cumpliría, era el tener ocasión de apresar a un cura, de zumbarle de firme y llevarlo esposado en un vagón de tercera hasta el penal de Ocaña.

Casariego no se levantó de su silla. Ni se dibujó el agrado en ningún músculo de su rostro ante la entrada del párroco. El Teniente nunca comulgó totalmente con los cabeceras de las fuerzas vivas del pueblo. El se consideraba el único y auténtico representante del Gobierno en la ciudad. Los guardias municipales, incluso el jefe Plinio, eran unos infelices que jugaban a justicias. Los alcaldes, unos advenedizos. Y los curas, unos aprovechones. Por oficio convivía con todos y les rendía medidísima pleitesía, pero en su fuero interno, con los guardias de a caballo a sus órdenes, se consideraba la autoridad inapelable y decisiva. A los ricos por un lado, y a los políticos y jefes de sindicatos, los tenía por marionetas, intérpretes de papeles pasajeros; instituciones aparenciales que se apoyaban en él sin saberlo del todo. Sólo al juez respetaba un poco y lo calificaba digno de su amistad y respeto.

Allí estaba el párroco frente a él, rojo de indignación, extendiéndole un sobre imperativamente:

—Perdone, teniente, pero esto no se puede consentir.

El teniente le sostuvo la mirada sin decir palabra ni hacer gesto. Parecía como si con esta actitud quisiera enfriar la furia del cura. Pero la medida no fue buena, porque don Alvaro, aumentada su rabia, le tiró la carta sobre la mesa.

No le gustó al teniente Casariego la manera que tuvo el cura de darle el papel. Tragó saliva y continuó inmóvil.

—Un anónimo... un anónimo... un anónimo amenazándome de muerte. ¡Lo que faltaba!

Ante la impasibilidad del guardia, el cura dio un par de paseos rápidos por el despacho. Paseos enérgicos, militares, despóticos. Luego quedó parado con los brazos cruzados sobre el pecho, mirando al teniente que seguía sin moverse ni decir palabra. Y algo debió ver el párroco en los ojos del guardia civil, que le aflojó la tensión. Endulzó sus ojos lo que pudo, perdió un poco del arrebol que tintaba sus tres papadas y con aire modoso se sentó en una de las sillas de madera curvada que había junto a la mesa. Se pasó luego la mano por los labios y aflojando un poco más la situación se desabrochó la parte alta de la sotana, sacó una petaca de cuero finísimo y ofreció al teniente.

Este, con gran pausa, como condescendiendo a medida que se flexibilizaba la actitud del cura, tomó la petaca y empezó a liar.

Bien prendidos los pitos, Casariego, con gran lentitud, se caló las gafas, sacó el papel que el sobre traía y leyó a su sabor. Y lo leyó hasta tres veces. Concluido, sin decir palabra, plegó las gafas, las guardó en su estuche, dobló el papel y lo volvió a su sobre. Y quedó mirando al cura, que, a su vez, esperaba con impaciencia las primeras palabras del Teniente.

—Ha hecho usted muy mal en venir aquí, don Alvaro.

—¿Mal?

—Como se entere ese «alguien» que firma y vaya de veras —cosa que no creo— se ha jugado usted el tipo.

Y echó una rápida ojeada al cuerpo gordón y almohadillado del párroco.

—Yo voy de cara a todos sitios y a mí no me arredra un cobarde.

—Que ha hecho usted muy mal, don Alvaro. Me lo podía haber avisado de manera más discreta.

El párroco de pronto pareció caer en la cuenta de lo que decía el teniente y desinfló un poco el gesto. Quedó pensativo.

—Ahora, cuando marche usted, sale por el corralazo que da frente a su casa.

—Bueno..., ¿pero qué hacemos de esto? —dijo señalando con el dedo vagamente la carta anónima.

—¡Ah!, lo que usted diga.

—¿Cómo lo que yo diga? —preguntó volviendo a su ceño imperativo.

—Si usted quiere presentar la denuncia formalmente, nosotros actuamos como es nuestro deber. Sin embargo...

—¿Sin embargo, qué?

El teniente calló un momento, como buscando las palabras precisas para que no hiriesen al párroco.

—... que esto de los anónimos siempre son chiquilladas.

—¿Usted cree?, si yo no llevo ese dinero que me piden, ni ustedes se ponen a funcionar y a mí me apiolan, menuda chiquillada.

—Desde luego. Pero si damos el escándalo sin necesidad... quiero decir, si lo da usted, que es nada menos que el párroco, también tiene su importancia. Yo de todas formas me limito a hacerle las consideraciones oportunas. Es mi deber. Nosotros, cuando hay que actuar en estos casos siempre tenemos la misma fórmula que no suele fallar. A usted le corresponde el decidir.

—¿Cuál es esa fórmula?

—Esta noche, a las doce menos diez toma usted el Paseo del Cementerio adelante. A las doce en punto deja usted en el hito que está ante la Capilla, según dice el anónimo, un sobre cerrado lleno de recortes de periódico, que abulten lo que las cincuenta mil pesetas que le piden... que usted sabrá mejor que yo lo que abultan —añadió con malicia...

—Pues, sí, señor —dijo Pascual—; ahí lo tenéis leyendo el *te times*.

—El *te times,* Pascual, tú lo has dicho —le coreó su hermano.

—¿Qué dirá ese papel que lleva este hombre dos horas sin cambiar de hoja? —comentó Lillo mirando hacia el inglés.

—Pues debe de decir todo lo del mundo —contestó el abuelo.

—El *te times,* ya se sabe, lo dice todo (Pascual).

—Vaya si lo dice todo el *te times* (Julián).

—A un hombre así —comentó el abuelo— lo mismo le da ir a Argamasilla que al Polo. Se coge un periódico y ahí me las den todas.

—Un periódico no. El *te times* (Pascual).

—Solamente el *te times* (Julián).

—A estos jaros, cuando se mueren, les meten un *te times* en la caja y lo pasan tan ricamente toda la eternidad (Lillo).

—Para ser feliz en la otra vida... (Pascual).

—El *te times,* el *te times* (Julián).

Se dejó por fin de hablar del inglés. Sólo cuando se hacía un silencio largo los dos hermanos volvían a la vieja tocata:

—*Al tercer bou...*

—*Las dos orelles.*

O la nueva de:

—El *te times...*

—Sí, señor, el *te times.*

Cuando por fin el inglés cambió la hoja del periódico, saltó Pascual:

—¡Atiza!, si ya ha leído una página. ¡Qué tío!

—Es que el *te times,* amigo, tiene mucha miga —replicó el hermano—; desde Valencia a Chinchilla, una página del *te times*. Ni más ni menos.

—Chinchilla, sí, señor —dijo Pascual al ver que el tren paraba—. ¡Hace más frío que en Chinchilla! Ya se sabe.

Lillo cantó a media voz:

En el penal de Chinchilla
canta una voz cada día:
«no lloro la libertad,
sino a la que más quería».

—Eso no lo dice el *te times* (Pascual).
—A lo mejor sí (Lillo).

Ya corría el tren jaleoso y alegre entre los viñedos manchegos. Luego de otro rato de broma a costa del inglés, Chinchilla y cierto cuento del abuelo, que yo no entendí, sobre una tal Eustaquia que tenía cabrillas en las piernas, volvió el silencio a nuestro compartimiento. Yo me fijaba en los tapetillos que cubrían los respaldos de los asientos, con las siglas M. Z. A. Y si aquellos trenes eran para Madrid, Zaragoza y Alicante, no me explicaba por qué iban también a Valencia.

El inglés había dejado, por fin, el *The Times* y parecía dormir sin apearse la pipa de la boca.

Pascual, que llevaba mucho tiempo sin hablar, salvo lo del *tercer bou* soltado de vez en cuando como campanada de reloj, dijo de pronto con ademán exagerado:

—¡Arrea, mi madre, que se nos ha muerto el inglés!

Despertados todos de la somnolencia miramos hacia el hombre del «macferlán».

De verdad que parecía totalmente pálido, casi verdoso, rígido, duro, con la pipa en trance de despegársele de los labios y baqueteado como un fardo por el ajetreo del coche. Llevaba las manos cerúleas abandonadas sobre los muslos, la cabeza reclinada hacia atrás con gesto lacio. Daba la impresión de que si el convoy diese un frenazo o cualquier otro movimiento brusco, caería sobre nosotros como un fardo.

—¡Qué va a estar muerto! (Lillo).
—Que va muerto, digo. Acabó el *te times* y la diñó indigesto (Pascual).

—No jorobes, Pascual —dijo Lillo inseguro al parecer—, es que los ingleses duermen así de muertos.

—Te digo que está muerto, Lillo, fíjate qué color se le ha quedado. Tiene las carnes caídas; y bota en el asiento como un bulto. Ni respira. Estoy seguro que está más frío que un marmolillo.

Lillo, con mucho cuidado, alargó la mano hasta tocar una del inglés.

—Pues —exclamó— si está frío de verdad.

—No te digo —recalcó Pascual tocándole también la mano—. Si tenemos la negra. A ver qué hacemos ahora.

—Pero bueno, ¿es que estáis locos? —exclamó el abuelo también titubeando.

—Vamos a llamar al revisor. No podemos continuar así —dijo Pascual.

Y luego, dirigiéndose a mí:

—Anda, Paquito, mira por la ventanilla a ver si se ve al revisor en el estribo.

Yo no me moví. Aunque me inclinaba a creer en la muerte del inglés, que tal parecía de verdad, algo veía yo en los ojos de los viejos, que no me hacía estar seguro del todo. Consulté al abuelo con la mirada y me pareció que no me daba muchos ánimos. Todos me observaban esperando mi reacción. Bajé los ojos. Presentía no sé qué extraña crueldad en todo aquello. Crueldad contra mí o contra el inglés, no lo sabía bien.

En éstas se abrió la puerta del compartimiento y entre una bocanada de aire perfumado de la primavera y un girón del sol, entró el revisor.

—¿Qué pasa? —dijo al ver las caras de todos.

—Que qué. Que el inglés éste ha doblado el pico.

El revisor miró hacia el inglés y pareció quedar muy serio.

—Está frío como una llave (Pascual).

Sin atreverse a tocarlo, el revisor se sentó a mi lado y quedó contemplándolo con gesto inseguro.

—A éste le conozco yo mucho. Tiene negocios en Valencia y viaja a cada instante. Habla muy bien el español.

—¡Atiza! —dijo el abuelo.

—Pues anda... Pero aunque hable español habrá que hacer algo por él —dijo Pascual con tono equívoco.

—Pues sí. Llamaremos al policía de servicio —dijo el revisor sin hacer ningún además de moverse.

De verdad que cada vez, al menos a mí, me parecía más muerto.

Se iba doblando poco a poco hacia un lado, sin perder su rigidez.

—Tóquelo usted y verá como está frío —dijo Pascual al revisor.

—De eso nada —se excusó con ademán de superstición.

Nuevo silencio. Todos mirábamos esperando el menor síntoma de vida. En seguida silbó la locomotora. Empezó a frenar el tren. Por fin se detuvo.

—En fin —dijo—, voy a ver al policía... —pero cambió de parecer y con la mayor decisión dio en el hombro al supuesto cadáver.

—Señor, el billete —añadió en voz alta.

Y el inglés, sin hacerse esperar, ni abrir los ojos, ni variar de postura, se llevó la mano al bolsillo y sacó su kilométrico. Luego de cierto titubeo picó el revisor el cuaderno y lo devolvió a la mano caída del inglés, que se lo guardó sin recomponer su postura. Su único comentario fue una vedija de humo azul que salió de la pipa.

El revisor, sin añadir palabra, nos hizo un saludo al estilo militar y marchó.

Hasta que llegamos a Río Záncara, donde debíamos bajarnos —diez minutos después— nadie dijo nada. Mirábamos al inglés que seguía en su fingida muerte y nada más. Era un espectáculo inusitado.

Ya parado el tren, cuando nos bajábamos, dijo Pascual en voz alta:

—Adiós, míster.

Y el míster impasible, a manera de saludo, echó otro golpe de humo de su pipa.

Recuerdo perfectamente que, ya en el andén de Río Záncara, mientras esperábamos que un mozo recogiese nuestro equipaje para llevarlo al coche que nos esperaba y el tren arrancaba, todos nos sentíamos un poco en ridículo... especialmente ellos, los viejos.

*Ahora trataremos del anónimo que recibió el señor cura
párroco y de la intervención del teniente Casariego*

El teniente Casariego estaba muy feo recién levantado. Su pelo color panocha, era de erizo, brioso. Los párpados cansados y rugosos propendían a continuar cerrados. El mal sabor de boca mañanero le obligaba a mover constantemente el morro, coronado por un bigote hitleriano y maiceño. Entre la guerrera verde, mal abrochada, asomaba la pelambre vinosa del pecho. Con sus manos torpes, deformes, llovidas de grandes pecas, movía sin ganas los papeles que había sobre la mesa.

Así que traían el desayuno, liaba el primer cigarro y echaba una ojeada al ABC, ya se sentía otro. Diríase que encajaba en el molde del día; que abandonaba definitivamente la agria cáscara del despertar. Entonces se abrochaba bien la guerrera, acababa de abrir los ojos y hasta su cabellera metálica parecía abatirse y cobrar poso. Acabando estaba el primer pitillo, el de la estabilización de su cuerpo, cuando se abrió la puerta de su despacho súbitamente y apareció don Alvaro, el párroco del pueblo. Entró con todo brío, con toda autoridad, con toda la razón. Crujiéndole la sotana de alpaca que tan blandamente se ceñía a las curvas de su cuerpo; el bonete bien encasquetado y un sobre verde entre sus dedos sonrosados.

Al teniente Casariego no le hizo mucha gracia la forma de presentarse el párroco, esa es la verdad. No admitía él ínfulas de nadie y menos del clero por... tatatá... tatatá... tatatá, una serie de cosas que no venían a cuento. Era católico, apostólico y romano por profesión y por unas vagas convicciones que no se paraba en analizar; anticlerical por oscuras tradiciones familiares y nacionales que sólo confesaba a sus íntimos. Comprendía que el «orden establecido», le obligaba a guardar especiales consideraciones a los ministros de la Iglesia, pero en el fondo de su alma consideraba estas pleitesías imposiciones de la ordenanza. Su secreto, su inconfesado deseo que tal vez jamás se cumpliría, era el tener ocasión de apresar a un cura, de zumbarle de firme y llevarlo esposado en un vagón de tercera hasta el penal de Ocaña.

Casariego no se levantó de su silla. Ni se dibujó el agrado en ningún músculo de su rostro ante la entrada del párroco. El Teniente nunca comulgó totalmente con los cabeceras de las fuerzas vivas del pueblo. El se consideraba el único y auténtico representante del Gobierno en la ciudad. Los guardias municipales, incluso el jefe Plinio, eran unos infelices que jugaban a justicias. Los alcaldes, unos advenedizos. Y los curas, unos aprovechones. Por oficio convivía con todos y les rendía medidísima pleitesía, pero en su fuero interno, con los guardias de a caballo a sus órdenes, se consideraba la autoridad inapelable y decisiva. A los ricos por un lado, y a los políticos y jefes de sindicatos, los tenía por marionetas, intérpretes de papeles pasajeros; instituciones aparenciales que se apoyaban en él sin saberlo del todo. Sólo al juez respetaba un poco y lo calificaba digno de su amistad y respeto.

Allí estaba el párroco frente a él, rojo de indignación, extendiéndole un sobre imperativamente:

—Perdone, teniente, pero esto no se puede consentir.

El teniente le sostuvo la mirada sin decir palabra ni hacer gesto. Parecía como si con esta actitud quisiera enfriar la furia del cura. Pero la medida no fue buena, porque don Alvaro, aumentada su rabia, le tiró la carta sobre la mesa.

No le gustó al teniente Casariego la manera que tuvo el cura de darle el papel. Tragó saliva y continuó inmóvil.

—Un anónimo... un anónimo... un anónimo amenazándome de muerte. ¡Lo que faltaba!

Ante la impasibilidad del guardia, el cura dio un par de paseos rápidos por el despacho. Paseos enérgicos, militares, despóticos. Luego quedó parado con los brazos cruzados sobre el pecho, mirando al teniente que seguía sin moverse ni decir palabra. Y algo debió ver el párroco en los ojos del guardia civil, que le aflojó la tensión. Endulzó sus ojos lo que pudo, perdió un poco del arrebol que tintaba sus tres papadas y con aire modoso se sentó en una de las sillas de madera curvada que había junto a la mesa. Se pasó luego la mano por los labios y aflojando un poco más la situación se desabrochó la parte alta de la sotana, sacó una petaca de cuero finísimo y ofreció al teniente.

Este, con gran pausa, como condescendiendo a medida que se flexibilizaba la actitud del cura, tomó la petaca y empezó a liar.

Bien prendidos los pitos, Casariego, con gran lentitud, se caló las gafas, sacó el papel que el sobre traía y leyó a su sabor. Y lo leyó hasta tres veces. Concluido, sin decir palabra, plegó las gafas, las guardó en su estuche, dobló el papel y lo volvió a su sobre. Y quedó mirando al cura, que, a su vez, esperaba con impaciencia las primeras palabras del Teniente.

—Ha hecho usted muy mal en venir aquí, don Alvaro.

—¿Mal?

—Como se entere ese «alguien» que firma y vaya de veras —cosa que no creo— se ha jugado usted el tipo.

Y echó una rápida ojeada al cuerpo gordón y almohadillado del párroco.

—Yo voy de cara a todos sitios y a mí no me arredra un cobarde.

—Que ha hecho usted muy mal, don Alvaro. Me lo podía haber avisado de manera más discreta.

El párroco de pronto pareció caer en la cuenta de lo que decía el teniente y desinfló un poco el gesto. Quedó pensativo.

—Ahora, cuando marche usted, sale por el corralazo que da frente a su casa.

—Bueno..., ¿pero qué hacemos de esto? —dijo señalando con el dedo vagamente la carta anónima.

—¡Ah!, lo que usted diga.

—¿Cómo lo que yo diga? —preguntó volviendo a su ceño imperativo.

—Si usted quiere presentar la denuncia formalmente, nosotros actuamos como es nuestro deber. Sin embargo...

—¿Sin embargo, qué?

El teniente calló un momento, como buscando las palabras precisas para que no hiriesen al párroco.

—... que esto de los anónimos siempre son chiquilladas.

—¿Usted cree?, si yo no llevo ese dinero que me piden, ni ustedes se ponen a funcionar y a mí me apiolan, menuda chiquillada.

—Desde luego. Pero si damos el escándalo sin necesidad... quiero decir, si lo da usted, que es nada menos que el párroco, también tiene su importancia. Yo de todas formas me limito a hacerle las consideraciones oportunas. Es mi deber. Nosotros, cuando hay que actuar en estos casos siempre tenemos la misma fórmula que no suele fallar. A usted le corresponde el decidir.

—¿Cuál es esa fórmula?

—Esta noche, a las doce menos diez toma usted el Paseo del Cementerio adelante. A las doce en punto deja usted en el hito que está ante la Capilla, según dice el anónimo, un sobre cerrado lleno de recortes de periódico, que abulten lo que las cincuenta mil pesetas que le piden... que usted sabrá mejor que yo lo que abultan —añadió con malicia...

—¿Y qué más?

—Y al regreso ya le avisaré yo para que se oculte entre nosotros...

—Me avisará ¿cómo?

—Con un silbido. Usted, donde quiera que oiga el silbido se echa a la cuneta. Allí estaré yo.

Luego el teniente abrió el cajón de su mesa.

—De todas formas será conveniente que lleve usted una pistola, por si las moscas.

Y extrajo una del cajón.

—No hace falta. Tengo yo.

—Mejor que la lleve montada y bien a mano. Dispare sólo en caso de que le ataquen. ¿Conforme?... Usted se va solo por los atrases del pueblo hasta las Escuelas y allí coge el Paseo a las doce menos diez. Todo lo demás corre de nuestra cuenta.

El párroco quedó pensativo. Con sus dedos gordezuelos y sonrosados movía un lápiz que había sobre la mesa del comandante del puesto. Este a su vez lo observaba con la cara entre las manos.

El cura habló sin levantar los ojos de la mesa.

—¿Y no hay otra fórmula de actuación?

—¿Le da miedo? —preguntó el teniente con mala sombra.

—Pregunto que si no hay otra manera de que ustedes actúen —insistió autoritario el cura con un breve temblor de papada.

—De atrapar al autor del anónimo no hay otra fórmula.

—¿Y no hay posibilidad de investigar quién es?

—Es muy difícil.

—Entonces, ¿o a las doce en el cementerio o dejarlo?

—Exactamente.

—Usted ¿qué me aconseja?

—Eso es cosa de usted. Estos de los anónimos nunca matan. Ponen anónimos porque son cobardes y no saben robar arriesgándose... Pero si usted me pone una denuncia en serio, yo debo actuar con arreglo a mis medios. A mí personalmente me gustaría cogerlo y darle un escarmiento. En este pueblo hay demasiados anónimos. Pero usted es el párroco.

—Soy el párroco, sí señor, pero no he hecho mal a nadie y tengo derecho a dormir tranquilo.

—Desde luego.

Don Alvaro dio la primera chupada al nuevo cigarro que acababa de encender y en seguida lo tiró en la escupidera con un gesto de decisión. Quedó mirando fijamente al teniente con sus pequeños ojos grises, bien recamados de carne. Por fin, poniéndose el bonete dijo a manera de despedida:

—Pues bien, adelante con los faroles, yo no soy hombre de medias tintas.

* * *

Toda la historia que siguió a esta reunión la supe yo paso a paso a través del abuelo y de Lillo, que eran amigos de Casariego.

Bueno, la verdad es que Casariego no era amigo de nadie. Apenas salía del cuartel. Se comportaba con los habitantes del pueblo como si todos fuesen sospechosos. Como si a la larga, más o menos tarde, uno por uno hubiéramos de pasar bajo las varas de su justicia. Aparecía en los actos oficiales. En alguna boda o cumpleaños. Tal o cual vez se sentaba en el casino con el alcalde o con otros guardias y pare usted de contar. Ni pobres, ni ricos, ni autoridades, ni desautorizados destacaban en su amistad... La única excepción, y no muy frecuentada, la constituían el abuelo y Lillo. La cosa era chocante, porque el abuelo y Lillo eran un par de liberales de tomo y lomo. Y el teniente Casariego no tenía nada de liberal. Era, como buen Guardia Civil, un esclavo de la ordenanza. No se permitía el lujo de tener ideas. Tenía deberes. No tenía derechos, tenía obligaciones. Sin embargo, de vez en cuando se llegaba por «El Infierno» a echar una partida o a tomar tinto y queso con los dos viejos. A veces se enteraba de que iban de campo a «La Divina», al «Atajadero», a la «Huerta de Virutas» o al «Molino de San

Juan» y por allí se apeaba Casariego con su caballo buscando un rato de compañía.

Yo he querido explicarme después aquella querencia discreta del guardia por mi abuelo y Lillo. La primera explicación que se me alcanza es que aquel par de dos nunca miraba a Casariego como si fuese teniente. Sin faltarle al respeto, que no eran ellos irrespetuosos con nadie, lo trataban como a un artesano más. Pero sobre todo por la libérrima y mansa condición que de la vida y de los hombres tenían los dos amigos. Casariego debía pensar que gentes de tan buen natural nunca caerían bajo las disciplinas de su justicia. Ni eran ricos ni eran pobres. Ni políticos, ni ambiciosos, ni beatos, ni ateos; sí un punto de anticlericales y festivos. Ni envidiaban ni eran envidiados. Trabajaban por lo derecho todo el día, sin engaños ni especulaciones, y en los ratos libres se contaban viejas historias, bebían vino, jugaban a la brisca, paseaban en tartana o coche y alguna que otra vez se iban de viaje. En cuanto a la política, siempre rechazaban todo extremismo y sólo suspiraban por una idílica libertad e independencia de los hombres que a nadie hería. Les parecía muy bien la justicia para corregir los abusos de los otros, porque ellos bien seguros estaban de no abusar de nadie y casi estoy por decir de que nadie abusaría de ellos. Vivían los dos viejos en un remanso de prudencia y equidistancia bonachona y risueña, que los hacía estar más allá de todo bien y de todo mal. Les importaba un pepino el teniente como tal teniente, porque aparentaban o tenían, mejor, una seguridad suicida, aún viviendo en España de que para nada lo necesitarían ni los necesitaría él... Por todo ello deduzco yo que Casariego hacía excepción de ellos y se encontraba a gusto en su compañía.

* * *

La situación del párroco en el pueblo desde hacía unos años merece capítulo aparte, para poder explicar con cierta lógica las reacciones trágicas que vinieron luego.

La historia comenzó en una esquina llamada del Pretil. Esquina agudísima de la fachada principal de la iglesia, que dejaba un pasillo angosto con la casa de enfrente donde estaba la ferretería de Soubriet. De suerte que la entrada a la calle de doña Crisanta desde la Plaza era de una anchura poco mayor de un metro. Por allí, en invierno, se formaba una estrecha y briosa corriente de aire que tenía atemorizados a los vecinos.

Cuando la Dictadura de Primo de Rivera, el Ayuntamiento solicitó del párroco el convertir aquella esquina en una ochava, ya que para nada perjudicaría esta obra al interior del templo. Quedaría una boca de calle, si no de tamaño normal, sí lo suficiente para contentar con la nueva vista a los vecinos de doña Crisanta. Por otra parte, los naturales del pueblo se harían la ilusión de que con aquella abertura las corrientes de aire eran menos perniciosas.

El párroco aceptó de buen grado el proyecto y sólo faltaba comenzar las obras de un día o otro, cuando llegó la República.

E inmediatamente cambiaron las cosas. Cuando el primer ayuntamiento republicano avisó de poner en marcha la desesquinación pensada, el párroco opuso ciertas objeciones de trámite. Había que contar con el señor Obispo y no sé qué más requisitos. Así empezó a agriarse la cuestión. Las disidencias salieron a la calle. El ayuntamiento y los republicanos apretando. El párroco y sus incondicionales parroquianos resistiendo con los pretextos más pueriles.

Cuando por fin ganaron las derechas, el nuevo ayuntamiento echó tierra al asunto y el párroco quedó contento. Pero con el triunfo del Frente Popular en 1936 se volvió a la guerra clero-municipal. El párroco se había transformado con su terca actitud en el ser más antipopular y se llegó a extremos casi chuscos, como cuando aquel día don Alvaro paseaba entre los feligreses pidiendo silencio para escuchar al predicador, salió una mano anónima de entre la multitud y le dio un capón fenomenal en la calva, entre la risa de unos y la indignación de los más... Este episodio del capón fue posterior al capítulo del anónimo.

El Ayuntamiento del Frente Popular, al poco tiempo de su toma de posesión, sin encomendarse a nadie, mandó una cuadrilla de albañiles a quitar la esquina de la iglesia. Prácticamente había comenzado la guerra civil. Vino a ser en el pueblo lo que el homicidio de Calvo Sotelo en Madrid.

Pero volvemos al verano de 1935, tiempo en que estaba próspero el párroco por el gobierno de las derechas, a las once de la noche del día que había recibido el anónimo.

* * *

A las once en punto de la noche, de la portada de una casa de la calle de Conejo, salió un carro grande de labranza, tirado por una mula americana de cuatro dedos sobre la marca por lo menos. En las bolsas del carro iban acurrucados cinco hombres con mosquetones. Uno de ellos era el teniente Casariego. Vestía blusa negra y pañuelo de hierbas a la cabeza. De pie, llevando las riendas, como ayudante civil, el «Matachotas», que no sé por qué fallo de las cuerdas del pescuezo, siempre estaba diciendo que no con la cabeza. También solían decirle por este meneo el «Quenones». Momentos antes, en el mismo corralón, Casariego había pasado revista a sus dos parejas compuestas por los guardias de segunda: Dionisio Jadraque y Antolín Muñoz; el guardia de primera Heliodoro López y el cabo segundo José de la Mata. Todos iban disfrazados a la manera campesina: blusas azules o negras, pantalón de pana y boina. Bajo la blusa, las cartucheras.

Entre las sombras del porche, aquella noche de media luna y a media voz, el teniente dio a los guardias la siguiente consigna:

—Así que el cura deje el sobre en el hito, ojo atento. Si aparece alguien a cogerlo yo daré el «alto» de reglamento. Si obedece y se rinde, ya os diré lo que haya que

hacer. Si huye, daré la orden de fuego. No jorobéis, vaya-
mos a ponernos nerviosos y matemos al cura. A la altura
que yo señale os colocaréis tumbados en las cunetas del
paseo. Yo me pondré donde vea mejor apaño. Andando.

«Matachotas», prestatario del carro y de los disfraces,
amigo y confidente de la Guardia Civil, abrió la puerta
de su corralazo y salió el carro con sus cinco bocas de
fuego.

A paso corto fueron cortando terreno, en curva estra-
tégica, hasta salir a la carretera de Argamasilla que pasa
justo ante la puerta del Cementerio.

Y al llegar a la altura del camposanto, el carro dobló
por el Paseo del Cementerio hacia el pueblo; es decir, en
dirección contraria a la que luego había de efectuarse la
operación. Con esta maniobra Casariego perseguía dos
fines: echar una ojeada por el hito y sus alrededores —él
miraba desde las seras del carro— por si ya el «alguien»
había madrugado y andaba por allí. En este caso la detención sería limpia y sin riesgo.

Pero este primer objetivo falló, porque no vieron alma
viviente en la confluencia de la carretera de Argamasilla
con el Paseo del Cementerio.

El segundo propósito era que el carro entrase en dirección al pueblo para hacerlo menos sospechoso.

Cuando el carro llevaba andados unos doscientos metros del Paseo, el teniente fue ordenando a cada uno de
los guardias que se bajasen del carro y se apostasen según
el orden convenido, a ambos lados de la carretera. El
carro siguió camino adelante hacia la casa de «Matachotas». Ya en el suelo, el teniente recompuso la situación
de sus guardias y estudió el terreno, oculto tras un árbol
corpulento.

—Jadraque, avanza veinte pasos más. Antolín, detrás
de ese banco.

Como notase que por la poca luna, el lugar del hito
quedaba poco visible, volvió a ordenar algunos avances
reptando.

—Mucho polvo levantan estos gilipollas —comentó
para sí el teniente al ver el terraguero que armaban sus

guardias al arrastrarse. Milagrillo será que no vuele el tordo.

Casariego se caló las gafas y comprobó que no localizaba bien el hito desde su puesto de mando. En cuclillas avanzó de árbol en árbol hasta llegar a la altura de sus hombres que seguían dando panzadas por las cunetas. Por fin, encontró acomodo tras otro árbol gordo. Mal que bien se veía el hito famoso desde donde estaba, sin embargo se dejó las gafas puestas. Estaba obsesionado con la idea de que alguien se pusiera nervioso y le arreasen al cura.

Miró al reloj:

—«Menos cuarto».

Todo parecía tranquilo. No se veía ni oía a nadie. Sólo algún ladrido lejano. Con mucho tiento, Casariego montó el mosquetón y le puso el seguro. Las ropas que llevaba puestas, las de «Matachotas», olían a sudor y a paja. Sintió ganas de estornudar.

—Maldita sea.

Respiró fuerte un par de veces... Oyó pasos: «Ya viene el cura.» Miró el reloj. «Qué puntual.»

Venía por el mismísimo centro de la carretera. Derecho, derecho; con su bonete encasquetado. Miraba al frente sin pestañear. Las manos en los bolsillos de la sotana. Marchaba con paso forzado, entre de procesión y desfile. Tan pálido iba que la blancura de su cara resaltaba en la noche. Cuando pasó a su altura Casariego silbó muy suavemente para tranquilizarle.

—Siga, siga; aquí estamos. «Es valiente y soberbio el puñetero. Pero no me cambiaba por él. Debe ir muy apretado.»

Luego de titubear un momento al escuchar el silbido y las palabras del guardia, siguió adelante. Ahora se veía perfectamente su oronda y negra silueta recortada sobre el fondo encalado del Cementerio. Corrió un poco de aire y los árboles se despeinaron mansamente.

El teniente afiló la vista. Quitó el seguro al mosquetón y lo tuvo sujeto, paralelo al árbol, a la altura de su hombro.

Ya llegaba el cura al hito. Pocos pasos antes sacó algo blanco de su bolsillo izquierdo. Avanzó un poco más. Se inclinó. Ya volvía. Pero demasiado de prisa... «Verás éste... No corras... no corras... demonio de cura...» De pronto el cura cambió de dirección y se metió por el Paseo abandonando la carretera adelante... «Ha hecho bien.»

Casariego se puso la culata del mosquetón bajo la axila. Miraba con toda fijeza hacia el hito, hasta soltársele las lágrimas. Por los resuellos notó que llegaba el cura a su altura.

—Siga... siga andando hasta más allá —le musitó sin mirarlo cuando lo tuvo a su altura.

El párroco quedó un momento desconcertado, pero en seguida apretó el paso y se perdió entre los árboles.

Al teniente le lloraban los ojos por mirar con tanta fijeza.

—Ya, mi teniente, ya... —oyó que decía el cabo que estaba más adelante.

—¿Dónde?, ¿dónde? —preguntó sobresaltado acomodándose bien el mosquetón.

—Está pegado a la puerta de la capilla —continuó la voz siseante del cabo—, ... salió de tras el paredón.

—Ya lo veo. Debe estar esperando que se aleje don Alvaro. Preparaos.

Pasados unos instantes larguísimos, la sombra, con mucho tiento, se despegó de la puerta. Oteaba hacia un lado y otro. Por fin avanzó con decisión hasta el hito.

—«Se me va a ir...»

— ¡Alto! ¡Alto a la Guardia Civil!

El hombre —su sombra— quedó parado, inmóvil en su inclinación sobre la piedra del hito.

— ¡Alto a la Guardia Civil! ¡Manos arriba!

Parecía titubear con el sobre en la mano, como si se sintiese físicamente acosado por las voces.

— ¡Alto! ¡Quieto ahí!

Pero la sombra reaccionó bruscamente y echó a correr con el sobre en la mano hacia el paredón de donde salió.

—¡Fuego! ¡Fuego todos! —se oyó gritar al teniente furioso, como si temiese que aquella sombra fuese a evaporarse. Sonó primero un disparo, luego varias descargas que dejaron sordo el paisaje.

La sombra, al primer disparo, hizo como un regate. Se volvió. Parecía querer mirar de dónde venían los disparos. Los tiros inmediatos le hicieron dar un salto de más de un metro. Se le vio subir ante la cal como un pelele, con la cabeza muy ladeada. Y cosa rara, o al menos así lo pareció a los guardias, dio una pingota en el aire y cayó cabeza abajo.

Todo quedó tranquilo. No se movía.

—Muchachos, avancemos con cuidado no sea una treta.

—No es treta —dijo el cabo.

El teniente, sin responder, avanzó pegado a los árboles con el mosquetón presto.

Los demás guardias también avanzaban cautelosos, cada uno al hilo de su cuneta.

El cuerpo seguía inmóvil.

En éstas se abrió la puerta de la vivienda del camposantero, que salió en calzoncillos con un farol. Al ver el cuerpo tendido quedó indeciso queriendo y no queriendo alumbrarle.

Al oír los pasos de los guardias que ya estaban encima, levantó el farol por ver quiénes eran. El teniente llegó el primero.

El camposantero, que no le reconoció con aquel traje, le alargó el farol por verle la cara.

—No temas, Gustavo. Soy el teniente Casariego.

El llamado Gustavo, con la boca abierta, volvió a mirar hacia el cuerpo caído.

—Coño, por pocas me matan *ustés* a la familia... —dijo como para sí.

—Vaya susto, ¿eh? —dijo Casariego arrodillándose ante el cuerpo, que estaba panza abajo.

—Susto... cualquier cosa es un susto... ¿quién es?

—Padre... ¿qué pasa? —gritó una mujer dentro.

—¿Qué pasa, Gustavo? —gritó otro voz de mujer mayor.

—Salir... Uno que ha querido ahorrarse el entierro... parece.

—¿Quién es éste? Yo lo conozco —dijo el teniente a sus números que esperaban a cierta distancia, mientras volvía la cara del mozo del anónimo.

El camposantero se acercó con el farol.

—Sí, hombre, es Ceñal, el de la yesería... Aquí tiene su familia unos nichos muy buenos.

—Es verdad —afirmó el teniente recordando.

Salieron las mujeres y los guardias se acercaron.

El teniente le tomaba el pulso y escuchó el corazón.

—Está vivo.

El camposantero le puso la mano en el corazón.

—Sí, pero poco.

Luego lo registró.

—No lleva armas —dijo con cierta desilusión el teniente.

—Tú, Antolín, vete corriendo por un coche.

—A sus órdenes.

—Pídelo mejor por teléfono desde la bodega de Torres, que estarán quemando.

Ceñal era mozo de unos veintidós años. Tenía el sobre blanco del cura en la mano salpicado de sangre. Vestía un traje raído y alpargatas negras.

—Es un hombretón —dijo una de las mujeres.

—Es la suya una familia muy buena y muy decente —dijo la otra.

—Pero él no sería tan bueno cuando quería robarle al cura —dijo el cabo.

—¿Al cura párroco?

—Sabía dónde iba el amigo —sentenció el camposantero.

—¡Qué lástima de hombre! —se lamentaba la mujer de Gustavo mirando bien a Ceñal.

—Aquí se va a desangrar —dijo la hija a la luz del farol—, podríamos entrarlo a la banca.

—Bueno —asintió el teniente—, cogedlo, muchachos.

—Este no vuelve —dijo un guardia—, está muy mal herido.

Al levantarlo se oyó como un quejido. La sangre chorreaba. En el suelo había un charco.

—Tiene una carta en la mano —añadió la moza, que iba junto a los guardias que lo entraban en la casa del camposantero.

... Lentamente, paseo arriba, vieron llegar al cura resoplando, con el bonete en una mano y el pañuelo en la otra. Sobre su rostro blanco, casi cal, brillaban gruesas gotas de sudor.

El teniente lo esperó.

El cura tuvo que tomar aliento antes de hablar.

—¿Muerto?

—No. Mal herido, padre.

—¿Quién es?

—Ceñal, el de la yesería.

—Qué raro... andaba muy liado con una querida. Siempre la maldita carne.

—¿Quiere usted verlo?

—Yo... no.

El cura parecía distraído. Daba entre las manos vueltas al bonete mirando al suelo. Luego se pasó la mano por la cara. Abrió y cerró los ojos con nerviosismo. El teniente le observaba en silencio.

—Bueno —dijo al fin don Alvaro con aire sumiso—, creo que no me necesitan para nada más... Hasta mañana...

Y echó a andar con paso torpe, fatigadísimo, hasta perderse entre las sombras.

El teniente volvió junto al moribundo, con aire meditativo.

* * *

A las nueve de la mañana del día siguiente, el teniente Casariego iba hacia la Cruz Roja, donde habían instalado a Ceñal, el herido de la noche anterior. Recién afeitado, bien planchado el uniforme, brillante los leguis, tricornio, correaje y las espuelas. Iba seguro, como siempre. Con su fusta negra en la mano.

Al desembocar en la calle de la Independencia, donde estaba la Cruz Roja, exactamente en la puerta contigua a la de doña Nati... perdió un poco el compás de su paso. Una multitud más que regular se agolpaba ante la puerta de «la institución sanitaria de ámbito internacional» que decía un famoso concejal del pueblo.

Algo le olió mal al teniente. Tanto, que por un momento pensó torcer por la calle de Belén..., pero lo pensó mejor y continuó con paso firme. No era él hombre que se arredrase por tan poca cosa a pesar de que la gente en aquel año 1935 andaba muy revuelta, incluso en aquel pueblo ultrapacífico. Otra circunstancia le hacía andar un poco dubitoso en todo aquel enojoso asunto: él había cumplido con su deber. También se alegraba de haber dado un escarmiento a los maniáticos de los anónimos. El mismo recibía muchos. Pero el conocimiento de su oficio y de la mentalidad de la gente le hacían repetirse: «no era necesario»... «no era necesario».

Cuando el público que había ante la puerta advirtió su llegada, muchas caras inexpresivas se volvieron hacia él.

Casi tomándose demasiado tiempo, dos o tres metros antes de llegar a la altura de las primeras personas que había ante la puerta, dijo con voz de orden:

—Abran paso.

Y le abrieron paso en absoluto silencio. Diríase que con hostilidad. Entre un estrecho callejón de humanidad llegó hasta la puerta donde había una pareja de la Guardia Civil con mosquetón y cartucheras.

—¿Qué pasa? —le preguntó el teniente en voz baja fija.

La mirada del teniente se encontró con la suya, fría, a un número gordo, colorado e inexpresivo.

—No sé. Parece que están muy enfadados.

—No me explico.

Sin añadir palabra, subió la escalera hacia el cuarto del herido, que estaba entreabierto.

Entró sin saludar y se detuvo a relativa distancia de la cama.

En la cama, Ceñal seguía igual que cuando lo dejó la noche anterior. Inmóvil. Sin sentido. Palidísimo. Apenas se le notaba el ritmo de la respiración. Las orejas parecían meandros de su barba azulenca. La cabeza vendada. Junto a la cama, una hermana suya, altísima, rubia, enlutada, le enjugaba el sudor con un pañuelo.

De pie, a bastante distancia del herido, un hombre muy alto, vestía casi con elegancia blusón negro sedoso y gorra de visera. Era el padre de Ceñal. Estaba totalmente inmóvil, ligeramente inclinado por el paso de la edad. Tenía cierto aire señorial.

Casariego lo reconoció inmediatamente, pero no conseguía recordarlo en otra actitud que no fuese la que ahora tenía... Quiso desprenderse de la mirada del padre, pero optó por continuar sosteniéndola.

El viejo, sin mover apenas un músculo de la cara ni desviar sus ojos, dijo de pronto:

—Nosotros siempre fuimos gente honrada.

El teniente se limitó a mover el bigote y volvió los ojos al herido de manera significativa.

—Gente honrada —repitió con más energía el viejo.

—Cállese, padre —musitó la hija.

En éstas entró el médico con bata blanca y el fonendo colgando. No saludó. Tomó el pulso a Ceñal y sin decir nada hizo ademán de salir. El teniente fue hacia él con la intención de llevárselo a un extremo de la habitación o fuera del cuarto... Y fue entonces cuando se dio cuenta que tras él, en la penumbra, había sentada bastante gente conocida que lo miraba con molesta insistencia. Este descubrimiento le animó a salir del cuarto llevando suavemente al médico con él.

—¿Cómo está?

—No creo que llegue a mediodía —respondió seco. Y desasiéndose con disimulo, marchó.

En el fondo de aquel especie de zaguán donde ahora estaba había un balcón que daba a la calle. Casariego fue hacia allí. Antes de llegar le pareció que alguien sollozaba cerca. Miró hacia otra habitación que había a la derecha de aquélla y que parecía ser el quirófano. Vio una mujer joven, lozana, que reclinada sobre el respaldo de una silla lloraba sordamente. De allí mismo salió un soldado de la Cruz Roja.

—¿Quiere usted algo, mi teniente?

—¿Quién es esa mujer?

El soldado hizo ademán de hablarle al oído. El teniente se inclinó.

—Es la querida del moribundo.

—¿Y quién es?

—El ama de leche del hijo del notario.

—Ya.

—Esta es la culpable de todo.

El teniente, sin prestar más oídos al soldado, se asomó con discreción por el balcón entreabierto. Ahora había más gente en la calle.

Apenas llevaba unos segundos con la cabeza fuera, casi le asustó oír una voz muy cerca que le decía:

—Mal paso habéis dado, Casariego.

Miró y vio a doña Nati que también estaba asomada a su balcón, casi pegado al que ocupaba el teniente, porque eran casas medianeras.

Doña Nati le sostenía la mirada con sus ojos clarísimos, coléricos, viriles.

El teniente, sin responder, dio un paso hacia atrás, pero sin dejar de mirar por el balcón. Sólo quería quitarse de junto a doña Nati, que con media butaca en el balcón y media dentro, apoyados los brazos difícilmente en los hierros, miraba a la gente de la calle.

Observó el teniente que muchos de los que había en la puerta de la Cruz Roja hacían oídos a Ruzafa, político pardo y sentencioso, que tenía mucho predicamento entre la gente del campo. No podía oír bien lo que decía, pero lo veía levantar el dedo con gravedad y hacer gestos dolientes. Poco a poco el orador se inflamaba, sin duda porque había visto la asomadilla del teniente.

—Sí, señores, una cosa es la justicia y otra cosa el abuso y el rigor... Y aquí ha habido demasiada justicia, demasiado abuso, demasiado rigor... No digo yo que deba quedar impune el *anonimato,* pero todo debe graduarse de acuerdo con la calidad de las personas que se producen en el acto delictivo...» Y decía esto con ademanes tribunicios y recreándose en su oratoria.

—Por una vez en su vida lleva razón Ruzafa —dijo doña Nati con voz suficiente para que llegase a los oídos del teniente.

—¡A ver si ahora le trae la extremaunción don Alvaro! —dijo alguien en voz alta.

—Porque bien pensado, el bien de la sociedad requiere la intervención de la justicia en su justo calibre... —continuó el político pardo.

El teniente oyó detrás que el soldado de la Cruz Roja hablaba con mucha autoridad a la querida.

—Tú te estás aquí quietecita...

—Déjame... déjame... —decía haciendo intención de ir hacia el cuarto del enfermo.

Vio que el médico cruzó deprisa.

Un poco indeciso, Casariego sacó la petaca y empezó dentro del zaguancillo a liar un cigarro.

Se lo fumó deprisa dando paseos cortos. Por fin lo tiró con rabia y decidió marcharse cuanto antes de aquella madriguera. Sin decir nada bajó la escalera. Nadie había en el portal, a excepción de los guardias.

Se detuvo ante ellos, que hicieron un breve ademán de saludo.

—Sin novedad.

El teniente sonrió vagamente. Luego añadió:

—Así que se muera, os largáis.

—Sí, mi teniente.

Se estiró la guerrera, ajustó el correaje, se encajó bien el tricornio y decidió salir.

—Adiós.

—A la orden...

Abrió bien la puerta sólo entreabierta y quedó un segundo en el umbral. Todas las miradas se fijaron en él. Callaron. Tal vez fue este súbito silencio el que le detuvo más de lo debido. La gente se apretaba frente a él mirándolo con hostilidad. El, haciéndose el tranquilo, miró hacia el balcón. Doña Nati, de pechos sobre la baranda, sin abandonar su asiento, observaba. Se cruzó su mirada con la de ella. Luego quedó mirando al público, y casi sin darse cuenta se oyó decir a sí mismo con una gran voz:

—¡Despejen! ¡Hagan el favor de despejar!

La gente miraba un poco sorprendida, en silencio, a punto de moverse, pero sin decidirse del todo.

—¡He dicho que despejen! —y se dio enérgicamente con la fusta en uno de los leguis.

Casi no veía, pero le pareció notar que la gente se movía algo. Esto le animó. Además, la pareja había aparecido en la puerta con los mosquetones descolgados.

—¡Pareja, despejen!

La pareja, tomando los mosquetones con ambas manos a manera de traviesa, empezaron a empujar suavemente a los próximos...

—Hagan el favor de despejar... despejen... —decían los guardias dando empujones.

El público se iba apartando remolón hacia los lados de la calle. Hacia la acera de enfrente.

—Apártense de la puerta... des...pe...jen —seguían los guardias. Joaquín Ruzafa había quedado tímidamente solo, frente a la puerta.

El teniente avanzó dos pasos hacia él, se dio otro fuerte fustazo sobre la bota y dijo a toda voz mirando al político:

—¡Despejen he dicho!

Este perdió del todo la serenidad y se apartó andando de espaldas hacia el grupo más próximo.

El teniente, entonces, con paso lento, casi recreándose, empezó a pasar por el callejón que le dejasen los repetidos «despejen». Todavía hizo el desplante de pararse pausadamente, volverse hacia los guardias y darles la última orden de aquel episodio.

—Quedaros en el borde de la acera y que no se acerque nadie a la puerta.

—Sí, mi teniente.

Siguió su paseíllo hasta la acera de enfrente y luego tomó el camino de la plaza.

En medio de aquel silencio volvió a oírse ahora agudísima la voz de doña Nati:

—Os habéis excedido, Casariego… os habéis excedido esta vez, guardias de la Benemérita.

Nadie coreó a doña Nati.

El teniente ni se volvió. .

Los guardias quedaron en su lugar descanso junto a la puerta de la «institución benéfica» y la gente diseminada, en grupos, a lo largo de la calle. Doña Nati seguía de bruces en la baranda.

El teniente a pocos pasos, ya en la acera, lio un cigarro con buen pulso, encendió, chupó a su gusto y echó a andar despacio calle adelante dándose con la fusta en la pantorrilla.

IX

*Larga historia de zambombas grandes, que termina en
la Nochebuena de 1936, con una zambomba pequeña*

Hasta el último año que Félix nos llevó la zambomba,
no fui capaz de comprender todo el ritual de su gestión
navideña.

Los días, mejor las atardecidas del invierno, las pasábamos en la cocina de arriba, la que tenía el fogón alto
pintado de verde y el fogón bajo con chimenea voladiza
y cornisa repleta de botes de especias.

Aquellas tardes frías nos arrimábamos con la abuela
y la Chon al amor del fuego, sin más luz que la llama
y sin más quehacer que asar castañas, freír tostones o
estallar el maíz en rosetas blancas.

Algunas veces la abuela nos contaba cosas del abuelo
Damián, de la primera República, de la Revolución de
los Consumos o del ahorcado durante la segunda Guerra
Carlista; aquel que estuvo colgando de un árbol junto
al Castillo de Peñarroya, hasta que los cuervos y otras
aves protervas le dejaron la osamenta lironda. Decía la
abuela que luego trajeron el esqueleto al pueblo, metido
en un jaulón de palo, porque basta en pura carroña te-

mían a aquel que fue famoso incendiario de las quinterías y asesino de criaturas.

Fue el ahorcado, según se decía, cura o fraile en su mocedad, pero tan vil que su mano pía envició a una señorita hasta empreñarla y dejarla en la mayor vergüenza. En castigo, un día de romería, cuando desde el altar de la capilla del Castillo predicaba con gran vuelo de ademanes, el padre de la seducida, que era coronel de los liberales, sacó el sable y le cortó la mano a cercén cuando más amenazante se dirigía a los pecadores. Y contaban que la mano cayó a golpe seco sobre el estradillo de madera que soportaba el altar y durante unos momentos se agitó sola, como si quisiera asir el aire.

A partir de la manquedad, al ex cura le entró tal furia destructora que colgó el manteo, se echó al campo y cometió él solo las más gruesas tropelías historiadas en aquel campo de San Juan.

Y meses más tarde fue el mismo coronel Galán, quien con el mismo sable que lo mancase, trinchó al ex cura una noche, mientras dormía en una covacha de Ruidera. Luego fue juzgado y ahorcado por el pueblo en el árbol famoso...

* * *

De la abuela materna, que no dejó retratos, sólo recuerdo su pelo estirado, recogido en moño y la cara avellanada y estrecha, a la luz vacilante de las llamas. Su voz, apagada y nostálgica, prefería la narrativa de cosas suaves y placenteras, pero cuando a requerimiento nuestro repetía aquellas otras historias violentas, las contaba sin énfasis dramático, con lejanía y naturalidad que atenuaba toda truculencia.

También nos contaba cuando el pobre Rufo, el carretonero de la bodega del abuelo, murió, encajada la cabeza entre el eje de una rueda y la portada del corralazo. Quiso entrar por aquella estrechez para recoger la barriguera de la mula de varas que se había deshebillado, pero asustado el animal al notar que le hurgaba la barriga, arrancó el oblicuo, aprisionando de aquella manera al carretonero. Murió «con los tornillos apretados», como dijo un chusco con terribles agujeros en las sienes. Y refería la abuela el llanto del abuelo Damián que quería a Rufo como a un hijo; y del entierro que le hizo; y de cómo la mula —que se llamaba «Camposanta», porque camposantero fue su primer amo— se quedó melancólica y el resto de sus días no consintió en avivar las orejas, como solía cuando la guiaba Rufo.

En la casi oscuridad de la cocina a veces crecían las llamas, y se veían reflejos de los cobres que colgaban de las paredes, y de los vidrios del vasar. Bien apretados junto a la lumbre, aguardábamos mucho tiempo sin encender la luz, porque así las palabras de la abuela cobraban mayor intimidad y sugestión.

Los días en que la abuela estaba en vena, nos cantaba a media voz el romance del Espartero, el de la muerte de Prim o el del Conde Niño, y llevaba el compás dando con sus dedicos nudosos sobre la tabla de los fuelles.

* * *

Félix era hermano de la Isidra, niñera de mamá que fue, e hijo de la Eustaquia, ama de cría también de mamá y sus hermanos. Félix aparecía en casa cada año hacia el veinte de diciembre a traernos la zambomba que nos fabricaba él mismo. Yo creo que era el único día del año que Félix nos visitaba.

La Chon, que era su sobrina, hija de la Isidra y nieta de la Eustaquia, decía cuando estaba próximo el día de Navidad: «Esta tarde a lo mejor viene mi tío Félix con la zambomba».

Y a su día y a su hora llegaba liado en un bufandón pardo, gorra de visera hasta la ceja y la zambomba bajo el brazo, a la intemperie. Solía ser una zambomba aterida y de tamaño desmedido, brutal. Las hacía con una lata de escabeche anchísima; bien tensa la piel, atada con recia cuerda y con un carrizo duro y casi verde. Era zambomba macho, dura como un artilugio de molienda

o arma de guerra primitiva. Era inútil. Nunca podíamos
manejar las zambombas de Félix; ni la Chon, a pesar de
ser mucho mayor que nosotros. Sólo él. Se escupía en la
mano áspera, abrazaba con el otro remo aquel semeje
de mortero, y no sin trabajo, arrancaba de tal embudo de
alquimista unos sonidos duros y crujientes como redro-
pelos de un rebuzno.

Félix olía a calle y a frío. Al andar, los pantalones
de pana se entrefrotaban y se oía el rasque de los sur-
quillos.

—A la buena tarde.

—Pasa, Félix —le decía la abuela.

Y se quedaba en los medios de la cocina como un
árbol húmedo y viejo, la zambomba bajo el brazo.

—Félix, siéntate al fuego. Y tú, Chon, saca a tu tío
un vaso de vino.

Félix se desliaba el tapabocas y se sentaba en el borde
de la silla sin soltar la zambomba.

La Chon siempre le traía no un vaso, sino un tazón
de vino. Félix se lo tomaba de trago continuo y quedaba luego respirando con el bigote entrecano, perlado
de gotas. Para liar el cigarro sí dejaba la zambomba en
el suelo.

A su tiempo ofrecía el regalo.

—Les traigo a los niños una zambombilla.

Y alzaba aquel artefacto con delicadeza, como si fuese
un abanico de plumas.

—No se va a romper tan aina —decía, satisfecho.

—Puedes estar seguro —respondía la abuela, apretando los labios.

—Voy a probarla.

Se escupía en la mano, se las refrotaba ásperamente
y poniéndose el tingladillo de lata, carrizo y pellejo sobre
los muslos, mesaba el cañizo no sin esfuerzo, y sacaba
de él unos ruidos espelunqueros y temerosos, que más
que para alabar al Niño Divino parecían para poner
temor al Divino y a los humanos.

—Que cante el villancico de la Manigua —le pedía-
mos indirectamente a través de la abuela.

—Anda, Félix, cántales el villancico de la Manigua. Y Félix, con voz ronca, y maldita la gracia, cantaba:

> Ha nacido el Niño
> Jesús, en la Manigua
> el viejo José con
> la caña lo santigua.

> Ha nacido el Niño
> Jesús en la Habana,
> y los Reyes Magos
> le llevan bananas.

Félix estuvo en la guerra de Cuba y en ella quedó parado su cerebro y su quehacer. Como renqueaba de una pierna por no sé qué machetazo, dejó el oficio de su primera mocedad, y andaba un poco a lo que caía y un mucho por los cafetines contando no sé qué fantasías bélicas.

Cuando decía de irse, llamábamos a mamá, que le daba pastas, mistela y un par de pesetillas.

Y una vez ido, quedábamos mirando aquella zambomba gigantesca e inmanejable, aquella trompa de Rolando, que iba a parar al desván con las de años atrás. Cuando nos cambiamos de casa y hubo que tirar lo inservible, se llevó el trapero una buena colección de aquellos atambores de morazo, momificado ya el pellejo y oxidada la lata.

* * *

El año de la guerra dijo la abuela:

—Este año, con andar las cosas así, Félix no traerá la zambomba.

—No conoce usted a mi tío —saltó la Chon—. Como estuvo en la guerra de Cuba es muy valiente y trae lo que sea.

A nosotros, que ya éramos mayorcillos, no nos hacía mucha ilusión la zambomba, mayormente pensando en su tamaño y la dificultad de tañerla, pero Félix era para nosotros un personaje navideño, casi mítico, y nos gustaba su venida antes por verlo que por el presente.

Como si no ocurriese nada de particular, seguimos aquel invierno apiñados junto al fuego bajo de la cocina de arriba, escuchando a la abuela y a las chicas sus pláticas y comiendo de aquellas cosicas que se asaban fácilmente. Recuerdo que no sé si por los augurios del hambre, aquel año asamos patatas y boniatos muchas veces.

Y la Chon decía, poniendo la voz dengue:

> Me *bata*
> para *viví*
> con boniato
> y patata.

Y la abuela, sentenciosa:

> Los viejos,
> dientes de patata.
> Los niños,
> dientes de leche.
> Las mozas,
> dientes de nácar.

—¿Y los muertos, abuela?

—Los muertos... duran menos que sus dientes, porque cuando se desentierra un esqueleto se ve que la carne, los pelos y hasta las ternillas consumió la tierra; pero los dientes siguen clavados en la calavera como si fueran eternos, como si esperasen todavía minchar... Luego, el día del Juicio, cada resucitado saldrá con su dentadura del nicho. Que no hay cosa como los dientes, que quedan cuando todo se lo comieron los gusanos.

La abuela solía guardar los dientes de leche de sus once hijos y de nosotros, los nietos. Yo los veía por casa metidos en una caja forrada de paño verde.

—¿Por qué guardas los dientes de leche, abuela?

4

—Porque es lo único que no se pierde ni se gasta de la infancia... Cuando veo a mis hijos tan mayores, la única manera de recordar que fueron niños tiernos es mirando sus dientes de leche.

—Abuela, tu calavera tendrá pocos dientes cuando la desentierren, porque estás muy mellica.

—Así no daré miedo ni a los gusanos, que nunca quise asustar a nadie.

* * *

A las diez de la Nochebuena de 1936 todavía no había llegado Félix con la zambomba. Lo comentó la abuela mientras cenábamos bajo la tulipa roja.

—Félix, por miedo a los milicianos, no trae la zambomba hogaño.

Pero se equivocó la abuela. Hacia los postres sonaron unos golpetazos en el llamador de hierro del portón de mi casa.

Papá frunció el entrecejo y se asomó al balcón.

—¿Quién?

—Soy Félix, que traigo... eso.

—Es Félix.

—Ya le decía yo que mi tío Félix traía la zambomba. Si lo sabré yo... Como que estuvo en la guerra de Cuba.

Félix entró en el comedor bien enrollado en su bufandón y con un bulto muy envuelto en un saco debajo del brazo.

—A la buena noche.

—Siéntate, Félix.

Se quitó la gorra, por aquello del respeto, y le quedó manifiesta, desorganizada y crespa su cabellera grisante y agreste.

—Es que como están ahora así las cosas, de no estilarse Dios ni eso, me dije, tomaré mis precauciones, porque tampoco es como para llevarse un disgusto por zambomba más o menos.

—Has hecho bien, Félix.

Y desplegó su saco, que soltó un polvillo picante de paja.

—Yo les decía, tío, que sí venía usted, que sí y que sí. Que no es usted hombre que se le encoja la tripa por los milicianos.

—Hombre, no es que uno sea cobarde, que demostrado está, pero la precaución no mengua el valor, como nos decía el capitán Sánchez cuando se ponían por allá las cosas cicutrinas.

Y desensacó una zambombilla que no zambombón como siempre, pergeñada con un botecico de pimiento, un jeme de piel de liebre y cañizo de cimbel.

—He hecho la zambomba un poco más insignificante que otros años para que abulte menos, porque a la postre es igual.

—Así es mejor, Félix: la manejarán con más facilidad

—Y suena menos, que también conviene ahora.

Y sin pedírselo nadie, se escupió en la mano, aunque con menos fuerza que otros años, y empezó a tocar con cierto tiento y voz confidencial:

> Ha nacido el Niño
> Jesús en la manigua...

Papá dijo que le sacasen uvas en aguardiente y nosotros empezamos a tocar el bote y a cantar villancicos.

Si nos excedíamos en el grito, Félix, señalando el balcón, aconsejaba:

—Pasico, muchachos, que no está el horno para villancicos.

Se picó en las uvas en aguardiente y en los cigarros que le daba papá y estuvo contando cosas de la «otra guerra» hasta que petaca y frasco los dejó parejos.

Cuando ya cabeceábamos todos y no había cosa que llevarse al labio, plegó el saco, se lo puso bajo la capa y marchó para siempre, porque murió a poco de empezado el año de un tabardillo, al decir de la Chon, su sobrina.

La abuela, que murió también la Navidad siguiente, decía entre sus delirios:

—Hogaño me voy yo sola a tocar la zambomba con Félix... («Ha nacido el Niño Jesús — en la maniagua...»)

X

*Donde se trazan las parejas de José Requinto y Nicolás
Nicolavich, con la Sagrario y la Pepa, respectivamente,
mozas ambas de la Puerta del Segura, provincia de Jaén*

En la vendimia de 1935, no sé si porque acudieron
más forasteros que nunca o porque el fruto fue corto,
quedó sin trabajo mucha gente de la que solía venir de
Andalucía para coger la uva. Se les veía en la Plaza,
sentados en los bordillos de las aceras o haciendo corros
en espera del amo deseado que los contratara para vendimiar en sus pagos. Cuando pasaban carros o camiones
cargados de compañeros suyos que habían tenido más
suerte, los saludaban levantando la mano con flojo entusiasmo y melancolía. Procedían de las provincias de Córdoba y Jaén. Especialmente de la Puerta del Segura y de
Bujalance. Arrojados por el hambre llegaban a pie hasta
los llanos de la Mancha en busca de trabajo. Hombres
resecos y avejentados, con blusillas claras y descoloridas
que fumaban tabaco verde y miraban acobardados. Mujeres amarillentas con ropas de colorines, que comían
melones pochos. Hedían a sudor agrio. En sus carnes ma-
tes se apreciaba el adobo de un hambre milenaria. Por
la noche se les veía enracimados en las rinconadas. Dor-

mían en montón, arropados los unos con los otros. Se
dejaban los hijos con familiares o vecinos en su pueblo
y hasta encontrar amo arrastraban sus petates por todas
las calles del pueblo.

Y ocurrió que una de aquellas anochecidas de septiembre, tintas como el vino, el abuelo se presentó en
casa con una moza lustrosa, de carnes brillantes y gesto
infantil, cubierta con unas telas viejas y arrastrando alpargatas a chancla.

Cuando llegó estábamos en el gran patio de la fábrica, junto al jardinillo, tomando la fresca. Todos callamos para mirar a aquella muchacha frescachona que
venía con el abuelo. Ella quedó azorada, un poco en la
penumbra, sosteniendo su breve hatillo.

—Ya tenemos sirvienta, Emilia —dijo el abuelo—;
se llama Sagrario y es de la Puerta. Quiere quedarse a
vivir en nuestro pueblo.

Todos la mirábamos sorprendidos de sus hechuras y
lustre, tan infrecuentes en «los forasteros», gentes por
lo común de mal pelaje.

—Mañana le compras una bata —continuó el abuelo
sin dejar de mirarla.

La abuela, que nunca se atrevía a discutir las deter-
minaciones del marido, hizo a la Sagrario una pregunta
insípida al parecer.

—¿Estás contenta de quedarte con nosotros?

Y la Sagrario, al intentar responder, empezó a llorar.
La abuela miró al viejo como interrogándole.

—Pero, puñeta, ¿qué te pasa, muchacha?

Durante un ratito sólo se oyeron sus sollozos. Al fin
dijo entre hipos:

—Yo quiero estar con mi Pepa.

Y aclaró en seguida que «su Pepa» era paisana y
amiga de toda la vida, que había venido con ella a la
frustrada vendimia.

La abuela dijo que ella no quería más que una criada.
La tía también se precipitó a decir que no necesitaba.

—¿Y cómo es «su Pepa»? —preguntaron las mujeres al abuelo.

—No sé; no me fijé.

—Ella no quería que me quedase sin *trabajá* —continuaba la Sagrario entre sollozos—. Desapareció cuando el señor me habló... Mi Pepa es *mu* buena.

Así estaban las cosas, cuando entre las semitinieblas del gran patio, con su vacilante paso de enferma, apareció mamá, que venía de casa de la hermana Paulina, que vivía enfrente.

Se sentó, fatigada como siempre, y me tomó la mano. Recuerdo la luz pálida de sus grandes ojos azules. Su oscuro pelo bien estirado. Sus manos, breves, brevísimas.

Cuando le explicaron lo que pasaba, miró a la Sagrario, que hipaba, con el hatillo entre las manos, y compuso aquel tierno gesto que tenía para los humildes y mansos de corazón como ella.

—Fíjate, ahora con el problema de «su Pepa»... —casi remedó la abuela.

Mamá sonrió y dijo que la venía Dios a ver si la tal Pepa era buena, pues traía un gran disgusto, ya que la chica que teníamos le acababa de anunciar que marcharía a vendimiar el lunes.

—¡Pues la Pepa! —dijo el abuelo, que no parecía dispuesto a soltar a la Sagrario.

—¿Tu Pepa —preguntó mamá a Sagrario— se querrá quedar aquí?

—Sí, señora... —dijo súbitamente contenta—, ya verá usted. Es buenísima. Y tiene un *ange!*

—¿Y dónde está la Pepa?

—Allí, donde yo, en un rincón de «los Portales».

—Hecho —añadió el abuelo—. Que se venga a vivir aquí hasta el lunes que se marcha la tuya.

—¿Sí, señorita? —dijo Sagrario a mamá con alegría infantil.

—Sí, hija mía.

—Venga, deja ahí ese hatillo y vamos a por la Pepa —dijo el abuelo, alborozado de verlo todo arreglado.

Y salieron los dos a todo paso hacia el rincón de los
soportales donde estaba la Pepa sola.

* * *

La Pepa era guapa de cara y no estaba mal de tipo.
Un poco gansa y arrastrada en sus movimientos. Moza
muy a la buena de Dios, con lentísima cadencia en sus
palabras y ademanes. Tenía mucha sombra, pero sombra
caída y remolona. Cuando terminaba de comer solía decir
a quien estaba con ella, poniéndose las manos sobre el
vientre:

> Ea. Ya hemos comido.
> Buenos *estamo*.
> Que Dios le dé *salú*
> a *nosotro* y a nuestros amos...
> Que ellos se metan en una *zarza*
> y no puedan *salí*
> ni nosotros *entrá*.

Aquella especial flema en su hacer y decir la hacían
una humorista.

Muchas veces que íbamos a casa de la abuela después
de cenar o venía la abuela a nuestra casa, la Sagrario
y la Pepa paseaban juntas, contándose cosas de su tierra
y amigos.

Y solía decir:

—Señorita, qué sosísimos son los hombres de esta
tierra; de *toas* formas si saliese algún apañico...

Mamá en seguida le tomó afecto y pasaba muchos
ratos oyéndole sus lentas gracias y donaires.

—Señora, ¿por qué le gustarán a una los hombres si
son tan feísimos y con tantísimo pelo?

A nosotros nos contaba cuentos de gitanos y de vare-
dores de aceituna, que comían una cosa que se llamaba
«gachamiga».

La Sagrario, más joven, la escuchaba embebida y
hacía de todo comentarios estrepitosos e infantiles. Tenía

una risa agudísima y convulsa, de niña feliz. La Pepa, por el contrario, reía más con la cara y los ojos que con la boca.

A los pocos meses de estar en el pueblo, a la Sagrario le salió un pretendiente muy bajito, muy bajito que le llamaban Pepe Requinto.

—Dios mío, ¿qué he hecho yo para que me quiera un hombre tan 'menuo?

—Hija —le decía la Pepa—, tú aguántalo mientras no te salga otro de más enjundia, que mejor es menudencia que carencia.

—Pero si no me llega al hombro... Si es un bisturí... ¡Ji... ji... ji!

—Hija, qué manía has *tomao* con el pobre Pepito Requinto. Como si el tamaño tuviera que ver algo con el matrimonio.

—¡Ay! Pepa, que la noche de bodas me va a parecer que estoy criando.

* * *

Al año siguiente, cuando llegó la guerra, las dos mozas estaban ya muy acopladas al ambiente manchego y a nuestras costumbres. La Rosario había formalizado sus relaciones con Requinto.

—Pepa, hija, ¡qué pena que tú no tengas novio con lo guapísima que eres!

—Tú no padezcas que me lo están criando.

Requinto solía pasear con las dos amigas, haciendo esfuerzos inverosímiles por parecer más alto.

—Mira, Requinto, yo no dejo por nada del mundo a mi Pepa. De modo que hasta que ella no tenga novio, paseamos los tres.

Requinto murmuraba, plegaba el entrecejo y hacía tímidas alusiones a los fueros del amor en materia de soledad.

Pepito Requinto tenía un «Ford» muy trasto que había compuesto con piezas de diversa procedencia. A veces, por darse importancia, rondaba a la Sagrario con el coche, que era tan malo, que ni se lo incautaron los milicianos.

Cuando Requinto las invitaba a dar un paseo en el auto, ellas se negaban. La Sagrario pensaba no fuese a darle al mozo una mala idea y la llevase a la perdición y no al castillo de Peñarroya, como decía. Y la Pepa decía:

—No es que me dé miedo, Requinto, pero sí me da vergüenza ir en coche como una señora.

* * *

Improvisaron un campo de aviación por las afueras del pueblo, más allá del Parque, y a cada instante llegaban escuadrillas de bimotores a descansar o a entrenarse. Durante mucho tiempo las tripulaciones fueron de rusos. Solían ser éstos unos tipos más bien altos, rubios y llevaban chaquetones de cuero. Sonreían a todo el mundo y no hablaban una sola palabra de español. Llamaban la atención, entre otras cosas, porque fumaban cigarrillos con boquillas de cartón muy largas.

Un médico que vivía enfrente de nosotros se hizo amigo de los primeros rusos que llegaron y tomó por costumbre que todos los que pasaban por el pueblo fuesen por su casa a la caída de la tarde. Allí tocaban un piano que tenía en el patio, cantaban canciones que nos parecían muy tristes y bailaban en cuclillas hasta caer rendidos.

Los niños y criadas de la vecindad solíamos asomarnos a la puerta del médico para verlos bailar, cantar y beber. Una tarde estábamos con la Pepa en el portal viendo las juergas de los rusos. Parecían más contentos que nunca. Daban saltos descomunales. Sudaban. El del piano estaba enloquecido. No sabíamos, o no recuerdo por qué, era tanto júbilo.

En un descanso del baile, uno muy alto y rubio, que muchas veces había mirado hacia nosotros, sacó una caja muy alargada de chocolatinas y sonriendo, sin hablar, se la dio a Pepa.

La Pepa se puso encarnadísima y dijo:

—Que Dios se lo pague, buen mozo.

El quedó sonriendo, embobado, mirándola. Ella bajó los ojos. Como estuvieron así un buen rato, las miradas de todos acabaron por fijarse en aquel mudo idilio.

Ella, por fin, lentamente, sin levantar los ojos, desenvolvió la caja y nos ofreció chocolatinas al ruso y a los demás que estábamos junto a ella. El ruso, al tomar uno, le hizo reverencias. Mientras la Pepa nos invitaba, el ruso la miraba con sus ojos azules, metálicos y un poco inclinados. Luego le tomó otro chocolatín de la caja, le dio a morder la mitad y se comió él la otra parte. Y esto se hizo en medio de un gran silencio. Y cuando los dos estaban comiendo el chocolate partido, de pronto todos los rusos que estaban mirando tomaron sus copas y las subieron muchísimo. Uno de ellos trajo una copa a la Pepa y otra a su compañero; dio una gran voz y entre grandes gritos y risas todos bebieron menos la Pepa, que estaba como asustada. Pero su ruso suavemente la empujó y le hizo beber un traguín. Y después siguió el baile y el cante. Y cuando bailaba el ruso amigo de la Pepa, lo hacía mirándola, como dedicándole todas sus vueltas y saltos.

Los días que siguieron a aquel brindis famoso, la vecindad lo pasó muy bien con los amores del ruso y la Pepa. Y fueron preciosos para ella, que andaba en sus haciendas lela o como si oyera una musiquilla muy tierna dentro de su corazón.

—¡Ay! *Jesú* mío —decía a cada nada.

Mamá la observaba mucho con sus ojos claros y acariciantes.

Una tarde de gran tormenta hablaron mucho las dos sentadas en el portal, sobre las butacas de mimbre que usábamos en el verano.

—¡Ay, *Jesú*, señora! Y ¿qué van a decir en la Puerta? Una vez vi que mamá le acariciaba el pelo.

A la anochecida, cuando los rusos acompañados por el maestro de la música, que era su buen amigo y vivía con ellos en el mismo hotel, llegaban a casa del médico, mamá dejaba a la Pepa que saliese con nosotros a la esquina de la confitería. Se ponía la pobre, sosamente, una flor en el pelo de las que tenía mamá en el arreate del corral, y con su humilde bata clara y zapatillas rojas esperaba azorada.

—Ya está la Pepa aguardando al ruso —decían las vecinas desde sus puertas, ventanas y balcones.

Llegaban los rusos con sus chaquetas de cuero y las botellas en la mano, acompañadas del maestro de la banda que sabía decir *tovarich*. El ruso alto de los ojos grises, al ver a la Pepa, se adelantaba sonriendo. Le hacía una exagerada reverencia y le daba cajas de caramelos y de pastillas de jabón. Y alguna vez telas. Luego quedaban mirándose mucho rato sin hablar. A lo más, él decía con un tonillo musical: «amor...», «amor...». O bien: «muchacha guapa... amor».

La Pepa se ponía muy encarnada y le daba la florecilla que llevaba en el pelo. Y el ruso la guardaba en su cartera, muy grande, después de besarla. Todos los chicos de la vecindad y las niñeras les hacíamos corro. Pero a ellos les era igual.

—*Josú*, señora, se llama Nicolás Nicolavich.

—¿Qué más da, Pepa?

—Sí..., pero eso de Nicolavich...

Una tarde, Nicolás quiso que la Pepa pasase a la casa del médico. Ella se resistía. Le daba vergüenza desde el día del brindis. Tuvo que salir la señora del médico a convencerla.

Cuando estuvimos dentro, en el patio, Nicolás Nicolavich pidió silencio y luego se dirigió a todos con aire solemne. Dijo muchas cosas en ruso mirando a la Pepa. Todos los aplaudieron. Luego, uno muy bajito, que parecía un mongol de los «tebeos», que era el intérprete, tradujo con acento dulzón lo que había dicho su camarada: «... Que Nicolás Nicolavich se complacía en comunicar a todos que iba a hacer a la Pepa su "compañera". Y que le iba a dedicar con todo su corazón o algo así lo que iba a bailar en seguida. Y que él —el intérprete— felicitaba a la Pepa particularmente, por haber tenido la suerte de pasar a formar parte de la gran familia soviética».

Aplaudimos todos los españoles. Y los rusos se acercaron uno por uno a dar la mano a la Pepa. Y luego Nicolás le dio dos grandes besos en las mejillas. La Pepa recibió toda aquella pública declaración inmóvil, palidísima, sudando.

Nicolás Nicolavich volvió a dar un grito y de súbito, al son de un piano que tocaba un tal Kolsof, se puso a dar vueltas sobre una pierna sola.

Y todos dábamos palmas acompasadas como los rusos.

Entró al portal del médico mucha gente de la vecindad atraída por tan extraordinaria algarada y rodeaban con admiración a la Pepa, que seguía inmóvil, respirando por las narices muy abiertas y con las manos sosamente cruzadas sobre el pecho.

* * *

Al día siguiente la Pepa tuvo una conferencia muy larga con la Sagrario y Requinto. Ella oía con la boca abierta todo lo que le decía su paisana. El escuchaba con aire de suficiencia. De pronto, la Sagrario empezó a reír y a darse manotadas en las nalgas.

—Hija mía, Pepa..., ¿pero qué vas a hacer con un marido que no lo entiendes? ¡Un ruso, *Jesú*! ¡Ay, Pepa, hija mía, qué cosas!

Requinto fumeteaba muy cargado de razón.

—Nadie sabe dónde está el sino de cada uno —dijo sentencioso al fin.

Posiblemente a Requinto le hubiese gustado ser el protagonista de aquella famosa historia de amor. Pues, como luego se demostró, era hombre con sed de nombradía y distinción.

—Te tiene hecha *porvo*. Pepa, hija mía, y sin entenderle palabra. ¿Quién lo iba a decir? Cuando se enteren en la Puerta...

A Requinto debía molestarle también el que la Pepa estuviera más hecha polvo que su Sagrario.

* * *

Cuando doña Nati se enteró por mamá del sesgo que tomaban los asuntos hispano-rusos a través de sus modestos representantes Nicolás y Pepa, una tarde, al pasar por delante de su casa camino de la fábrica del abuelo, se asomó al balcón según costumbre y nos llamó a capítulo.

Fue una larguísima conversación en la que, naturalmente, doña Nati llevó la mayor parte, ya que la Pepa en principio se limitó a una sucinta relación de su conocimiento y amores con el soviético.

Doña Nati no se dejó nada en el tintero. Aludió a las diferencias de clima, idioma, religión, costumbres, alimentos y régimen político. Sobre este último punto hizo una verdadera declaración de principios, explicando cómo ella, que no pasaba de ser una republicana liberal, repudiaba todo tipo de dictaduras e intervenciones estatales. Que repudiaba asimismo toda coacción de conciencia y de pensamiento. Que odiaba los militarismos y la farsa del partido único. Y, como mal menor, no omitía sus reservas en cuanto a las teorías igualatorias del comunismo en materia económica y social. Pues consideraba que el ser humano debía tener absoluta libertad hasta para ser pobre… Sin embargo —y aquí hizo un gesto muy teatral para subrayar las razones que seguían—, comprendía que el amor de verdad era un sentimiento sublime, capaz de superar cuantas diferencias pudieran ser impedimento en unas relaciones normales, no caldeadas por la divina temperatura de la pasión. Que ésta —doña Nati conservaba todavía muchas expresiones románticas— cuando era pura y a la vez robusta, se bastaba para fundir en uno a dos seres aunque estuviesen dotados de muy divergente naturaleza. Y que ella, la Pepa, acabaría aprendiendo el ruso sin sentir, como si fuese ciencia infundida por las vías del corazón y de la sangre. En cuanto a la temperatura, clima, costumbres y hasta régimen político, serían asimilados por la Pepa si de verdad su amor por Nicolás era tan intenso e imparable como parecía… Y que, en definitiva, siempre sobre el supuesto de la alta temperatura de su pasión, hacía bien en casarse con el ruso.

Cuando doña Nati concluyó su pieza, la Pepa contestó con breves palabras que poco más o menos fueron éstas:

Que ella quería mucho a Nicolás. Que todo fue de pronto, como una fiebre que no se le iba. Que estaba segura de que él era un hombre muy bueno y cariñoso. Que ella no tenía nada que perder en España. En tocante a frío y hambre, porque desde chica hasta que llegó a nuestra casa, no supo lo que era comer caliente a diario y acostarse en cama con sábanas. En cuanto a religión, que la pobre vida que llevó no le había dejado pensar en el Dios español con simpatía. Y en respectivo a ideas políticas, que ella no entendía de dictaduras y libertades, pero que desde luego le parecía muy requetebién que no hubiese pobres ni ricos, ya que todos éramos hijos de Dios y no entendía por qué a unos les había de sobrar todo y a otros faltarles hasta el pan... Y como colofón, que ella, destinada a casarse con un bracero medio muerto de hambre y la mitad del año parado, no podía haber soñado con un marido militar de graduación, piloto además...

Doña Nati oyó con serenidad la defensa de la Pepa, subrayando con gestos ambiguos algunas de sus afirmaciones, pero a la vista de decisión tan firme optó por no hacerle más recomendaciones, darle su enhorabuena y desearle mucha felicidad.

Lo único que le hizo prometer a la Pepa era que le escribiría contándole sus impresiones sobre Rusia, para así tener ella una información directa de aquel misterioso país.

Se lo prometió la Pepa; nos besó doña Nati; se despidieron ellas y marchamos.

* * *

Una de aquellas mañanas, muy temprano, llegó a la puerta de casa María la Foca. Era ésta una pobre de pedir —entonces acogida al Socorro Rojo—, celestina de carne baratísima, perita en chachas, en cuartillejeras y viejos rijosos. Venía a traer un secreto mensaje a la Pepa.

Gruesa, casi negra, con un ojo en álgara y otro lagrimeante; bigotuda a lo chino, se apoyaba en un sucio bastón de palo de horca. El pelo entre gris y aceitoso le asomaba bajo el pañuelo negro, sucio, hecho gorro.

Guiñando el ojo acuático y mordiendo golosamente las palabras, dijo a la pobre Pepa que aquella misma tarde los rusos se iban a Rusia sin dar cuenta a nadie... «Y te lo digo, moza, para que te muevas, no vaya a dejarte el avionero compuesta y sin novio.»

Cuando nos levantamos, mamá encontró a la Pepa en su cuarto, sobre la cama, en un aullido tiernamente doloroso, de animal herido.

Mamá se sentó junto a ella y comenzó a decirle muchas palabras de aliento y esperanza, luego de enterarse que entre ellos no habían «pasado a mayores».

—No, señora, no. Como dos ángeles...

Papá cuando llegó y se enteró de lo que pasaba, dio también tranquilidades a la Pepa. Le dijo que tenía la impresión de que tal y como se habían desenvuelto las cosas. Nicolás no le haría ninguna cochinada. La Pepa se animó un poco, se levantó de la cama y, si bien es verdad que sin dejar de lloriquear, siguió con las faenas de la casa. De todas formas, papá dijo que en cuanto comiese iría a ver al médico vecino por saber qué había de cierto en la marcha de los rusos. Pero no fue necesario.

Estábamos en los postres del almuerzo cuando llamaron a la puerta con mucha energía. La Pepa se quedó rígida como si le hubiese golpeado en el pecho. Y marchó a abrir casi temblando.

Quedó la puerta de casa abierta de par en par y el portal se inundó con todo el sol de la siesta. Se oyeron unas palabras breves. Y en seguida, sobre el portal, el taconeo decidido de tres rusos y el maestro de la banda, que sabía decir *tovarich*. Uno de ellos era, claro, Nicolás Nicolavich; otro, un gran jefe con uniforme muy hermoso, y el tercero, el intérprete con cara de mongol de «tebeo».

Después de hacer unas inclinaciones de cabeza a manera de saludo, el intérprete empezó a hablar con papá, mientras los otros, incluso el maestro de música, estaban inmóviles.

La Pepa miraba con arrobo a su Nicolás, que sólo parecía atender a la cara que ponía papá según le iba hablando el intérprete.

Mamá les indicó que se sentasen, pero ellos dijeron que no, que tenían mucha prisa.

Decía el intérprete que por una orden de la superioridad, la escuadrilla tenía que volver a su base rusa aquella misma tarde. Que Nicolás era todo un caballero y había pedido permiso al jefe de la escuadrilla allí presente para llevarse consigo a la Pepa, ya que probablemente no volverían más a España. Que el jefe había dicho que bueno, pero que era preciso que la Pepa tuviese permiso de papá, que parecía ser su tutor o familiar, ya que ello no reconocían la relación amo-criado superada en su país por la gloriosa revolución de 1917. Y que la intención del comandante era que papá diese su consentimiento de palabra y firmase aquel papel que habían puesto sobre la mesa.

Papá contestó al intérprete que la Pepa era mayor de edad y libre de ir y casarse con quien pudiera. Que si ella estaba conforme, él, conociendo sus sentimientos hacia Nicolás, nada tenía que oponer. Entonces, con toda formalidad, el intérprete preguntó a Pepa que si quería marcharse a Rusia con Nicolás aquella misma tarde, para allí contraer matrimonio con arreglo a las leyes de su país. Ella, sin el menor titubeo, dijo que sí. Y puso la mano sobre el hombro de Nicolás, que, sin perder su posición de firme, la rodeó la cintura con un brazo.

Papá se arriesgó a decir a la Pepa que suponía que habría pensado en que nunca había salido de España y que ahora se iba a encontrar con un país muy distinto en todo.

Sin dejarlo concluir, el intérprete aclaró con mucho orgullo que el destino de la Pepa iba a ser buenísimo. Sería una ciudadana soviética. Esposa de un valiente oficial de la aviación de la URSS..., «lo que ustedes llaman aquí una verdadera señora».

Papá, sin hacer mucho caso del discurso, preguntó a la Pepa que si sabía algo su familia. Ella le dijo que sólo tenía un hermano y que le escribiría aquella misma tarde comunicándole su viaje.

Papá firmó el papel escrito en ruso, que, según dijeron, era una autorización para que se fuese la Pepa. Tenía que firmarlo también el alcalde, el comandante militar del pueblo y no sé quién más. Luego se despidieron de papá y mamá, quedando en que Nicolás vendría a recoger a la Pepa dos horas después, ya que a las siete de aquella misma tarde despegaría la escuadrilla rumbo a un lugar de Rusia. La Pepa iría con Nicolás en el bimotor que pilotaba.

* * *

Corrió la noticia y empezó a llegar gente a casa para despedir a la Pepa. Ella estuvo lista muy pronto, llevando por todo equipaje una maletilla de cartón pintado. La Sagrario lloraba inconsolable.

—¡Ay, mi Pepa!..., mi Pepa..., en un avión... ¡A Rusia!... ¡Qué lástima!... ¡Ay, mi Pepa, qué suerte!

Así pasaba del lamento a la envidia la pobre Sagrario, con una inconsistencia tan infantil como graciosa.

Requinto, mudo, visiblemente molesto, fumeteaba sin cesar.

—¡Qué suerte, Pepa!, mujer de *melitá* con graduación.

Cuando le oyó aquello Pepe Requinto, que no había sido movilizado por corto de talla, miró a Sagrario con muchísima furia.

La Pepa, con una florecilla en el pelo, sin apartarse de su maletín de cartón, sonreía.

Cada cual decía su cosa y todos la felicitaban, no sin alguna objeción inoportuna.

—¡Rusia!, si debe estar más allá de Francia.

—Allí, hija mía, ten cuidado —decía la hermana Mariana—. Todos son herejes.

—Quién te lo iba a decir, de vendimiadora a pilota.

Mamá le ragaló unos pendientes antiguos, y el abuelo y Lillo se presentaron con un gran ramo de flores. A nosotros la Pepa nos acariciaba y decía que nos escribiría.

No tardó en llegar un coche a la puerta de casa. Entró Nicolás vestido con un mono de cuero y el pasamontañas. Venía con él el maestro de la banda.

—¡Vaya, vaya! —le dijo éste a la Pepa—. Te has convertido en una auténtica *tovarich*.

Nicolás traía en el brazo una gabardina malva y un sombrerito del mismo color que se los ofreció a la Pepa para el avión. Ella se los probó inmediatamente.

—¡Ay, Pepa, y qué guapísima! —le decía la Sagrario, tocando el género.

Requinto miraba al suelo lleno de indignación.

La Pepa quedó transformada con aquellas ropas. Parecía una señorita de verdad. Nicolás dulcemente la besó en la frente. Luego empezó a dar la mano a todos sin dejar de sonreír y diciendo algunas palabras en ruso y español... Se le entendía «adiós..., adiós».

La Pepa se dejó abrazar por todos y a mamá le dio muchos besos.

El maestro de la banda le entregó un papel pautado que dijo ser un pasodoble que había compuesto para ellos, titulado «La novia de Rusia».

Nicolás tomó finalmente en brazos a la Pepa y se la llevó hacia el automóvil.

Seguían las despedidas con la mano mientras el coche arrancaba.

Y el abuelo, detrás de todos, decía:

—Coño, coño, qué cosas...

* * *

Al día siguiente, por la mañana bien temprano, cosa rarísima, el abuelo estaba sentado en el patio de casa hablando con mamá. Parecía indignado. Tenía los brazos cruzados sobre el pecho y decía mucho que sí con la cabeza y los labios fruncidos.

—Esta puñetera muchacha.

—Antes culpo yo a Requinto —decía mamá.

Acabé por comprender que aquella mañana no había amanecido la Sagrario en su cama; ni su ropa ni maleta en el cuarto.

El abuelo había denunciado el caso y parece que habían comenzado las averiguaciones, aunque la cosa estaba bastante clara.

El abuelo lo contaba todo con verdadera exaltación:

—Esta muchacha, con lo que hemos hecho por ella... ¿Dónde habrá ido?

Mamá, después de oírle mucho rato en silencio, dijo casi sonriendo:

—La ha raptado Requinto. No le quepa a usted duda.

—Demonios... que la ha raptado. ¿Y para qué? ¿Es que se oponía alguien a que se casaran?

—Pero le ha dado envidia del ruso.

—¿Tú crees?

—Daría cualquier cosa.

—Voy a ver.

Y el abuelo salió disparado no sabíamos hacia dónde.

* * *

A mediodía estaba todo aclarado. Unos soldados llamados «de etapa» que había allí en la guerra, habían localizado a Sagrario y a Pepito Requinto en la Posada de Argamasilla de Alba, a seis kilómetros de nuestro pueblo. Allí se había terminado la gasolina del pobre «Ford» de Requinto.

Volvieron tres días después, pero no se atrevieron a presentarse ante mi familia. El abuelo tuvo que buscarlos y llevarlos al juez a que los casara.

Luego comentaba con los amigos:

—El «Ford» de Requinto era el único que debían haber requisado estos jodíos milicianos.

Y también:

—Y este tonto de Requinto está orgullosísimo de su aventura. Como si la hubiese llevado a la estratosfera.

Acabó la historia con un comentario de doña Nati refiriéndose a Sagrario y a la Pepa:

—Estaba de Dios que sus vidas serían paralelas.

XI

Ahora se relata el raro destino de los toros para la corrida del 19 de julio de 1936, con algunas disquisiciones y recuerdos

Comenzó la guerra el día 18 de julio y la corrida que había anunciada para el 19 ó el 20, quedó platicada. Los bichos encerrados en los corrales; y la bandera tricolor izada sobre el tejado del palco presidencial.

Nadie estaba para corridas y los animales tronaban de hambre en su encierro.

A partir del tercer día de dieta, cuando las cosas empezaron a ponerse cicutrinas para los «astados» —como decía la afición—, que para los hombres ya lo estaban gravísimas, Delfín, el guarda de la Plaza de Toros, montó guardia permanente en el Ayuntamiento, por ver si le daban solución.

El pobre Delfín, tal era el paleo, no sabía bien a quién dirigirse. Gentes que entraban y salían. Presos, milicianos, noticias, bulos, nerviosismo y agitación por todas partes.

Cuando veía a alguien que tenía pinta de mandar mucho se acercaba con su cantilena:

—¿Que qué hago con los toros?

—¿Qué toros?

—Los de la corrida que iba a haber, ¿cuáles van a ser...?

—Haz lo que quieras.

A lo mejor alguno de los flamantes mandamases se dirigía a él:

—¿Y tú qué quieres?

—¿Que qué hago con los toros?

—¿Con los toros? Pues... toréalos.

Delfín y su familia temían que los toros, aguijoneados por el hambre, rompiesen las portadas del corral y saliesen cual centellas por las calles del pueblo.

Durante la noche mugían como volcanes. Todo el barrio empezó a impacientarse a pesar de que había pan y con que engañar impaciencias.

Delfín, desesperado, consiguió organizar un comité de vecinos, encabezado por dos milicianos, y con ellos se llegó nuevamente al Ayuntamiento para ver si daban con el concejal síndico, que, a pesar de taurófilo, era compasivo. Este no tardó en darles una solución patriótica.

—Esos toros hay que conservarlos para dar una corrida «por la causa» en el momento oportuno.

—Sí, pero habrá que conservarlos vivos. Comiendo, quiero decir —razonó Delfín.

—Es que si no comen, a lo mejor hunden el coso —razonó uno de los milicianos— y se cepillan a bastantico personal.

El concejal síndico comprendió el razonamiento con facilidad. Tomó un talonario de vales y, sin decir más, empezó a firmarlos.

—Ahí tienes vales. Compra cada día un carro de alfalfa y se lo echas. ¿Habrá harto?

—Yo no entiendo mucho del yantar de los toros, pero supongo que con eso siempre tendrán para dar una mascaílla... ¿Y cuando pase el tiempo de la alfalfa?

—Coño, no aprietes. Ya habrá otro companaje que darles. Tú ahora tira de los vales, a carro por día. Y si ves que sobra, ¿tú me comprendes?, a medio carro, pongo por caso. O si falta, ¿tú me comprendes?, a carro y medio.

—Desde luego, ahora al principio comerán más por aquello de los atrasos.

—Bueno. Asunto resuelto. Salud, camaradas.

Cuando la comisión salió del Ayuntamiento, como ya no tenía objeto su razón social y política, cada uno marchó por su lado. Y Delfín, a contratar su carro de alfalfa diario con un alfalfero de Argamasilla.

Delfín pasó mucho rato pensando quién era el curro que le iba con la primera ración a los berrendos. El asunto se lo arreglaron su primo Plinio, que ya había cesado como jefe de la Guardia Municipal, y don Lotario, el veterinario.

—Es muy fácil, Delfín. Descargas la alfalfa en el ruedo. Abres con tiento las puertas del corral y ellos entrarán derechos al condumio. ¿Corriente?

—¿Y mañana?

—Al revés. Hoy, cuando estén comiendo, cierras las puertas del corral. Allí descargas el segundo carro. De modo que sin riesgo, cada día, le echas el alpiste en una mesa distinta. ¿Corriente o no corriente?

—Corriente.

Contaba luego Delfín que al abrir la puerta del corral al ruedo, los toros, tan apretados y furiosos quisieron salir, que tres de ellos se encajaron en el umbral y los otros tres se remontaron sobre los encajonados; propiamente como en una escultura... Y que el carro de alfalfa fue visto y no visto.

En lo sucesivo la preocupación de Delfín era ésta: «Hoy toca corral, hoy ruedo, hoy corral, hoy ruedo».

Con el tiempo, los toros se fueron domesticando y Delfín los trataba como de la familia. Hasta montó el pequeño comercio de cobrar a los chicos un real por dejarlos pasar a ver los toros, que gordos y sesteando por el ruedo miraban con melancolía.

A medida que los toros engordaban y se hacían civiles, la bandera de la frustrada corrida puesta sobre el palco presidencial se ajaba y perdía la color.

Yo que a mis dieciséis años sólo había visto becerradas, porque nunca me dejaron en casa ir a corridas grandes, iba algunas tardes con los amigos a pagar el real a Delfín por ver los toros desde el tendido.

Mis amigos se reían de mí porque nunca había visto toros de muerte. Pero creo que yo les aventajaba en que tenía la emoción de los toros completamente intacta. Había vivido la gran peripecia de la fiesta hasta la misma puerta de la plaza, sin el seguro desencanto del final de la corrida.

Las tardes que había toros mamá no conseguía que durmiésemos la siesta. En seguida de comer nos asomábamos a la ventana del comedor de abajo para «ver la animación». Y veíamos como poco a poco se iban integrando todos los elementos fundamentales de la corrida. Muy a primera hora pasaban los músicos muy contentos a tomar café al casino, con su instrumento metidito en su estuche, debajo del brazo. Y en seguida el cascabeleo de las mulillas y el trallazo de los muleros, vestidos con pañuelos de colores al cuello, gorra de visera y alpargatas blancas. Hasta que llegaba la hora paseaban y repaseaban las calles para que las gentes viesen la majencia de sus arreos y gualdrapas y se animasen a la corrida. Eran mulas nuevas, americanas, lustrosas, con leyendas en la grupa hechas a punta de tijera; sedas con los colores nacionales, atalajes claveteados y los cascos pintados de purpurina. Los muleros, que solían ser los crudos del pueblo, gustaban de hacer garzonías y machadas, refrenando o picando a las candongas, que trotaban cernidillo y jubilosas como si se les alcanzase la fiesta.

Los chicos seguían a las mulillas tan pegado a los arrieros, que éstos tenían que volverse y amenazarles con el mango de la tralla o decirles cosas de los padres y de las madres.

Luego pasaba Jerónimo, el que solía pedir las llaves, en su caballazo blanco, que lo llevaba con las crines trenzadas con cintas de colores. Iba vestido de andaluz. Con una mano en la cadera, al arranque del zajón; puro en la boca, y la otra mano en las riendas del bridón.

Reía siempre saludando a todos con leve movimiento de cabeza y el calañés torcido, sujeto con anchísimo barboquejo. Las mujeres maduras salían por verle el talle, que bien sujeto con el pantalón ceñido y los zajones, se le remeneaba al paso de rima del jaco albo.

En la puerta del Ayuntamiento empezaba a formarse el cortejo. Los músicos amenguaban la espera sacándole escalas locas a sus instrumentos. Los hijos de los músicos, con pretexto de llevarles el estuche del instrumento, aparecían pegaditos a sus líricos padres, para colarse en la plaza al abrigo de la solfa.

El abanderado de la charanga desliaba la enseña. ornada con cintas conmemorativas de concursos ganados, cuya asta remataba una lira de latón, abrillantada con sidol para las ferias.

Cuando la hora estaba ya muy próxima, acudían a las puertas de las Casas Consistoriales todos los elementos hasta ahora dispersos y callejeros; los mulilleros, los monosabios, Jerónimo el caballista, y el maestro de la banda, don Santos, la gorra de su uniforme caqui cuajada de laureles dorados y la batuta negra en el bolsillo alto de la guerrera, que casi le rozaba la sotabarba.

Los guardias municipales, que iban de tifus, formaban tras su gran jefe Plinio, relucientes los sables y gozosos por la buena tarde que les esperaba. La guardia civil, por parejas, con la quijada sujeta por el barboquejo de charol y sobre el pecho el aspa amarilla de sus correajes se apoyaban sobre sus bajos mosquetones de caballería, y aguardaban la orden del sargento que empuñaba el espadón casi con aire belicoso.

Llegaban en seguida los de la Cruz Roja al compás de los tambores y el quirio de las trompetas, flotando sobre ellos las camillas cubiertas con lona color chocolate y mirillas doradas, para ver —creía yo— si se había muerto el herido.

Salían luego los alguaciles con el gran cestón en el que iba la merienda del señor alcalde y compañía. Cestón tan bravo que las gentes se daban en imaginar que iban allí los festines del Rey Baltasar... pagados con los dineros del contribuyente.

Cuando el reloj de la iglesia daba la hora, media antes de empezar la corrida, salía el pregonero con un manojo de cohetes bajo el brazo, y arrimándoles la punta de la tagarnina los disparaba desde el centro de la plaza, y a esta señal poníanse los músicos en hileras y los demás componentes del cortejo en el lugar que les correspondía, según la tradición. En cabeza, la Banda Municipal; en el penúltimo lugar, bien lejos, la de trompetas de la Cruz Roja. Y al final, cerrando, las mulillas.

Se arrancaba. Don Santos alzaba como un mago su batuta negra. Miraba uno por uno a sus musicantes y cuando estimaba que todos y todo estaba en orden, sacudía el palillo y rompía la banda con el viejo pasacalle.

Al «sentir» la música, la gente de los casinos y bares se ponía nerviosa y se echaba a la calle con sus zapatos lustrados y el puro a medio arder. Y aquellos señores tan mayores parecían niños, por la cara de gozo que llevaban a los toros y el paso ligero que hacían detrás de la Banda.

* * *

Yo no sabía de toros, pero de banda sí. Y mucho más que mis amigos. Las noches de verano, cuando ensayaban en la Academia con las ventanas abiertas, yo me aferraba a los hierros y pasaba horas y horas mirando a los músicos y a don Santos en mangas de camisa dándole a la solfa. Me sabía el nombre de todos los músicos, de todos los instrumentos y de la mayor parte del repertorio. Y desde luego, la mímica, tacos y reacciones de don Santos en el trance de dirigir y ensayar me los tenía tan sabidos que en mi casa lo imitaba con regocijo de todos.

Ensayaban los músicos ante larguísimos atriles de pino y el maestro sobre un alto podium. Don Santos, delgado, con cara de enfermo de estómago, bigote plano y gafas de oro, se entregaba en cuerpo y voz a su banda... Empezaban a tocar un pasaje y si la cosa iba bien, el maestro se calentaba y cada vez extendía más la órbita de su batuta. Pero si de pronto había un fallo, ¡cataplum!, golpazo en el atril y voz de mando: «¡Alto! ¡Fa sostenido, fa sostenido, mendrugo! —le decía al infractor—. ¡Venga, dalo!» Y el músico, un poco corrido, ensayaba «el fa» varias veces, hasta que salía a gusto de don Santos. Vuelta a alzar la batuta y a empezar: «Venga, desde ese fa». Y arrancaban otra vez tomando carrerilla. La sombra de los brazos de don Santos se veía sobre la pared como las alas de un pájaro informe.

—«¡No, no es así, infelices! ¡Fuera! Hay que frasear así: tarará, tarará, tara tararí...»

Los pobres músicos, todos artesanos y lo que se dice poco virtuoso, sudaban y a cada voz del maestro iban encogiéndose en sus asientos de pino.

A veces, cuando el desastre era muy grande, don Santos, echando espuma por la boca, tirada la batuta al suelo, se bajaba de la tarima y se sentaba en una silla con la cara entre las manos.

Si en vez de ensayo era concierto público, a cada metedura de pata de sus músicos, don Santos, intentando disimular, daba una encogida, como si le diese un rayo en el vientre y quedaba pálido.

En el pasacalle de los toros, aunque hubiese un fallo, don Santos se enfadaba menos.

* * *

Iba la comitiva serpenteando calle arriba entre tanto ruido y polvo. Y muchos que por angostura del bolsillo o de optimismo había decidido no ir a los toros, ahora envidiosos de la euforia unánime y removidos por la música alegre, se incorporaban a los marchantes improvisando alegría.

Yo me ocultaba para que no me vieran los amigos que arrogantes iban junto a su padre al gran banquete taurino.

Las gentes que, como yo, se quedaban, desde ventanas, balcones, puertas y bordillos de la acera veían el desfile entre sol y polvo con ojos melancólicos.

Después de este desfile, que arrancaba de la plaza, el otro que se iniciaba en la calle de la Feria comanzaba en la misma puerta de la Fonda de Marcelino. Allí se apiñaban los curiosos esperando la salida de los diestros, que irían en coche descubierto. Y pasaban los automóviles y los coches de caballos de las principales familias. Y los coches de los forasteros que venían de los pueblos próximos para ver la corrida.

Por fin aparecían los toreros en la puerta de la Fonda, nerviosos, pálidos, ligeros, con los capotes de paseo al brazo. Parecían completamente despegados de aquella alegría colectiva. Miraban recelosos y no hablaban con nadie, ni entre ellos. Cuando arrancaban sus coches de caballos se les veía envarados, con las rabadillas en el borde del asiento, mirando casi con rabia a aquellas multitudes henchidas de comida, puros y copas, que iban a ver si había sangre.

Los chicos señalaban:

—Mira, ése es Bienvenida.

—No; es Lalanda.

En otros coches iban banderilleros y picadores. Estos últimos, gordos, crudos. Bajo sus sombreros anchos parecían más corrientes y solían sonreir al público.

Y detrás, más automóviles descapotados, y landós con señoritas con mantillas y madroñeras. Se suponía que todos aquellos coches lujosos llevaban buenas meriendas y botellas de vino de jerez.

Acabado el desfile y llegada la hora de la corrida, las calles quedaban casi desiertas. Los que no íbamos a los toros volvíamos a casa entre melancólicos y envidiosos. Parecía como si toda la vitalidad y gozo del pueblo estuvieran concentrados en un solo sitio y los demás fuéramos los pobres de dinero o espíritu.

De vez en cuando, sobre la acera, se oía el taconeo de alguna chacha endomingada que iba hacia el ferial. O grupos de gentes del campo vestidas con sus crujientes

blusas nuevas que caminaban despacio comiendo ca-
cahuetes.

A veces, el aire traía el abanicazo de una ovación desde
el coso. O un «¡olé!» monstruoso. Y luego, silencio larguísimo; o algún retazo de pasodoble.

Las horas que duraba la corrida eran interminables
para todos los que no íbamos. Sin decir nada, yo estaba
con el pensamiento en aquel coso que debía ser el mismísimo paraíso.

Salíamos endomingados cuando estaba para terminar.
En seguida se oía una gran algarabía. Empezaba de nuevo
el desfile de automóviles. De gentes sudorosas, llenas
de polvo, un poco deshinchadas. Algunos traían en la
mano banderillas ensangrentadas. Las mulillas entre el
gentío. Las botas de vino desinfladas. Los rostros con-
gestionados. Los músicos, desperdigados, con los instrumentos bajo el brazo para tocar en seguida en el Real
de la Feria otra vez y sus hijos de la mano. El coche de
los toreros, que ahora, a pesar de la fatiga, parecían sonreír un poco, pasaba entre la gente que los increpaba
o aplaudía, según hubieran ido las cosas. Los alguaciles
con el cestón vacío parecían desilusionados. Los monosabios como manchas de sangre entre el gentío. Los
carros de Boni, el de la ternera, con los toros muertos.
Gentes por todos los lados, que iban a sus casas para
quitarse el polvo y volver en seguida al tráfago de la
feria. Los automóviles volvían con mucha prisa porque
las señoritas tenían que cambiarse de vestido y marchar
en seguida al baile para continuar sus trabajos de amor.
Chicos que pasaban a la plaza de toros en busca de restos
de la pasada fiesta: los refregones de sangre, alguna
banderilla... Los grandes carteles de colores que por
todos lados anunciaron la «gran corrida» se habían hecho
viejos en dos horas y nadie los miraba.

*   *   *

Durante aquellos días tristes de la guerra, cada vez
que iba a la plaza a ver los toros de Delfín recordaba
todas aquellas imágenes de mi niñez sin toros.

Pasaban los meses y los toros seguían en la plaza. Delfín, de vez en cuando, tenía que renovar gestiones en el Ayuntamiento para que la autorizasen nuevos vales de pienso para sus bichos.

La cosa terminó como tenía que terminar. Una mañana de la primavera del 37 oímos grandes voces y ruido de gentes por la calle. Nos asomamos entre ventanas. Era una gran manifestación de mujeres solas, de muchísimas mujeres, que gritaban cosas confusas: «Tenemos hambre»... «No hay derecho»... «No más injusticias... No estamos para engordar toros mientras los demás no catamos carne...»

Parece ser que aquel día no hubo absolutamente ninguna carne en el mercado, que ya escaseaba mucho tiempo atrás y alguien se había acordado de los toros de Delfín.

Armaron tal asonada frente a la puerta del Ayuntamiento, que el alcalde tuvo que salir al balcón a apaciguarlas, decirles que tenían razón y que aquella misma tarde se sacrificarían los seis toros de la corrida famosa y se vendería absolutamente toda en el mercado al día siguiente. Se apaciguaron los ánimos y unas horas después pasaron seis carros, cada uno cargado con un toro, ya apuntillado, camino del matadero, donde los descuartizarían.

Hubo carne de sobra para todos durante unos días, y el pobre Delfín, sentado, tristón en la puerta de la plaza solía entretenerse en contar a todos las gracias y desgracias de cada uno de aquellos toritos casi criados a su pecho.

XII

Postrimerías de la tía Josefica, sin omitir su afición a las tortas de aceite y su muerte pequeña

Sólo los jueves por la tarde se podía visitar el Hospital-Asilo de los Ancianitos Desamparados, que está al final del Paseo de las Moreras (por otro nombre «La Bombilla») y al principio del otro paseo que continúa, que es el de La Estación (por nombre el de don Ramón Ugena, que fue un boticario muy rico porque estaba casado con doña Rita Carranza). Viene a ser el Hospital —que fundó doña Crisanta Moreno, ilustre y benéfica dama, esposa que fue del magnífico don Víctor Peñasco— el pernio que articula los dos paseos dichos, que son los más elegantes y bonitos de la población.

Mamá decía: «Hoy es jueves y esta tarde tenemos que ir al Hospital a ver a la tía Josefica».

Y comprábamos tres tortas de aceite de a veinte céntimos y tres onzas de chocolate de almendras en la confitería de la Mariana, que estaba a la otra puerta de casa, en la mismísima esquina de la calle de la Independencia con la calle de Belén, ahora de don Eliseo Ramírez (que fue párroco después de la guerra y primo de la abuela Emilia toda su vida. Por cierto que el pobre don Eliseo,

cuando ya estaba tan malejo de la cabeza que no lo dejaban ir a la iglesia, se pasaba el día creyendo que decía
misa. Y se ponía y arrodillaba ante los aparadores y los
trincheros y las meses camilla y bendecía a todo el que
veía entrar. Por eso, cuando se murió, a su entierro fue
todo el pueblo diciendo: «No ha habido cura más bueno
jamás. Qué buenecico era el pobre. Qué tímido y recogido».

Y nos decía la María (que era la nuera de la Mariana,
esposa de Marcelino y madre de Marcelinete, mi amigo)
mientras nos envolvía las tres tortas y las tres onzas de
chocolate:

—Qué, ¿a ver a la tía Josefica?

Y nosotros le preguntábamos a mamá:

—¿Es que es tía nuestra la tía Josefica?

Y mamá nos contaba otra vez su difícil parentesco
con la tía Josefica, que resultaba algo así: era prima hermana del tío Vicente y de la abuela Manuela (aquel que
fue alcalde en la primera República, y tuvo a la abuela
Manuela como hija; vivía en la Posada del Rincón, que
está junto al Ayuntamiento; y murió casi a los cien años,
los mismos que tenía la tía Josefica). Es decir, que la tía
Josefica era prima del tío de la abuela, que a su vez era
segundo tío de mamá…, pero que siempre la quisimos
mucho y todos los días iba a la casa de mamá cuando era
joven y le contaba largas historias antiquísimas y le
llevaba nísperos.

Mamá —que pasó por la vida como airecillo tibio,
sin derribar una hoja, doliente y dolida, con sus enormes
ojos azules entre tristes y dulces— siempre hablaba de
la tía Josefica con el aire tierno y nostálgico que em-
pleaba al hablar de su propia niñez; cuando se bañaba
en la alberca de su fábrica con los tíos o cuando recordaba a su padre, el abuelo Damián, con su barba florida,
que siempre que salía de casa decía a la abuela:

—Chica, ¿quieres algo?

Y la abuela le contestaba sí o no, pero terminaba:
«Ten cuidado». Y el abuelo, que era un hombrón, salía
riéndose… Y mamá explica que la abuela sabía muy bien

por qué le decía «ten cuidado», aunque él no se perca-
taba. Porque las mujeres saben más de lo que parece...
Sabía muy bien, como ocurrió, que un día la muerte lo
apresaría en la calle.

Mamá siempre buscó sus mejores alegrías entre los
humildes y viejos que le recordaban su vieja casa y su
juventud: la Hermana Paulina, aquella que murió de
amor cuando se fue para siempre su marido Gumersin-
do; la Raimunda, que fue la criada de la abuela y venía
todos los domingos a contarle sus penas a mamá; la
Hermana Eustaquia, que fue su ama de cría y vivía en
la calle del Campo; la Hermana Francisca, que todos los
domingos por la mañana venía a vendernos huevos y
hacía tertulia, sentada en el sofá con mamá y la Hermana
Raimunda..., y, claro, su tía Josefica y su prima la
Julianilla.

Mamá, mi hermano, la muchacha y yo formábamos
la compañía que iba a ver a la tía Josefica al Hospital
de los Ancianitos Desamparados que fundó... etcétera.

Y siempre nos tenía que dejar a nosotros llamar a la
puerta, porque se hacía tirando de una cadena que a su
vez movía una campana muy honda, muy honda...; tanto, que nosotros teníamos que pegar el oído a la puerta
por ver si percibíamos el lejado sonido.

Abría la puerta del Hospital siempre la misma Hermana, que era muy viejecilla, aunque no desamparada.
Nos besaba a todos y decía a nosotros, los niños:

—Hola, cascabelillos... cascabelillos... Qué hermosísi-
mos con sus melenas rubias.

—Mamá, ¿por qué nos llama cascabelillos la hermana
portera?

Y mamá se reía un poco:

—No sé... no sé...

Y luego la hermana portera nos decía siempre lo
mismo:

«Ya está esperándoles la tía Josefica, sentadita en su
butaca de mimbre, en la galería de cristales, con la boca
hecha agua, la pobre, en espera de las tortas.»

Y pasábamos por un pasillo de baldosines blancos y negros, brillantísimos, encerados. Y nos encontrábamos con monjas que iban y venían y nos hacían reverencias muy breves... Y la hermana Superiora, muy gorda, en un rincón de la solana, con las gafas puestas y los ojos muy abiertos —porque era ojiespantiza— leía un libro con muchas cintas de colores. Y cada vez que volvía la hoja, porque era muy nerviosa, daba como un respingo en el asiento y suspiraba fortísimo como si algo le doliese. Y al vernos pasar se levantaba un momento, saludaba a mamá y no nos besaba, pero nos decía igual que la portera:

—Cascabelillos...

En un rincón de la galería de cristales estaba la hermana Josefica sentada en una butaca de mimbre, chiquitilla, encogida, puro huesecillo, vestida de negro, con el pañuelo de seda en la cabeza, casi en los ojos.

Así que nos columbraba, para demostrar su contento, juntaba las manos ante el pecho y se movía como si meciese un niño no mayor que una nuez. Y decía cosas que no le entendíamos, porque no tenía dientes y además era sorda. Nosotros imitábamos mucho en casa su manera de hablar:

—Así habla la tía Josefica: pata, pata, pata, pata...

Golpecitos de voz blandos y sordos que nadie entendía, ni ella precía tener mucho interés en que la entendieran.

Le besábamos su cara arrugadilla y ella nos daba unos golpes con el mentón saliente que mamá aseguraba que eran besos.

Nos sentábamos a su alrededor y mientras se comía una de las tortas —las otras se las guardaba— a miguitas, no dejaba de mirarnos con sus ojos húmedos, medio riendo. En el entretanto, mamá le contaba cosas de personas conocidas o antiguas que yo no sé si ella entendía muy bien, pero no dejaba, como dije, de sonreir, sobre todo con los ojos y decir que sí con la cabeza. Si se le caía una miga de torta hasta la toca o el halda, la seguía con la mano hasta darle captura.

Mi hermano y yo, aburridos, jugábamos a ratos, o nos asomábamos a las «cocinonas» de las monjas o salíamos al jardín, donde estaban tomando el sol los ancianitos desamparados.

Así que daba fin a la torta, se ponía a dar chupetazos a la onza de chocolate que le dejaban churretones oscuros en las arrugas de la cara. Y cuando terminaba de comer y chupar, mamá le limpiaba con el pañuelo las boceras y la tía Josefica se quedaba un poco triste y parpadeaba..., o, a lo mejor, bostezaba, inmóvil, con las manos cruzadas sobre el pecho, con cara de animalillo vivaracho, pero cansado.

Tocaba la campana para decir que era la hora de retirada; llegaban la hermana tornera y entre ésta y mamá —nosotros detrás— tomaban a la tía Josefica de los brazos y la llevaban hasta su cama. Se había quedado tan consumida que no era más alta que mi hermanillo. Y andaba como dando un brinquito y parón. Otro brinquito y parón. Primero le ponían a hacer «pis», luego la sentaban en la cama —había otras ancianas en la sala— y la desnudaban. Sin ropa, sólo con la camisa, parecía un guacharillo sin plumas. Con un pelo blanco muy cortito y unas carnecillas todo pellejo que le temblaban con nada. Le ponían luego un gorro blanco que se lo hacían con un pañuelo. Cuando ya estaba acostada, se hacía la señal de la cruz muy de prisa, nos tiraba besos con la mano, se daba media vuelta y se hacía la dormida.

Un día que me había sobrado a mí media torta de mi merienda, le dije cuando ya estaba haciéndose la dormida:

—Tía Josefica, ¿quieres más torta?

Y sin decir nada sacó la mano, tomó la torta, se la puso bajo el embozo y, sin abrir los ojos ni cambiar de postura, se quedó comiéndosela a miguitas.

* * *

Vivió hasta los ciento cinco años. Al final, como ya éramos mayores, no íbamos con mamá a verla al hospital.

Llegó la guerra, marcharon las monjas, pusieron enfermeras, y el hospital ya no era para ancianitos desamparados, sino para heridos. Y mamá pensó que nos debíamos traer a casa a la tía Josefica. Y un domingo por la mañana fuimos a por ella en el carrillo de doña Nati.

Pero al llegar, una enfermera que salió a nuestro encuentro, movió la cabeza con aire triste.

Por los pasillos del hospital había ahora soldados enfermos y heridos jugando al parchís y fumando. Al contrario de antes, había mucho ruido. La hermana Josefica estaba en su cama de siempre. En las otras había soldados. Muy pálida, con los labios amarillos y las manos esqueléticas sobre el bozo, respiraba con mucha fatiga.

Mamá se sentó junto a ella y empezó a besarla y a llorar despacio. Así estuvo mucho rato, llorándole casi al oído. La tía dijo también algo varias veces, pero todo me sonaba «pata... pata... pata...»

Mamá me aclaró que «la pobrecita lo que pedía era torta».

Como no habíamos llevado tortas nos miramos tristes.

Llegó un médico vestido de militar, la auscultó, le tomó el pulso y dijo a mamá que no debía movérsela de allí. Que le faltaban horas.

Mamá se quedó toda la noche hasta la madrugada que murió.

Hubo que enterrarla en una caja de niño. La amortajaron con su toca negra, pañuelo de seda en la cabeza y botas de pana negra. No creo qu estuviéramos en el entierro más de seis o siete.

*   *   *

Durante mucho tiempo, mamá, los jueves por la tarde, fue al cementerio, al nicho de la tía Josefica, en el que se había puesto, tras el cristal, una fotografía de ella cuando era joven, vestida con una falda muy grande, el pelo negro estirado, los ojos muy abiertos y una sonrisa vivaracha y optimista.

Siempre que llevaban a casa tortas de aceite de la confitería de la Mariana nos acordábamos de la tía Josefica. Y mamá, con frecuencia, al contar cosas de ella, repetía:
—¡Como decía la tía Josefica!

XIII

Libro verde sobre el «movimiento continuo» de
Teodomiro García

La cosa fue que un día se presentó en nuestra fábrica de muebles «El Infierno» un antiguo amigo del abuelo, creo que alicantino, que luego de encerrarse con él en el despacho, le comunicó la anhelada fórmula del movimiento continuo «sin posible parada», según frase del inventor.

Parece que extendió unos burdos planos sobre la mesa, ante los que explicó con todo detalle el funcionamiento de aquel aparato imaginado.

Quiero recordar que era algo así como una rueda de noria y que cierta bola de metal puesta en cualquiera de los cangilones a manera de pesa, obligaba al giro durante un corto espacio y cuando acababa su virtud motora, por no sé qué sutil mecanismo, la bola pasaba al cangilón o cucharilla inmediatamente anterior, engendrando a la rotación sin fin, según el de Alicante.

Yo no sé en qué mal cuarto de hora topó el inventor al abuelo Luis, que todo lo vio «claro como la luz del día» y decidió protegerlo. A todos los operarios del taller, reunidos en corro antes de entrar al trabajo, les explicó entusiasmado el invento. Y lo hacía moviendo las manos con tal verismo como si aquel aparato sin reposo posible estuviese ya ante sus ojos produciendo inacabable energía. Los oficiales del taller le escuchaban con la boca abierta y se lo creyeron todo. La luz del milagro había entrado en aquella casa e iluminaba el aserrín, los tablones, los bancos y las máquinas, ahora paradas.

Había que darle tiempo a Teodomiro —el inventor alicantino— para que realizase una maqueta de su arte. Y a regañadientes de la abuela, el abuelo mandó a Teodomiro a la huerta que tenía a media legua del pueblo, para que, con el mayor reposo y soledad, pudiera dar cima a su aparato. Se le proveyó de herramientas, maderas, metales y qué sé yo cuántas cosas más; amén de darle orden a la casera para que tuviese bien servida la mesa, cama y lumbre del raro ingenio mientras durase la confección de la maqueta, matriz de aquel río de dinero.

Durante meses el inventor permaneció enhuertado, entregado a su trabajo. Alguna que otra tarde, el abuelo y Lillo cogían la tartana y el caballo y se iban a ver a Teodomiro. Y siempre volvían haciéndose lenguas de la habilidad manual de aquel hombre; de su rara industria para resolver con tan escasos elementos todos los problemas que planteaba la confección del precioso y preciso aparato.

La única persona de la familia que se mostraba clamorosamente escéptica del inventor era la abuela, que temía se comiese todas sus gallinas, conejos, berzas y frutas, sin otro resultado que un armatoste inservible. «Si fuese tan listo como creéis —decía la abuela— no estaría sin una perra como está.»

Era inminente la conclusión del aparato. El abuelo y Lillo no daban paz a su entusiasmo, al comentar lo bien que iba aquello.

Corrió la noticia por el pueblo y en todas partes se decía que «Luis el del Infierno tenía escondido en su huerta al hombre de movimiento *contino*». Expresión ésta no muy clara para todos, ya que los más creían que

lo de *contino* del movimiento no era virtud de aparato
alguno, sino del hombre mismo, de Teodomiro, que no
podía estarse quieto. Que tenía algo así como el baile de
San Vito o no sé qué otro linaje de móvil patología.
Para otros la especie era menos desviada y pensaban que
aquel ingenio sería algo así como una tarabilla incansable, que acabaría por enloquecer a cuantos tuviesen la
osadía de contemplarla un rato. En el fondo, agudos y
romos, convenían en atribuir a aquel hombre y a su
invención cierta condición demoníaca, desacorde con los
pausados ritmos de la naturaleza y la razón.

Cuando ocasionalmente el inventor venía al pueblo
por algún trebejo urgente y preciso para su arte, los vecinos se lo señalaban por la calle: «Ese es el del movimiento *contino*». Y Teodomiro, consciente de su miste-
riosa popularidad, pasaba entre las gentes con aire ensi-
mismado e impenetrable, cual si detrás de su frente
estuviese la luz sobrehumana que nunca llegaría a los
demás mortales.

* * *

Un domingo muy de mañana, la abuela, el abuelo, Lillo
y no sé quién más, se fueron a la huerta, sin dar parte
a nadie del verdadero objeto del viaje. Marcharon con
el gesto hermético y orgulloso, como si llevaran la piedra
filosofal en la maleta. Fue, como luego supimos, el día
de la gran prueba.

Cuando a la noche regresaron en la tartana, seguro que
traerían la gran noticia: el famoso y anhelado movimiento continuo habría nacido para el mundo en Tomelloso. Mejor dicho: en la huerta de Luis el del Infierno,
que había protegido y hospedado al rarísimo sabio.

Pero... palabras de la tía Frasquita: «Bien entrada la
noche, cuando los vi bajar de la tartana, dije para mí:
malo, malo, el movimiento *contino* se atascó».

Llegaron con las caras muy largas. La abuela refun-
fuñando y con los labios apretados, como siempre que

se salía con la suya. El abuelo traía liado en un puño un armatoste bastante grande. Entraron casi sin saludar. Habían cenado en la huerta con Teodomiro, que quedó allá.

Pasaron el abuelo y Lillo al comedor, destaparon el «trasto» —como lo llamó la abuela desde entonces—, lo pusieron sobre la mesa grande, y empezaron a darle vueltas y revueltas, echando en un arcaduz y en otro la bola de hierro.

La abuela entraba y salía al comedor, diciendo para sí, para la tía Frasquita o para la criada o para los demás: «quince pollos se ha comido, seis conejos, diez palomas y qué sé yo cuánto de *tó*».

A la segunda o tercera ronda de lamentaciones, el abuelo, que era tan polvorilla, no pudo aguantarse y saltó:

—¿Pero te quieres acostar ya, puñeta? Tanto darle a los conejos y a los pollos. ¡Hale, a la cama!

… Total, que aquello del movimiento continuo se paraba. Le echaban la bolita en un cangilón y empezaba a girar lentamente, porque la esfera cambiaba muy limpiamente la cucharilla tres o cuatro veces, pero al poco, nadie sabía cómo, aquello se paraba y había que volver a echarle la bola en una de las cucharillas que estaban en lo alto, para reanudar el breve movimiento.

—Aquí pasa algo raro —decía el abuelo—. Algún detalle, con las prisas, ha omitido este hombre.

—¿Con las prisas? —saltaba la abuela—. Puñeta, si no llega a tener prisas se zampa la huerta entera.

—Esto, tal y como está concebido, no tenía más remedio que marchar. La idea está clara. Y no pararé hasta saber lo que pasa aquí.

* * *

Dos días después, el abuelo, sin encomendarse a nadie, con una gran maleta de madera que hizo para poder transportar aquella máquina, se largó a Madrid para consultar nada menos que a don Leonardo Torres Quevedo. Lillo, naturalmente, se fue con él.

* * *

Regresaron tres días después. Vinieron sin la maleta de madera que contenía el aparato. Ya no eran precisos tantos cuidados. Llegaría facturada en pequeña velocidad. En casa lo esperaban algunos amigos, los operarios y el pobre Teodomiro, que estaba seguro de que Torres Quevedo habría dado con el pequeño quid que faltaba.

El abuelo, al ver que lo esperaba tanta gente, y entre ellos el inventor, quedó contrariado.

—¿Y mi maqueta? —fue lo primero que preguntó Teodomiro.

—Viene facturada. No te preocupes.

—No es ésa la manera de tratar un aparato tan delicado —dijo casi haciendo pucheros.

El abuelo, con la boca muy apretada y casi por encima de las gafas, lo miró sin hacer ningún comentario.

—¿Qué les ha dicho el señor Torres? —preguntó alguien.

El abuelo se quitó el sombrero y se pasó la mano por la calva. Por fin se le encendieron los ojos tras los cristales y sonrió con cierta amargura.

—A veces —dijo—, y yo el primero, hacemos mal en despreciar a las eminencias. Tú y yo, Teodomiro, pobres artesanos, creemos estar en el secreto de todas las cosas mecánicas, cuando la verdad es que todo se rige por unas leyes superiores que nosotros, como no hemos estudiado, no conocemos... Sabemos manejar herramientas, resolver problemas sencillos por ingenio, por experiencia o por instinto. Pero no estamos en condiciones de poder comprender las grandes leyes que fundamentan la ciencia... (y continuó así con un largo prólogo que Teodomiro escuchaba impacientísimo, dispuesto a saltar en cuanto hallase una rendija).

—Pero bueno, ¿qué ha dicho? —preguntó al fin Teodomiro con los ojos llenos de angustia y la voz casi mendigante.

—... El fracaso no ha sido sólo tuyo, sino mío también... y de Lillo.

Lillo levantó las cejas con un gesto de cómica resignación, porque el abuelo, siempre que le venían las cosas mal, hacía partícipe a Lillo.

—¿Qué fracaso?

Entonces el abuelo explicó a su manera las razones físicas que le diera el sabio don Leonardo Torres Quevedo, que, al parecer, ni se dignó mirar el aparato. Vino a decir que todo movimiento de las cosas naturales, como el de las manufacturadas, se producía mediante energía venida de fuera, que no puede salir del mismo movimiento... Que el caballo corre porque come de fuera de sí: energía. La tierra se mueve porque la atraen otros astros: energía... Y que hasta ahora no hay nada ni podría haberlo que se mueva por sí mismo y se alimente de sí mismo, porque si ocurriera acabaría anulándose al transformarse ello mismo en energía... El hombre, si dejase de comer de fuera, acabaría comiéndose a sí mismo‧para subsistir, hasta matarse... Las plantas crecen y se ponen verdes y dan frutos porque reciben de fuera el sol, el aire y el agua: energía... El movimiento continuo, señores, según la ciencia y el sabio don Leonardo, es una utopía, o lo que es lo mismo, es imposible.

—¡Eso es mentira! —saltó Teodomiro desencajado—. Falta un pelo para que mi invención sea perfecta... Así que lo estudie unos días más hallaré el impulso necesario para que la esfera pase incesante de cangilón en cangilón...

El abuelo suspiró al oír aquello de «unos días».

—Desengáñate. No falta ningún pelo. Falta nada más ni nada menos que una nueva ley de la Naturaleza... Tú lo oíste bien, Lillo.

Lillo asintió con la cabeza.

—Falta que Dios haga el mundo de otra manera. Lo dijo bien claro el señor Torres, que por cierto estuvo muy amable con nosotros.

* * *

El abuelo rogó a Teodomiro que se quedase en casa unos días y poco a poco, con buenas razones, consiguió amansarlo. Como el hombre no tenía dónde caerse muerto, porque su último modo de ganarse la vida había sido con un «tiovivo», que perdió en un incendio feroz que hubo en la feria de Tordesillas, el abuelo le brindó la idea de que se construyese en el taller un nuevo «tiovivo» o «caballitos», como los llamábamos allí. Que luego los pagaría poco a poco, conforme le llegasen las ganancias.

En poco más de un mes quedaron listos «los caballitos», que se movían a brazo. Los caballos, muy propios, eran de madera, pintados unos en rojo, otros en negro y otros en blanco. Con barras de latón y carteles pintados a base de dibujos de flores y pájaros.

Para inaugurarlo y sacar las primeras perras, Teodomiro instaló su «tiovivo» junto a la Plaza de Toros, porque ya estábamos en vísperas de feria. Y la gente se acercaba a verlo, tan flamante. Y decían: «Mira, éste es el movimiento *contino* que han hecho en "El Infierno". Y ése es el inventor». Y señalaban al pobre Teodomiro, que metido en el centro del «tiovivo», empujaba una a una a las barras de latón para que los caballitos no se parasen y los niños que iban sobre los durísimos caballos de madera pudiesen hacerse a la idea de que galopaban.

El abuelo y Lillo solían dar algún paseo a la anochecida por el Paseo del Hospital, y se detenían melancólicos cerca de la Plaza de Toros a ver al pobre Teodomiro trajinar con sus «caballitos».

—Parece que tiene parroquia —decía Lillo.

Y el abuelo suspiraba y decía:

—¡Ay! Lillo de mi alma. Que nunca acaba uno de aprender.

* * *

Cuando llegó la guerra, por agosto del 36, un operario dijo una tarde al abuelo:

—¿A que no sabe usted quién está junto a la Plaza de Toros?

—No.

—Teodomiro con sus «caballitos».

—¿Los mismos?

—Los mismitos, tan tiesos.

—Pero si hace treinta años que se hicieron.

—Pues allí están. Ahora los mueve con un motor de gasolina.

—Es que hay que ver qué bien trabajaba el dichoso Teodomiro. Durarle todavía los «caballitos».

Y aquella misma tarde el abuelo y Lillo se fueron a ver a Teodomiro. Yo también fui. El hombre estaba ya muy cascado. Llevaba unas gafas muy gordas y aun con ellas apenas veía. Su «tiovivo», el mismo, aunque pintado de otra manera, se llamaba «El Movimiento Continuo». Teodomiro estaba sentado muy tranquilo tras una ventanita, mientras el motor de gasolina movía el artilugio, un chico cobraba y una gramola tocaba «Rocío».

Cuando consiguió conocer al abuelo y a Lillo, salió corriendo a abrazarlos. Luego se sentaron en un aguaducho que había allí cerca a celebrar el encuentro. El Teodomiro les contó sus aventuras durante tantos años y respecto a la guerra dijo que era cosa de unos días.

Al marcharse comentó el abuelo a Lillo:

—Cuando Teodomiro dice que la guerra va a durar unos días, es que tenemos para años. Toda su vida fue un optimista.

—Y tú también —saltó Lillo.

El abuelo quedó parado, se rascó la oreja y añadió:

—Y lo soy, qué coña, si no cómo iba uno a vivir.

En aquellos paseos del Hospital, bajo el ambiente de la guerra, sólo había chiquillos, algunos de ellos vestidos con gorros de milicianos, que subían sin cesar en «El Movimiento Continuo» de Teodomiro el inventor.

* * *

Pero la historia no había concluido. No concluyó hasta finales de 1937. Teodomiro resistió junto a la Plaza de Toros todo aquel tiempo, hasta que una noche apareció muerto en su posada. Debió sentirse malo unas horas antes, porque le dio tiempo a dejar una carta escrita en la que decía que entregasen su negocio y enseres al abuelo Luis, en prueba de su vieja amistad y reconocimiento por los desvelos que se tomó por él en otro tiempo de juventud.

El abuelo le dio sepultura y se llevó al sótano de la casa aquellos viejos «caballitos»... Todavía, hasta hace poco, anduvo por allí una tabla que tenía escrito en letras rojas «El Movimiento Continuo» de Teodomiro García.

XIV

*De la descampanación de la Parroquia, de la quema de
los santos, de la grotesca procesión de los incendiarios y
catilinaria final de doña Nati*

Fue una de esas siestas manchegas que el viento quema
las persianas verdes y las deja pardas para siempre. Siestas
con sudor y dolor de cabeza, que obligaban a levantarse
varias veces hasta el modesto remedio del botijo.

Me quedé dormido oyendo cantar a la Pepa seguidillas
manchegas con aire de fandangos de Huelva.

> A la panza me tiras
> matarme quieres.
> Apunta más abajo,
> que está Gutiérrez.

—¡Pepa!
—Diga, señora.
—Hija mía, no cantes esas cosas.
—¿Pero, señora, quién sabe lo que es Gutiérrez?
Y al poco volvía:

> Al llegar a Tomelloso
> lo primero que se ve
> es a todos los señores
> sentados en el café.

—Señora, ¿le gustan éstas?

—Eso ya es otra cosa.

—A ver si le gustan a usted ahora estas alegrías:

> Cuando acabemos la guerra
> trabajarán los señores,
> y nosotras estaremos
> comiendo en sus comedores.

Pero, además del calor, algo pasaba en el pueblo que soliviantaba a mamá más que las seguidillas y alegrías de la Pepa. A cada instante iba a asomarse a la ventana del comedor de verano. Pero yo no tenía ni ganas de preguntarle. Tal era el sopor. El viento solano traía de vez en cuando trallazos de voces y gritos. Anchos estampidos de escopeta. Desde días atrás había escopetas por todas partes. Apenas se veía hombre sin arma. Como paraguas en los días de chubasco. Escopetas en bandolera, sobre el hombro, en la mano como bastones; asomando por las ventanillas de los automóviles. En el cine, en las tabernas, en los mitines. Eran las escopetas nuevas y brillantes de los señoritos. Las opacas y mohosas de los labradores, los cañones sujetos con alambres a la culata. Viejas escopetas de un solo cañón con gatillo altísimo. Hasta trabucos y pistoletes inservibles, sacados de los sobrados y camarones, lucían algunos por lucir algo. En las guerras civiles se elementaliza el hombre hasta extremos inconcebibles. No sólo descubre sus pasiones más contenidas, sino sus remanencias infantiles y ridículas. A cada instante sonaban tiros. Tiros al aire, a una gorra, a un perro. Tiros de juerga y de cuchufleta. Y como en las películas, ponían «manos arriba» a «los sospechosos» y los cacheaban sin venir a cuento. Se veían miradas torvas, cargadas de odio, pero también miradas teatrales, miradas de niños que juegan a justicias y ladrones. Algunos de aquéllos, hasta hacía unos días pacíficos gañanes y peones, llevaban grandes cuchillos de monte entre la faja o el cinturón. Y pasaban con aire de abultada y cómica autoridad entre las mujeres y los paseantes inofensivos. Al menos así fue en mi tranquilo pueblo, donde a pesar de sus treinta y cinco mil habitantes sólo hubo trece «paseos» y casi ninguno hecho por gente de allí.

Como los nuevos milicianos o «escopeteros» no tenían costumbre de manejar armas ni de tomar aquellas posturas forzadas, les solían ocurrir chascos pintorescos y a veces sangrientos.

El domingo anterior hubo un gran mitin en la Plaza de Toros. Fue, según dijeron, un mitin «para dar consignas». Cierto labriego, miliciano recién hecho, escuchaba embobado a uno de los oradores, con las manos sobre los cañones de la escopeta, descansada en el suelo. Tan distraído y cómodo debía estar, que le picó un bicho en la corva izquierda, y en vez de bajar la mano hasta allí, prefirió rascarse con el pie derecho sin abandonar su postura. Y se rascó con tan mala maña, que, con la punta de la alpargata rozó el gatillo, se disparó la escopeta y la cabeza del miliciano voló hecha tiras. Se acabó el mitin.

Otro día apareció un modestísimo avión que lanzó una bomba de nada en la estación de Alcázar de San Juan. Luego revoló sobre mi pueblo. Aquello fue una traca. Los milicianos, desde balcones y azoteas, disparaban sus perdigonadas hacia la raya clara de aquel único avión que se dignó visitarnos en toda la guerra y que, claro está, marchó intocado. Tiraban por el gusto de tirar, porque demasiado debían comprender la inutilidad de las fumigaciones.

... Pero aquella siesta, entre la calentura del solano, el ruido que llegaba de la calle era mareante; nada parecido a los ruidos a que nos tenían habituados aquellos primeros días de la guerra.

No sé qué tiempo llevaría de sueño, cuando me despertó un gran golpazo. Entre metálico y seco. Entre sonoro y sordo. Algo había caído al suelo que no se había caído nunca. Me incorporé sobresaltado. Hice oído y se escuchaba un gran clamor. Salí al patio en pijama. Fui hasta el comedor. Mamá y la Pepa miraban tras la persiana de la ventana. Mamá estaba palidísima, inexpresiva.

—¿Qué pasa?

—Han echado al suelo la campana grande de la iglesia.

Las persianas de todas las casas latían, vibraban, movidas por manos nerviosas.

En la plaza distinguíamos un tráfago de gentes que iban de un lado para otro, saltaban y gritaban en torno a un gran montón de cosas. Remolinos espesos de personas que avanzaban y retrocedían gritando, con gritos histéricos de júbilo y pavor mezclados. De pronto, columnas de humo, llamas, más ruidos, más voces y en seguida una gran hoguera en el centro de la plaza. Alzamos la persiana. Se veían brillos de colores, de latones; grandes figuras mal llevadas a hombros que echaban a las llamas. Estaban quemando los santos de la Parroquia... Vimos muy bien que entre varios, muy derecha, llevaban sobre andas, una cruz gigantesca, sin imagen, con el sudario entre los brazos. Intentaban volcarla, pero no debía ser fácil. Se la veía oscilar, balancearse, flameando el blanco sudario. Por fin, luego de varias intentonas, cayó sobre la hoguera entre un gran clamor. La gente abrió el corro, retrocedió hacia todos los cardinales, porque la hoguera se extendía.

Las andas grandes, con ruedas, que hiciera Lillo para las procesiones, empujadas por las turbas, entraban en la hoguera como carros que fueran a cargar fuego. Al «Niño de la Bola» se le vio volar por encima de muchas cabezas, sin duda lanzado por algunos borrachos, o emborrachados por la orgía, que ya se permitían bromas peligrosas para los espectadores y «bacines», como allí se llama a los curiosos de todo. Chicos y mujeres acarreaban hasta el fuego libros gordos del registro, antifonarios, misales. Mozos llevaban a hombros los pesadísimos bancos, confesonarios, que vacilantes sobre la multitud parecían sillas de mano muy altas. Todo caía en el fuego de la plaza, de la siesta incendiada. Bocanadas de humo venían por nuestra calle, con aromas antiguos, apolillados, incensados, litúrgicos. Olores de telas quemadas, telas gruesas y recamadas, de papeles húmedos, de pinturas antiguas.

El rescoldo de aquella gran hoguera duró muchísimo. Horas después, en la noche, ya de cerca, todavía vi quemarse brazos de angelillos de yeso, manos crispadas de crucificados; la frente de una virgen con corona de latón. Candelabros retorcidos, cálices negros, las despeinadas cuerdas del armónium y el blanco teclado, que como una dentadura parecía morder aquellos papeles; mantos azules con estrellas, cepillos e hisopos. Un panel del Altar de las Animas, en el que aparecían pintados de madera infantil cuerpos rojizos, entre llamas como cuchillos, permanecía casi íntegro, como si el fuego de la tierra no hubiera podido acabar con el del Purgatorio.

Junto al Casino, la campana maestra, entre verdosa y parda, muchísimo más grande de lo que yo podía pensar, posaba sobre el suelo con una grieta negra, anchísima, abierta en toda su longitud. La cabeza del badajo doblada, asomaba, pisada por el borde la falda, como un reptil que sacase la cabeza para respirar.

Pero volviendo a la siesta, cuando la gente parecía haberse aburrido de ver la hoguera, como por señal, se formó una extrañísima comitiva, que desembocó en mi calle desde la plaza. Era una procesión solanesca. Niños, niñas, mozalbetes y mujeres, con las caras tiznadas por la proximidad del fuego, saltaban enloquecidos, vestidos con albas, casullas desgarradas, bonetes y sotanas que les arrastraban hasta el polvo. Uno con una vinajera en la mano y una vela encendida sujeta con los dientes, venía tocando la campanilla. Llevaba el torso desnudo, ahumado, y sobre los pantalones las faldas rojas de un monaguillo. Y se paraba, daba saltos y hacía cabriolas de alimaña, que hubiera hecho reír en otra ocasión. Varios venían tocando los grandes pitos arrancados del órgano, como si fueran trompetas celestiales. Una mujer, metida en una sotana que la arrastraba, y con un bonete sobre el moño, daba hisopazos a diestro y siniestro, voceando unas salmodias obscenas. Otra, vestida también con sotana, venía bailando, alzándose los bajos al son que le tocaban las flautas organeras. A un niño pequeño lo traía su madre en brazos, con un largo hábito celeste de adornos dorados.

El gran paso de aquella procesión furiosa y nunca vista estaba formado por el púlpito arrancado de cuajo y llevado a hombros entre dos mozos. Metido en él, vacilante por el meneo de la andadura, iba un mozalbete que tuvo fama de beatillo y dicharachero, con bonete y alba, con grandes aspavientos, así como predicando: «Hijos míos, hijos míos, el infierno es una cosa *malisma,* hermanos... Por el contrario, la gloria, es una cosa *buenisma,* hermanos, donde se come y se bebe de todo y se rasca uno la barriga. A él van todos los ricos; y los pobres de derechas tragahostias y lameculos. Allí van todos los que se apuntaron a Gil Robles y votaron a Pemán. Echar limosnas en los cepillos e iréis a la Gloria, que es un solar buenísimo...»

Un grupo de seguidores bastante serenos hacían oído a las predicaciones de aquel del púlpito, y subrayaban con carcajadas sus pintorescas razones. Cerrando el cortejo más muchachos con estandartes morados moviéndolos torpemente, como si fueran muletas toreras. Y por todos sitios chiquillos con los libros del Registro o papeles pautados, simulando cantos gregorianos a base de mucho «gori-gori-gori».

Por lo que nos contaron luego, hubo procesiones similares por todas las calles que salían de la plaza. En la que pasó por la calle de la Feria llevaron el sepulcro, y dentro de él a Pinilla, borracho famoso, que, tumbado, iba bebiendo de su bota.

Durante toda la tarde y parte de la noche seguían viéndose restos de la desmantelación del templo, aparte, claro está, de la hoguera, cuyo rescoldo permaneció mucho tiempo. Los pitazos del órgano hecho flautas, sonaron durante días por todos los barrios. Las puertas de la iglesia quedaron abiertas de par en par y se veían entrar y salir constantemente chicos que sacaban algo olvidado por los rincones.

La noche siguió sofocante y aterrada. Puertas y ventanas cerradas. Nadie por la calle. Un humo agrio y maloliente se filtró en todas las casas próximas a la plaza, y olían como si en cada una de ellas se hubiera quemado algo de la iglesia. Lo inusitado y sin precedentes de aquel incendio y saqueo, tal vez jamás pensado de verdad por nadie, dejó un extraño silencio, un malestar, un estar fuera de lo que siempre fue normal.

* * *

Doña Nati, desesperada en su soledad, nos mandó llamar. Y aprovechando la noche, nos cruzamos rápidamente. Y ella, la vieja liberal, estaba indignada. Enrojecido el rostro, fulgurante la luz de sus ojos claros y duros. Luego de sentarnos junto a su mesa estuvo varios minutos sin decir palabra, mirando hosca hacia la calle a través de los cristales.

Mamá, mi hermano y yo esperábamos de un momento a otro la gran catilinaria.

— ¡Qué horror, qué horror! —empezó con los ojos húmedos—. He pasado esta tarde trágica recordando las cosas que mi padre me contaba de las guerras carlistas. Y de verdad, de verdad, que me siento avergonzada de haber nacido en este país...; qué amargura, Señor, a mis años. —Y haciendo una enfática pausa, recitó los versos de Machado:

>Españolito que vienes al mundo
te guarde Dios,
una de las dos Españas
ha de helarte el corazón.

»Y cada día que pasa me convenzo más de que nosotros, los liberales, los de buen natural, los mansos de corazón, los que creemos que se puede vivir respetando la idea y sentimientos de cada cual, no tenemos cabida en esta nación. Los que tenemos por ideal la suave convivencia, el diálogo y el derecho, somos producto de civilizaciones superiores que aquí no pueden tener asiento.

»En este país sólo domina el despotismo, la intransigencia de unos y de todos; el considerar que la única forma de existir es coceando a los de enfrente. El energumenismo de las derechas españolas, en el nombre de Dios, de «su orden» y de la propiedad, es tan feroz como el de las llamadas izquierdas, en contra de Dios por «su orden» y contra la propiedad. Aquí no se lucha por ideales, sino por escarnecer, arruinar y por fin sacrificar al de enfrente... Aquí no hay cabeza, cerebro, sólo sangre que hierve, resentimiento, odio, fomentado por todos. Del oponente no se pide la comprensión, sino la cabeza... Este no es un país cristiano, porque no piensa. Los ricos van a la iglesia porque de esta manera creen que esto preserva sus intereses y amansa a sus enemigos. Si un día —que llegará— la iglesia considerase de difícil competencia la injusticia social, la explotación y el colonialismo con la práctica de su doctrina, los ricos españoles se harían mahometanos y... posiblemente los pobres volverían a ella, no por convicción, sino como fuerza, porque antes odian a la iglesia por creerla del bando contrario que por su doctrina...

XV

Donde se cuenta con crudeza y dulzura juntamente, el
parto de la Cienfuegos en la Nochebuena de 1937

En el salón destartalado y pintado de añil, unos milicianos alternaban con las suripantas aquella Nochebuena
de 1937. Bebían todos coñac del pueblo a gollete y cantaban himnos revolucionarios.

Los picos de las narices, las borlas de los gorros y las
manos aspadas se entrecruzaban en rúbricas chinescas
sobre la pared de añil, mil veces salpicadas de vinos y
vómitos, desde 1916 que la Carmen fundó «La Dalia
Azul».

En el otro testero del salón, un soldado de Etapas,
mal tenido de puro vino, le daba tercamente al manubrio
del organillo, que sonaba «Rocío, ay mi Rocío», con ritmo
discontinuo entre los timbres y martilletes mecánicos del
aparato. Cuando acababa la pieza, se precipitaba temble-
queando sobre las llaves, como si no pudiera vivir sin
aquel son, y volvió a sonar la misma «Rocío».

La Carmen, comitresa de la mancebía, junto a una
estufilla de serrín, con los brazos cruzados sobre el halda
y la greña en la frente, descabezaba un sueño agrio y
antiquísimo.

Un miliciano de la FAI subido en la mesa comunal comenzó a bailar unas bulerías entre las manos de sus corifeos, que palmoteaban tercos mirando hacia arriba como implorantes.

Olía a regüeldo agrio y a pelo frío, a tabaco verde y a coñac barato. Las voces de los juerguistas, astilladas y roncas, sonaban a voces de voces, a ecos de voces humedecidas por el flato del coñac.

Una pécora, agotada por la fatiga, se durmió de bruces sobre la mesa, mientras un miliciano negro y reseco —tagarnina— también modorro, se recostaba sobre su hombro y con la mano tonta y borracha le daba repasos a todo lo largo y lo ancho del espinazo.

El soldado de Etapas, cansado al fin, se sentó en la tarima del pianillo y a duras penas intentaba mover el manubrio y seguir con «La Rocío» desde su posición sedente.

En estas entremedias entró una furcia gorda, en camisón, con una tecla al aire y la otra entre dos luces.

—Que la Cienfuegos se ha puesto de parto —bisbiseó a la Carmen, pegándole a la oreja su agudo hocico de conejo.

La Carmen, durante un ratito, quedó lela, como si no entendiese, con el sueño colgado de las pestañas.

—¿Que está de parto?

Reaccionó al cabo y dándose dos manotadas en los muslos, comenzó una letanía de maldiciones contra la Cienfuegos, que alcanzaba a toda su parentela y cronología.

—¿Pero quién le manda a esta tía venir a parir aquí? Que ésta no es casa cuna, sino fornicativa. Que aquí se viene al recibo y no al respido. Que bastantes hijos sin padre estamos en el mundo para llegarse con aumentos. Que aquí debe tragarse cada una sus remuneraciones y no ponerlas de manifiesto a los nueve meses. Que éste es sitio de placeres y no de entuertos. De licores de vida y no de calostros. Que la clientela no acude a ver ñaclos, sino al esparcimiento de la ingle. Que el mundo está perdido... Que si por cada desahogo que hubo en esta casa desde que la fundé saliese ahora un mocoso, adiós mi madre, que el general Miaja iba a tener soldados para tomar en una noche el Asia Menor. Que no es de hembras agradecidas el dar fruto en estos sitios. Que aquí se oficia para ganarse la vida con el sexo y no para jorobar a la dueña. Que qué va a ser ahora de todas nosotras las del ramo de la pelvis como os dé, so blandas, por descuidaros el control. ¡Ay de mí, y qué desgracia más grande! En plena guerra y sin subsistencias, ¿cómo nos vamos a poner a criar mamones? Que aquí, por mis muertos, no alumbra nadie más...

El discurso de la Carmen, que había ido subiendo el diapasón a cada palabra, andaba ya a grito pelado cuando lo de «los muertos». Hasta los milicianos y las furcias del rincón habían suspendido la juerga y escuchaban con el gesto torcido de beodos, sin saber qué apostillar. El mismo soldado de Etapas, despabilado por los gritos, movía la cabeza afirmativamente dándole la razón a Carmen.

La dueña, al fin, se levantó de mala gana con ambas manos en los bolsillos del mandilón del oficio, en los que guardaba las llaves, las fichas, los profilácticos y otras minucias de su tráfico, y empezó a mover sus piernazas como sacos terreros, sin maldito el deseo de llegar a la habitación donde la Cienfuegos se retorcía con los dolores del parto...

A pesar de que la Cienfuegos llevaba nueve años en la facultad del catre, era la primera vez que se veía en trance de madre, al revés de lo que suele ser uso, ya que la danza empieza por la panza y no como en este caso de tanta anomalía.

A la Cienfuegos se la llevaron todos los demonios durante los nueve meses del embarazo, porque no atinaba en dar en cómo, cuándo y con quién pudo ser aquello.

—¿Pero cómo ha de ser, malaje? ¿Cómo ha de ser? Que te confiaste, que te creíste machorra, y luego del acto, en vez de hacer lo que debías, te quedaste traspuesta mirando al gusanillo de la bombilla; y se te agarraron los bichos a la bóveda del «Casimiro» —le decía la Carmen—. ¡Que eres una puñetera y perezosa y andas a bofetadas con la higiene! O a lo mejor te has prendado de un pisaverdes, y romanticona tú, has querido tener de él un nene. Que no soy nueva en el negocio y me sé muy bien todas las tablas. ¡A que va a ser del Hilario, el de las piernas largas, ese que cada vez que viene a verte pone la geta triste...!

—¡Ay, ay! —gritaba la coima—, esto es *malismo*.

Y luego se asía con ambas manos al cabecero de la cama y daba otro grito y otro hasta perforar todos los muros de la mancebía.

Los milicianos de la juerga, con el zipizape del parto, se despabilaron un poco, pagaron y se fueron de mal talante, porque se les había enfriado el propósito. Además, sus respectivas parejas de relajo tomaron los gritos de la Cienfuegos como aviso de penitencia, y renunciaron al estipendio por si era mala suerte laborar con la entripada tan cerca, y en fecha tan señalada, al menos antes de la guerra. Sólo quedaron dos milicianos en la casa: el soldado de Etapas, dormido definitivamente junto al organillo, y Fabián, un miliciano grandón, inexpresivo y siniestro, que se plantó en el portalillo como un muñeco de yeso, sin más vida en su rostro que unos ojos negrísimos que seguían todo movimiento.

Las coimillas, compungidas de pronto, se sintieron hacendosas; calentaban agua, sacaban los pañales y trapillos que tenía en una cómoda la Cienfuegos; preparaban una cunilla antiquísima con mece-mece. Y todas en general se refrescaron el rostro y se pusieron decentes, en lo que cabía.

Como no había más comadrona libre que doña Sacramentación —luego de investigar por teléfono entre las más propincuas al ramo de la putaña— la Carmen tenía miedo de que no quisiera venir, ya que la tal Sacramentación gozaba fama de puntillosa y redecente.

—¡Ay, Señor! —gritaba la dueña con el auricular en la mano— que todas las matronas están de oficio; que no parece sino que con la guerra a todas las mujeres les arrecian las ganas de suplir muertos. Y sólo está libre la

melindrosa de doña Sacramentación, la que atiende a las
señoritingas que paren sin quitarse el cobertor, por aquello de la decencia. ¡Ay, Dios!, que ni va a querer poner
el pie en esta calle; que así que se entere de quién es
hijo el que está en puertas va a darle un repelús que
para qué. Que qué vamos a hacer como no venga, que
no somos nosotras gente perita en estas aperturas, aunque andemos en la parte...

Fabián, el miliciano grandón, que quedó en el zaguán
como muñeco de yeso, al ver la atribulación de la Carmen, que ni se atrevía a echarle el teléfono a doña Sacramentación, con palabras torpes y sordas, se ofreció en
persona para ir a recoger a la comadrona, con la absoluta
seguridad de que no se le iba a resistir, pues según él en
materia de sacar a luz no había decencia ni incidencia y
la *ayudaora* tenía que atenerse al presente y no a la
ejecutoria del *mandao*. Que hasta los hijos de los reyes,
o sea, los príncipes, llegaban por el mismo puente hasta
que no se inventase otro recurso; y, sobre todo, que era
muy peliagudo el ponerse a guiscar quién era hijo de
madre decente por casadísima que estuviese y quién de
desliz o pasatiempo.

La Carmen, luego de oír el resumido discurso, le dio
licencia con un suspiro, y el miliciano, palpándose el
pistolón que llevaba en el íjar, salió con paso torpe hacia
la casa de la virtuosa comadrona.

Lecheaba ya el cielo invernizo y la Cienfuegos seguía
desliando la inacabable madeja de sus ayes. Era pre-
miosa en el trámite. Porque, si ancha de gárgola por
razones de oficio, nada tenía que ver esto para dar umbral a la criatura declaró «la Ochava», que tuvo siete
hijos y ya sólo oficiaba de encargada, aunque en días de
muchas prisas, si había algún cliente sin continencia,
alternaba y pasaba por buena).

Todas las del tráfico hacían corro al lecho de la par-
turienta. Con los brazos cruzados sobre el anaquelillo del
vientre y los ojos asentados sobre las ojeras moratonas,
miraban el doloroso rebullir de la Cienfuegos. La cual,
cuando le daba de firme el dolor, propendía a maldecir

a todos los hombres, que no eran pocos, que habían pasado por su embozo en los diez meses últimos... Y más que a sus efímeros amantes, recordaba a sus santas madres, que bien poco debieron de participar, según se les alcanzaba a todas, en el hinchazón de la que gritaba.

En éstas llegó Fabián con la comadrona, muy arrebujada ella en un «tres cuartos» negro y con el maletín chino de las aperturas en la mano. Y entró canelosa y sonriente, por la vecindad del siniestro miliciano. Y al respecto de los melindres de la Carmen, al no quererla llamar por aquello de los escrúpulos, dijo la dama:

—Tonterías, hija mía, tonterías, que en este menester de cerrajeras de la vida no podemos andarnos con finuras de moral; que lo que importa es la vida de la criatura y no la filiación sindical de la madre; que si no fuese una a darles paso y holgura más que a los hijos legítimos, muchos días quedaríamos mano sobre mano... Y sobre todo en estos tiempos de guerra, que las mujeres han enloquecido por falta de hombres y debilidad de la disciplina, andan todas por ahí con la enagua a rastras en busca de remedio perentorio... Y, sobre todo, hija mía, que si cada muchacho al asomarse a esta atmósfera sacase entre los dedos un albarán certificativo de quién fue su padre, iba a estar la calle llena de soponcios varoniles e iban a faltar vigas donde ahorcarse tantos y tantos como les llegó el mandado de matute.

Doña Sacramentación, luego de dar un vistazo y tiento a la Cienfuegos, se puso los manguitos y dijo que la cosa venía rápida, aunque el muchacho estaba algo coronadillo. Y que hirviesen agua y tuvieran a mano la canastilla si la había.

El miliciano Fabián se tornó al zaguán y aparándose una botella de coñac que encontró sola y a media biografía, sentado, decidió esperar los acontecimientos con aire calmo.

Quedó tiempo para preparar aguas humeantes, paños y ropillas. Y siguió el mudo coro en espera del advenimiento. Algunas colegas se acercaban a la Cienfuegos para darle ánimo o a ofrecerle la mano para que ella se ayudase en sus aprietos, pero maldito si atendía a otra cosa que a su rosario de dolores.

—Venga, haz fuerza, guapa, que eso va.

—Hala *pá alante.*

—¡Si supiese quién fue el hijo de galga!

—Por la cara lo sabrás. ¡Haz fuerza!

—El parir es de bestias —decía la Carmen cada vez que salía del cuarto a boquear el frío de la amanecida.

Fabián, menudo a menudo, seguía cumpliendo con la botella.

Una coima salió con angustia del cuarto de Cienfuegos.

Y de vez en cuando se escuchaba agudísimo el grito berbiquí de la mala que debía tener ya el viviente en el mismo brocal de la luz.

* * *

Y ocurrió lo de siempre, cuando el corro de las mujeres, un poco fatigadas y creídas que la cosa iba para largo, salió al portalillo a orearse, nació el que se esperaba.

Fue una coimilla farisea la que asomó dando saltos de caña:

—¡Un chico! ¡Un chico! ¡Un chico *hermosismo*!

Al oírla, todas las que estaban en el portalillo de la mancebía callaron:

—¡Un chico *hermosismo, chicas*!

Y todas reaccionaron igual. Pretendiendo entrar en pelotón en el cuarto de la Cienfuegos. Menos mal que la Carmen, al advertir el movimiento del pupilaje, se cuadró en la puerta interceptando el paso:

—Un momento, un momento de paciencia. No abramos ahora que hace frío. Esperad que la comadrona y yo vistamos al roro. Esperad, digo; acabamos en seguida.

—¿Es *hermosismo* de verdad? —preguntó la gorda de la tecla al aire.

—¡Es un ángel de verdad! —dijo la Carmen con los ojos tiernos y la voz cortada... Tan cortada que acabó

en un suspiro. Y se entró en el cuarto ceñida a la puerta
para evitar la corriente.

* * *

—¡Hay que ver, chicas!, ¿y no vamos a llevarle ningún presente al ñaclo nacido en noche tan señalada...?
La pobre Cienfuegos, con estar así, lleva qué sé yo los
días sin trabajar y no ha tenido la pobre ni *pá* omblique-
ras —razonó «la Ochava».
—Pues yo sí que tengo una cosilla para ella —dijo
la reseca marchando a toda carrera hacia su cuarto.
—Y yo —ayudó otra.
Y todas se fueron desperdigando.

* * *

Por fin, la Carmen abrió la puerta del cuarto nuevamente con mucha ceremonia.
—Ya podéis entrar —dijo con el tono de voz y ademanes más tiernos de su bronca historia.
Y todas fueron pasando de prisa, pero en silencio.
La Cienfuegos, sentada en el lecho, ligeramente apoyada en una torre de almohadas, sostenía al niño, vestido, entre sus brazos. Mostraba ella su rostro prieto de
arreboles, iluminado por una vaga y tierna sonrisa, fija
en el niño, que también parecía mirarla, sin llorar.
La habitación se llenó de coimas y del miliciano Fabián, que entró zaguero y sin soltar el casco del coñac.
Ellas la miraban en silencio, con la boca entreabierta,
respirando con suave anhelo.
La Cienfuegos, al fin, levantó suavemente los ojos de
su hijo y miró a todos con extrema dulzura.
La Resequilla fue la primera en acercarse a la madre
nueva, pasico a pasico. Le dio un beso en la frente y
dejó sobre el embozo de la cama unas ropillas de niño,
coloreadas de barquillo por el tiempo, que guardaba de

un hijito que tuvo en sus años repletos. El que murió del garrotillo a poco de nacer. Las guardó siempre como único recuerdo de aquel hijo apenas entrevisto.

Y luego una a una, allegándose a la cama, la besaban y dejaban algo: flores de papel, una fajita, un chalequillo de lana, una simple madeja.

Cuando desfilaron todas las reclutas, la capitana, Carmen, se acercó modesta, y luego de hurgar en su bolsillo, dejó unos billetes sobre el cobertor.

Y vieron todos que el miliciano Fabián sacaba un talonario y firmaba un papel con mano temblorosa. Luego se aproximó al lecho con timidez y dejó una de aquellas hojas del talonario entre los demás presentes.

—Es un vale de la Cooperativa de la C. N. T., ¿sabes? Un buen vale. Tendrás para comer una semana.

Volvió el silencio. La Carmen se sentó sobre la cama a media anqueta. Todas la imitaron: unas en sillas, otras en el suelo. Apretadas, unas junto a otras, sin hablar, sin quitar los ojos de la madre y del hijo... Alguna sollozó. Otras no despegaron el pico por no romper a llorar. Sólo el miliciano y la matrona, ésta con el maletín en la mano, permanecían en pie. Así pasó un largo rato. La mañana pintaba de gris los cristales. Casi todas cabeceaban rendidas por el sueño. Sólo la Cienfuegos velaba. La comadrona marchó sin decir nada. De pronto se escuchó un suave golpe sobre los vidrios del ventanuco, como si alguien hubiese rozado en ellos con un objeto blando.

Algunas abrieron los ojos soñolientos.

—Han dado en la ventana con un ramo de flores —dijo una bisbiseando.

—No, ha sido una paloma blanca, la he visto bien —afirmó la Carmen.

La Cienfuegos, sin decir nada, miró a la ventana y sonrió. Luego bajó los ojos hacia su hijo.

Todas, sin obtener explicación, volvieron a su modorra.

Fabián, que se había sentado en el suelo, apoyada la espalda en la pared, entre beodo y adormecido, en vano intentaba desperezar su voz con un amago de cantar:

Ha nacido el niño,
madre.
Ha nacido... en... un
portal.
Ha nacido...

XVI

Viene ahora la tristísima historia de los evacuados de Bujalance, con unas coplas finales

Casi todos los evacuados que trajeron a mi pueblo cuando las cosas de la guerra apretaron por el Sur fueron de Bujalance. Luego vinicieron otros de El Escorial, que eran de mejor ver.

Los de Bujalance llegaron como una tropa embarrada y maldecida. Con ropas de colores claros los hombres, de colores chillones las mujeres. Pero ropas sucias que olían a hoguera y a pringue. Llegaban arrastrando sus pobres enseres y sus niños raquíticos, con hambre de siglos. Era la Andalucía trágica de los dramas sociales, del gazpacho y la cata de aceite, del paro y el jornal misérrimo. Y ahora, por si todo era poco, perseguidos por los obuses.

En la plaza se bajaban de los camiones donde venían hacinados y quedaban, familia por familia, aislados, varados en pequeños núcleos, con los rostros inexpresivos, rodeados de colchones despanzurrados, alguna sartén y mantas pardas con parches y quemaduras.

Luego, los milicianos los conducían a los sitios destinados para su cobijo. Iban por las calles en haraposa procesión, con los niños pequeños en la cadera y los sacos a rastras. Algunos llevaban enredados en las piernas algún perrillo escuálido. Iban mirando al suelo, con una fatiga infinita. De vez en cuando echaban una ojeada para recontar mentalmente sus familiares y objetos.

* * *

En casa, siempre hubo dos locales comerciales para alquilar. En uno estaba el estanco de Pedro Eugenio; al otro, vacío desde que quitó Ramoncito la zapatería, nos destinaron una de las familias evacuadas de Bujalance. Se componía de un matrimonio joven, con cinco o seis hijos amarillos y escrofulosos.

Cuando supimos que estaban instaladas, bajamos mamá, Pepa la muchacha y yo.

Bajo una luz amarilla altísima estaban todos sentados, inmóviles, sobre desfilachadas colchonetas. La fatiga los tenía medio amodorrados, ausentes; miraban sin ganas ni decisión una lata de lentejas cocidas y unos tomates que le dejaron los milicianos.

Cuando saludamos, el hombre, un anciano ya a los cuarenta años, hizo el vago ademán de levantarse la gorra, clara en su origen, ahora cotosísima. Mamá acarició a los niños, que se encogieron entre tímidos y atemorizados.

Se ofreció a los nuevos vecinos para lo que pudiera. Ellos apenas contestaron. Dijo luego mamá a la Pepa que les bajase leche caliente.

—Así es mi tierra, señora —dijo la Pepa cuando mamá comentó la miseria de los nuevos vecinos.

La Pepa, que era de Puerta de Segura, sabía de viejas hambres y humillaciones.

—Traen piojos, señora.

—Es natural —dijo mamá, dolida al recordar que los niños adormilados se rascaban con pereza.

* * *

Sobre el gran pesar de la guerra se alzó sobre nosotros el de aquellas pobres gentes a las que bien poco podríamos ayudar con tanta carestía.

Mamá todos los días hablaba de ellos. Era casi una obsesión.

Nosotros, a veces, nos asomábamos a su habitación a verlos o llevarles algo. Y cada vez hedían más y la miseria era más patente.

Un día, ya de primavera, mamá, que estaba en el balcón, se entró riendo y llorando a la vez.

En la puerta de la calle, de nuevo embarazada, estaba la mujer del evacuado, tan sucia, tan pringosa, pero con un clavel rojo vivísimo en el pelo.

Cuando lo comentó con la Pepa, ésta se limitó a decir:

—¡Ea! —y luego de una pausa—: Las flores son lo único que los pobres podemos estrenar.

Un día, cuando estábamos de visita en casa de doña Nati, la Pepa dijo:

—Esta guerra debe ser para que después comamos todicos.

Doña Nati quedó mirándola impertinente, tras sus gafas de plata, con aquel gesto severísimo que Dios le dio. Y después de pensar un poco el dicho de la Pepa, respondió con decisión:

—No creo.

* * *

Un día, a la hora de comer, nos dijo mamá que el niño más pequeño de los evacuados estaba muy malito. Amarillo y sin conocimiento, tiritaba bajo la manta. Los padres y hermanos, sin saber qué hacer, lloriqueaban alrededor... Mejor dicho, el padre blasfemaba.

Mamá llamó a nuestro médico, que era muy bueno. Cuando hizo la visita subió a decirnos que no podía hacer nada, que tenía algo así como meningitis tuberculosa.

Duró la agonía dos o tres días. Los hermanos acabaron por familiarizarse con la enfermedad y jugaban tranquilos en la calle. El padre, algunas veces salía a fumarse un cigarro a la puerta y hablaba solo, maldiciendo de todas las cosas. La madre nunca se apartaba del enfermo. Le pasaba la mano por la frente y no cesaba de llorar, con un llanto sordo, ronco, perruno, monótono. Aparte de las señoritas del Socorro Rojo, nadie visitaba a nuestros vecinos.

La misma tarde que murió, un poco antes, me asomé a la habitación de los evacuados. El niño estaba totalmente consumido. La cara, una calaverita, amarilla, sucia. La madre, inmóvil, con la greña en los ojos y la barbilla clavada en el pecho, no advirtió mi asomada.

El entierro iba a ser al día siguiente, por la tarde. Mamá me dijo que debía ir yo. Convencí a mi amigo y vecino Marcelino, el de la confitería, para que me acompañase.

* * *

Antes de que llegase el coche, Marcelino y yo esperábamos en la puerta de los evacuados. No había nadie más. Casi con el coche de los muertos llegó otro de Bujalance, con las barbas muy crecidas y una gran cicatriz en la ceja.

Dentro se oía un coro de llantos. No nos atrevimos a entrar. Mamá sí entró muy pálida, con los ojos azules tristísimos.

Llegó el coche. Muy diligente, el cochero entró en la habitación sin más ceremonias. Arreciaron los lloros y gritos de la madre. Empezó a lloviznar. En seguida salieron el cochero y el padre llevando entre ambos la cajita de pino desnudo. Al meterla en el coche, el padre la empujó con rabia, casi a puñetazos. Aparecieron los tres hermanos mayores del muertecillo, liados con unos tapabocas nuevos que les debían haber dado los del Socorro. El cochero subió de un brinco al pescante y sin más rodeos arreó los caballos.

A buen paso, Marcelino y yo echamos a andar tras el padre, los dos hermanos y el otro de Bujalance. Era un acompañamiento insolidario. Cada cual íbamos un poco por nuestro lado. El padre, cerca de sus hijos, con la gorra encasquetada hasta los ojos, las manos atrás y el cigarro en la boca. El de Bujalance, solo, con las manos en los bolsillos del pantalón, andaba un poco como a saltos. Marcelino y yo, detrás, sin saber muy bien nuestro deber y colocación.

Como la lluvia arreciaba, el coche aligeró el paso e íbamos todos tras él casi a la carrerilla. Las gentes que se guarecían de la lluvia bajo los soportales nos miraban con gesto inmóvil, un poco con caras de yeso.

La Pepa nos alcanzó para darnos un paraguas. Lo abrimos y el de Bujalance, que andaba a saltos, sin decir palabra, se metió bajo el paraguas y se apretujó contra nosotros. Los del duelo nos miraron con tímida envidia.

El cochero se había vestido un recio impermeable negro, casi de timonel.

Era el primer entierro sin curas al que yo iba.

Al pasar junto al hito del cementerio, Marcelino me dio con el codo y dijo en voz baja: «Ahí mataron al párroco».

El camposantero nos esperaba a la puerta, recostado, mirando al cielo con el gesto torcido.

—Vaya un día para echar «yuecas»... —nos dijo a manera de saludo.

Apenas bajaron la caja, el cochero, que no se apeó del pescante, fustigó los caballos y a buen trote lo vimos perderse paseo adelante.

—La sepultura para el chico está un poco lejos —avisó el camposantero.

Entre el de Bujalance, el mayor de los hermanos, Marcelino y yo cogimos la caja de los cuatro asas. Yo, con la mano libre llevaba el paraguas, bajo el que procuraba ampararse el de Bujalance, que hacía pareja conmigo. El camposantero iba bien despegado de todos, como escucha, y el padre, delante de la caja, como un capitán.

Andábamos con dificultad por los charcos y las desigualdades del caminillo, entre fosas abiertas que esperaban su mandado. Íbamos en silencio. El muertecillo bailaba un poco en la caja y su cuerpo duro sonaba contra las tablas.

De pronto, el padre, medio llorando de rabia y a grandes voces, se dirigió al de Bujalance:

—Tú crees, compadre, que hay derecho a un entierro así, sin curas, sin cánticos, sin «cirimonias», como si *juera* un perro —y señaló vagamente el féretro, cuyo pino ya había tomado el color de la mojadura.

El de Bujalance que, con su manera de andar a lo cojo, meneaba el ataúd más de la cuenta, dijo casi con mal humor y señalando al mayor de los hermanos:

—Que cante éste.

El chico, de unos diez años, lo miró un poco inexpresivo. Pero el padre asintió en seguida:

—Eso, canta tú, Joselito, hijo. Que no quiero enterrar a tu hermanito con tanto silencio.

Joselito tragó saliva y puso cara como de pensar.

—Venga, canta, jinojo —insistió el padre, dándole un empujón en el hombro con rabia y sin dejar de sollozar.

Joselito sacó la boca de detrás de la bufanda, carraspeó un poco y en medio de aquella imponente soledad ablandada por la lluvia dejó oír una voz de aire flamenco, casi de mujer:

> Qué bonito es un entierro
> con su cajita de pino
> y su muertecito dentro.

El camposantero quedó clavado al oír cantar. Y nos esperó. Cuando estuvimos a oído, exclamó:

Buena voz tiene el muchacho, puñeto.

—Anda, canta más —insistió el padre con tono de tabarrista.

Y el chico soltó otra copla, parándose un poco, porque por lo visto al paso no le fluía bien la voz:

> No me desprecies por pobre,
> porque cuatro casas tengo:
> la cárcel, el hospital,
> la iglesia y el cementerio.

—Sí, señor, muy propio y muy *sentío* —insistió el camposantero, que con aquello del cante se unió al grupo y dejó su vanguardia.

* * *

Fuimos hasta el último rincón del Cementerio Viejo. Descansamos la caja donde señaló el camposantero. Nos quedamos todos mirándonos sin saber qué hacer. Marcelino rezaba en voz baja. El de Bujalance lo miró con sospechoso reojo.

—¿Quieren destaparlo? —dijo el enterrador.

—No, que está clavado.

—Pues ¡hala!

Entre el padre y el camposantero lo bajaron con cuerdas. Echó unos azadones de tierra. Como la lluvia, aunque menuda, no cesaba, dijo:

—Con esto tiene bastante por hoy. Mañana lo acabaré de apañar. Vamos.

Y todos echamos a andar a buen paso tras el enterrador.

* * *

Volvimos por el Paseo del Cementerio mucho más diseminados que vinimos. El de Bujalance no se nos despegaba del paraguas.

Al entrar en la calle del Campo arreció la lluvia tanto, que el padre y los hijos echaron a correr, subidas las solapas de las chaquetillas.

El de Bujalance, al pasar por una taberna, se separó de nosotros sin decir nada y se metió en ella de rondón.

Marcelino y yo volvimos solos bajo nuestro paraguas.

XVII

*Acerca de la traída del cuerpo muerto del oficial miliciano
José M.ª Cuadrado y desfosación de los huesos
de Cunill II, novillero del Maestrazgo*

1

Aquella tarde traían el cuerpo muerto de José María
Cuadrado Sánchez Perales, el primer oficial del ejército
republicano nacido en el pueblo, que cayó en el frente de
combate. Y según las crónicas orales, como un héroe de
las antiguas epopeyas. El solo, despegado de su sección,
trepó como águila hasta el nido de ametralladoras enga-
rabitado en una pedriza, desde el que se hostigaba el
avance de no sé cuál brigada mixta. Llegó a pecho descubierto, filtrándose por el ángulo muerto del arma enemiga. Y cuando estuvo al alcance, lanzó unas bombas
de mano que acallaron para siempre a las ametralladoras
y a él, que talmente como un pelele lanzado al aire voló
su cuerpo impelido por la onda expansiva. Y cayó de
bruces, muy lejos, con las manos cortadas a cercén y un
trozo de metralla entre los dientes que fue imposible
arrancarle... «Como si quisiera comerse el hierro ene-
migo», comentaba un testigo presencial.

Con motivo de tan fúnebre arribada, el pueblo aquella anochecida de verano tomó un aire trágico. A todos los balcones y ventanas asomaban banderas rojas y tricolores y veíanse por doquier pancartas y cartelones con leyendas bélicas y acusatorias; camiones cargados de milicianos silenciosos, de ceño adusto; en callada formación, grandes masas se dirigían a la salida del pueblo, por donde había de llegar el héroe muerto.

Nubes de polvo blancuzco se alzaban hasta las bombillas mortecinas del alumbrado público. Largos silencios. Pasos firmes. Ruido de armas. Toques lejanos de cornetas. Automóviles cargados de gentes con brazaletes e insignias. Grupos de curiosos en silencio, casi amedrentados, iban despaciosos de un lado a otro; se paraban en las esquinas, se llegaban a la Casa del Pueblo, donde se había preparado la capilla ardiente; o hasta el domicilio de José María Cuadrado, lleno de lutos y de llantos. Todas las trágicas acusaciones de la guerra interminable se habían adensado aquella tarde caliginosa con pretexto del cuerpo muerto, sin manos y con un trozo de hierro entre los dientes, que venía de camino. Se mascaba aire y polvo de muerte. Terror y odio a la vez. Por la falta de aire, las banderas caían a plomada, inmóviles. Sólo el polvo quitaba brillo a los ojos desconfiados, vigilantes y alertados.

Los del Ayuntamiento, los dirigentes de partidos y sindicatos, militares, mozas del Socorro Rojo, milicias populares y niños de las escuelas, esperaban en la orilla del pueblo con antorchas encendidas la llegada del muerto.

Sobre la llanura enrasada, todavía con un pico de lumbre bermeja en el horizonte, se veían las masas de sombras, y el agitarse de las antorchas que entre dos luces apenas brillaban todavía entre el terraguerio que hacía de todo un gran polvorón pardo. La noche avanzaba sobre la carretera y los trigales vencidos. Y detrás, el pueblo, entre luces amarillas, calles apagadas y un rarísimo silencio.

Por fin se vieron a lo lejos las luces de varios coches que avanzaban despacio. Era el convoy fúnebre. Se hizo el silencio mayor. Cerró la noche y bajo las antorchas a cada cuerpo le nació su nombra.

El féretro venía en un camión de campaña, aderezado como capilla ardiente, con flores y banderas. Se detuvo al llegar donde estaba la avanzada de los que aguardaban. Descendieron unos militares de los coches que formaban el convoy. Hablaron concisamente con el alcalde y algunos otros. De pronto, de manera inesperada, se escucharon unas voces pianísimas que iniciaban los compases de la Internacional. Y en seguida, todos los presentes, con el puño en alto, unieron sus voces como si así quisieran dar salida a toda la inquietud, temor o tristeza que les oprimía.

Terminado el himno, volvió a arrancar el camión que al muerto traía. Delante y a ambos lados, formaron los de las antorchas en silencio. Avanzaban sin gran orden, con paso irregular, porque el camión algunas veces marchaba demasiado de prisa y otras paraba de pronto. Los antorchistas tenían que sortear las piedras, trías y otras irregularidades del camino. Sobre el suelo zigzagueaban las sombras de los cuerpos, de los fusiles y de los gorrillos militares con borla.

Al entrar en el pueblo resultaba difícil dar un paso. La gente se agolpaba en las aceras, se filtraba entre la comitiva, estaban subidos en ventanas y árboles, pero apenas se oía otra cosa que sordos roces, siseos y pasos.

La procesión cambió de tono al llegar a la Casa del Pueblo. Se oyeron los gritos de los familiares. Los «mueras al fascio», que en tono de lloro coreaban los presentes como respuesta.

Descendieron la caja envuelta en la bandera tricolor; la pasaron al patio de la casa. Y el alcalde, desde el mirador central del edificio, echó un gran discurso contra la «invasión extranjera» y los «héroes de la raza» que concluyó con vivas y mueras fervorosos.

Cuando se apaciguaron los ánimos y apagaron las antorchas, comenzó el desfile ante el cadáver de José María Cuadrado. La cola era tan larga que a nosotros no nos tocó entrar hasta las doce de la noche, y eso que no dejaban detenerse. Había que verlo sobre la marcha.

Lo recuerdo perfectamente. Estaba su cuerpo liado en una bandera roja. El vientre enormemente hinchado. Y la boca muy sacada, como si estuviera soplando algo que asomaba entre sus labios totalmente blancos. Aquel algo era el trozo de metralla, azulado, acabado en un pico irregular.

Resultaba difícil reconocer a José María Cuadrado, mi antiguo vecino, en aquel semblante. Como tenía los ojos muy cerrados y un gesto especial de esfuerzo, dijo alguien «que parecía que quería tragarse aquello y no podía». La gente iba pasico a pasico dando la vuelta al patio, en cuyo centro estaba el muerto. Y girábamos lentos, sin quitar los ojos de aquella boca que llamaba más la atención que la barriga hinchada del muerto.

2

Detrás de todo este ceremonial había otra historia que apenas trascendió, pero que a mi gusto era más importante. Me refiero al problema que surgió para enterrar al teniente José María. Se pensaba, como es natural en estos casos, hacerle un mausoleo especial que de cierta manera simbolizase a todos los muertos del pueblo en la guerra por causa de la República. Pero mientras se hiciera el tal mausoleo urgía dar reposo a aquellos huesos donde fuera. La cosa no era fácil, ya que por haber tantos hombres movilizados, faltaban obreros y había gran carencia de nichos y sepulturas. El padre de José María Cuadrado poseía un nicho, pero hacía un par de años que estaba ocupado provisionalmente por el cuerpo del novillero Cunill II, muerto en la plaza del pueblo por el toro «Caliqueño», una tarde de Feria de 1935, siendo a la sazón presidente de la Peña Taurina el padre del teniente Cuadrado.

No había pasado el tiempo legal para exhumar los restos de Cunill II, pero tampoco era justo que teniendo su nicho José María fuese a parar a un vulgar hoyo mientras le hacían o no le hacían el mausoleo. Cunill II fue enterrado provisionalmente en el nicho de Cuadrado mientras su familia no dispusiese otra cosa... Pero la familia del novillero nunca dispuso nada, ni ya con la guerra llevaba camino de disponer. La gran tragedia de España había ocultado en el más completo olvido aquella otra tragedia taurina lejana. Cuadrado padre fue generoso como aficionado taurino número uno, al donar su nicho vacío para el diestro sin fosa. Pero ahora se trataba de su hijo y de muerto a muerto iba mucho trecho.

Cuando se le planteó el conflicto legal al juez municipal de entonces, nueva versión de Sancho Panza en materia legislativa, falló así la causa con el mayor aplomo: «Considerando que según las leyes burguesas que todavía padecemos no puede moverse un cadáver de su tierra hasta que pasen cinco años del entierro...; pero resultando a su vez que el nicho que ocupa el diestro no es de su propiedad y sí de la del padre del héroe muerto en la lucha de España contra el fascismo. Item que no hay más nichos libres con el decoro que el siniestrado militar merece, por la falta de mano de obra que padece el vecindario. Item además que nada va a perder el cuerpo de Cunill II porque le dé el aire una media hora o cosa así desde que se le saque del nicho de los Cuadrado hasta que se le lleve a nueva sepultura... Con arreglo a la justicia moral, que es la buena, y no a la legal, hecha por las pasiones del capitalismo, creo que debemos saltarnos a la torera —y nunca mejor dicho— el mencionado período de cinco años, y dictar el siguiente fallo:

»1. Que sea pregonado por todo el pueblo durante las primeras horas del día de mañana, que si alguien de la afición quiere ceder su fosa, sepultura, panteón o nicho para trasladar los restos de Cunill II, que lo notifique a este Juzgado.

»2. Si nadie acudiese a la subasta de esta honrosa oportunidad, procédase a las doce del día a la exhumación de los restos de Cunill II y deposítese su cuerpo en la fosa común... Lo que dispongo en...»

Como a las doce de la mañana del día siguiente nadie
había cedido su fosa, panteón o nicho para recoger los
huesos de Cunill II, en presencia del forense, del juez
mismo, algunos taurinos y unos cuantos curiosos que
nada tenían que hacer allí, se procedió a desennichar el
cuerpo del torerillo, para ennichar por la tarde el del
teniente y quedasen todavía unas horas de por medio
para airearse un poco la cuquera.

3

Con tal motivo se recordó por menudo aquella tarde
de la cogida de Cunill II, hacía cosa de tres años.

Con la novillada de Cunill II se inauguró la Feria
de 1935. Luego habría dos corridas grandes y una char-
lotada. Compartieron el programa con Cunill II otros
dos que ahora no recuerdo.

Fue una de esas novilladas que no acaban nunca, con
toros mansurrones y espantadizos y toreros aflojados y
dengues. Nada alarga tanto una tarde como una mala
novillada. Se mira al cielo, se remueve uno sobre la piedra, se charla, se fuma, y apenas queda esperanza de que
alguien pueda concluir matando tanto toro.

La muerte del novillero ocurrió en los dos últimos
minutos de la corrida, cuando se tiró a matar —por fin—
el último toro. ¿Qué sucedió de verdad en ese momento?
No había dos versiones iguales. Que se escurrió. Que se
le torció un pie. Que le dio un mareo en el crítico instante... etcétera. Lo cierto es que cayó de bruces sobre
el toro, con la espada desviada, antes que el bicho lle-
gara a él. «Caliqueño» lo recibió un poco sorprendido
por tan propicio presente, pero en seguida reaccionó y
lo acornaló a su sabor... Cuando llegaron los peones con
Cunill II a la enfermería ya era cadáver. Y aquel aburrimiento de la tarde se transformó en un silencio largo
y angustiado. Desde los tendidos bajos vieron pasar el
cuerpo ensangrentado del novillero. Lo pusieron sobre la
cama de la enfermería, que en seguida quedó tinta. Por
los lados caían grandes goterones al suelo. Don Tomás,

el médico, no pudo hacer otra cosa sino comprobar que el
pulso había cesado. Allí quedó tan quietecito, moreno
y escuálido; la crencha negra sobre los ojos y los labios
apretados, como haciendo idea para clavar el estoque.

En menos de una hora la situación quedó planteada
de esta manera. Cunill II no tenía más familia que un
hermano casado en un enconado pueblo del Maestrazgo,
sin telégrafo ni teléfono. Los otros dos novilleros y sus
respectivas cuadrillas emprendieron en seguida viaje porque al día siguiente toreaban en un lugar lejano. Sólo
quedaron con el cadáver los torerillos que formaban la
enteca cuadrilla de Cunill II. Como no sabían dónde
llevarlo decidieron enterrarlo en Tomelloso. «La Peña
Taurina» se hizo cargo del cadáver e instaló la capilla
ardiente en la misma enfermería de la plaza. Como el
traje de faena le quedó tan estropeado, decidieron dejár-
selo por mortaja. Le metieron en un gran ataúd forrado
de negro, luego de lavarle un poco cara y manos y de
peinarlo a raya. Por cierto que hasta que no estuvo en
la caja no cayó nadie en la cuenta de que al torerillo le
sorprendió la rigidez con ambas manos puestas en la tale-
guilla, en postura muy fea y ofensiva. Alguien dijo que
había intentado cruzárselas cristianamente, sin conseguir
estremecerlo. Lo cierto es que Cunill II entraba en el
reino de «irás y no volverás» en actitud que bien podía
ser resumen de su filosofía sobre el mundo que dejaba.

Durante toda la noche lo velaron muchos socios de
la «Peña Taurina». De vez en cuando se salían al ruedo
a echar un cigarro y a refrescarse un poco en aquella
noche calurosa de septiembre. Para ahorrarle más gastos
a la Peña y a los pobres torerillos que seguramente se
quedaban sin trabajo para todo lo que restaba de temporada, su presidente, José María Cuadrado, cedió el nicho
que tenía comprado «para cuando ocurriera», hasta que
la familia de Cunill apareciese por allí a hacerse cargo del
cuerpo del torero.

Con la luz de la mañana, el cadáver del novillero tomó
un aire de marmolillo viejo. Duro, rígido y encogido a
la vez, abultaba poquísimo en aquel cajón inmenso que

le llevaron por féretro. Y destacaban con intensidad esca-
lofriante los rotos y manchones de sangre, ya seca, sobre
el traje verde y oro. Para disimular la posición de las
manos le habían colocado la monterilla sobre el vientre,
más abajo del ombligo.

Mujeres y chicos entraban y salían sin cesar a ver al
torero muerto. Los cirios se habían consumido y los torerillos de su cuadrilla, con ropas de paisano deslucidas,
formaban el duelo permanente sin dejar de fumar cigarros
liados que encendían, torciendo el morro, en los cirios
fúnebres.

Como la corrida grande sería aquella misma tarde, hubo
que hacer el entierro a mediodía. Los de la empresa, y
con razón, querían dejar la plaza y sus dependencias limpias de duelos, para no gafar a los diestros de turno, que
estaban al llegar. Que ya era bastante trago torear sobre
una arena que todavía olía a muerto.

En contra de lo que se esperaba fue mucha gente al
entierro, sin duda por ser el primero de torero que se
hacía en el pueblo. Hasta asistió la Comisión de Festejos
en pleno, con el Alcalde a la cabeza y la banda de música.
Los de la Peña Taurina le dedicaron una gran corona
con profusas leyendas.

El semanario local publicó unos versos de cierto poeta
que mejor es no recordar, una de cuyas estrofas decía:

> «Al valiente novillero
> lo corneó "Caliqueño".
> Dios se lo demandará
> en el cielo o en el infierno.»

Versos que, no obstante su falta indudable de calidad,
inspiraron grandes discusiones entre los socios de los tres
casinos, sobre el destino ultraterreno de los astados.

4

Yo no tenía nada que ver con Cunill II, ni con el teniente muerto en acto de servicio, pero cierta afición a

los cementerios y a esa cosa tan difícil de entender que
es morirse, me llevaron a presenciar la exhumación de
los restos del torero.

Apenas dio la orden el forense, el camposantero de
la boinilla —el que enterró al evacuado—, ahora subido
en una escalera, comenzó a picar en el tabiquillo del nicho
sin decir palabra. Pronto quedó abierto el agujero. Miró
el hombre al interior aguzando los ojos y sentenció:

—Me parece que «esto» está muy entero.

—Esté como esté, tira de «ello» —dijo un tío de José
María Cuadrado, que representaba a la familia.

El enterrador, sin más cortesías, cogió la caja por los
pies y tiró de ella. Cuando estaba a medio salir pidió
por favor que alguien le echase una mano. Hubo sus
titubeos, pero por fin se decidió uno muy alto con los
ojos saltones. La dejaron en el suelo. Estaba descolorida
y algo desvencijada. Habían saltado las cerraduras y despegado algunas mólduras. Durante algún tiempo todos
miramos aquello con respeto. Por fin el médico dijo que
la abrieran.

El camposantero tiró de la tapa con rapidez. Y apareció el cuerpo de Cunill II, momificado y con telas de
araña, o al menos lo parecían. Seguía el hombre con las
manos en semejante parte, aunque la parte se la llevó la
Parca. Aquellos labios apretados habían desaparecido,
dejando al descubierto unos dientes blancos, casi carni-
ceros; jirones de seda verde, casi amarilla e hilos de oro,
veíanse pegados a la piel, apergaminada y color de breva.
Las medias se habían encarnado en la momia y las zapatillas bailaban en unos pies demasiado sucintos. La chaquetilla también holgaba sobre la caja del pecho y entre
ella un pingajillo de corbatín rojo. Daba la obvia impresión de un esqueleto al que unos chuscos habían malves-
tido de torero.

—¿Lo llevamos ya? —dijo el camposantero.

El médico dijo que sí con la cabeza.

Sin más ceremonia, el enterrador cogió la caja sin gran
esfuerzo y, apoyándosela en la cadera, echó a andar con
buen paso.

Cuando llegamos al osario, que estaba en la otra punta del cementerio viejo, dejó su carga en el suelo y abrió la lumbrera o tragaluz de hierro que cubría la gran cueva donde se amontonaban los desahuciados de nicho y sepultura.

Primero echó al agujero la tapa del ataúd, después volcó el cuerpo. Lo vimos caer en la hondonada como un muñeco de madera mal tallado. Rígido, con la cabeza hacia abajo y la montera, que llevaba donde se dijo, volando junto a él. No sé por qué me dio la sensación que caía de mayor altura... De un puntapié empujó luego la caja aquel manipulador de fiambres y cerró la lumbrera.

—Listos —comentó, frotándose las manos—. Ya tienen esos de ahí un torero para divertirse —y dio una risotada.

Y al oírle aquello me estremecí pensando en la gran novedad que sería para los humildes muertos de mi pueblo, para los muertos labradores y artesanos, para los muertos boticarios y curas de mi pueblo, ya vecinos del osario; para las muertas beatas y vendimiadoras, guardas rurales y pelaespigas de mi pueblo, que ordenados en estratos yacían en el suelo y subsuelo del osario, recibir ahora la visita inusitada de su nuevo conmuerto. Allí donde se entretejían y formaban jaula los huesos de los desheredados, de los desennichados, de los desentumbados, resultaría gran acontecimiento sentir encima del armazón aleve, corneado y vestido de seda de un novillero de Maestrazgo. Aquellos huesos indígenas y solares, hechos de tierra y en la tierra criados, sentían por primera vez pegados a ellos el saltarín y azaroso andamiaje de un novillero. Uno que se arropó en vida con aplausos y sedas, pasodobles y caireles, llegaba a abrazarse con ellos, los viejos jayanes de la tierra y el barbecho. Y habría holganza y rumoreo de calaveras en toda la finca de los muertos, a seis varas de hondura, con la arribada del visitante. Y cada desennichado recordaría de pronto las viejas corridas que vio y sintió desde el sol... Los hinchas de la Fietsa nacional que estaban allí en el hondeón desarticulados y tejidos harían escandaloso tableteo de tibias y calabazadas con ritmo de pasodoble al recibir al diestro. Y todos se sentirían ahora orgullosos de su condición muertil, de la democracia absoluta de la muerte que les permitía por vez primera hacer tertulia y vecindad con un matador muerto en la arena.

Los finos esqueletos de las muertas rijosas alzarían sus manos mondadas para palpar la faja del recién llovido. Y se harían cábalas de aquel tesoro de varonía que tan fieramente cubrían sus manos engarfiadas. Que era un muerto muy nuevo, con esqueleto entero; tan compuesto con sus caireles y zapatillas. ¡Tanta riqueza y sol en él depositados! ¡Qué locura!

Y los esqueletillos de los párvulos; y de los viejos concejales que merendaron otrora en el palco presidencial; los de las putas que se arrimaron en las noches calientes de feria a las cicatrices horribles de los matacuernos; y los de los mulilleros, monosabios y barrenderos de la plaza. ¡Qué ansia de avivar los recuerdos que bailaban en sus calaveras huecas!

Aquélla sería noche de fuegos de San Telmo con forma de banderillas y toda la comunidad de pueblos enterrados por estratos de antigüedad, celebrarían gran besamanos de torero. Que estar en nicho o panteón no es estar muertos del todo, sino enmurado. Y no se recibe certificado de muerto auténtico hasta que los huesos no se engrasan con la tierra suelta.

Y los restos de aquellos antiguos paisanos que construyeron la Plaza de Toros, veteranos amparadores del arte, llegarían con sus viejas ejecutorias y méritos taurinos para saludar al nuevo vecino. Y le recitarían carteleras de memoria. Carteleras famosas de cuadrillas ya enterradas en Madrid, Sevilla o en Córdoba... Que si larga es la lista de los toreros vivos, mayor y más famosa es la de los que están entre terrones y raíces, recordando soles de temporadas y aquellos cuernos que los llevaron acunados hasta la gran paz y sindicato que tienen en la hondura. El escalafón de los diestros famosos y machos es jerarquía que se respeta y tiene muchas prebendas en el subsuelo íbero. A él acuden por conductos dificilísimos y distantes las mil Españas enterradas a hacer sus ofertorios admirativos y de piropo. Allí, ante aquellas aisladas calaveras con coleta, que supieron mirar sin pestañeo los ojos de tantas manadas de toros, muertos luego bajo el rayo lunado de sus espadas. Allí, a aquella famosa galería del paraíso privadamente hispánico, acuden los muertos taurófilos de todas las provincias, arrastrando sus calcañares sobre la tosca para venerar de cerca y oír el vano resuello de los que llevaron colgones los más gigantescos atributos viriles de la raza... Y los taurinos y aficionados muertos al otro lado del mar, en las viejas Indias; los que tienen su infierno en la insalvable separación de los huesos gloriosos, de vez en cuando envían pescados mensajeros con nostalgias y admiraciones incondicionales a las grandes concentraciones de calaveras taurinas de Sevilla, Córdoba y Madrid.

En aquel modesto solar de calaveras de mi pueblo, por vez primera al cabo de treinta o cuarenta generaciones de esqueletos opacos y sin glorificar, llegaba el primer conmuerto famoso que había echado sus entrañas sobre las armas de un toro; que había buscado bravamente la muerte entre palmas y gritos, entre oros y sedas, como los grandes varones de Iberia. Ya no tenían que ir mis muertos ancestrales con sus mensajerías hacia Córdoba y Sevilla para adorar el friso de la tauromaquia. Que a las mismas manos les había llevado uno y bueno, todavía aforrado en sus atalajes de faena.

Y un estremecimiento novísimo descolocaría los huesos de las mujeres de cinco siglos, que aprovechando aquella primera noche, irían por las carreteras estrechas y entubadas de la tierra honda donde no hay raíces, a palpar al novillero llegado al osario con los andrajos de la muerte casi frescos... Y los viejos costillares que cubrieron pechos femeninos sentirían crujir sus astillas con pasiones antiguas; y un vago resol de otras tardes les hurgaría en el colodrillo para llevarlas hasta Cunill, que recibiría el incienso de las mujeres propicias de cuarenta estratos de pueblo. Las delgadas antenas de la segunda vida de los muertos —la esquelética—, conducidas por millonarias ramificaciones capilares, llegaban cargadas de tremolante electricidad hasta el osario. Eran mensajes de la encarnada, ensangrentada y sexuda afición ibérica que sobrevivía a la muerte y a la consumación de la carne y todavía tenía poder para comunicarse por los agujeros medulares de la tierra.

Sobre el montón del osario, el cuerpo de Cunill II iría hundiéndose poco a poco, atraído, aspirado por todas las ansias de las generaciones de muertos hispanienses, todavía en esqueleto, que querían saturarse del más puro caldo de la raza... Y todos, que habían perdido la flor de la vida, la gran justificación, la tierna, la rezumante y numen puro: el sexo, llevarían a Cunill a enseñarle la gran rareza de las tinieblas, la gran curiosidad de aquel cementerio de pueblo: el esqueleto de la famosa fornicadora que, por suerte, tal fue su pasión, sobre el ángulo reseco de sus fémures, tenía agarrada, como sexo nuevo, la raíz de un arbusto buceador. Era ella el único semeje de un ser con vida en aquella parte. Porque aquella garra vegetal, regalo de la tierra, le sacaba un cierto licor y lo alzaba hasta el alto suelo exterior, a través de metros, para verdear y florecer al sol con vida furiosa.

Era el esqueleto privilegiado de aquella humilde colonia; esqueleto casi en éxtasis, transido de corrientes placenteras, por aquel racimo de raíces que le agarraban la osamenta, se la vivificaban y prestaban comunicación con el sol y el aire de los vivos. Que en esa segunda etapa de la consunción sólo se añoran de la vida las inundaciones hirvientes del sexo; la emoción de la espina; aquella grandísima conjunción con la naturaleza y la creación. De todo el gran engaño, toda la falsedad que fue la vida, quedaba sólo memoria de la recia y suma conmoción... O la delgada añoranza de aficiones a los toros, a las máscaras y a la caza. Aficiones, en suma, a los placeres con aire, música y regusto medular.

Los esqueletos delgados de las mujeres buscan por las galerías subterráneas, en sus movimientos por la oscuridad, las tiernas cabecillas de muertos parvulillos para pasárselas trabajosamente entre los fémures, en un nostálgico mimo del parto; de los partos que fueron o que no fueron... Y los rumores de caracola bronca que se oyen dentro de las calaveras son gemidos añorantes de aquellos atributos gozosos y jugosos que tan temprano consumió la tierra.

Nadie se acuerda de vestidos, comodidades ni teatros; sólo de aquella gran columna de la vida que no se aprovechó lo suficiente. Las que llegaron vírgenes a la tierra escuchaban oscuras noticias, notificaciones y relatos, que llegaban por los milenarios poros de la tierra como ecos de las infinitas historias de amor enterradas. Podrido el órgano, quedaba como última presencia de su tránsido el polvo biológico, la planta microscópica, el botón de humor que encerraba en imposible compendio toda la biografía, toda la extremada biografía del que fue. Polvo enamorado. Y los esqueletos abrigados, cubiertos de ese polvo, de ese amor pánico, de ese amor de todos los que fueron vivos y bajaron con su potencia generosa, siempre, siempre inalcanzada del todo, estaban sólo movidos por ese oscuro calambre que dieron a la tierra tantos bosques de falos enterrados, tantas largas alfombras de sexos femeninos: la interminable cordillera de todos los pechos que en el mundo han sido. Las raíces machos de los árboles que rompen la roca y se hincan hasta las simas de los pozos, persiguen la maravillosa e insólita fábula carnal que se hundió demasiado. Las vírgenes recibían allí su terrible arrepentimiento y martirio, hasta que sumadas finalmente a la tierra se fundían con el gran pozo geológico de la gigantesca posesión, de la cópula universal, feraz, inacabable, infinita creadora de mundos... La tierra posee plantas, árboles, aguas y peces, porque cada grano es sucinto y explosivo mundo de amor, célula creativa y compendiada de millones de abrazos que se dieron y desearon dar.

Cunill llegó en septiembre a la gran república de los huesos, cuando las uvas granan y todo aquel campo de viñedos hincha el suelo con sus raíces borrachas. El aroma del mosto se funde con la tierra, se alarga y viaja por el sistema capilar de los terrones, y se encabalga en las mismas médulas de los muertos. Y notan cómo sus huesos vibran con un semeje de vida nueva, de revida, y en ellos se alza la gran razón del amor que los mantiene a la escucha. La tierra se humedece y nutre de vapores. Los huesos se untan con manchas vinosas y se inicia la oscura y casi inmóvil danza dionisíaca.

El gran símbolo de la virilidad, que era Cunill, se creció, se hizo inmenso, largo como el cementerio, por los deseos de millones que le llegaban por todos los poros. Con la gran nube de vino transparente que hinchaba a todos e hinchaba la tierra. Todo el cementerio del pueblo se diametró de Cunill como si hubieran enterrado un horizonte, y las comunicaciones de diez mil docenas de muertos en hueso le succionaban cada poro de su esqueleto, cada cañón de su pelo joven. Era gran presa para los hombres de tierra, para la naturaleza. Era el virgen del amor telúrico que llegaba, como el grande y único símbolo de la machuna brevedad. Las más prolongadas raíces de las cepas le eran enchufadas en los poros de su osamenta para que más aguantase y vibrase. Y más fuerte que el mugido de mil toros llegaba a Cunill el mugido de las hembras en hueso, hambrientas de varonía. El era ahora el gran árbol, el tótem modélico, porque puso su vientre cien veces cada año ante los cuernos, asas máximas y brutales metáforas del empuje hombre; y representaba el inconmensurable empujón que preña nuestro planeta —piedra fría— de árboles, animales, niños, peces y pájaros.

Fue el toro el que con sus cuernos desgarró la naturaleza, la tierra, la piedra celestial y engendró la vida que hoy puebla la bola del mundo.

El mundo nació del óvulo del toro, de la punta furiosa de su falo. De él salieron los verdes y las aguas, las plumas y el cabello, el calor y la alegría. Por eso toda mujer sueña a veces que un toro le roza las entrañas... o un torero, untado en toros, le pasea la faja por los muslos.

XVIII

*Y ahora voy a echaros la semblanza del carpintero
anarquista, por mal nombre «el Profeta Matías»*

El abuelo y Lillo le llamaban «el Profeta Matías»;
los operarios de izquierdas «el Bakunin», y el de derechas —sólo había uno, alias «el Jesuíta»— le llamaba
con mucho retintín por su nombre de verdad: «Matías
López». A mí me gustaba más lo de «Profeta Matías»,
porque le iba muy bien y sobre todo no sabía lo que
quería decir Bakunin.

Era un hombre alto, esparragado, de media edad.
Debajo de la boina le asomaba la melena bucleada, entre
rubia y blanca. Andaba despacio, meditativo el gesto,
con la mirada en el suelo y las manos en la espalda.
Hablaba poco y a veces hacía el ademán de acariciarse
unas barbas que no tenía. Debía ser hábito de otro
tiempo que las dejó florecer.

Daba gusto verlo trabajar en su banco de carpintero,
un poco apartado de los demás. Manejaba materiales y
herramientas con gran pausa y amor. Con gozoso deleite
de palpar la madera blanca y olorosa. El era carpintero.
Despreciaba la ebanistería. Lo creía oficio de burgueses
y para burgueses. Este criterio halagaba mucho al abuelo,

que en su inconfesada entraña se consideraba un limpio y sencillo carpintero. Maderas desnudas, recias, armando piezas utilitarias, sólidas y elementales, sin el refinamiento de los barnices, tapicerías y herrajes.

Trabajaba lento y seguro como un San José. Con los ojos en cada una de las virutas que escupía su garlopa; derecho y suave con la sierra. Entre sus manos, el pino, el álamo, la sabina, el chopo o el olmo, parecían carne viva, digna de respeto y buen trato. Hasta cuando hacía grandes clavazones en vigas y portadas movía el martillo con aire de resignación, de pedir disculpas al clavo, a la herida madera. Cuando remataba una pieza, antes que se la llevasen, quedaba contemplándola en silencio, como despidiéndola con afecto.

«El Profeta Matías» ni bebía, ni fumaba, ni cubría mujeres. Era vegetariano. Paseaba por el campo solo o acompañado de sus discípulos y seguidores. Sólo iba al cine o al teatro cuando ponían obras de «comunión espiritual», como él decía. Vivía solo en la «Posada de los Portales». Y decían que su habitáculo estaba lleno de libros y retratos de hombres con barba y mirada encendida.

El abuelo contaba que lo admitió a trabajar sin conocerlo. Nadie lo recomendaba. Le bastó oírle hablar unos minutos de la madera, de su amor a la carpintería. Me dijo —refería— «que la carpintería era un oficio patriarcal, único existente en la antigua Edad de Oro. Y que de todos los útiles del hombre la obra de madera era la más próxima al ser vivo... Que la madera es materia con sangre, nervios y color de carne».

Odiaba las máquinas y siempre se negó a trabajar en ellas. Aseguraba que la mecanización no era el camino de la felicidad. El hombre está a gusto con las cosas que le son naturales y próximas a su encarnadura. La técnica y la mecanización lo entristecen y esclavizan. Odiaba las «religiones positivas»; la presencia de un cura le demudaba, pero hablaba de Cristo, del «hombre Cristo», como él decía, con unción bíblica. A veces se refería a Cristo denominándolo: «Aquel galileo, mi viejo camarada del oficio».

Algunas tardes de verano, a la salida del trabajo, se subía con otros obreros a las pilas grandes de madera que solía haber en el patio y les hablaba, y leía páginas de libros hasta que llegaba la noche. Y al hablar o leer se transfiguraba tomando un aire mesiánico y vibrante, sin perder su habitual dulzura.

Lillo y el abuelo, que algunas veces se arrimaban a escucharle, se hacían lenguas de la cultura y elocuencia del «Profeta».

—Está como una cabra —solía decir el abuelo—, pero habla como las eminencias. ¡Qué comparaciones! ¡Qué frases, qué dulzura cuando explica la felicidad de la nueva Edad de Oro, en la que todo será de todos, sin autoridades, gobiernos, parlamentos, iglesias ni ejércitos.

Todos se permitían hacer chistes sobre él y sus manías, pero cuando estaba presente o tomaba la palabra, aquellos hombres sencillos se transmutaban y conseguían soñar despiertos.

A Vicente, que era su seguidor más fiel, le enseñó a dividir y la regla de tres. A su manera le explicaba la Historia de España y de las religiones. Lo separó del vino y del tabaco, y convenció para que no volviera a «La Dalia Azul» o a la Casa del Ciego.

Decían que había estado varias veces en la cárcel e incluso que en el año diecisiete lo habían torturado bárbaramente en Barcelona. Pero nunca hablaba de su pasado ni de cosas personales. Todas sus especulaciones eran sobre la edad feliz que el anarquismo traería al mundo en un día no lejano.

Un día de matanza comió con todos los oficiales y barnizadores en casa del abuelo. Por no disentir de sus camaradas y anfitrión, tomó carne y probó el vino con dulce condescendencia, como quien está por encima de todo. A los postres, cuando todos bien comidos y bebidos subían el tono de sus pláticas y el color de sus bromas, sin saber cómo, Matías tomó la palabra, empezó a hablar lentamente y sólo señoreó su voz opaca y dulce.

Quiero recordar que hablaba del amor, de la mujer. De «su sacrosanto cometido en la naturaleza». Del profundo y dulce misterio de su vientre. De que el amor debía ser pausado y manso como el discurrir de la savia por los vegetales. Y no como la sangre huracanada que mueve a las fieras. Que toda la procreación humana es el camino largo y tortuoso que lleva a la felicidad universal. Cuando las costumbres se amansen y vuelva el hombre a la naturaleza, eliminando tantos estadios intermedios y nocivos como la religión, el tecnicismo, la política, las clases sociales y las guerras, la mujer será, como hija directa de la tierra, la diosa por todos venerada y enaltecida, porque ella lleva en su vientre el secreto mismo de la naturaleza. Y añadía que el culto a la maternidad en ciertas religiones positivas no era sino adivinación y símbolo de aquella deificación de la mujer que se espera para la Edad de Oro, en el que al fin de tantos trabajos un día desembocará, como río en su mar natural, la sociedad de los hombres... Entonces la pasión dejará paso libre al amor dulce, confiado y suave como las aguas y el viento de la primavera, y será plural lenitivo, común y armonioso como la naturaleza misma.

Las pobres barnizadoras, como decía estas palabras dirigiéndose a ellas, acabaron con los ojos aguanosos.

Doña Nati, algunas tardes acechaba desde su balcón el paso del Profeta Matías y lo llamaba. Subía el hombre y entrambos se enredaban en inacabables pláticas que alguna vez acabaron a la madrugada.

Doña Nati, que no pasaba de republicana liberal y muy templada, no comulgaba con las ideas anarquistas más o menos ortodoxas de Matías. Ella se movía ideológicamente y a gusto en el tejido de nuestra sociedad; sin embargo, gustaba de instigar a Matías al discurso... «Me emboba con sus sermones este Matías —solía decir—; no me creo nada de lo que dice. Es un juego de niños, cosas de iluso, pero qué fe tiene. Si hubiera nacido hace veinte siglos habría sido profeta.» Las únicas coincidencias entre Matías y doña Nati se producían a la hora de atacar al clero y alabar a Cristo, pero en todo lo demás audaban a la greña, no obstante la propensión admirativa de ella. Cuando ella alzaba el grito y llamaba iluso a Matías, éste se sonreía y, sin alzar el tono, reanudaba el hilo de su discurso cuando podía. Y ella acababa recuperando la calma mecida por la tierna y lírica obsesión del profeta.

Cuando llegó la guerra no se notó el menor cambio en la conducta de Matías. Creía sinceramente que aquello, fuera cual fuera su resultado, sería una etapa más hacia el «día feliz», pero nada más. Cada camino tiene sus pasos y no hay quien los abrevie. No parecía hacerse ilusiones y escuchaba con gran quietud los entusiasmos, exaltaciones y miedos de unos y otros. En la guerra iniciada no veía para sí más ventaja que la posibilidad de hacer más propaganda, de hablar más y en más sitios y ante mayor auditorio. Aceptó un puesto propagandístico en la FAI y salía casi a conferencia diaria. Trabajaba en casa, como siempre, y ejercía sus predicaciones y actividad política en las horas libres. Y la verdad es que en aquellos días de pasión no tenía mucho éxito, porque jamás se refería al presente ni confiaba en absoluto en «que su hora hubiera llegado». Ni decía consignas, ni lanzaba soflamas, ni instigaba a nadie. Se constreñía a su tema favorito de describir la era feliz que todavía estaba tan lejos. Ante el frenesí miliciano, casi orgiástico, él pasaba como un estoico con los ojos puestos en el más allá. Por eso cada día perdía prestigio y su palabra se solicitaba menos. Casi llegó a inhibirse de toda actuación pública y reducía su labor a repartir libros y folletos anarquistas para hacer «prosélitos de la esperanza», como él decía. Despreciaba a los marxistas, mejor dicho, sólo los consideraba útiles juguetes de la etapa. Pero a la larga, tan nocivos como los burgueses para la consecución del gran bien universal.

* * *

Cuando llegó la hora de colectivizar nuestra fábrica, por unanimidad decidieron nombrar responsable a Matías. Desconfiaban de él como político, pero tenían fe en su honradez. A pesar del cargo, el hombre ni abandonó su banco de trabajo ni su quehacer. Cuando llegaba el sábado, con gran ceremonia reunía a todos, incluso a papá y al abuelo, en el centro del taller. Leía los ingresos y los pagos, así como las previsiones de cobro y desembolso en la próxima semana, y una vez deducido el dinero disponible, repartía con equidad matemática. Si no recuerdo mal, sus dividendos se hacían «por boca». Cada boca de la familia era una unidad del divisor. Un soltero era una boca. Un casado sin hijos, dos. Casado con hijo pequeño, tres; etcétera. Y cantaba «a diez, a cien o a las pesetas que fuesen por boca» y pagaba a este tenor. Al abuelo, como «creador» del negocio, le asignaba dos bocas y media. La media por la creación... Y él, Matías, sólo media boca, porque no quería que, cubiertas sus necesidades más elementales, le sobrase una sola perra.

Estimaba Matías que el negocio, que todo negocio, además de dar de comer a los que en él trabajaban, debía cumplir determinadas funciones sociales. Y arbitró que la manera más eficaz de que «El Infierno» cooperase al bien público era a base de que cada obrero, incluidos el abuelo y papá, debían hacerse sin derecho a cobrar, en ratos libres, una mesa-camilla a la semana.

Propuso el proyecto en un solemne discurso. Consideraba, por no sé qué especial ideación, que la mesa camilla de pino era algo así como un símbolo de la felicidad familiar. Ejemplo y cifra de comunidad y amor. Corazón y núcleo cálido de la familia. Agora estrecha de amorosas comunicaciones. Lugar del pan y del vino, de cruzarse las manos y las miradas. Mueble puro, blanco y sin esquinas sobre el que reír, llorar o dormitar un poco después de las comidas. «Entiendo —decía— que no puede haber felicidad completa sin mesa-camilla, sobre todo ahora que apenas hay leña para las chimeneas. Creo que es la forma más hermosa con que los carpinteros podemos contribuir a la felicidad común.»

Y con paciencia franciscana Matías se hizo una larga lista de las familias pobres de los barrios que carecían de mesa-camilla. Y los domingos por la mañana, en el patio, se procedía al limpio sorteo de quince mesas-camilla entre los pobres que de ellas carecían.

Y daba gusto ver a los agraciados, cada cual con su mesa de pino a hombros, camino de casa, mientras Matías sonreía beatífico como si les hubiese dado la clave de la felicidad.

El aserrín, las virutas y astillas también se repartían entre todos los operarios, y con el sobrante se llenaban sacos que se donaban a los necesitados. Enemiga feroz de estas prácticas fraternales era la abuela, ya que desde tiempo inmemorial ella solía vender aquellos despojos de la madera para incrementar sus ahorros. Representaba allí lo que diríamos feroz intransigencia capitalista, que no se paraba en si aquello de dar y repartir era bonito o gracioso y sí en la mengua que producía en sus ingresos particulares.

El abuelo, en cambio, a pesar de que tuvo que apretarse el cinturón con el sistema colectivo, no acababa de asombrarse del raro ingenio de Matías y de sus estupendas locuras. Y sobre todo de su honradez, limpieza moral y, a su manera, buen gobierno del negocio.

—¡Qué hombre, Lillo, qué hombre! Piensa que hace feliz a la humanidad rifándole mesas-camilla.

—Déjate, Luis, que está como una turbina.

—Bueno, bueno; pero ¿a que es hermoso eso de las camillas y del reparto «por boca»?

—También es bueno que te van a dejar el taller vacío y sin tenerle qué echar a tus dos bocas y medias.

Y el abuelo se reía enseñando sus muelas de oro.

No recuerdo bien, pero estoy seguro que la colectividad del «Infierno» acabó por consunción. Empezaron a movilizar gente y a escasear el trabajo. Y acabó por no haber nada ni entre quienes colectivizarlo. Vuelta la industria a la propiedad privada, se apañaron como pudieron, hasta que concluyó la guerra.

* * *

Cuando tomaron Barcelona y ya se veía bien por dónde iba la guerra, el abuelo y Matías tuvieron una larga conversación y despedida, según nos contó luego. Resultaba que precisamente en aquellos momentos, Matías, que no había sido movilizado por razón de edad, había decidido marchar voluntario al frente.

—¿Ahora?... ¿Para qué?

—No sé... Pero más podré hacer allí que aquí en favor de la gente... Y aquí no sirvo para nada útil... Además, prefiero morir en el campo que en una cárcel. Y si no muero, veré la forma de irme a América, que allí hay mucho que hacer... Todavía falta mucho tiempo para que llegue la gran felicidad.

Le preguntó el abuelo si llevaba dinero y dijo que el jornal de la semana. Se calló el abuelo, pero sin decirle nada le metió unos billetes en la chaqueta que tenía colgada en su percha.

Se despidió de toda la familia y marchó. Yo tuve luego la ocasión impensada de verlo camino de la estación, por el paseo, solo, con una maletilla de cartón por todo equipaje. Ya que, según supimos, repartió todos sus libros y fotografías entre sus pocos amigos y seguidores que le quedaban en el pueblo.

XIX

*Donde se cuenta la historia del ataúd en que fue enterrada
doña Nati y la competición del abuelo con el jaulero
de Ossa de Montiel*

El abuelo no era comerciante, ni industrial, ni casi un artesano. Era un ingenio. El comerciante y el industrial pasan por la obra como sobre ascuas, porque su único fin es la remuneración. Para el artesano, el amor a la obra y a la ganancia suelen ser parejos. Para el ingenio, toda la fuerza de su vitalidad e imaginación descansan en la obra misma. El gozo reside en el quehacer. La remuneración, una consecuencia añadida. Al arriero común lo que le importa es llegar a su destino para trocar la mercancía. El plácido viajero tanto goza en el viaje como en la arribada. Y el vagabundo prefiere las incidencias del traslado. De ahí que el abuelo antes fue vagabundo de su obra que arriero o viajero.

Por esta condición suya de deleitarse en el trabajo le aburría lo trillado y seducía lo nuevo y dificultoso, hasta posponer el beneficio de lo fácil al recreo de lo penoso.

Así, cuando mozo, se fabricó una bicicleta de madera; otra hizo un ascensor a doña Nati y en mil ocasiones ensayó ingeniosidades y artificios, tales como la fabricación de jaulas para pájaros que me resisto a no contar. Y que fue así.

Un día llegó un hombre de Ossa de Montiel a ofrecer jaulas para los canarios. Como al abuelo le pareciesen caras, dijo que él era capaz de hacerlas a la mitad de precio y mejor calidad.

—En cuanto al precio —dijo el de Ossa—, no lo dudo, pero en tocante a perfección no hay en toda La Mancha quien fabrique jaulas como este servidor. Porque sepa usted que no sólo las hago para canarios, también para tordos, codornices, loros, lechuzas, periquitos y grillos.

El abuelo sonrió bajo el bigote, torció el gesto, que era señal de suficiencia muy usada por él, y dijo:

—Señor jaulero de la Ossa, no sabe usted a qué parte ha venido, en cuanto a fineza y habilidad en el oficio, porque en cuarenta años que llevo en el ramo de la madera, ni en La Mancha ni en Valencia... a no ser mi amigo Llavador, he conocido a nadie que me iguale.

—Hombre, yo no dudo que usted sea un artista en la construcción de puertas, sillas, mesas, bancas, viguerías, cornucopias, armarios de luna y demás productos del ramo de la pura ebanistería o carpintería, pero la jaulería de volátiles es oficio mixto de madera y alambre, que requiere un especial toque que ni herreros ni carpinteros suelen darlo.

—Amigo —cortó el abuelo—; dejemos las palabras y vamos a los hechos, que obras son amores... Véngase dentro de un mes justo con cuantas jaulas tenga fabricadas. Si son mejores que las que yo haya hecho en el mismo tiempo, se las compro al precio que usted las ponga, y si son peores, se queda usted con las mías por la mitad del precio de las suyas.

El de Ossa, que también parecía hombre con amor a su oficio, apretó los labios lleno de noble emulación y le ofreció la mano.

—Hecho, maestro.

—Pues, hecho.

Y sin más palabras, el jaulero de la Ossa tomó soleta con sus jaulas al hombro.

* * *

El abuelo Luis, en todos los ratos libres y otros no tan libres, se puso a hacer jaulas con tal furia que antes del mes ya tenía un buen montón de ellas en todos los colores, formas y fantasías.

A los treinta días justos llegó el jaulero con un carrillo más que mediano también cargado de jaulas, jaulillas y jaulones.

El abuelo le echó una ojeada a la mercancía del de la Ossa y dijo muy satisfecho:

—Sí, señor, esto está muy bien, pero que muy reque-tebién. Pero como ya es tarde, coma usted conmigo, que después tendremos tiempo de ver con más detención las que yo hice.

Al jaulero le amoscó, o simuló amoscarle un poco, la fineza del convite y comió sin sosiego, deseando los postres por ver la obra del competidor.

El abuelo, en contramina a esta impaciencia, le dio el mayor copero que pudo a la comida, así como al café, copa y puro. Y todavía, mientras quitaban los relieves de la mesa, se retuvo largo rato contándole historias antiguas y anécdotas del oficio. Por fin bajaron a la parte del sótano donde estaban las jaulas del abuelo. Y el de la Ossa se echó sobre aquel montón como si aquello fuese agua fría y acabara de llegar del desierto.

Con gran ansiedad empezó a mirar y a remirar cada una de las jaulas, fijándose mucho en cada parte, juntura, suavidad del muelle, trenzado de alambres, limpieza y ajuste de maderas, hasta que pálido y temblón se quedó con los brazos cruzados, mirando al abuelo de hito en hito.

—¡Desde que tengo potra no he visto otra! —exclamó al fin.

—Hombre —dijo el abuelo para darle ánimos—, no debemos fiarnos de nuestra apreciación. Creo que convendría llamar a peritos imparciales para que den su fallo.

—¡Qué peritos ni qué peritas! —dijo el de la Ossa—. Usted me ha mojado la oreja, pero que a conciencia. Cualquiera que tenga ojos en la cara en seguida verá que

usted les ha dado un toque y precisión de ebanista fino
que a mí me falta, que al fin y al cabo no paso de ser
un pobre leñador, colchonero y jaulero de aldea... ¡Y maldita sea mi sombra, puñeto!, porque éste es el mayor
desengaño que le puede llegar a uno al final de una vida,
señor Luis...: el comprobar que aquello que uno creía
hacer mejor que Dios mismo, si es que Dios sabe hacer
jaulas, venga de pronto uno de otro oficio y en un mes
te ponga el mingo tan bien puesto... Le digo yo a
usted...

Y empezó a llorar tan amargamente que al abuelo,
de por sí tierno de corazón, a pesar de su aparente du-
reza, se le empañaron las gafas y, echándole la mano al
hombro, le dijo:

—No exagere usted, hombre de Dios, que sus jaulas
son de las mejores que he visto. Y todavía no me he
podido explicar cómo con tan pocas herramientas y ninguna máquina puede usted sacar esas preciosidades.

—¡Ay, señor Luis, no sabe usted lo que uno pasa!
Con tres hijas pequeñas, porque me casé tarde, y una
mujer manirrota... —y empezó a contar lástimas con tanta aflicción, que el abuelo, hecho una magdalena, le dijo:

—Vaya, ossero, olvidemos el trato y yo me quedaré
con su carga, si me pone un precio que sea razonable.

—Que no, señor, que los tratos, tratos son y yo, aunque pobre, soy un caballero.

Y siguió a este tenor largo rato, hasta que el abuelo
pudo convencerlo a duras penas de que le dejase la mercancía jaulil por un precio que convinieron.

Días después, mirando el gran montón de jaulas que
con las propias y las del montielero se había formado
en el sótano, decía a su amigo:

—¡Ay, Lillo de mi alma, que por soberbio y fanfarrón,
el jaulero, tal vez sin querer, me ha ligado y enjaulado
como a un jilguero... Que ahora empiezo a ver claro.
Que el muy pantomimo me cogió el flaco tan a gusto
que hasta ahora no he caído en la cuenta. Que este jodío
me ha liado y no sólo me ha hecho trabajar como un

tonto, sino que además ha conseguiro vender con maña todas sus existencias al que no quería comprarle una pieza.

Y como el abuelo dijese tantas cosas graciosas por creerse engañado, Lillo empezó a reír con tales ganas que tenía que amordazarse con las manos para que no se le saliese la dentadura postiza, que él llamaba «herramienta».

—¡Ay, Luis, y qué coño, que llevas razón, que te la han dado con queso... Vaya con el jaulero, y parecía tonto.

Tan fuerte y seguida era la risa de Lillo, que al abuelo le cambió el paño, se puso rojo de ira y cogiendo a puñados con una mano las jaulas propias y con otra las del ossero, empezó a vociferar:

—¡Pero son mejores las mías, Lillo del demonio, son mejores, míralas bien...

Y la cosa acabó regular, porque Lillo marchó con las manos en los riñones por tanto reír y el abuelo quedó de malísimo humor.

Pero al día siguiente, como era de buen natural, se le pasó la cosa e hicieron las paces, sin volver para nada a hablar de las dichosas jaulas.

* * *

Durante mucho tiempo, todos los domingos por la mañana salía un aprendiz al mercado a poner un puesto de jaulas y ahína si las vende.

Luego, con el tiempo, solía él mismo burlarse de su aventura con el jaulero. Pero a Lillo no consintió que volviese a sacarle el tema. Pues tan herido quedó con aquel toque de risa.

* * *

Y ahora comienza la historia del ataúd.

Un día llegó a trabajar al «Infierno» un francés argelino llamado Edmond Franqueli, alto, fuerte y narigudo. Ebanista finísimo que trabajó varios años en una fábrica de ataúdes de Orán. Y al hombre le quedó tal afición

a su viejo empleo, que cuando iba a un entierro, antes
que en los dolientes o en el mismo muerto, reparaba en
el ataúd.

—Ayer estuve en el *entiego* de... fulano y la *caga*
era una *biguia*...

Y con demasiada frecuencia hablaba de los arcones de
cedro y ébano que hiciera para los jerarcas y notables del
Oranesado.

El abuelo no es que fuese supersticioso, pero este tema
de los ataúdes y catafalcos, al menos durante bastantes
años, no le estimuló lo suficiente, al menos para entrar
en competencia con Edmond. Muy al contrario, solía
gastarle bromas sobre su viejo oficio. Por ejemplo, le
decía que lo que mejor hacía como ebanista eran los
armarios, por la semejanza que tenían con los féretros.
Y era verdad.

Un día de merendola en la huerta, como el abuelo,
aquejado del estómago, se pusiera melancólico, le soltó
Franquelin:

—No se *apugue* usted, maestro, por *moguir,* que yo
le haré un féretro tan bueno que no echará de menos
su casa.

Aquello no le sentó bien al viejo.

—Nos ha jorobado el franchute éste con sus ataúdes;
ya me estoy yo cansando, releche... Mejor dicho, ya estoy
cansado y voy a demostrarte quién soy yo. Voy a hacerme mi caja y yo solito en cuatro ratos perdidos, para
que te calles de una vez.

Y Edmond, echándose en la hierba boca arriba, empezó a reír sus eres.

—¿De qué te ríes?

—Me *guío,* maestro, de que usted es el *megor* ebanista que yo he conocido en mi vida, *pego* le *metiere*
de hacer ataúdes finos requiere un especial *calité* que
usted no podrá lograr si no se lo enseña alguien... Yo,
por ejemplo.

Y lo dijo con tanta seguridad que el abuelo se quedó
parpadeando, un poco indeciso.

—Se lo digo de verdad, maestro... *¿Quiegue* usted que lo hagamos a medias? No le cobro nada por el trabajo. Es usted muy listo y en seguida aprenderá para toda la vida. Se lo pido por favor.

—De acuerdo. Lo hacemos a medias. Tengo ahí unos tablones de caoba de Cuba riquísima que pudiéramos echar en eso.

—Vale. ¡Viva el maestro! Vamos a hacer un ataúd que va a ser usted el hombre mejor enterrado de este pueblo.

Y a partir del día siguiente, cuando terminaba la jornada de trabajo, se quedaban Edmond y el viejo un par de horas más en el taller haciendo el ataúd.

La noticia corrió pronto por el pueblo y muchos lo comentaban: «Ahí va Luis el del "Infierno", que se está haciendo su propio ataúd.»

Lillo le decía:

—Desde luego, Luis, se te ocurre lo que a nadie. Parece que estás llamando a la muerte con esa faena. Miedo me da cuando veo en el taller las piezas de madera con esa hechura tan aviesa.

—¡Tonterías! Verás cómo se pudre de viejo.

—Déjate, que al verlo tan hermoso, a la muerte le van a entrar prisas.

—¡Tonterías!

De verdad que ver aquello en el taller imponía mucho. Algunos operarios le tomaban vuelta al banco sobre el que estaba aquel estuche de fiambre. Y no digamos las chicas cuando lo llevaron al taller de barnizado.

—¡Ay, Dios mío!, hasta que no se acostumbre una a esto... —decía la Joaquina, que era la maestra—. Si parece que estamos de velatorio.

—¡Ay, ama! —le decían a la abuela—, que lo barnice el señor Lorite —barnizador de muñeca fina y con cara de pájaro—. Que lo barnice él. ¡Ay, Dios mío!, que ya parece que está el maestro dentro.

Tantos dengues le hicieron a aquella funda para mojamas, que el abuelo le pidió a Lorite que lo barnizase él. El hombre no hizo oposición, a base de cobrar bien. Y por la noche se quedaba metiendo en barniz aquel tristísimo artilugio.

Desde luego, bromas aparte, salió precioso. De caoba fino, con columnas salomónicas, cierres y asas de bronce, capitoné de damasco verde oscuro, chapa de cinc debajo de la tapicería y qué sé yo cuántas cosas más. Lillo estaba empeñado en que le pusieran un cenicero para los pitos de ultratumba, pero al abuelo le pareció demasiada coña y lo dejó.

Franquelin estaba contentísimo.

—Ya ve usted, maestro, como no *ega* tan fácil.

—Verdad es que tiene su busilis.

—Aquí no se pudre usted nunca —le decía otro—, con la chapa de cinc y tanto grosor de madera, va a durar usted en el nicho más que doña Aurora (que era la más rica del pueblo).

—Aquí no se muere uno del todo —decía Edmond satisfecho.

Como la espera podía ser larga, el abuelo decidió —no estaba encolado— desarmarlo, embalarlo bien y guardarlo en un sobrado del taller hasta la hora de su tránsito.

—*Clago,* maestro —decía Edmond—, cuando le ocurra el deceso lo armo yo, lo afino de barniz y queda perfecto... En menos que lo amortajan lo tengo listo.

El abuelo, que había hecho aquello un poco a rastras y guardaba cierto suave rencor a Edmond por la enseñanza indudable que recibió, respondió áspero:

—Dónde estarás tú cuando yo *decese.*

Antes de desarmarlo, sus amigos de la tertulia del Círculo Liberal se empeñaron en venir a verlo. Y un domingo por la tarde, todos muy majos, se presentaron en el taller.

Hechos corro, dijeron muchos comentarios. Tantos, que el abuelo, envanecido y para demostrarles lo bien que le venía, se metió en él y se estiró muy serio con las manos cruzadas.

Los amigos, vestidos con sus capas, le cantaron el «gori, gori» y todo acabó con una gran merendola en el jardín.

Durante años y años, señalando con respeto al sobrado, los nietos decíamos a los amigos:

—Ahí está el ataúd del abuelo, que es mejor que el de doña Aurora.

* * *

Cuando llegó la guerra ocurrieron dos cosas que tienen mucho que ver con el cuento del ataúd. La una es que Edmond Franquelin se largó a Argelia, porque, como él decía, «para algo debía resultar bueno el ser extranjero en España». Y la segunda, que empezaron a escasear los ataúdes por falta de manos y sobra de muertos. Los carpinteros del pueblo y los funerarios que quedaron tuvieron que dedicarse a fabricarlos, porque de fuera no venían. Y era frecuentísimo ver entierros con cajas de madera cruda, generalmente chopo, sin pintar ni forrar.

Especialmente, en el año 1939, cada muerto o cada deudo, mejor, tenía que ver la forma de buscarse su caja como pudiera, porque se corría el riesgo, a poco que se descuidaran, de hacer la última excursión en pañales y sobre la mera tabla del coche, como ocurrió más de una vez.

Apenas dio la última boqueada doña Nati, se encargó Pedro de resolver el capítulo ataúd y lo resolvió bastante mal, porque trajeron una caja informe, hecha con tablas de cajones de la Tabacalera, que bien lo declaraban los cachos de letreros que se veían sobre la madera desnuda, amén de rendijas, clavos torcidos por todos sitios y grandísima flora de nudos.

Cuando el abuelo vio entrar aquel armatoste en el cuarto de la muerta, quedó mirándolo con ojos tristísimos. Se reclinó sobre él y señaló a Lillo los nudos, clavos, rendijas y grosor de las tablas.

—Esto es una vergüenza.

Miró luego el cuerpo de doña Nati, tan grande, tan derecho, tan serio, con aquel color casi azul que le prestó la muerte, y volvió sus ojos hacia los de Lillo, que ya estaba adivinándole claramente el pensamiento.

—Llevaros este cajón de aquí, que yo traeré otra cosa mejor. Vamos, Lillo. —Y sin añadir palabra salieron a todo paso hacia «El Infierno».

Durante varias horas estuvieron aferruchando en el taller. Encolando el famoso arcón del abuelo y acabándolo de barnizar.

Cuando entre cuatro lo llevaban a casa de doña Nati, todo el mundo se paraba en la calle para verlo, como cosa venida del otro mundo. Del mundo de antes de la guerra.

Lo subieron con gran trabajo por la estrecha escalera de doña Nati. Y cuando encajaron en el ataúd el cuerpo muerto de la señora, parecía qué sé yo, como si en vez de en un féretro estuviese en un gabinete isabelino. Cobró tal señorío y empaque la pobre doña Nati, que imponía.

El abuelo, luego de mirar el efecto muy largo rato, dijo:

—¿Sabes lo que pienso, Lillo? Que me alegro de habérselo dado a doña Nati, porque esto era mucho para mí. Habrían creído que a última hora me había hecho presumido, y no me va.

Lillo asintió con la cabeza y añadió luego:

—No tendrá queja la Nati. Cuando viva le diste ascensor y cuando muerta este palacio de ataúd.

—Ahora que va a acabar la guerra me podré yo hacer otro exactamente a mi gusto. Esto me ha servido de mucho. Y las enseñanzas de aquel puñetero francés en el arte de hacer *cagas,* como él decía, no las he olvidado.

… Pero nunca se hizo otro ataúd. Sin el acicate de Franquelin no sabía repetir la experiencia. Y eso que no le faltaron peticiones y compromisos en los meses siguientes, después de la gran exhibición que fue el entierro de doña Nati:

Pero a todos les decía lo mismo:

—Yo hago alcobas para recién casados, pero no ataúdes para recién muertos.

XX

*Efemérides de la resurrección del miliciano Cijes Salmerón
y de sus declaraciones sobre lo que vio en el otro mundo*

Lo que de verdad, de verdad se sabía de Cijes Salmerón, alias «El Resucitado» —hasta que concluyó la guerra— es que llamaron su quinta ya tardía; que lo destinaron a Madrid y de allí al frente del Guadarrama; que a los pocos días de estar en su puesto, hubo un bravo bombardeo de la aviación enemiga que causó muchas bajas y entre ellas, como muerto «fetén» estaba él; que algunos conmilitares, paisanos y amigos dijeron que le habían visto en la ringla de muertos con sus propios ojos, e incluso alguno afirmaba con todo su corazón que había ayudado a darle sepultura.

Era además de todos conocido que la familia, mujer e hijos, recibieron un telegrama del Estado Mayor comunicando la baja. Y desde luego, lo que sabían absolutamente todos los vecinos del pueblo, incluso los más niños, era que Cijes Salmerón, unas semanas después de «su muerte», escribió a su casa avisando que no se asustasen, pero que regresaría tal día y en tal tren porque «había resucitado». Y como fecha irrepetible en la historia del pueblo se recuerda el día y la hora de su llegada en el trenillo de Cinco Casas y el fenomenal recibimiento que se le hizo. Y muy bien merecido, porque era la primera vez que resucitaba, ésa es la verdad, un hijo de Tomelloso.

Al día siguiente de su apoteósica llegada, el Juez Municipal invitó amablemente a Cijes para que se pasase por el Juzgado a contar todos los episodios de su resurrección, ya que por «la novedad del caso, su relación podía resultar de interés y enseñanza para el vecindario. Cijes contestó que no había inconveniente, siempre y cuando que no hurgaran a su situación y lo dejaran seguir como muerto, porque si lo volvían a nacer, tendría que regresar al frente, y él, la verdad, no había resucitado para eso. Dijo el Juez que no temiera, que aunque quisieran, no había procedimiento civil, según sus cortos alcances, de alistar a los revividos; y que no tenía otra malicia que una «información ilustrativa». Así se hizo ante el Juez, el Alcalde, el Comandante Militar y Secretario del Juzgado, que levantó el acta que a continuación copio con todos sus puntos y comas:

ACTO DE LA RESURRECCION
DE CIJES SALMERON GARCIA

«En la ciudad de Tomelloso, a las doce horas del día veinte de noviembre de 1938, hallándose reunidos el Sr. Juez Municipal (D. ....), el Comandante Militar (D. ....), el Sr. Alcalde (D. ....) y el Secretario Judicial, que es transcriptor fedatario de la presente acta, se tomó declaración al vecino Cijes Salmerón García, de treinta y tres años de edad, casado, de profesión tonelero, sobre los episodios ocurridos en su vida y supuesta muerte, desde el día 15 de julio de 1938, que fue destinado al frente de la Ciudad Universitaria de Madrid, hasta el día de su regreso a Tomelloso el día 18 de noviembre del mismo año 1938. A la pregunta del Sr. Juez Municipal:

—Cijes Salmerón García, ¿quieres decirnos lo que te ocurrió en el frente de la Ciudad Universitaria desde el día que allí fuiste destinado?

Respondió el Sr. Cijes Salmerón García:

—Sí, señor. Me enviaron a la segunda sección de morteros de la .... Brigada Mixta al mando del coronel ....

JUEZ. — ¿Estuviste todo el tiempo en el mismo destino?

CIJES. — Sí, señor.

J. — ¿Interviniste en grandes acciones de guerra hasta el día de tu desaparición?

C. — No, señor. Tiroteos y pepinazos nada más.

J. — Entonces, ¿en la única acción que interviniste fue en la última?

C. — Sí, señor. Llegó una escuadrilla de bombarderos alemanes el día 22 de agosto a primera hora de la mañana, y nos estuvo dando repasos durante muy largo rato. Saltaban las trincheras y fue muy grande la mortandad.

J. — ¿Fue entonces cuando te hirieron?

C. — ...Cuando me mataron, sí, señor. Los de mi sección, que descansábamos a aquella hora nos echamos al campo, por orden del teniente, cada cual donde pudo. Yo me tumbé en una especie de reguerón con el casco hasta las orejas. Las bombas caían por todo alrededor. De pronto una explosión muy grande a mi lado. Sentí como si mi cuerpo diera un bote muy alto. Y ahí acabó todo lo que recuerdo de este mundo. Supongo que debió matarme la onda expansiva, ya que en mi cuerpo no encuentro la más mínima cicatriz.

J. — ¿Y... entonces... qué pasó?

C. — Que yo me sentí en el otro mundo.

J. — ¿Y qué viste?

C. — Mucha gente que me esperaba.

J. — ¿Qué gente?

Interviene el Sr. Alcalde:

—Creo que sería conveniente que primeramente nos dijese cómo es el otro mundo, que tiempo habrá de saber qué gente hay allí.

J. —De acuerdo con el Sr. Alcalde. Dinos cómo es el otro mundo primeramente.

C. — ... Es muy grande y a la vez muy chico. Quiero decir que es muy grande porque allí están todos los que murieron, que, como se sabe, son muchos. Y muy chico, porque con todos los que quieres hablar siempre los tienes a mano.

J. — Pero, ¿cómo es de apariencia? ¿Qué clase de terreno domina?

C. — Monte. Al menos lo que yo vi, monte no muy espeso.

J. — ¿Con perdices, conejos y alimañas?

C. — De alimañas, no sé decirle, pero conejos, perdices, liebres, codornices, ciervos y otros bichos mansos y pájaros que no sé el nombre, sí que hay.

J. — ¿Es que allí se come?

C. — Sí, señor. Carne y huevos. Carne asada y huevos cocidos, que hay siempre por todas partes.

J. — ¿Y no resulta cansado estar toda la eternidad comiendo carne asada y huevos cocidos, sobre todo los huevos?

C. — Parece que no, señor, porque el personal no se queja.

J. — ¿Y se duerme y fornica y las demás necesidades del cuerpo?

C. — Sí, señor, igual.

J. —Entonces, ¿en qué se diferencia aquel mundo de éste.

C. — En que no se trabaja, ni se padece, ni se teme, ni se discute, ni hay viñas, ni riquezas, ni categorías, ni malquerencias.

J. — ¿Qué se hace aparte de comer, beber y las demás cosas del cuerpo?

C. — Se recibe a los que llegan, se mira a este mundo y se habla. Sobre todo se habla.

J. — Se habla, ¿de qué?

C. — De lo que a cada uno le pasó en la vida y de lo
que está pasando en este mundo, porque desde allí
se ve esto propiamente como desde un balcón.

J. — ¿Y qué dicen de nuestra guerra?

C — Pues... con perdón, se ríen. Porque dicen que ya
estamos con las niñerías de siempre, y que no tenemos remedio. Desde allí, sabe usted, todo lo de
aquí parece juego. Nos miran como a los locos que
no saben lo que hacen ni por qué lo hacen. Allí
todo se ve claro. Y se considera que esta vida es
un entretenimiento muy corto, donde no se puede
estar bien hasta llegar allí, que es lo bueno y dura-
dero. Por eso allí no hay castigo para los que fueron malos, ni premio para los que fueron buenos,
porque piensan que el vivir es una especie de enfermedad que no se debe tener en cuenta. Que nadie
es responsable de lo que hace ni de lo que dice.
Porque aquí uno no es uno, sino uno infectado por
muchas cosas malas.

J. — ¿Y tú viste a Dios?

C. — No, señor. Ni a Dios, ni a la Virgen, ni a los ángeles. Allí no hay nadie que mande, que es lo bueno.

J. — ¿Y cada uno se va con la mujer que quiere?

C. — No. Todos están casados, pero de tan suave manera, que ni se aborrece a la mujer ni se apetecen
otras. Ocurre allí con las mujeres como aquí con el
aire. Cada uno respira el de su casa y no se va a
respirar el de otras. Además, que no se tienen hijos.

J — ¿Quieres decir que allí cada uno va a parar con la
mujer que tuvo en la tierra?

C — No, señor. Allí te casan de nuevo nada más llegar,
menos a los niños, que siguen siempre niños. En
cuanto a viejos, no hay, porque allí todos quedamos
como de un rasero de unos treinta años. Y los niños
viven solos y todo el mundo los quiere.

J. — ¿Y hay guapas y feas?

C. — Cada uno conserva el rostro y cuerpo que aquí tuvo,
pero muy arreglado y agradable.

J. —Dices que te esperaba allí mucha gente.

C. —Sí, señor, toda la familia que tengo en el otro mundo, que es un montón.

J. — ¿Se vive en casas?

C. —No, señor, en grupos familiares sobre el mismo monte. Que no hace frío ni calor.

J. —Sigue.

C. —Digo que me esperaba mi familia. Mucha que conocí: mis padres, abuelos, hermanillos y sobrinos. Y otros muchos que me hicieron conocer, vestidos con trajes muy antiguos, porque allí la única diferencia que hay es la del traje, según la moda del tiempo en que murió cada uno. Trajes que duran siempre.

»Y ya que me presentaron a más de doscientos, me acercaron a una mujer que yo conocía muy bien, que no era de mi familia, y que, desde luego, no sabía que estuviese allí... Como que había subido el día anterior, según me dijeron. Era la Emilia López, que fue novia mía mucho tiempo y que ustedes deben conocer. En seguida me dijo mi madre que se alegraba mucho de que yo hubiese llegado tan a punto, porque así podría tomar por compañera para la eternidad a la Emilia, que toda su vida le había gustado para mí, y era verdad. Mi madre siempre estuvo empeñada en que me casara con ella. Fue una verdadera tabarra. Ella me allegó el noviazgo y se llevó el gran berrinche cuando la dejé y me arreglé con la que hoy es mi mujer. No me lo perdonó nunca. Y no porque la Emilia fuese más o menos rica o cosa parecida, sino porque a ella le gustaba y nada más. Cuando vi que en el otro mundo seguía con el mismo empleo, me dio mucho coraje... Quise protestar. E incluso señalé hacia aquí, al cuadro de mi pobre viuda y mis hijos, enlutados, que se veían llorando junto a la lumbre. Pero que si quieres. Me puso del bracete de la Emilia, que por cierto sonreía muy contenta, formaron callejón mis antepasados y nos hicieron pasar entre ellos como en boda.

»Empezamos a vivir al uso de allí. Y la verdad sea dicha, no me iba mal. La Emilia se portaba conmigo muy requetebién. Me atendía en lo poco que allí hay que atender y a la hora de hacer uso del matrimonio funcionada como una rosa... Pero, ¿qué quiere usted?, a mí me jorobaba que mi madre se hubiese salido con la suya, como me jorobo siempre que alguien se me queda encima.

»Todos los días venían a vernos mis antepasados y los de ella a contarnos cosas antiguas de su vida y de su tiempo. Y nos reíamos mucho, especialmente con abuelísimo mío que había estado conquistando América y nos decía las mil perrerías que hacía con los indios. Por cierto, que como yo dudase de alguna historia, sobre todo aquello de que mató a una india de cansancio a fuerza de acostarse con ella mientras él se quedó tan fresco, se enfadó un poco, mandó llamar a la india (allí ocurre que si se manda venir a alguien, aunque sea un faraón, viene al punto), que por cierto era bastante anchica de caderas, certificó lo que mi abuelísimo decía y se reía contando más detalles sobre la barbaridad de hombre que fue... Ya que, como dije, allí en el otro mundo todos éramos iguales en todo para evitar discordias... Pues quede bien claro que allí todas las cosas de esta vida pasan como de chiste o de locos, y es allí arriba donde todo el mundo cobra el verdadero seso, equilibrio y alteza de miras. De manera que el castigo está aquí y allí el premio. Porque según es allí doctrina, aquí somos unas pobres víctimas de los humores, egoísmos y desgracias, y allí la ordenada república de la verdad y el sexo... Pues, como iba diciendo, a pesar de estar tan bien, sin duda porque yo había muerto de tan mala manera y sin tenerle todavía asco a la vida, no acababa de acomodarme a la Emilia ni a aquel mundo tan bien hecho, pensando en la terquería de mi madre, que al verme inquieto, me tiraba puntadas diciendo así como que mi mujer de aquí se iba a casar o a liar apenas dejara el luto.

»Lo cierto y para abreviar, es que yo un día pregunté a bocajarro si se podía volver a este mundo. Todos me dijeron que creían que sí, pero que a nadie se le había ocurrido semejante locura desde que el mundo era mundo; que era como si el náufrago, apenas salvado, pidiera volver a ahogarse, el quemado a las llamas y el ahorcado a la horca, y no sé cuántas cosas más.

»Como yo seguía en mis trece, corrió la noticia por todo aquel país que no tenía fin, y venían a verme gentes de todo el monte. Por fin pregunté que a quién había que pedirle permiso o salvoconducto para regresar y me dijeron que a nadie. Que bastaba con que echase a andar hacia poniente, y en menos de cinco minutos estaría en las lindes de la vida y de la muerte, de este mundo y aquél, si tal era mi voluntad.

»Yo dije que me venía ya mismo, y no le quiero a usted decir, señor juez, la de millones de gentes que se juntaron para ver lo nunca visto: el primero que se volvía. Y sin más ceremonia ni despedida, eché a andar hacia donde me dijeron, y en *ná* de tiempo me encontré otra vez en la Ciudad Universitaria de Madrid, saliendo de un terraguerío, que, según vi, era la fosa común donde nos habían enterrado a todas las víctimas de aquel famoso bombardeo.

»Me despisté del frente. Me fui a Madrid para asearme un poco y preparar a la familia con las cartas que usted sabe... y de lo demás, ya sabe usted tanto como yo...

J. — ¿Tienes algo que añadir?
C. — Si usted no pregunta, no.
J. — ¿Das tu palabra de honor de que cuanto has contado es cierto?
C. — Palabra de honor, señor Juez.
J. — Pues acaba la diligencia.»

* * *

Se cuenta que ni el Juez, ni los otros oidores de las declaraciones que recoge el acta, creyeron una sola palabra a Cijes Salmerón. Pero sea porque la fábula les hizo cierta gracia, sea porque él figuraba ya como muerto y el «revivirlo» oficialmente era demasiado complicado para el Juez que entonces había, o sea —y lo más probable— porque la guerra andaba ya por unos trechos demasiado inciertos para la causa y no había lugar ni pasión para ocuparse de jeribeques legales, lo cierto fue que Cijes Salmerón, desde entonces «El Resucitado», se quedó en el pueblo, volvió a sus quehaceres de siempre, y a todo el que le preguntaba le contaba la misma historia del otro mundo, con sus pormenores geográficos y sociales, amén de la terquería de su madre al quererlo casar con la otra.

Cuando acabó la guerra, todos lo celebraron mucho por su invención para librarse de luchar contra los nacionales, pero las pasó malamente, porque hasta 1942 no consiguieron «volverlo» a la vida oficial, y le faltó cartilla de abastecimiento y casi, casi, la mujer, porque un brigada gallego que cayó por allí con las fuerzas de ocupación, como ella era de buen ver y tenía perras, las suyas propias y las «heredadas del esposo», la convenció de que estaba viuda y que podía casarse de nuevas con arreglo a la ley.

... De no mediar el cura, don Eliseo, Cijes Salmerón se queda sin comer y sin hembra.

XXI

*Historia de la exhumación osaria de los antepasados de
doña Nati, de cierta equivocación del camposantero y
de las elucubraciones y melancolías a que dio lugar*

El entierro de doña Nati sería al día siguiente por la
mañana. Y a media tarde fuimos a sacar los viejos huesos
de sus antepasados para dar espacio a los huesos recién
muertos de la que ahora se iba.

Cuando llegamos, el enterrador llevaba muy adelantada
su hondura; casi a los hombros le llegaba el hoyo. Un
mocetón con boina pequeña tomaba de la huesa las espuertas de tierra que de vez en cuando le daba el camposantero. Este, cuando no daba tierra, cavaba metódico y
lento. Cada quince o veinte golpes se secaba el sudor con
la mano vuelta y chupaba del ancho y oscuro cigarro que
descansaba sobre una piedra saliente de la fosa.

Cuando nos vio llegar, apenas nos miró de reojo sin
dejar de minar. Pero cuando le tocó secarse el sudor y
chupar el cigarro, nos dijo:

—Esto va rápido... aunque poco va a haber. La tierra
de esta parte pudre mucho. Estos terrenos en dos años
queman un muerto. Ni los botones quedan. Sin embargo,
en aquella parte de poniente, la tierra es más caliza, tiene
mucha tosca, y los cuerpos duran más que vivos. Todavía

la semana pasada sacamos un sargento muy antiguo, con uniforme de colorines. que estaba muy propio. Con el bigote entero y los botines brillantes. Tenía la cabeza vuelta a la derecha, propiamente como si estuviese mirando al general en un desfile... Ahora, que apenas le puse la mano encima, se hizo un montón de harineta. Sólo quedaron los metales y el correaje. Todo fue visto y no visto. Como si lo hubieran aventado. ¡Qué cosas! Pero ya digo, en esta otra parte la tierra pudre mucho.

Y empezó a cavar otra vez.

En otro descanso de pito y sudor hizo más sentencias:

—Hay muertos que duran mucho en la tierra, como si no quisieran morirse del todo. —Ustedes me entienden—. Y otros que en *ná* se hacen tierra, como si estuvieran deseando acabar pronto... Claro que no es cosa de ellos; es del terreno. Cada uno vive a su manera, muere a su manera y se hace basura a su manera. No hay más cáscaras. Ni para estos remates somos iguales. Los señoritos que se hacen panteones de mármol y hasta los embalsaman duran más. Los pobres, que yacemos en la tierra cruda, menos. Pero al fin, todos basura. Es cuestión de fechas. Los niños duran menos porque tienen los huesos tiernos. Los viejos más. Ya ve usted las cosas... Ya estamos en la hondura normal... Iré con cuidado.

Ahora picaba casi acariciando la tierra con el azadón. Se lucía buscando la propina. Temía ante nosotros cascar los huesos de nuestros viejos muertos.

El mocetón de la boina pequeña, desde que avisó el que resultó ser su padre, miraba ahora con mucho cuidado las espuertas de tierra que le llegaban a las manos, no fuese a ir en ella alguna astilla de deudo.

El sol, al caer, había dejado el cielo casi corinto, tras las cruces de los panteones del fondo, tras los cipreses. Todo el cementerio entre dos luces perdía perfiles y brillos; quedaba como estampa inconsistente, de espejismo. Podría hundirse todo a un golpe de azadón. Del pueblo llegaban ráfagas de viento blando con voces, ladridos, cantares de niño, que de pronto callaban.

Dos viejas enlutadas bruñían y deshierbaban una tumba parecida, cuya tapa de granito tenía una inscripción.

Yo reparé que estaba sentado sobre otra tumba parecida, cuya tapa de granito tenía esta inscripción: «Madre a tus hijos, que no te olvidan, perdónalos.»

Y asociando ideas le pregunté al camposentero, aprovechando uno de sus descansos, por el lugar exacto de un epitafio que vi de niño en el cementerio viejo, que decía:

> Aquí yace Juan Perona
> que está mirando a Jesús.
> Su hermano y su yerno «el Cojo»
> le dedican esta cruz.

Cerró los ojos para recordar y me dijo, luego de una exclamación, que hacía años que aquella piedra la pulverizó un rayo.

—Ya estamos —dijo el hombre, mostrando un trozo de metal oxidado que debió ser herraje del ataúd—. Ya dije. Esta tierra pudre mucho.

Luego sacó unos huesos breves, color barro, que los mostraba en la palma de la mano.

Me había vuelto de espaldas para encender un cigarrillo, cuando le oí exclamar:

—¡Qué hermosura de calavera! Nunca vi una tan grande. Debía ser un gran cabezota su abuelo, con perdón.

No sé de dónde sacaba aquel hombre que la calavera que ahora me entregaba medio sonriente era de mi abuelo.

Era imponente, de verdad; del mismo color de la tierra, casi almagre. De anchísima bóveda.

—Nunca he visto otra tan grande. Debía ser un hombre de gran mollera. Recuerdo haberle visto cuando yo era muchacho, pero no me abultó tanto su cabeza. Aunque sí decían todos que era hombre muy listo y bueno.

Debía creer el enterrador que la calavera era de mi abuelo materno. Me emocionó la confusión y preferí no deshacer el error. Y casi sugestionado miraba y remiraba aquella extraña calavera entre mis manos, como si de verdad fuese la de mi abuelo; e intentaba asemejarla con la imagen que de él conservaba a través de fotografías, sobre todo de una que se hizo para un kilométrico, luego ampliada; de un kilométrico que no llegó a estrenarlo... Ojos azules, grandes, rientes; barbita corta, casi blanca, nariz recta y fina, boca carnosa.

—Era muy alto, bien me acuerdo —continuó el camposantero, que seguía buscando huesos entre los terrones.

Por más que rasqué la tierra que cubría la calavera, no aparecía color de huesos. Diríase que nunca fue cosa viva, sino tierra rojiza, cocida. Cerámica basta. Las órbitas enormes, con alguna tierra y briznas de hierba. Sin maxilar inferior. Olía a tierra húmeda, sin sol.

Recordé una fotografía de mi abuelo joven, hecha en Barcelona, cuando fue comerciante de tejidos. Cerrada la barba rubia, americana muy corta, ribeteada y una faja de seda roja que yo me puse muchas veces en los carnavales. Entre aquella fotografía y la del kilométrico no había más identidad que sus ojos clarísimos y dulces.

Sacó las tibias, los fémures:

—Sí que era alto. ¡Eh, qué cañas!... Unos botones de bota.

Recordé frases de una carta del abuelo escrfita en 1905, desde Madrid: «Estoy contento. Parece que las cosas se van arreglando. En el Almacén se vende bastante vino y creemos que no va a prosperar la Ley de Alcoholes. Nos lo aseguran algunos prohombres. A ver si nos llega una racha más optimista.

»Anoche, Roque y yo, después de cenar en la fonda, estábamos de buen humor y nos fuimos al "Apolo". Vimos tres piezas. Una de ellas, "La Gran Vía", que te gusta tanto, porque a ti (la abuela) te gusta. Los "ratas" y la "señá Virtudes" lo hicieron muy bien.

»Después estuvimos en el "Suizo" tomando chocolate y Roque me contó su historia con Carlota... Es un loco.

»Diles a los chicos y especialmente a la chica que les llevaré alguna cosilla. No me olvidaré de tu velo...»

El enterrador iba haciendo un montoncito con todos los huesos que sacaba, sobre la fosa donde yo estaba sentado contemplando aquella calavera ajena, que me hacía pensar en el abuelo que no conocí.

... Un día se prendió fuego en su fábrica de alcohol, y el abuelo —me contó mamá— se le prendieron las ropas. Y salió corriendo, como tea viva hacia un montón de tierra en el que se revolcó sin parar hasta apagarse.

Roque —«es un loco»—, el que oyó con él «La Gran Vía», estaba enterrado muy junto al abuelo Damián, en la otra parte del Cementerio Viejo, en un nicho con lápida negra. El tío Vicente, el que fue Alcalde de la primera República; el caballero don José María Cepeda, Paco Martínez, el tío Juan Antonio... la abuela Manuela, todos sus viejos contertulios, ahora conmuertos, andaban esparcidos allí, a la misma hondura, en poco trecho; y callados... También estaba allí, junto al osario, la Roberta, de quien tanto se dijo en el último tercio del siglo pasado, organizadora incansable de meriendas en su huerta; junto a la noria en aquellos añejos veranos de tartanas y tílburis... Y don Ramón Ugena, el boticario que tanto mandaba; y doña Crisanta, «la ilustre prócer», que fundó el hospital y costeó el teléfono. Todo aquel renglón y cifra de los convivientes de mi abuelo estaba por allí esparcido, tan venidos a menos e impotentes. Todos aquellos que pisaban el pueblo por entonces habían caído en la hondura callada, llevándose sus desazones y políticas y dejando no más que el tenue recuerdo de un episodio de su vida, de algún chascarrillo, de alguna risa o devaneo. Debajo de aquellas tierras había muchos pueblos. Muchos pueblos cortados a cercén y enterrados en junto. Cada generación ocupaba su tramo y grado de putridez, sobre todo si estaban en el mismo terreno. Qué bien decía el camposantero, que hay terrenos que pudren más que otros. Me imaginaba las generaciones de mi pueblo como batallones que pasaban haciendo cada cual su instrucción, y que, con pocas diferencias, se hundían uno a uno bajo la misma superficie, para transformarse de convivos en conmuertos. Yo seguía con la calavera en la

mano, jugando con aquellos recuerdos, con aquella «Gran
Vía» que vio el abuelo con Roque —«está loco»— en el
«Apolo» en el año 1905, uno antes de bajar a su retiro
definitivo:

> Caballero de Gracia
> me llaman
> y efectivamente
> soy así.

El chocolate del «Suizo», sus espejos, «la Fonda» aquella, el almacén de vino, los negocios que prosperaban;
todo en tertulia ya bajo la tierra, mucho más abajo de las
raíces de los árboles.

Una mañana de abril, paseando por la Glorieta de la
Plaza con su amigo Paco Martínez «El Obrero», el que
había de traer el ferrocarril a Tomelloso, hablando sobre
la Ley de Alcoholes, le dio un súbito ataque y cayó
muerto. Estaba el abuelo comprobando la hora de su reloj
con el de la torre y no pudo concluir. Cayó con el reloj
abierto en la mano, marcando su hora exacta.

Lo llevaron a casa. Le sacaron de los bolsillos dos lá-
pices, una navaja con cortaplumas, un monedero de malla
de plata, una cartera con el kilométrico sin estrenar y
una boquilla de ámbar.

Durante muchos años después decía mamá que la abuela lloraba al oír la «Gran Vía»:

> Yo soy el rata primero
> y yo el segundo,
> y yo el tercero...

Y lo alababan los amigos cuando salía a colación la
Ley de Alcoholes; y la Roberta en las pocas meriendas
que dio después en su huerta, junto a la noria... Todos
los que día a día fueron dejando sus recuerdos para
bajar con él a la gran tertulia de lo profundo.

Y aquel día del entierro de doña Nati, yo, el heredero de recuerdos, lo veía a través de aquella gran cala-

vera ajena, del padre de la difunta, solamente encuadrado en la breve hora de su vida que pasó en el «Apolo» y en el «Suizo». Que en tan sucinta memoria quedan las vidas de los muertos.

XXII

*Aquí se concluye este archivo de noticias y recuerdos con
el entierro de doña Nati, la melancolía del narrador por el
remate de su adolescencia y otras dolidas consideraciones*

¿En qué corazón no habitan los recuerdos de mil entierros? ¿Qué hombre en el curso del día no piensa, al
menos un segundo, en cierto entierro que se le quedó
clavado en el espinazo del alma? o —todo hay que decirlo— ¿qué mortal no adivina sin querer el entierro de
alguien, el suyo a veces?

Cada cual llevamos como apretado correaje nuestro
serial de entierros vistos, soñados... o temidos. Y el
que esto escribe, Dios lo sabe, soporta sobre la más alta
viga de sus recuerdos aquella sepulturación de doña Nati,
la gran líberal, la del carácter brazo y la mirada severa,
la del pecho sin límite y la moral de acero, en aquel
día casi primaveral, pocas semanas antes de acabar nuestra guerra.

Fue una tarde de soliagua. A veces caían unas chispas
acariciantes, puntiagudas y, en seguida, riente, llegaba
un sol ético y de gasa, dando verónicas de esperanza y
chupándose el líquido.

Todavía en algunas ventanas y balcones se veían banderas rojas, pálidas por el sol, rotas del viento, como
frutos maduros, a punto de caer de su asta.

Por todos lados se respiraba contento... y sigilo, miedo y esperanza. Ojos que apenas podían cubrir con su párpado la relumbre del júbilo. Otros tristes, huidizos, encepados. Silencio en la espera alegre o vengativa. Silencios del miedo, del arrepentimiento o del profundo dolor. La clásica sentencia iba a cumplir su segundo tranco: «si matares matarte han... y matarán al que te matare». Cada cual con su alma en su almario, pero la angustia o la esperanza, por enterradas que estén, crían luces y sombras, mueven latidos secretos y dan color al cielo o lo empañan... Todo esto se traslucía aquella tarde del entierro de doña Nati.

* * *

La puerta de la casa de la finada estaba abierta de par en par. Unas cien personas aguardábamos en la acera. Se hablaba discretamente en corrillos. Llegó el coche de los muertos, negro, descolorido, sin cruces. Con los caballos famélicos, llenos de aristas y mataduras. A los pobres les llegó la guerra solamente por el complicado túnel de las tripas —que no suelen ser los caballos dados a políticas ni a guerras civiles—, pero harto tenían. «Acarreando muertos y a dieta» —como dijo uno mirándoles el anca de carpintería.

Plinio y don Lotario se veían muy solicitados aquellos días. De fijo que así que llegaran «los que si son de venir ya venirán», como dijo un cazurro, *Plinio* volvería a lucir su uniforme de Jefe de las G. M. T. y a urdir, junto a don Lotario, sus famosas indagatorias y pesquisas. Allí estaban silenciosos y complacidos. Y Delfín, el guardián de la plaza de toros, que también esperaba volver a sus funciones de alcaide de cuernos y caballos. Hasta la Carmen, que naturalmente no estaba en el entierro, esperaría con la nueva «pulítica» que sus furcias engordaran y entraran en lustre, que con tanta vigilia y movilización la clientela era escasa y desanimada.

Se oyó movimiento por la escalera. Bajaban el féretro. Alguien dijo, dirigiéndose a la mujer de un concejal:

»Pronto volverá a haber responsos, ¿verdad que los entierros sin curas quedan muy raquíticos?»

La aludida sonrió a medio labio y le dijo que sí, pero bien que le caló la intención.

La gente, que llevaba casi tres años viendo entierros sin culto, clero y seminario, ahora de pronto los echaba de menos. En el ambiente equívoco y sigiloso de aquellos días de 1939 se presentían ecos de campana, de canto gregoriano o se entreveían revoloteos de sotana. Pasaban mujeres por la calle que ya parecían llevar preparado el velo bajo el mandil. Se adivinaban rosarios en los bolsillos del pantalón. En algún lugar secreto del pueblo se reorganizaba la Acción Católica.

Y de pronto rompió el convencionalismo de la tarde, casi como un grito, el imponente catafalco de caoba con herrajes de bronce, traído a hombros de unos cuantos hombres. Aquella suntuosidad olía a posguerra. Pero hubo algo que llamó la atención antes que el lujo del féretro:

—Lleva un Cristo... lleva un Cristo... —dijeron varios en voz baja.

Así era. El abuelo no se había preocupado de quitar el Cristo de bronce que Franquelin pusiese sobre la tapa del arcón... Y algunos disimuladamente se persignaron. Era el primer Cristo que se veía en la calle hacía mucho tiempo. Nadie se atrevió a protestar. Era, pues, el primer Cristo que tomaba el pueblo.

Chilló la caja al entrar en el coche. Y parecía que el pobre artilugio negro se venía abajo con aquella preciosa solemnidad encima.

Al abuelo, a Lillo y a mí nos colocaron en el duelo. Mamá, con los ojos enrojecidos, entre otras mujeres, se asomó a uno de los balcones y me saludó brevemente. Arrancó el coche cuando todo estuvo en orden. Caminábamos mirando al suelo. Caminábamos por obligación, como se hace en los entierros con camino largo.

—Voy pensando —dijo Lillo— que no podrá quejarse doña Nati de la comodidad que le diste siempre, Luis. Primero, con el ascensor, le supliste la pierna vana para el apeo y la subida. Ahora, con esta hermosura de arcón, le has preparado una muerte bien poltrona y señorita.

El abuelo no respondió. Irritado por los excesos y arbitrariedades de la guerra, debía pensar ahora, ya al final de sus días, en las nuevas sorpresas e incomodidades que le traería el cambio. Desde que empezó la República a ponerse agria, le oí decir muchas veces que maldito el gusto que le daba vivir, porque vida con desasosiego no es vida. Y bien que llevó razón. Porque si bien es verdad que nadie jamás se metió con él, siempre sufrió por los excesos de todos, la falta de paz y buen natural.

Yo, atacado de una especial melancolía, pensaba en las bellas historias de mi niñez y adolescencia que se iban con doña Nati y una vez más, mirando las caras que me rodeaban, recordaba velozmente los episodios que les unieron con la muerte y de manera más o menos directa, con mi familia.

Acabada la guerra tendría que empezar a ser hombre. Las excursiones en «el carrillo», la vida estrechamente vinculada a la familia y a las amistades desinteresadas, concluía. Hasta entonces, muchas de las personas que me rodeaban en aquel entierro y la misma muerta, me habían preservado de los aristones de la vida, me habían permitido ser observador irresponsable. Ahora, en seguida, lo presentía, me dejarían frente a todo con el pecho desnudo.

Por las calles había poca gente. Todo eran conciliábulos en las casas.

Como un símbolo vimos cruzar con una maleta al hombro al miliciano Fabián, aquel hombre cenizo y silente que llevó a la comadrona cuando el parto de la Cienfuegos. ¿Huiría? Alguien hizo un comentario desabrido sobre su conducta.

Entrábamos en la vieja plaza del pueblo nuevo. En aquel redondo corazón de mi ciudad habían tenido lugar los más apretados acontecimientos de la historia local durante cuatro siglos que contaba. Y al recordarlos, sentí una precoz desilución por la sociedad de los hombres...

A la derecha, en «La Posada de Rincón» había nacido mi abuela materna y allí vivió luengos años su tío Vicente, alcalde durante la primera República. Corta alcaldía... En el balcón central de las Casas Consistoriales, como se decía antes, una breve mañana de abril, desde los duros asientos del carrillo de doña Nati vi por vez primera la bandera tricolor, la que ella llamó de la libertad. Corta libertad. En seguida le salieron tachones de irritabilidad y tiranía. Las primaveras liberales de dulce convivencia y pecho abierto siempre fueron efímeras en este país dolorido. La costumbre de la jerarquía se impacientaba en seguida y con vario color, saca la garra y cambia la posición de los dados.

Miré a Lillo, al abuelo, pensé en el rostro tenaz de la muerta que llevávamos delante. ¡Pobres liberales! ¿Qué podía su buen natural, su concepto roussoniano del hombre, sus suavísimos sueños de concordia, de derechos del hombre, de igualdades ante la ley, ante aquel rostro de barba del miliciano Fabián que marchaba con la maleta al hombro? ¿Qué podían sus tiernísimos corazones y edénicos deseos ante aquellos otros que ahora hablaban a boca torcida y esperaban el nuevo rebato? ¿Qué ante los fanáticos disciplinantes que vi tantas veces en procesión por aquella plaza o los incendiarios de la iglesia después?

Por el largo Paseo del Cementerio todas las cosas que de aquellos parajes recordaba se me convertían en símbolos de la desabrida condición de ser español: el entierro del evacuado de Bujalante, hijo de cien generaciones famélicas. La captura del autor del anónimo al señor cura. El fusilamiento de éste pocos meses después, ante el mismo hito en que depositó el sobre... La traída del miliciano muerto... La muerte, entierro y desentierro de Conill II... Aquel otro abuelo mío que un día oyó «La Gran Vía». Todos habían declinado sus miserias y virtudes bajo el agudo azadón del camposantero, que ahora, como siempre, por cima de liberales y carlistas, de rojos y azules, de las breves y combustibles pasiones de los mortales, nos aguadaba en la puerta con la punta del cigarro en la comisura del labio y aquella media sonrisa que le dio el trato con los esqueletos que todos seremos en su hora.

Cuando, ya enterrada doña Nati, regresábamos del cementerio, me dio la impresión de que todos aquellos hombres cabizbajos que me acompañaban pertenecían a otra época, a la remota época de mi niñez... Y por primera vez, sin angustia ni alegría, resignado, pensé en mi porvenir, me sentí hombre.

Los nacionales

Primera parte

Los últimos días de marzo del año 1939 fueron templados, pero al cerrar la noche, las calles se quedaban solas y seguro que caladas de ojos acechadores. Si afinabas el oído, se entreoían los aparatos de radio de la vecindad. En muchas casas, todavía con miedo, se escuchaban los últimos partes de guerra de las emisoras franquistas.

En los edificios ocupados por los partidos políticos y los sindicatos, estaban las luces encendidas hasta muy tarde. Luces velatorias para recoger papeles y discutir la actitud última. En la UGT, instalada en la casa de la señora más rica del pueblo —tres fachadas más hacia la plaza que la nuestra—, estaban los miradores abiertos de par en par y sus luces se proyectaban en las casas fronteras.

En los trenes llegaban los milicianos derrotados, con maletas de madera, y los «monos» sucios. Se les veía calle abajo, pegados a la pared, con la valija al hombro, haciendo regates por el cansancio.

...Estábamos en la frontera de un miedo que se iba
y otro que llegaba.

Aquellas últimas noches de la guerra, tan templadas,
nos sentábamos unos cuantos amigos y vecinos en el
borde de la acera, junto a la puerta de mi casa. Hablá-
bamos en voz baja de los últimos acontecimientos. Algunos, por sus razones o dolores, se frotaban las manos
de gusto. Yo, por la historia republicana de mi familia
y mis propias convicciones contra toda dictadura, los escuchaba melancólico.

Abelardo el marmolista, que a los pocos meses de
acabar la guerra sería Jefe Local de Falange, a eso de la
una, en mangas de camisa, se levantaba de la cama, se
asomaba al balcón, miraba hacia uno y otro lado, bebía
un trago del botijo puesto al fresco, y se volvía a las
sábanas.

Un poco antes solía asomarse a su ventana de la Pensión Marquina el maestro Pedro. Con las diez o doce palabras de ruso que sabía, fue intérprete de los aviadores
soviéticos, que tuvieron sus escuadrillas junto al Parque.
Desde el alto recuadro de luz, decía alguna indirecta sa-
tisfactoria sobre el avance de los nacionales, y luego:

—¡Hasta mañana «tovarisquis»!

...Y en los ratos que callábamos, se oían los acordes
de la danza macabra de no recuerdo quién que tocaba al
piano Don Luis Quirós, «el republicano honrado». Su casa
estaba en la calle de Belén, casi a la vuelta de la esquina de la nuestra, más allá de la Marcelino. Tenía el piano en su despacho, en la planta baja, y tocaba todas las
noches con la ventana abierta y la persiana caída. El
piano era negro. Tenía retratos encima, y unos candelabros con velas encendidas, única luz de la habitación
porque apagaba las bombillas. Algunas noches que nos
asomamos tras la persiana, lo vimos sentado en la ban-
queta, de espaldas totalmente a la ventana, y con el pelo,
medio melena entrecana, sobre el cuello sport de la camisa. Durante toda la vida tocó piezas de zarzuela, y de
Chopin, pero en las últimas semanas, desde que las cosas
se pusieron tan torcidas, al acabar sus conciertos noctur-

nos y solitarios, interpretaba una danza macabra, ya digo... A ratos, dejaba las teclas y daba paseos por la habitación con las manos atrás y la barbilla inclinada. Pero al cabo, no fallaba, volvía a la música agorera.

...Pero aquella noche, dos antes del último parte de guerra, se me quedó grabada para siempre. Apenas nos sentamos en el bordillo de la acera, se abrió bruscamente la ventana de la Pensión Marquina, y el maestro Pedro, en mangas de camisa, empezó a dar ¡vivas! a Franco, y luego, con el brazo en alto, a cantar el himno de la Falange. Asustados, por la puerta entreabierta de la calle, subimos a la pensión. Llamamos en su cuarto, y lleno de miedo, creyendo tal vez que fueran los soldados de Etapas, nos abrió en calzoncillos. Estaba Pedro completamente borracho, con los ojos desorbitados y el flequillo en la nariz. La habitación llena de paquetes de periódicos muy bien atados. Pretendimos tranquilizarlo, pero estaba nerviosísimo. Daba puntapiés a los paquetes de periódicos republicanos, y repetía a grito pelado lo de ¡viva Franco! ¡viva Franco! Cerramos la ventana, y con cien esfuerzos, conseguimos meterlo en la cama. Uno de los amigos le puso entre los debos un rosario que encontró en el cajón de la mesilla, le caló un gorro de dormir que asomaba entre las sábanas, y con cara quijotil y el rosario entre manos, lo dejamos apoyado en dos altas almohadas.

Volvimos al bordillo de la acera, junto a mi puerta, y comentamos largamente el extravío nacionalista y alcohólico del maestro. La paz seguía en la calle. La Plaza totalmente desierta, y las luces de los miradores de la casa donde estaba la UGT, proyectadas en la fachada de enfrente... Sólo nos llegaban en los momentos de silencio los compases espaciados de la danza macabra que una vez más tocaba don Luis Quirós... Aquella noche ultimísima de marzo, me pareció que la tocaba con más fuerza que nunca, y no sé qué vibraciones adioseras. Tanto, que mis amigos hicieron chistes sobre él y la oportunidad de la danza para su situación. Yo, repasaba mentalmente cosas de su vida: su lema cuando se presentó a las elecciones municipales: «¡Votad a Quirós, el republicano honrado!» El libro que dedicó a la memoria de Blasco Ibáñez, impreso con letras azules. Y los versos quevedescos que publicó en un programa de festejos satirizando a los guarros que hacían aguas en la trasera de la iglesia, junto al pretil. El día 14 de abril lo vi entrar en el Ayuntamiento con su chalina, sombrero ancho y los brazos abiertos como para abrazar a la República que, pensaba yo, bajaría a recibirlo por aquella escalera de mármol tan pulido. En los inviernos llevaba capa. Y muchas veces, desde el balcón de casa, lo vi hablar con mi padre en la esquina de la confitería, accionando mucho con sus brazos cortos... Seguro que aquella noche que digo, a papá, también desvelado, debían llegarle los legajos acordes de la última danza macabra que tocaba su amigo Quirós.

...Y cuando nos disponíamos a ir a dormir, en uno de los balcones fronteros, pero recién pasada la calle del Monte, precisamente donde estaba la Cruz Roja, encima de la peluquería de Canuto, se oyó a alguien hablar en voz alta. La persiana echada impedía ver a los dialogantes... mejor al monologante, pero yo bien que lo conocí. Era Vergara, el que antes de la guerra fue camarero del Bar Medina y luego mandamás de la CNT. Pequeño y delgado, lo recordaba con la chaquetilla blanca sirviendo en la terraza del bar cañas de cerveza; y luego de «mono», con el fusil al hombro que le venía larguísimo, las cartucheras colgadas y el brazalete rojo y negro de su sindicato. Después, avanzada la guerra, lo perdí de vista. Debió irse al frente... Pero desde dos o tres días antes de aquella noche que cuento, lo sorprendí algunas veces asomado al balcón de la Cruz Roja, con la cara muy pálida y canas en las sienes.

Nos callamos, para poder oír lo que decía —casi voceaba— con voz tensa y defensiva:

—«Yo no he hecho nada malo. He tenido mis ideas como todo el mundo y he procurado defenderlas honradamente, dentro del clima propio de una guerra civil...

que ni iniciamos nosotros. Nada me pueden hacer... Y
por eso me quedo en mi pueblo.»

Mis amigos, en voz baja, comentaron sarcásticamente
las palabras de Vergara:

—«Qué infeliz. Y que no ha hecho nada. Verás la
que le espera.»

—«Yo he sido un cenetista honrado —seguía— que
sólo luché por la justicia social, por el bien de los tra-
bajadores, y cualquier medida contra mí sería una injusticia.»

No sé por qué me lo imaginaba con la chaquetilla
blanca de camarero, con la bandeja en la mano llena de
cervezas, y echando muy serio aquel discurso a un corro
de señoritos cachondos sentados en la terraza del Bar
Medina, el que estuvo donde luego La Madrileña.

—«Yo he luchado por el bien de mi país y de los de
mi clase. Si hemos perdido la guerra, no es delito. Cada
cual en su bando hizo lo que pudo para ganarla. Tan
españoles éramos los de aquí como los del otro bando.
Nada pueden hacerme. Por eso no me voy, me quedo
en el pueblo.»

—Mejor, así no habrá que buscarte, chato —dijo mi
amigo, el gordo, frotándose las manos.

Los escuchadores de Vergara, los que fueren, no le
respondían, o sus respuestas no llegaban a nosotros. De
rato en rato hacía un silencio, hasta que volvía a tomar
la palabra para convencerles... o convencerse a sí mismo
de que no debía marcharse.

En uno de sus silencios, se asomó al balcón, con un
jersey oscuro, y escupió a la calle.

Cuando marcharon mis amigos, estuve un rato asomado a la ventana de mi alcoba, pero ya no lo oí más.

Yo no había hablado nunca con Vergara. Era casi un
niño cuando empezó la guerra, y él, hombre hecho y
derecho, no debía conocerme. Durante el tiempo de la
guerra que estuvo en el pueblo, lo veía de lejos, siempre

pensando en sus cosas, o dialogando muy de prisa y con ademanes enérgicos.

De pronto me llegó la idea de bajar, cruzarme a la Cruz Roja, y aconsejarle que se marchase del pueblo y de España, como estaban haciendo otros, según tenía oído... Pero no me atreví. No me haría caso, tan obseso como parecía por su monólogo.

—«Tú, chaval, vete a dormir. ¿Qué sabes de eso?» —podría decirme.

Como es frecuente, decidí lo más cómodo. Decírselo a mi padre, que sí lo conocía, para que lo visitase y le quitara de la cabeza la idea de quedarse. Aún había tiempo.

Pero al día siguiente, cuando me desperté, papá ya se había marchado a la fábrica.

Me asomé a la ventana, y el balcón de la Cruz Roja estaba cerrado.

Por las calles, ya se veían ir y venir gentes muy de derechas, sonriendo, hablando en voz baja en las esquinas y puertas entreabiertas.

Cuando papá vino a comer se lo conté todo.

—Son unos ilusos... Somos. Lo fuimos siempre. Ya no hay tiempo para nada. A estas horas, las tropas nacionales están entrando en Madrid. Del mismo tema hablé esta mañana con Luis Quirós. Tampoco ha querido marcharse. Se ha creído lo de la justicia de Franco.

Dos días después, a eso de las nueve, por la ventana entreabierta de mi cuarto oí llantos de mujeres. Me tiré de la cama y empujé la persiana. Unos hombres con camisas azules y fusiles en ristre sacaban a empujones a Vergara de la Cruz Roja. Echaron a andar. Vergara iba entre los cuatro que lo llevaban muy de prisa, y con unos fusiles manejados de cualquier manera, como palos.

Unos cuantos que formaban corrillo en la esquina de Compte, le dijeron no sé qué chuladas al verlo pasar. El, con el jersey oscuro, las manos en los bolsillos de los pantalones y mirando al frente, no se inmutó.

...Minutos después, era don Luis Quirós el que en mangas decamisa y despeinado, pasaba ante la misma esquina entre otros cuatro nacionales. Los del corrillo de la esquina le dijeron otra chulería.

En los días inmediatos, echaron a la familia de Vergara de la Cruz Roja. Ya enlutada, vi salir a su mujer con maletas viejas y unas botas altas en las manos.

La misma semana, también de luto, en el coche de un amigo, la familia de Luis Quirós dejó su casa para siempre, camino de Argamasilla donde tenían parientes.

El dinero vencido

A Fernando Lázaro Carreter

El comedor de los abuelos era muy grande y sin otra luz que la que entraba por una lumbrera de cristal esmerilado y en forma de rueda que había en el techo, justo sobre la mesa familiar. A mediodía, quieras que no, llegaba una claridad muy consoladora. Pero al caer la tarde, cuando salían los operarios de la fábrica, el comedor quedaba muy sombrero y deprimente.

Aunque pintaba abril aquel sábado, estaba encendida la chimenea de baldosas rojas. Y sentado en el borde de la cama turca, con la gorra y las gafas puestas, el abuelo tenía extendidas las manos hacia el rescoldo de un cepujo.

La abuela, en una silla baja, también junto a la lumbre y tal vez amodorrada, de vez en cuando suspiraba aquel sonoro «¡Ay, Señor!» de toda la vida.

El tío, junto al aparatillo de radio, con el guardapolvos puesto y la mano en la mejilla, escuchaba otra vez el último parte de guerra.

Mi padre, con los brazos atrás y el cigarro entre los labios, paseaba lentamente junto al aparador alto y torneado.

Yo, desde el recibidor, sentado en una mecedora de madera curvada, veía aquella escena con la impresión de que algo muy nuevo sucedía.

Sobre la mesa del comedor había una caja de madera llena de billetes republicanos... Después de comer los sacó el abuelo de no sé dónde, los contó, comprobó varias veces su numeración con una lista que tenía en la cartera, y con aire resignado acabó, finalmente, por dejarlos allí.

El reloj de péndulo y musiquilla que había sobre la chimenea, seguía con sus compases, indiferente a todas las políticas que trajese la historia... Igual que ocho años antes, cuando llegó la república y todos los obreros se juntaron en el comedor para oír por la radio el discurso de Alcalá Zamora... Y que tres años atrás, cuando el mismo aparato que ahora tocaba himnos militares y marchas que cantaban jóvenes, dijo que el gobierno republicano acabaría en pocas horas con sus enemigos. El mismo reloj que —según contaba la abuela— la vio parir a horcajadas sobre dos sillas a su hijo Santiago, aquel que se llevó un noviembre de hacía milenta años.

...Ahora, una voz de mujer ahogada por la emoción, decía por la radio cosas de la patria, de la bandera, del municipio, del sindicato y de la vuelta de la primavera.

El abuelo —esto fue después de la comprobación con la lista— tuvo la caja de billetes en la mano mucho tiempo, mirándolos con fijaza, moviéndolos levemente, como si los cerniese. Sus ojos, tras las gafas —digo yo— que debían calcular lo que dejó de comprar con aquellos dineros. «No será porque la radio de Burgos no dijo mil veces los números de los billetes que iban a valer», como recordó la abuela. Pero el abuelo, sin hacerlo caso, dijo que en su larga vida no había visto una cosa igual... a no ser aquello de los duros sevillanos, que total no fue nada.

Dio el reloj antiguo las seis de aquel sábado de abril y muy lejos, casi en seguida, sonó la campana de la fábrica que anunciaba la salida de los operarios... Todos, la abuela suspirando «¡Ay Señor!» y yo desde mi lejana

mecedora de madera curvada, miramos hacia la caja de
madera, llena de billetes, que entre sombras estaba sobre la mesa grande del comedor, justo debajo de la lumbrera de cristales esmerilados en forma de rueda.

Allá en la llave de la fábrica, los obreros estarían
quitándose los mandiles, sacudiéndose con ellos el aserrín de las botas, poniéndose las chaquetas y las gorras...
Y dentro de nada, llegarían hasta el comedor a cobrar su
su semana.

Seguro que ya vendrían por aquel ejido del patio con
las cabezas bajas, el paso de sábado y las manos en los
bolsillos. Segurísimo que Marcelo, el aprendiz, traería
como siempre la boina calada y un taco de paloduz entre
los dientes.

La tía Antoñita, que entró en el comedor por la puerta que daba al pasillo, y no por la puerta del recibidor
donde yo estaba sentado en la mecedora de madera curvada, dijo sorprendida:

—¿Pero qué hacen ustedes con la luz apagada todavía?

Y encendió la lámpara de tulipas que estaba sobre
la mesa, justamente encima de la caja de madera de los
billetes republicanos y debajo de la lumbrera de cristales esmerilados en forma de rueda.

Como para despabilarse, el abuelo lió muy despacio,
muy despacio, un cigarro de tabaco verde, y lo encendió
con un ascua que pinzó con las tenazas.

El tío seguía junto a la radio, con los ojos entornados.

Mi padre, en sus paseos, siempre con el cigarro en la
comisura.

La abuela, que dio un breve respingo al encenderse
la luz, en seguida volvió a sus suspiros y modorra.

La tía, sentada en el borde de una silla, se puso a
hacer ganchillo.

Se abrió la puerta de la escalera y entraron los operarios en el recibidor. Como estaba a oscuras pasaron sin
reparar en mí. Eran cinco. Viejos y muchachos, porque
los otros: Antonio Arias, los hermanos Moya, Paláez,

Benito, Franquelín y qué sé yo cuántos más, marcharon al frente durante aquellos años.

Izquierdo, el más viejo de ellos, que iba en cabeza, se paró ante la puerta.

—¿Se puede, maestro? —preguntó con voz insegura.

Entraron muy despacio, pálidos, con la boina empolvada de aserrín entre las manos.

Desde mucho tiempo atrás, apenas había algo que hacer en la fábrica. Con la poca madera que llegaba, casi toda de chopo, fabricaban maletas para los soldados y cajas de muerto. Las funerarias no recibían material y había que hacer los ataúdes de chopo verde, todavía jugoso, con olor a río. Ataúdes blancos y espinosos, sin nogalina siquiera. En los corridos del patio de la fábrica, que siempre hubo ricas maderas apiladas, entonces estaban vacíos, si acaso con listones y retalillos. En el taller, a veces se encontraba un montón de ataúdes que imponía mucho respeto... Como decía la abuela: «Aquí que siempre se han hecho alcobas para novios alegres, y ahora mira.» Casi todos los días llegaban hombres enlutados, que a cambio de algo de comer, el abuelo les daba una caja de chopo. Y se les veía ir calle arriba, con el cajoncillo siniestro a hombros.

Los operarios, ahora, con cara de mal comidos, miraban la radio, creo yo que sin oírla, en espera de ver cómo les arreglaban la semana.

El abuelo, bajó un poco el volumen del aparatillo de radio —porque el tío estaba enfoscado con las noticias— y acercándose a la mesa, tomó la caja de billetes y fue hacia los obreros.

—Sólo tengo esto —dijo con voz opaca—. Supongo que el lunes, como los bancos siempre son tan rápidos para estas cosas, tendrán dineros buenos... De todas formas, si alguno cree que estos billetes pueden servirle para algo, que tome los que quiera.

Y les ofreció la caja tímidamente. Pero ellos quedaron impasibles. Con los ojos tristes.

Durante unos segundos, que también calló la radio, sólo se oyeron los chupetones que Marcelo le daba a su taco de paloduz. En seguida empezó otro discurso sobre los Reyes Católicos don Fernando y doña Isabel. El abuelo dejó la caja sobre la mesa y volvió junto a la chimenea, de espaldas a la lumbre.

—A ver si nos fían por ahí estos días —casi suspiró Izquierdo.

—...Si queréis podéis llevaros alguna caja de muerto. A lo mejor hacéis trato —añadió el abuelo.

Los operarios se consultaron con la mirada. La abuela suspiró fuerte y ahora con las siguientes palabras:

—¡Ay, Dios Santo! ¿Y qué nos quedará por ver...?

Después de unos segundos de silencio, los operarios saludaron en flojo, y salieron del comedor poniéndose las gorras. Como estaba oscuro el recibidor, pasaron ante mí sin verme.

—Pues sólo faltaba eso —dijo Amador al abrir la puerta de la escalera—, presentarme en casa descuartao y con un féretro a cuestas.

En el pequeño círculo se supo que aquella noche llegarían los nacionales al mando del Teniente Coronel Lanuza, que era del pueblo. Sería hacia medianoche. Las calles estaban vacías, pero en casi todas las casas se veía luz entre persianas. Las puertas del Ayuntamiento, cerradas, sin guardias. Sólo estaban iluminados los balcones altos. Con la casa de la C.N.T., antes Casino de San Fernando, pasaba igual. Sólo rendijas de luz. Un viento marcero, fino y rasurante, limpiaba la plaza.

Los quince o veinte amigos, chicos y chicas, llegaron en grupos. Bajo los árboles de la Glorieta paseaban nerviosos, con una euforia que se notaba en la manera de chupar los cigarros, de cogerse del brazo. Otra vez España cambiaba de rumbo. Todo desierto y callado, hecho el vacío, para empezar un nuevo camino. Cada no sé cuántos años aquí pasa eso. El colapso total. En otros sitios los cambios son licuados, casi se notan. Aquí, las viejas sangres cruzadas se confrontan cada temporada. Y la historia de España se parte por la mitad, con un crac seco. La soledad y el silencio de las primeras noches de la guerra y el de la que cuento, eran parejos.

Chicos y chicas iban y venían por la Glorieta, frotándose las manos, haciendo planes. El reloj dio las doce para ellos solos.

Del puerto de Alicante salían barcos cargados de hombres con los ojos puestos en las luces que se quedaban. Por la frontera de Francia, cuerpos con bultos al hombro. Por la de Portugal, no.

Un soldado republicano, con grueso macuto al hombro y apoyado en un palo, llegó a la plaza. Andaba como borracho. Miró hacia un lado y otro, y sin poder más, se sentó en el bordillo de la acera. Los chicos y chicas que esperaban a los nacionales lo veían desde lejos, callados.

Con gran trabajo se quitó las botas. Se acarició los pies con gesto doloroso. Bebió de una cantimplora. Por fin, apoyándose en el palo, se incorporó de nuevo, descalzo y con pasos muy suaves, recomenzó a andar, mirando cada trozo de suelo donde ponía el pie. Se le adivinaba la cara contraída por el dolor. Al llegar a la esquina de don Gerardo, no pudo más, se sentó otra vez en la acera. Lloraba, lloraba con mucho ruido en aquella noche que creía sola.

De pronto se oyó un motor. Los chicos y chicas que paseaban por la Glorieta se olvidaron del soldado. Fueron hasta la esquina de la calle de Socuéllamos. Eran ellos, seguro. Le hicieron señas al camión. Más bien era una camioneta con toldo. Al verlos, se detuvo nada más entrar en la plaza. Alguno reconoció a Lanuza en la cabina:

—¡Lanuza! ¡Lanuza!

El Teniente Coronel, luego de examinar unos segundos a quienes estaban allí, sonrió y bajó eufórico. Sobre la guerrera asomaba el cuello de la camisa azul. Se cubría con un gorrete ladeado, con borla.

—¡Lanuza! ¡Lanuza!

Todos querían abrazarlo, echarle la mano. El sonreía con su bigote negro y los dientes blanquísimos. Aunque con cara de sueño, parecía emocionado. Por si acaso llevaba desabrochada la funda del gran pistolón.

—¡Lanuza!

—Ya estamos aquí, Dios nuestro Señor lo ha querido.

—Pero anda, que no os habéis hecho de esperar ni na. ¡Tres años!

Casi todos los soldados, sentados dentro de la camioneta, dormitaban.

Otros miraban al grupo con gesto de mucha fatiga.

—Oye, perdona que te diga —dijo uno de los recipientarios señalando a los soldados—, pero los nacionales habéis hecho una entrada muy sosa en el pueblo. Esperándoos con tanta ilusión, y fíjate.

—Es verdad, nosotros soñábamos, qué sé yo —añadió una de las chicas—, con el no va más de alegría.

—¿Cómo? ¿Nosotros sosos? —dijo el Teniente Coronel.

Y asomándose a la carrocería de la camioneta, gritó:

—Venga, muchachos, ánimo. Vamos a echar un «Cara al sol». «¡Cara al sol...!»

Los soldados, recostados unos en otros o apoyados en los fusiles, empezaron con voces desacordes y desmayadas:

«Cara al sol con la camisa nueva...»

Los chicos y las chicas, firmes y con el brazo en alto, corearon con toda vibración. Era su primer grito público a favor de los vencedores.

Con el brío del coro, los soldados se animaron un poco. Pero Lanuza no quedó contento, y cuando acabaron, dijo muy dispuesto a darle gusto a sus paisanos:

—Venga muchachos, y ahora, nuestro himno:

«¡Ardor guerrero,
vibra en nuestras voces
y de amor patrio henchido el corazón...!»

Los del pueblo, que no sabían la letra, sólo repetían alguna palabra, así como «honor»... «honor».

Cuando acabó el himno, el Teniente Coronel Lanuza, dispuesto a satisfacer más a los amigos, dijo a los soldados:

—Venga, muchachos, ahora un «carrasclás»...

Los soldados lo miraban con mucha tristeza, como pidiendo una cama por compasión. Sólo uno con bigotillo inició el «carrasclás».

Lanuza se dio cuenta y se disculpó:

—Los pobres están deshechos. Llevan unos días que no os podéis figurar. ¿Dónde habéis preparado alojamiento?

—En el Asilo.

—Bueno es.

—Pero a ti te esperan en tu casa.

—Ya lo sé. Primero voy a acomodar a éstos.

—En el Asilo hay cuarenta camas. Unos camaradas os esperan.

—Buenas son... Y mañana a las nueve en el Ayuntamiento, que empecemos a poner esto en orden.

—Que falta hace...

—Mañana o pasado vendrá una Bandera. Bueno, chicos, hasta mañana. ¡Arriba España!

Todos lo saludaron con gritos, y la camioneta salió calle de la Feria adelante, camino del Asilo. Desde la cabina. Lanuza se despedía con la mano.

Quedaron largo rato comentando la llegada y planeando para el día siguiente.

Cuando ya se iban por la calle de la Independencia, a la altura de la farmacia de don Gerardo, vieron al soldado tumbado en la acera; dormido, con una respiración hondísima. Entre los calcetines gruesos y rotos se advertían los pies hinchados, cuajados de sangre.

—El pobre no pudo más.

Como pudieron, le quitaron la manta que llevaba terciada, y lo taparon. Lo arrimaron bien a la pared de la farmacia.

—¿Sabéis quién es?

—No. Parece de la quinta del saco. Será un rojazo.

—Mañana se encontrará bien.

Y siguieron calle adelante, frotándose las manos y haciendo planes.

Al verlos marchar, alguien entreabrió uno de los balcones de la C.N.T.

—Ya podemos —dijo hacia dentro.

Poco después salieron cinco hombres con paquetes y maletas.

Andaban premiosos, volviendo la cabeza hacia todos lados.

Entraron por la calle de la Independencia, y al ver el bulto junto a la puerta de la farmacia, se pararon en seco. Esperaron unos segundos.

Uno de ellos se adelantó casi de puntillas. Contempló el cuerpo y en seguida hizo señas a sus camaradas. Agachándose, le acercó a la cara el mechero encendido.

—¿Quién es? —preguntó uno de los que permanecían de pie.

—No sé. Parece de las quintas últimas.

—Será un desertor. Un traidor más.

Y siguieron calle adelante, doblados por el peso, y espectantes.

El muerto de la Loreta

«No te creas que la ocurrencia de morirse unas horas antes de terminar la guerra.»

«Con un poco de paciencia se habría muerto con curas y entierro, como Dios manda.»

«Siete meses enfermo, siete meses como siete años, y justamente cuando están al entrar los buenos, que atina a morirse.»

«Eso, estando ya Dios, como quien dice, en las puertas del pueblo.»

Así se expresaban poco más o menos las gentes, ya todas de derechas, que llegaban al velatorio del marido de la Loreta, una de las últimas noches del mes de marzo de 1939.

El muerto estaba tan relimpio y estirado en una caja de chopo sin pintar. Amortajado con una sábana a estreno, y entre las manos un crucifijo muy grande de madera. Sí, un crucifijo de alcoba. No le calzaron botas, porque los muertos no andan, pero tampoco se determinó la Loreta a dejarlo a pie desnudo, que sería señal de mucho desamparo. De modo que le puso unos calcetines pajizos que no alcanzaba a cubrir la sábana. Que Lomas era bastantico alto y Dios sabe el trabajo que costó encontrar una caja a su medida en aquellos tiempos de carestía.

Las gentes del duelo y la parentela entraban y salían con aire de desasosiego, pensando en otra cosa que en el pobre Lomas. Que no eran aquellos días para morirse.

En la capilla ardiente, donde nada ardía, porque no había ni velas, estaba la caja a ras del suelo. Habían quitado los muebles y sólo dejaron una silla de peineta para que llorase la viuda. Los demás del duelo, de pie, con los ojos fijos en el ensabanado, comentaban en voz baja la radical disposición de la Loreta:

«Que tal y como estaban las cosas ya, a su marido no lo enterraban sin curas, cruz alzada, monaguillos y latines. Que ella esperaría lo que fuese con su Lomas allí, hasta que entrasen los nacionales y se pudiera enfosar a los muertos como toda la vida de Dios.»

Era inútil que parientes y vecinas trataran de convencerla:

«Que no fuese loca, que a lo mejor los nacionales se descuidaban una semana y el pobre Lomas se iba a quedar muy desconocido.»

«...Y ni pensar que los curas del pueblo quisieran salir de su casa, al menos como tales curas, hasta que las cosas estuvieran muy en orden, porque nadie sabía cómo serían los últimos rabotazos.»

Pero la Loreta, muy terne en sus deseos y objeciones, sentada en la silla baja y agarrada con ambas manos al borde del ataúd, decía «que no y que no», al tiempo que lloraba cansina.

Las vecinas viejas, ramaleando el rosario con disimulo entre los pliegues del mandil, intercalaban en los rezos este texto poco más o menos:

—«Pero, hija mía, si es sabido que todos tenemos que acabar en la misma postura. Tu pobre Lomas cumplió su vida muy requetebién en lo respective a familiares y amigos. Que la muerte le llegó en su cama, sin asechanzas de opuestos. Que siempre fue buen cristiano y hasta cumplidor de los mandamientos. Que te deja los hijos colocados, y un buen pasar con la bodega llena y los pámpanos llorando...»

Pero era inútil. La Loreta seguían con su otra letanía:

—«Que no, que no, que no, que mi Lomas no sale de esta casa sin curas y responsos. Que después de haber vivido toda la vida en gracia de Dios, no iba a enterrarlo ahora como a un condenado.»

Al cumplirse cuarenta y ocho horas de presencia del cuerpo muerto de Lomas, la gente empezó a dejar de ir a la casa. Hasta las vecinas más viejas, y no digamos las nueras —que los hijos estaban en el frente— daban una asomadilla y se marchaban criticando la terquería de la Loreta.

Al cuarto día no se podía parar en la casa. Alguien dijo que Lomas, cansado de tan larga insepultura, había empezado a circarse en todos, incluida su propia esposa.

El día sexto, la Loreta, que tampoco podía resistir, acodada en un ventanillo que daba a la trasera de la casa para poder respirar, miraba con severidad la calle vacía.

Ya no estaba la cosa para que el Ayuntamiento y el Juzgado se ocuparan de semejantes capítulos.

Algunos denunciaron aquel *corpore insepulto* que apestaba todo el barrio de El Canal, pero no hallaron concejal de recibo.

Así las cosas, entraron por fin los vencedores. El sargento que mandaba el primer pelotón de soldados que inspeccionó aquella barriada, apenas estuvo a cien metros de la casa de Lomas, se atenazó la nariz, y dio un grito politizado que atemorizó mucho a los vecinos, que desde puertas y ventanas daban la bienvenida a los nacionales:

—¡Pero esta calle huele a rojo!

Antonio Pañales, hombre calmoso y de buen natural, que desde la esquina miraba a los soldados, con muchísimo respeto y medio alzándose la boina en señal de saludo, acercándose unos pasos le dijo:

—Señor sargento, en este barrio no hay más rojos que los pimientos... A lo que huele... es a muerto.

—Viene a ser lo mismo —respondió el sargento destapándose los caños de la nariz, para que no sonase su voz a clarinete.

—No es lo mismo, señor sargento, Prudencio Lomas, el difunto, fue toda su vida un hombre de orden y muy sanantonero.

—¿Dónde lo tienen?

—En la primera casa, así que tuerza esa esquina color pimienta.

Media hora después, entre los gritos de la Loreta y expectación del vecindario, seis soldados cubiertos con careta antigás, subieron el féretro de Prudencio Lomas en una vieja camioneta militar, color verde viejo; y con la viuda en la cabina, salieron a ciento por hora camino del Camposanto. Y sin más curas, parientes ni condolidos, dieron tierra para siempre al pobre Prudencio Lomas.

—¡Quién me lo iba a decir! Son igualicos que los otros. Ni darle el último beso me dejaron... ¡Y con aquellas caretas de «pantasma»! Que Dios lo acoja en su seno, tal y como iba, porque yo hice lo que estaba en mi mano para salvarlo.

La boina colorada

Fue don Tomás el primer paisano de la zona nacional que pisó el pueblo. El mismo día que dijo la radio que había acabado la guerra, aunque los nacionales apenas habían asomado por la provincia, apareció el hombre en la plaza con una boina encarnada. Era una boina muy revolona, de las que llaman los vascos chapelandis, y la llevaba un poco volcada hacia la sien derecha. Según se supo, llegó la noche anterior, montado en una moto grandísima, procedente de San Sebastián... Y por la mañana bien temprano, del día que digo, ya estaba plantado en la plaza, con un traje de paisano muy primaveral y la boina roja.

Los amigos, porque no lo habían visto hacía casi tres años; y los curiosos por el color de la boina, hacían cola para saludarlo. Don Tomás abrazaba o echaba la mano a todos muy alegre porque no esperaba aquel recibimiento.

—Antes de la guerra —comentaban en los corrillos de curiosos aparcados en la plaza— siempre llevaba sombrero de ala estrecha. Pero boina roja, nunca.

—Algunas veces, cuando llovía, se ponía boina.

—Pero una boina negra y muy chica.

—Hombre, claro; no iba a ser colorada.

—Desde luego. En este pueblo no hemos visto nunca boinas de ese color.

—Ni en éste ni en ninguno.

—Tanto no se puede decir, porque, mira, hay gustos para todo.

Apenas corrió la noticia, acudió mucha gente a la plaza para ver a don Tomás con aquella boina tan rara. Que tal era la gana de novedades. Nosotros mismos, desde la esquina de la carnicería de los Paulones, lo veíamos con mucha curiosidad saludar a todos los que se acercaban mirándole a la boina. Pero ya digo, él se portaba tan natural, como si llevase una boina corriente. Al cabo de un rato llegó mi padre y dijo:

—Anda, pues si es Tomás. Voy a saludarlo.

Y nos fuimos con él. Por cierto que en el camino, se nos unió Angelito Soubriet.

—Es raro que traiga boina de requeté —le dijo Angelito a mi padre—, si nunca fue carlista, ni monárquico, ni republicano, ni nada. El, toda su vida, sólo fue criador de vinos y cazador.

—A lo mejor es que en la zona nacional no se venden boinas de otro color.

—No sé, no sé.

Nos dejaron paso los contemplativos que le rodeaban, y mi padre y Angelito le dieron unos abrazos muy fuertes; se miraron mucho, sonriéndose de gusto por volverse a ver, y hablaron cosas de aquellos tres años. Pero ninguno de los dos —bien me acuerdo— le preguntó por la boina colorada, aunque tenían los ojos clavados en ella. Ya al despedirnos —como no podía ser menos— don Tomás se interesó por la situación de la cosecha y de si había habido mucha caza la temporada pasada... No me acuerdo tampoco qué le contestaron mi padre y Angelito.

Las mujeres que iban a la compra y cruzaban la plaza con la cesta al brazo, también pasaban con la cara

vuelta hacia don Tomás, cuya boina roja, entre tanta
seta negra como había por allí, destacaba cual amapola
en velorio.

—Si es don Tomás.

—Claro que es.

—¿Pero qué lleva puesto en la cabeza?

—Ya lo ves: una boina sanguina.

—Y ¿por qué?

—Se llevará ahora.

Cuando, por fin, aquella tarde llegó de Ciudad Real
la orden de que pusieran inmediatamente un alcalde
adicto, los caracterizados de la nueva situación dijeron
de invitar al acto de entrega de poderes a don Tomás...
Sin duda porque había pasado toda la guerra en la zona
nacional, y, más todavía, si me apuras, por llevar aquella
boina colorada, pues él había dicho bien claro desde
que regresó, que de política nada.

Y cuando llegó la hora, todos lo vimos subir la escalera del Ayuntamiento, arrastrando la mano por la ba-
randilla y hablando con el secretario accidental, que bajó
a llamarlo. Y los guardias municipales recién puestos,
todavía sin más distintivo que la placa de la G.M.T.
(Guardia Municipal de Tomelloso) en la solapa de la
chaqueta, al verlo pasar con la boina roja encasquetada,
se llevaban la mano a la sien o alzaban el brazo.

Ya en el salón de sesiones lo colocaron en la mesa
grande, junto al señor alcalde a estrenar, que, nerviosísimo, entre vivas a lo nuevo y mueras a lo viejo, pro-
nunció su primer discurso. Y todos los presentes estaban descubiertos, menos don Tomás, que —así se ve
en aquellas fotografías históricas— miraba la toma de
posesión en «su lugar descanso», con los ojos un poco
distraídos. Y después de la breve ceremonia, que de
momento fue muy íntima, le hicieron corro a don Tomás para preguntarle cómo funcionaban los Ayunta-
mientos en la zona nacional. Pero él dijo que no sabía.
Que nunca había estado en un Ayuntamiento nacional;

que sólo entró un par de veces en el Gobierno Civil de
San Sebastián para arreglar su documentación, ya que
la guerra le cogió allí en pleno veraneo.

Luego le preguntó un concejal flamante, si había
luchado en el frente nacional. Y dijo que tampoco;
que él ya estaba fuera de quintas, como podía verse por
las canas de las patillas.

Sólo faltaba —se mascaba en el ambiente— que alguno le preguntara por qué llevaba la boina roja, siendo
tan ajeno a la política... Pero nadie se atrevió.

A la mañana siguiente, seguro, seguro, que llegaban
de verdad los nacionales. Lo dijeron los altavoces del
Ayuntamiento. Venía una Bandera nada menos. Y en
seguida volvieron a avisar a don Tomás para que estuviera en la puerta para el recibimiento. Por lo visto las
autoridades flamantes consideraban muy conveniente que
los de la Bandera viesen que en el pueblo había un nacional con su boina y todo.

Y, en efecto, a la hora que le dijeron, llegó don Tomás al Ayuntamiento, pero en vez de la boina colorada,
traía su sombrero de ala estrecha de toda la vida. Al
entrar en las Casas Consistoriales notó que le saludaba
menos gente, y el señor alcalde novísimo, nada más
verlo, torció el gesto bastante, pero no le dijo nada.
Y cuando avisaron que ya habían llegado los camiones
con la Bandera al Parque, y que iban a entrar desfi-
lando a pie por el centro del pueblo, todas las jerarquías
se colocaron bien ordenadas en la puerta del Ayuntamiento... Pero a don Tomás, en vez de ponerlo al mismísimo lado del alcalde, como hicieron la tarde anterior, lo dejaron en la última fila, totalmente pegado a
las ventanas del Ayuntamiento. Por eso, vamos, creo
yo, antes que terminase el desfile, poquito a poco, según
luego contó alguno en el casino, se fue escurriendo hasta
perderse entre la gente que, atemorizada o contentísima,
según los gustos, llenaba la plaza.

Con el triunfo de los nacionales, la permanencia de los prostíbulos se puso en entredicho. La ola de beatería que emergió en los pueblos de la zona republicana, nada más recitar el último parte de guerra, acorraló de miedo la casa de la Carmen, la del Ciego, la de las Pichelas, y otros acostaderos y cuartillejos de menor entidad.

Durante los últimos días de marzo, a las casas de regocijo no asomaba alma de varón. Las pobrecillas coimas, mal comidas, peor vestidas y nada fornicadas, andaban como trasgos por patios y cuartuchines. El organillo de casa de la Carmen dormía polvoriento en el salón de los pasodobles, sin consumición ni alterne, y las gaseosas olvidadas en sus cajones sin desbolar. Sólo se descorchaba alguna botella de vino para que las pupilas atenuasen la gazuza.

En la casa del Ciego, gran jerarca de los pecados del bajo vientre, el tabladillo para la orquesta de cuerda, situado en el patio, bajo la parra, también estaba con las sillas solas y sin una bandurria apoyada en los respaldos. El Ciego paseaba junto a él, nervioso, garroteando y monologando impaciencias. Y las furcias, los brazos cruzados sobre el estómago vacío y las mamellas desilusionadas, iban y venían entre las cales, o de habitación en habitación, pensando en su posible futuro de «estrechas» por aquello de la Cruzada.

Como el dos de abril las cosas del gremio todavía no estaban en claro, pues el pecado sexto, a juzgar por lo que decían «las arradios» tenía declarada la más espantosa guerra desde el púlpito, las poltronas civiles y militares y los tresillos de las respectivas esposas, los patronos y patronas de la putería local, decidieron reunirse en consejo de administración, presidido por el Ciego, para estudiar la política a seguir ante la nueva inquisición para el príapo, la figa y la copulación no legalizados por el santo matrimonio.

La reunión del consejo del reino de la ingle se celebró en el saloncillo para alternes invernales de la casa del Ciego, junto a una estufilla de aserrín, que todavía venía bien, más que por la intemperie, por los estómagos ayunos y las sábanas sin faena. Sólo dejaron asistir a las encargadas y pupilas veteranas, o sea, con muchos años de ayes fingidos. Las otras, las de tropa, con menos de mil ocupaciones en su haber, en chancleta y con los escotes sin cerrar, fumando tabaco verde, rondaban cabreadas junto a las puertas y ventanas del salón, esperando decisiones.

El Ciego, en la mecedora, junto a la estufilla, con la gorra de visera calada y la cabeza levantada hacia el techo que no veía, escuchaba a las señoras procuradoras:

—Nosotras somos unas trabajadoras como las de cualquier otro ramo, que toda la vida de Dios hemos vivido de lo nuestro, y a estas alturas, aunque lo mande la cabeza mayor de la Cruzada, no podemos cambiar de oficio —dijo La Solera, con ademanes de mitin proletario, que ya sonaba fatal.

—Que nos parece muy bien que hayan vencido los nacionales, pero que a cada cuala nos dejen trabajar en lo que sabemos, en lo que podemos dar mayor rendimiento. Eso sería señal de paz y de la justicia social que nos traen los míos —dijo la *Reme,* una veterana de derechas que oyó todos los partes de guerra franquistas en el aparatillo de radio que tenía sobre la mesilla, aunque estuviera en pleno orgasmo su cliente—. Que ningún oficio con la añejez del nuestro, y tan particularmente útil y fomentado por los señoritos que acaban de cautivar y vencer al ejército rojo.

La Habanera, así llamada porque era cubana y tenía dos versecillos de una canción de su tierra tatuados en el pecho izquierdo, dijo con su música isleña:

—Lo que pasa, mire, e que nos tienen envidia, porque trabajamos acostaítas. Nosotras no tenemo la curpa de que los demás oficiales trabajen de pie o a lo ma sentados.

La Picazo —«culo loco» como la llamaban sus consumidores, sin aclarar la causa— dijo que no había por qué tener miedo. Que ella, aunque era de Brazatortas, estuvo en Oviedo durante los primeros meses de la ocupación franquista —luego pasó a Francia— y sabía que allí se echaron tantos polvines de pago como antes de la guerra y más si cabe.

—Eso está bien traído —dijo el Ciego sin dejar de mirar al techo—, pero ellos son los señores vencedores y no sería raro que quisieran castigarnos a los vencidos prohibiéndonos ese gusto de toda la vida.

—Que no viejo, que no —volvió la cubana—, que los tiros irán por otra cuadra, pero con nuestras oficinas no hay quien pueda.

—Esa esperanza me queda.

Después de dos horas de sesión gremial, cuyos discursos no caben en libro —algunas hablaron subidas en la tarima de la orquesta para darle altura a sus razones—, se acordó delegar al Ciego, hombre de gran influencia en los estamentos señoritos y mucha mano para la negociación diplomática, para que tantease a las flamantes autoridades sobre el porvenir del negocio bajero, de acuerdo con la jurisprudencia establecida por el Alzamiento, si es que había alguna. El Ciego, clavados en el

techo sus ojos de espejo sin azogue, y sin desarrimarse
de la estufilla de aserrín que le calentaba el ángulo bien
abierto de sus piernas, agradeció la confianza de la permanente, y se propuso atacar por el flanco de un teniente de alcalde, antiguo frecuentador del gremio, dicharachero y vividor, al que no se le caerían los anillos por
tratar de semejante artesanía.

Algunas pupilas de los varios centros, arrastradas por
la moda parroquial y mientras aquello se arreglaba, decían que ellas eran de derechas de toda la vida de Dios,
que tenían un primo falangista, que se santiguaban antes del acto, que estaba muy bien avenido con la España
grande y libre. Dos o tres se atrevieron a ir muy enve-
ladas y bracijuntas a una de las primeras misas, y por
poco las corren... Las corren a pescozones, se entiende.
Sí, las beatas más recias y virgopotens, las denominaron
con los nombres más recios de su oficio, e inclusive la
hermana *Petranca,* que medía más de dos metros, echó
de la iglesia a la Crescencia, alias la *Cresce,* dándole
un patalón en las nalguillas y llamándola hereja... (Precisamente a la *Cresce,* putón desde la guerra del catorce, que según ella misma, se había pasado por los ijares
a trece mil varones —algunos repetidos, claro— entre
mocetes y longevos, pero que debía su constante clientela, más que a la calidad de la caricia o el calambre, a
que durante la conjunción de ombligos, le cantaba a la
oreja del actuante canciones de mucha picardía y erec-
tismo.)

Pidió cita el Ciego al teniente de alcalde por teléfono,
echándole un ¡arriba España! para abrirse portal, y a
pesar de las ocupaciones del edil en momentos tan his-
tóricos, quedaron en un lugar discreto para el día siguiente.

El puterío general del pueblo, sin franquicia en la
Parroquia y ni siquiera en la capilla del Hospital Asilo,
decidió hacer uso del Santo Rosario en privado, para
que cuajasen las negociaciones del jefe. Y todo el día,
en vez de los coloquios propios de su peritaje, se oyeron
entre cama y cama, letanías, rosarios y trisagios.

Antolín el barbero, bandurrista famoso del tablado del Ciego, que se acercó para saber cuándo se reanudaba el trabajo, se llevó el susto del siglo, porque nada más entrar y oír tanto rezo, creyó que la casa estaba siendo purificada por la cruzada de la decencia, y si no llega a ser porque el Ciego, que conocía a los hombres por sus pasos, le dio un vozarrón, habría salido de naja, según contó luego.

La Mochuelo, famosa por sus eruptos musicales, sacó la estampilla del patrón de su pueblo que siempre tenía en la mesilla, y el retrato pajizo de su Manolito, que murió de tres años, apenas comenzada la guerra; y se pasó la mañana de rodillas y los brazos en cruz, rezando por la feliz solución de la crisis.

Pero poco antes de mediodía, se llenó el pueblo de músicas triunfales de cornetas y tambores, y desde el Parque, después de bajarse de los camiones militares, hizo su entrada vigorosa la Bandera de Falange que venía a ocupar oficial y definitivamente la ciudad.

El Ciego pasó más de dos horas esperando al teniente de alcalde junto al campo de fútbol que estaba en el cercado de Evaristo «el Espalmao». Pero el edil no acudió, sin duda distraído por la llegada de las fuerzas liberadoras... Y cuando el pobre regresaba a su coimería, bastante meditabundo, guiado por su lazarillo de doce años y de nombre Lolito —que le miraba el reloj de la plaza, y le enumeraba quiénes cruzaban por la calle (Lolito fue hijo de la puta Bermeja que murió de mal parto el año treinta y seis, pero que como era tan rico y con tanta paciencia, el Ciego se lo quedó de lazarillo y contador de gaseosas a pesar de lo impropio del lugar. Pues dónde iba a estar mejor hasta que se aclarasen las cosas de la guerra)—, presintió con su instinto de can que aquel mismo día todo iba a cambiar en el pueblo para remedio de su negocio. Y por eso, al llegar a la puerta del lupanar, con la mano sobre el hombro de Lolito, llevaba una mueca sonriente como si se hubiera celebrado la entrevista edilicia, y resultado perfecta. El hijo de la Bermeja que lo vio reír sin venir a cuento, le preguntó la causa y el Ciego le dijo:

—Pálpitos que tiene uno.

A lo lejos se oían trompetas y tambores, vivas y canciones castrenses.

Las pupilas que lo esperaban rezando, al sentirlo entrar, acudieron con los ojos astutos.

—Maestro, ¿qué salió de la entrevista?

—No hubo entrevista... Pero todo está arreglado.

—Aclárese.

—Haced oído.

Y entreabrió la puerta para que oyesen los ecos marciales que sonaban en el centro del pueblo.

En efecto, cuando llegada la noche y a todos los ocupantes les dieron suelta, la calle de las Isabeles y todo el mapa del puterío se vio inundado de grupos de soldados, que guiados por algún paisano adicto, llenaban las casas con gritos, abrazos, petición de vinos, bailes, músicas, alternes y ocupaciones furiosas.

Al día siguiente estaban acabadas las reservas de bebida, las pupilas deslomadas, y los músicos de cuerda con las muñecas rotas de tanto darle a la puga. El Ciego, sobre una mesilla, se hacía contar —él los palpaba— la fresca billetería que entró en aquella casa en proporciones nunca vistas, y consideró que estaba muy bien traído el triunfo de los nacionales, que al fin y al cabo eran las gentes de cuartos y tronío que siempre honraron a España.

La Picazo —«culo loco»— coreaba al jefe invidente.

—Ya le dije yo, maestro, que por mucho que prohibiesen curas y monjetas, los nacionales cumplirían.

Los profesores de Latín

*A Josefina y Emilio
Alarcos Llorach*

Don Francisco

Cuando los alumnos del colegio —el anterior al Instituto, que siempre olía a morcilla frita— tuvimos que estudiar Latín, según el plan de estudios resucitado por la República, don Bartolomé, el director y propietario, con todo el dolor de su alma, contrató a don Francisco García, porque él, de la lengua del Lacio, sólo entendía el *dominus vobiscum*.

Don Francisco fue el primer protestante que vi en mi vida. Era, más o menos de contrabando, el pastor de los poquísimos luteranos que había en el pueblo, donde nunca se protestó por nada.

Don Francisco fue sacerdote católico antes que pastor protestante, y un hijo suyo trabajaba, precisamente, en la fábrica de muebles de mi abuelo.

Oí decir que los domingos por la mañana, en una habitación grande de la casa de don Francisco, en la que sólo había una mesa con una cruz, se reunían los quince o veinte protestantes tomelloseros, que cantaban a coro y leían la Biblia, ese libro siempre tan mal visto en el país.

Cuando era profesor nuestro, una mañana de domingo pasé ante la capilla protestante. Ya debían haber terminado los oficios, porque en el portal largo, hechos corrillo, algunos hombres que yo no conocía, hablaban y echaban cigarros.

Supe luego que nunca salían a la calle en grupo, y que a todas las ceremonias y reuniones acudían con mucho sigilo, porque el párroco, desde el púlpito, sobre todo hasta que llegó la República, los tenía muy maldecidos.

El hijo de don Francisco que estaba en mi casa, siempre trabajaba muy callado; y si le hablabas, te echaba una sonrisa muy dulce y modestísima. Nunca decía nada de religión y se mantenía un poco apartado de los demás operarios, aunque a éstos —a excepción del *Jesuita*— lo mismo que al abuelo y a papá, las cosas de la Iglesia no les quitaban el sueño.

Don Francisco debía tener ya sesenta y muchos años. La calva clara, rodeada de un cerquillo cano, y unas gafas de oro que en clase le brillaban muchísimo a la luz del ventanal que le caía muy cerca.

Vestido de oscuro y con corbata, siempre hacía las mismas cosas al llegar a clase a las once en punto. Antes de sentarse colocaba sobre la mesa el reloj, la lista de alumnos, el lápiz, el manual, el cuarterón de tabaco de 4,90 —que era el más lujoso de entonces—, el librillo de papel y el mechero dorado.

Cada día preguntaba, uno por uno, a toda la clase. El preguntado se ponía de pie, y don Francisco, con ademanes y voz muy educados, aunque severos, nos hacía recitar las declinaciones y los verbos, cuidando mucho las terminaciones. Cada dos o tres preguntados hacía una pausa para liar el cigarro, encenderlo y echarle una ojeada al reloj de bolsillo, que indiferente a latines y romances, palpitaba sobre la vieja mesa de pino.

Yo lo respetaba mucho cuando comprendí su gran honradez religiosa. Pues las pocas veces que se refería a temas de moral y creencias —siempre muy de pasada— jamás aprovechaba para hacer su publicidad protestante. Al contrario, decía que todos debíamos ir a misa y cumplir con la moral y creencias de nuestros mayores. También me gustaba que no tuviera la menor deferencia ni impertinencia, claro está, conmigo, aunque era nieto del patrono de su hijo.

A principios de mes, cuando al comenzar la clase entraba don Bartolomé para pagarle el sueldo, dejaba los veinte duros sobre la mesa como un objeto más, hasta que a la hora de marcharse y recogerlo todo, se repartía los duros entre los cuatro bolsillos del chaleco.

Pero las cosas como son, la única vez que lo oí reírse con ganas, fue el día que me equivoqué al conjugar el presente de indicativo del verbo *sum*, y en vez de decir el plural como manda la gramática: *sumus, estis, sunt*, dije: *sumus*, SETIS, *sunt*... Estoy seguro que aquélla su única carcajada que recuerdo no fue mal intencionada o vengativa por ser mi abuelo el amo de su hijo, y sí porque debió salirme muy expresiva lo de «las *setis*», ya que toda la clase se rió también, y mi buen amigo Antoñito Lozano (el que pocos años después, como a su padre y hermano, asesinaron en la zona republicana) desde aquel día me llamó *Setis*.

—An da *Se tis* —me decía con aquel hablar tan morosísimo que tenía—, va mos a to mar nos una ga seo sa con *se tis* a la plan cha en el bar de Ce ci lio.

...Y con *Setis* me quedé hasta que pasamos al Instituto, y Antoñito marchó a Madrid a estudiar la carrera.

Cada vez que me llamaba don Francisco para conjugar el verbo *sum,* las pasaba cicutrinas, al ver que todos —y el mismo don Francisco— estaban en suspense total a ver si decía otra vez *setis* por *estis*.

Cuando pusieron el Instituto y cayó el colegio de don Bartolomé, don Francisco García desapareció de mi mundo. Algunas veces lo veía de lejos pasear solitario, o parado en una esquina liando su cigarro, con el cuarterón de tabaco de 4,90 (aquellos que, si recuerdo bien, tenían dibujos azules y dorados).

No sé si durante la guerra dejaron funcionar la capilla protestante de don Francisco. Supongo que tampoco, que los extremos se tocan. Al fin y al cabo el protestantismo era religión.

Pocos días después de la entrada de los nacionales, Melitón el ebanista, que vivía frente a la calle de Roque, le contó a papá que varios hombres con camisas azules habían destruido las pocas cosas de la capilla protestante, y luego, en un coche, se llevaron a don Francisco descorbatado; y —a él le pareció— con las manos atadas a la espalda.

Su hijo, que hasta entonces había estado en el frente republicano, unas semanas después se presentó en la fábrica del abuelo muy enlutado. Creímos que a reincorporarse al trabajo, pero no. Iba a despedirse. Su madre, otro hermano y él, se marchaban del pueblo... Su padre había muerto en la cárcel. Dijo él que de tristeza, de pena, de asco.

Dijo también que lo habían enterrado en el rodal del Camposanto destinado a los excomulgados, a los apátridas, a los sin Dios... Alguien contó que lo vio en el ataúd de chopo sin pintar, en mangas de camisa, con la boca muy abierta... (Y sin gafas —pensé yo— ni el cuarterón de 4.90.)

Don Máximo

El segundo vasco que conocí en mi vida —el primero fue José Luis Arrarte, el tío de Claudio— fue don Máximo.

Don Máximo, el cura de San Sebastián, llegó al pueblo como profesor de Latín del Instituto, un año poco más o menos antes de empezar la guerra. Fue también el primer cura que vi con boina o chapela, como él acostumbraba llamar.

Era muy alto, ni gordo ni fino; más bien fuerte, con gafas, y un poco encorvado. Caminaba siempre con las manos atrás y aire de ir pensando en lo suyo. Al preguntarte el tema, te miraba muy fijo, echándote el reflejo de las gafas y como queriendo adivinar todo lo que llevabas en el cerebro. Tenía fama de nacionalista vasco y hablaba con voz muy viril y sonora, de cantor.

Con frecuencia, a los alumnos más amigos, nos hablaba de los problemas de su país, que claro, nosotros, manchegos, no entendíamos muy bien. Vivía en unas habitaciones alquiladas, con una mujer muy mayor que le cuidaba. Allí fui un verano a que me diese clases particulares de Latín, y antes y después de cada lección me hablaba de política con su vozarrón. Muy liberal y moderado, nunca le proponía a uno, como casi todos los curas, que se apuntase a esto o a lo otro, ni me preguntaba si iba a misa o confesaba al menos una vez dentro del año.

Como no debía tener casa en San Sebastián, se quedó en el pueblo las vacaciones del 1936, y allí le pilló la guerra.

Después que los milicianos mataron al primer caído, al párroco don Vicente Borrell, todos los curas, menos él, se encerraron en sus casas. Sin quitarse la boina, se puso un traje de paisano de color café oscuro, e iba y venía al Instituto con las manos en la espalda y los mismos andares que cuando llevaba aquella sotana tan larguísima. No estaba con las barbaridades de los llamados rojos, ni con las de los llamados nacionales. Andaba muy triste a todas horas, y su angustia aumentó cuando supo que su gran amigo, Mateo Mújica, el obispo de Vitoria, tuvo que cruzar la frontera por las intransigencias de la Cruzada.

Como era el único cura que andaba por las calles, aunque con traje de civil, algunas veces —yo me enteré— las familias de los muy católicos moribundos —aunque don Máximo entre ellos tenía fama de rojillo—, lo llamaban para que los confesara y les diese la *extrema unción* en secreto. Luego me contó después de la guerra que tuvo un portahostias de bolsillo, y un crucifijo bastante grande, que se colgaba debajo del chaleco, para poder oficiar aquellos auxilios. De modo que lo veías por la calle como si tal cosa, con las manos atrás, la boina encima de las gafas, y a lo mejor iba de viático secreto.

Como el director del Instituto durante la guerra era un desmadrado que siempre estaba en el claustro echando mítines furibundos, y llevaba en el costado un pistolón nada pedagógico, don Máximo se limitaba a dar sus clases, no entraba en su despacho, ni le llamaba «camarada Director».

El hombre tenía sus caminos contados. De su casa al Instituto, del Instituto a su casa, y algunas tardes a ver a don Eliseo, el cura, tío de Paquito Lozano, que como los demás de la Parroquia, estuvo toda la guerra sin asomarse a la calle. No bebía, no fumaba, y siempre que me lo encontraba me hablaba a grandes voces contra la guerra en ambos bandos. Sí, como tenía aquella voz tan cantora, yo pasaba mucho miedo, no lo fueran a oír y lo metieran en la cárcel con el portahostias en el bolsillo.

A los pocos días de acabar la guerra, cuando hicieron en la plaza el gran funeral por todos los caídos del pueblo, ante la extrañeza de muchos, fue don Máximo el encargado de decir la misa y la homilía. Estaba la plaza de bote en bote, las jerarquías, a estreno, en primera fila ante el altar; los balcones del Ayuntamiento llenos de gente. Como los paisanos, vecinos todo el tiempo de la zona republicana, desconocían los nuevos ceremoniales políticos, mandaron a muchos soldados de la Bandera de Falange que ocupó el pueblo, para que enseñaran a la gente los llamados «gritos de ritual». Y tuvo mucha gracia —yo estaba en el balcón del tío Isidoro, que daba a la plaza—: el jerarca mayor, después de los interminables tres himnos, gritó por vez primera: ¡España, una!, y la masa ya embalada en la cuenta, cuando gritó otra vez ¡España!, dijo: ¡Dos! en vez de: ¡Grande! Al gritar la tercera ¡España! contestó ¡tres! en vez de ¡Libre!; y al acabar con el ¡Arriba España!, contestaron ¡¡Cuatro!!...

Pero a lo que iba. En aquel funeral, dijo dos cosas don Máximo a la hora de la predicación, que indignaron a las jerarquías y a la Bandera, hasta el extremo de que pocos días después, cuando cerraron el Instituto por republicano, don Máximo tuvo que marcharse del pueblo. La primera cosa fue que, en vez del tono triunfalista y condenatorio que tenían entonces todos los discursos públicos, adoptó un aire puramente evangélico y nada político, pidiendo misericordia para los vencidos, y asegurando severamente —*vade retro*— que tan españoles, para bien y para mal, fueron los de uno y otro bando. Y que Dios perdona siempre al que sabe perdonar, y jamás al que se venga, sea cual fuere la ofensa... Y para remate, la segunda arreza suya de aquel día fue que, cuando acabada la misa, su homilía, y los discursos arrebatados de los políticos —en los que no faltaron indirectas a la petición pastoral de don Máximo—, al tocar los himnos —cuando lo del ¡una!, ¡dos!, ¡tres!, ¡cuatro!, que he dicho— los miles de asistentes levantaron el brazo al estilo fascista, el cura vasco y profesor de latín, en su puesto junto al altar, escuchó las músicas con aire cortés y meditabundo, pero sin levantar la mano, ni un dedo tan siquiera.

Su destierro más o menos forzado lo llevó a Puertollano. Con él y su ama viejísima fuimos varios amigos a la estación. Otra vez con su sotana y un maletín en la mano, iba paseo adelante. Y nosotros, atemorizados, por los grandes vozarrones que daba contra los excesos de los vencedores.

...Allí también duró muy poco. En seguida nos llegó la noticia. Por lo visto, las autoridades y patronos en general, obligaban a los mineros y obreros de otros ramos a ir a la misa dominical.

La mayoría de ellos, desacostumbrados a aquella devoción por tres años de guerra o falta de credo, maldita la formalidad que tenían mientras duraba el ceremonial. Hablaban, se movían y entraban y salían como en el casino. Don Máximo, indignado por aquellas irreverencias, un domingo interrumpió la misa, y dijo poco más o menos a los feligreses:

«Ruego a los señores patronos y a las autoridades políticas, que en lo sucesivo no obliguen a nadie a venir a misa. Que acuda el que lo desee y lo sienta. La Casa de Dios está abierta para los que se alleguen con buena voluntad, no para recibir forzados. Que en este mundo, cada cual, incluidos los españoles, está en su derecho de pensar y sentir lo que estime más conveniente para su patria.»

Dos días después tuvo que salir para Madrid.

Allí me lo encontraba de vez en cuando, cada vez más encorvado.

—¿Dónde está usted ahora, don Máximo? —le pregunté la primera vez.

—En la Iglesia de San Ginés.

—¿De qué?

—De *chantre*... Como no quieren que hable, me han puesto a cantar.

Ir por las calles de Madrid con don Máximo en aquellos primeros años cuarenta... como en los últimos treinta por las de mi pueblo, era muy peligroso. Con aquel vozarrón de tenor que Dios le dio, decía lo que le venía en gana, dentro de su línea independiente, contra Franco, el Gobierno y el neotridentismo imperante... Por él supe las matanzas de judíos que hacía Hitler. Se lo había escrito un cura coterráneo suyo que, por aquel entonces, vivía en Roma.

La última que lo vi en Madrid, hace pocos años, tardó mucho en reconocerme. Vestido de paisano otra vez con un traje color café oscuro —supongo que sería otro—, boina y alzacuellos, iba ya encorvadísimo. Estuvo un ratillo examinándome con la mano puesta en mi hombro, y cuando por fin dio con mi imagen, me invitó a entrar en un café de la Puerta del Sol, y me habló con una ternura desacostumbrada en él. Apenas rozó ya el tema político. Cansado de todo, parecía sin esperanzas de llegar a ver una España normal.

Aún recuerdo sus útlimas palabras cuando nos despedimos.

—Me temo, Paquito, que voy a morirme sin volver a ver a Mateo Mújica y la libertad para todos. Ya tengo más de ochenta años... Marcharé muy pronto a San Sebastián para al menos descansar entre los míos.

Y con las manos atrás y el tronco casi paralelo a sus pies, se perdió entre el gentío de descamisados y con pantalones vaqueros.

Depuración de la Química

*A Marina y
Andrés Amorós*

Como en junio del treinta y seis me quedó pendiente
la Química y la aprobé en septiembre, ya con el Instituto rojo, pues, claro, en junio del treinta y nueve tuve
que ir a depurarla al Instituto de Ciudad Real, porque
nada más entrar los nacionales quitaron el Instituto de
mi pueblo y unos cientos más que habían puesto los
republicanos en toda España. Cosas de los frailes, como
decía mi padre.

Yo no entendía muy bien esto de tener que volver a
examinarme con catedráticos nacionales de las asignaturas pendientes, y mi padre, que vino conmigo, tampoco, pero no había más remedio que depurar la Química si quería ingresar en la Universidad.

En aquella primera convocatoria, después de la guerra,
el Instituto estaba lleno de dos clases de examinandos:
primero, los que íbamos a depurarnos por haber apro-
bado asignaturas con catedráticos enemigos del régimen;
y, segundo, los que, estando depurados de todas las
asignaturas que no habían estudiado por haber comba-
tido en la zona buena, se ponían delante del tribunal,

soltaban los gritos del ritual o hablaban de la gesta del Alcázar y les daban las papeletas aprobadas a almorzadas.

Como yo me presenté en la segunda vuelta, pues, claro, íbamos mezclados los del taconazo y nosotros, los de la depuración. El profesor de Química, que era un señor mayor con cara de estar muy por encima de purezas e impurezas, me preguntó que de cuáles era yo. Y yo, claro, me puse un poco colorado y dije que era de los que estaba en depuración.

Mi padre, el pobre, sentado en el primer banco, miraba al catedrático de Química con cara tierna y rogativa. Y el catedrático, que debió cogerle la onda, y a mí el sonrojo, nos miró con ojos de apaciguamiento y me preguntó la fórmula del agua, que yo me sabía de siempre. Se la dije rápido, envuelta en un resuello gozoso, y el señor catedrático se puso muy contento, que bien se lo noté. Animado por mi éxito, me preguntó la fórmula del oxígeno, y luego la del hidrógeno. Y como todo se lo decía tan aliviado, me preguntó hasta la del nitrógeno. Cuando le dije que era N me mandó retirar y mi padre y yo salimos del brazo tan ufanos por la galería del Instituto. El se fumó un cigarro, yo fui a hacer aguas por los nervios que había tenido; y a la media hora o así el bedel sacó las papeletas, y en la mía ponía «sobresaliente».

—Ea, hijo mío —me dijo mi padre con mucha alegría—, ya has depurado la Química y acabado el Bachillerato.

Y como los del tribunal salieron en seguida, el catedrático que me preguntó, al pasar ante nosotros, sonrió y nos dio un sombrerazo.

Como todo resultó tan requetebién, nos fuimos a un bar que mi padre conocía de siempre a tomar unas cervecillas. Y allí encontramos a tres viejos amigos suyos que bebían en un rincón, bastante tristones. Uno era catedrático, otro magistrado y el otro médico. Pero apenas empezaron a hablar, me di cuenta de que estaban tan tristes porque también esperaban que los depurasen en sus oficios. No los habían metido en la cárcel, pero estaban en suspenso de sus profesiones hasta que decidiesen las autoridades competentes en la depuración. Los pobres miraban recelosos a algunos que entraban en el bar eufóricos, con uniformes, dándose manotazos de gusto en las espaldas. Y éstos, que entraban contentos, si veían a los «depurandos» —como decía el catedrático— ponían el gesto duro y a lo mejor los señalaban con disimulo y se decían algo entre sí.

Los expedientes de depuración, según decían, se hacían en todos los sitios, hasta en las oficinas particulares. Se nombraba un juez o algo así y todo el que tenía mancha republicana, aunque hubiera sido de Gil Robles o poco más, y no digamos si fue concejal o votó a las izquierdas, pues depuración al canto. Había depuraciones, las de los adictos, que se resolvían rápidas, pero otras eran el cuento de nunca acabar, porque tenían mucho que depurar.

Aquellos tres amigos de mi padre, la verdad es que estaban muy pesimistas. Necesitaban qué sé yo cuántos avales y certificados, decían, para que los considerasen puros.

Lo que yo no entendía, aunque me callaba, era cómo una mancha tan grande se podía limpiar con un aval o un certificado de aquellos que yo veía por todos los sitios.

Los amigos de mi padre decían, sin embargo, que eran cosas propias de la situación, pero que así que pasase un tiempo todo se iría arreglando, porque ellos, al fin y al cabo, no habían hecho nada malo, a no ser ejercer su profesión en la zona roja, antes leal, y pensar más o menos como les daba la gana. Dos de ellos —el médico no— incluso siempre fueron a misa, y comulgaban por los menos una vez dentro del año, según me declaró mi padre. Sin embargo, era el médico el que se las prometía muy felices, porque decía que la suya era una profesión liberal, mientras que el catedrático, y sobre todo el magistrado, tenían carreras estatales.

El bar se iba llenando más y más con gentes que parecían muy contentas y voceaban mucho. Pero ellos no levantaban cabeza y lo hablaban todo en voz baja. Y mi padre, que estaba más animado sin duda por lo bien que había salido mi depuración, les gastaba bromas para que aligerasen el gesto y se pusieran transitables. Y de pronto —cuando íbamos por las terceras cañas, que pidió papá— ocurrió algo que me asustó mucho más que el examen de los depurados. Y fue que entraron tres hombres muy eufóricos y sonrientes, dando abrazos y palmadas a todos los que encontraban —pues según parecía acababan de llegar de la zona nacional—, hasta que en el caramboleo de tantas efusiones se pusieron a nuestro lado. El más viejo de ellos, como de unos cuarenta años, se volvió hacia nosotros contento, como con ganas de abrazarnos también, pero de pronto, así que columbró al médico en depuración, se le achicaron los ojos, apretó los labios con el peor dibujo del mundo y sin decir una palabra se abalanzó contra él —hasta derribó las cañas que había sobre el velador— y comenzó a darle unas bofetadas fenomenales. Yo, que nunca había visto a un hombre pegarle a otro, me llevé la impresión más recia de mi vida. El pobre médico, pegado a la pared, bajo las perchas niqueladas, con los brazos cruzados sobre la cara, aguantaba aquella rociada de bofetones. Lo grande de la cosa es que nadie hizo ni dijo nada. La parroquia y los camareros miraban con cara de circunstancias. Los otros dos amigos de papá se arrinconaron, como si esperasen que les tocase después. Mi padre me amparaba con su cuerpo y decía con voz tímida:

—Por favor, por favor... Modérense.

Y cuando, por fin, el hombre se cansó de arrearle al médico, entre el silencio sepulcral de todos, lo cogió del cuello por la parte de atrás, lo arrimó a la puerta del bar y, dándole una patada en el culo, lo lanzó a la calle.

—¡Aquí no queremos rojos! —dijo.

Como escurriéndonos, salimos tras él y lo rodeamos, allí en la acera de enfrente, donde se acunó con los brazos sobre la cara, como si temiera que siguiera la zurra.

La sangre le chorreaba de las narices y, me acuerdo muy bien, le llenaba de gotas el cuello de la camisa.

Desde allí oímos que en el bar volvían las voces, las risas y el ruido de cristales. La gente que pasaba por la calle miraba el grupo que formábamos con el médico contuso. Así que se reanimó un poco —tenía un ojo totalmente breva—, echamos a andar llevándole del brazo. Mi padre y yo íbamos detrás, como de duelo. Apenas anduvimos una veintena de pasos, alguien que estaba asomado a una ventana dijo: «Pásenlo aquí, por favor.» Era otro médico. El hombre, ayudado por una señora también con bata blanca, empezó a curarlo con algodones y líquidos. El médico en depuración temblaba mucho, le vibraba la boca y unas lágrimas muy gordas descendían sobre los hematomas y la sangre.

La señora de la bata blanca, mientras su marido ponía los últimos esparadrapos a su colega, reparó en mí, que debía estar muy alterado, y sin decir nada me dio un vaso de agua con una pastilla.

Comimos en el Gran Hotel mi padre y yo. Fue una comida tristísima. Él, pálido, con las cejas juntas, ni me miraba. De vez en cuando parecía que hablaba solo o hacía un ademán que no venía a cuento.

Tomamos café, pagó, y despacio, despacio, sin hablar palabra, nos fuimos hacia la estación.

Pocos días después de acabada la guerra, se publicó el decreto cultural suprimiendo varios cientos de Institutos elementales creados por la República... Entre ellos, el del pueblo... Para imponer «la libertad» de enseñanza se abrirían en su lugar colegios privados regidos por órdenes religiosas enseñantes y no enseñantes; por seglares de las órdenes terceras, por curas y ex seminaristas de toda condición, en su mayoría sin título. Todos los profesoras, «cursillistas», que en los años treinta ocuparon las cátedras de los Institutos de nueva creación —doña Josefina, don Máximo, don Víctor, doña Elisa, doña Pilar...— quedaban expulsados automáticamente.

A los seis años de conseguido, después de tantos trabajos e ilusiones, el que fue nuestro Instituto, se cerraba para siempre. Todos aquellos hijos de familias modestas que jamás pudieron ni podrían pagar un colegio particular, ya con tres años de bachillerato, tendrían que buscarse oficio, y darle para siempre el adiós a sus sueños de hombres con carrera. Aurora, la hija del cabrero. Matilde, la huérfana. Engracia, la hermana del cobrador del banco, los dos Manolos, los Marciales y tantos y tantos. Y los profesores: doña Josefina se exilió a Francia, don Máximo pasó de chantre a San Ginés de Madrid, y los demás tendrían que refugiarse como profesores en colegios religiosos o cambiar de rumbo. La consigna había sido dada años atrás en Salamanca: ¡Muera la inteligencia!

La mayor parte de las familias interesadas, perturbadas, atemorizadas... o gozosas por la llegada del nuevo régimen, no se dieron cuenta de las dimensiones del drama. Hasta más de veinte años después, no habría otro instituto en Tomelloso.

Cuando llegó la orden de cierre, por las fechas y la situación política, no había ni un solo profesor del Instituto en el pueblo. Ni los bedeles. Pues el de derechas, Paiporta, se escabulló o lo escabulleron durante la guerra. Y el republicano, Julián, se quitó de en medio al llegar los nacionales. Y don Pascual, el último director, el del pistolón, salió de naja. Los demás pusieron tierra por medio o estaban movilizados.

Sólo otros dos amigos y yo fuimos testigos del deshaucio material del Instituto. Desde la acera de enfrente, metidos en el portal del pariente de uno de ellos, contemplamos el desafuero tridentino.

Había dos camionetas paradas ante la puerta del Instituto. Un concejal con camisa azul daba las órdenes. Dos alguaciles y varios peones, desalojaban de mala manera cuanto había en aquella casa, que fue de los padres del primer alcalde de la República, y la cedió para la instalación provisional del Instituto.

Salían en volandas los mapas enrollados, la bola del mundo tan gordísima y con alto pie, que estaba en el rincón del aula de Geografía; la pequeña máquina de cine con que nos proyectaron tantos cortometrajes culturales; el cuadro de una matrona republicana hecho jirones...

Mientras cargaban las camionetas de mala manera, recordaba el día de la inauguración del Instituto seis años antes, cuando se celebraron los primeros exámenes de ingreso, presididos por los catedráticos de Ciudad Real, mientras en las galerías —que luego supe que se llamaban claustros— el alcalde, los Quirós, mi padre y muchos republicanos más del grupo que había conseguido el nuevo Instituto Elemental —creo que se llamaba así— hablaban gozosamente de don Benito Pérez Galdós, de Blasco Ibáñez y de don Antonio Machado...

Sí, recordaba las excursiones que hicimos, modestas, pero primeras, que nos brindaron a los estudiantillos de Tomelloso; los cantos folklóricos al son del piano; la enseñanza sonreída, hablada, pensada, sin palmetas, sin ponerse de rodillas, sin tormentos memorísticos.

Cuando vimos sacar a hombro los caballetes de dibujo, recordamos a la señorita Josefina López Garrido, aquella socialista de misa diaria, que tenía su clase abierta todo el día, para los que quisieran emplear allí sus horas libres dibujando ánforas, bustos, y una mano de escayola que seguro que fue de una chica muerta. Otros días, cantando, íbamos al campo, a dibujar bombos y quinterías, aradores lejanos o las inservibles piedras de *El Salto.*

Por la puerta abierta de par en par, se veía al fondo la fuente del jardín del Instituto, chorreando las ovas mojadas, aquellas que don Torcuato, el primer director y profesor de Literatura, prohibía limpiar para que no perdiese su aire de «jardín umbrío»... «Este gran don Ramón —con las barbas de chivo— cuya sonrisa es la flor de su figura...» —solía recitarnos entornando los ojos bajo su boina, al tiempo que movía las manos con lento ritmo de melodía modernista.

Junto aquella fuente nos hicimos muchas fotos los del curso último, siempre con la sonrisa debajo del flequillo. Chester, con las dos manos agarradas a las solapas del abrigo; y Alejandrito, sentado, con cara de pícaro rascándose la rodilla. En otras estaban ellas: Sira, Tony, Pili, Sara; o Mercedes, Lucila, Cándida y Rafaelita, con

las melenitas cortas y unas ganas de vivir, una alegría,
que no podía con ella la ova verde del «jardín umbrío».

En cajones sin tapas sacaron los libros de la biblioteca
del Instituto, la primera que hubo en el pueblo y que
se inició con las donaciones de nuestros padres. Papá
cedió sus *Episodios Nacionales* de don Benito; el abuelo unos tomos muy gordos con los discursos de Castelar, y don Luis Quirós, claro, las Obras Completas de
Blasco Ibáñez. Sacaron a hombros y los lanzaron, de
mala manera, sobre la camioneta, los tomazos de la colección de La Esfera que regaló don Emigdio. Y el encamisado de azul, asomado a la ventana, rompía hoja a
hoja algunos libros publicados durante la guerra, como
Cancionero Gitano de Lorca, según pudimos ver cuando
marcharon los ejecutivos después del escrutinio.

Mezclados y rotos en serijos, los aparatos del labora-
toria de química, los frasquitos y cajas pequeñas con las
piedrecitas y minerales del aula de Ciencias Naturales,
que nos enseñaba con tan ingenua alegría aquel cura tan
alto y fortachón que le llamábamos «el padre libélulas»,
y que, según supe luego, al empezar la guerra se marchó
de España. Un alguacil miraba sin comprender nada
aquel péndulo con el que nos enseñaron en la clase de
Física; y en una caja de madera barnizada, el microsco-
pio que poquito antes de empezar la guerra consiguió el
Instituto, porque antes teníamos que irnos a la farmacia
de don Luis para ver las células.

Las chicas, primeras estudiantes de la historia de Tomelloso, volverían al colegio de las monjas, para aprender a bordar y a ser amas de su casa que era lo bueno.
Y los pocos chicos que pudieran permitirse el lujo de
pagarlo, al colegio que se pondría en seguida regido por
el señor cura párroco... Todo volvía a su triste sitio.

Cuando acabaron malamente la carga, las dos camionetas arrancaron con no sé qué destino. Lo que tantos
siglos costó se deshizo en una hora. El alguacil cerró la
puerta con dos vueltas de llave. Y delante de todos,

marchó el concejal encamisado con aire decidido y satisfecho.

Nos acercamos al pie de la ventana, donde el edil, representante de la España grande y libre, arrojó las hojas rotas de los libros sometidos a su sapientísimo escrutinio.

Certificado de adicto al régimen

A José Pérez Torres

Tal como quedaron los negocios de mi familia al acabar la guerra, para mi padre suponía una carga muy pesada que me fuese a Madrid a estudiar Filosofía y Letras, a pesar de que sólo iba a pagar siete pesetas diarias de pensión.

...Lo recuerdo un domingo por la mañana en la cama, abrazado a la almohada, quejándose de las dificultades económicas que le iban a crear mi marcha a la Universidad.

Pero mi madre, por vez primera en su vida, se puso tensa y exigente. Todavía parece que la veo, de luto como siempre —ahora por la muerte reciente del tío Félix—, con las manos crispadas sobre el piecero curvado de la cama de caoba, mirándolo muy fijamente y sollorosos sus grandes ojos azules.

Cuando por fin le sacó la autorización para mis estudios, papá quedó boca abajo, con la cara hundida en la almohada... Yo iba a ser el primero de las dos sangres que estudiase carrera. Y bien que le gustaba. Pero con la fábrica desmantelada y sin más ahorros que el dinero

279

vencido que hubo de entregar en el banco, las perspectivas, las cosas como son, no eran como para mandarme a estudiar a Madrid.

Ya tenía en mi poder el certificado de estudios de bachillerato después de la depuración de la Química, y la partida de nacimiento (24 de septiembre de 1919, aunque por despiste de mi padre o del empleado del Juzgado consta el 25... De modo que durante todo un día no existí oficialmente)... Pero me faltaba, nada menos, que el certificado de adicto al régimen. Pues en aquella España que empezaba para durar cuarenta años, sólo podían estudiar quienes comulgasen con el régimen impuesto por las armas seis meses antes.

La Jefatura de Falange —con todos los falangistas a estreno— estaba en el antiguo casino de San Fernando. Desde que acabó la guerra rebosaba de hombres con camisas azules y boinas coloradas, que todos los días pasaban varias horas haciendo instrucción por el Paseo de la Estación, aunque nadie sabía con qué finalidad.

El jefe local de la Falange era ya nuestro vecino Abelardo el marmolista. Hombre alto, fuerte, sin hijos, que yo intuía que por vivir enfrente de casa y conocer mi vida minuto a minuto, no me veía con malos ojos.

Echándole valor al trance, aquella tarde me fui a Falange para solicitar el certificado de adicto al régimen... Pero al llegar a la plaza perdí el ánimo, y me puse a pasear por la Glorieta, bajo los árboles, en espera de almacenar arrestos.

De reojo veía entrar y salir falangistas con paso decidido y la mirada severa. Los curas, hechos corro junto a la sacristía, los miraban con satisfacción... Tras los ventanucos de los calabozos municipales, a ras de la acera, seguro que me mirarían los detenidos políticos, que todavía seguían enjaulados a pesar de los meses transcurridos del «año de la victoria».

...Y aquel rato, que por indecisión estuve paseando por la Glorieta de la plaza, fue lo que me perdió. Ya se había hecho de noche y temí que se fueran a cenar.

Me acerqué lentorro al antiguo casino, mirando a uno y otro lado.

El despacho del jefe estaba, conforme se entra a la derecha, donde hasta hacía poco el de los mandamases de la CNT, FAI.

Como las puertas del despacho estaban abiertas, me paré en el recuadro de luz. El jefe Abelardo, mientras paseaba con grandes zancadas y las manos en la espalda, le dictaba algo al secretario, sentado junto a la máquina de escribir.

Al reparar en mí, allí indeciso, me miró con extrañeza y al fin ordenó:

—Adelante, camarada.

—Buenas noches.

—¡Arriba España!

—...Arriba.

—¿Qué quieres?

—...Pues verá usted.

—¡Verás!

—Pues verás... Que para estudiar en la Universidad de Madrid, me piden un certificado de adicto al régimen.

—¿Y qué vas a estudiar?

—...Filosofía y Letras.

Quedó con cara de no sonarle nada aquella carrera.

—Bueno... siéntate, que en seguida termino esto y te lo hago.

Me senté en una butaca ya desvencijada del que fue casino, y esperé a que terminase su dictado.

Sobre el sillón del jefe estaban los retratos de Franco y José Antonio, entre las banderas del Requeté, de Falange y la Monarquía. Encima de la mesa, un crucifijo de casi tres palmos; y en todos los rincones, fusiles arrimados.

Pronto llegó el jefe al final de su escrito:

—...«Dios te guarde muchos años para bien de España y de su Revolución Nacional Sindicalista. Tomelloso, a tantos de septiembre de 1939. Año de la Victoria. ¡Arriba España!, ¡Viva Franco!»

Después de firmar con rasgos enérgicos, volvió a reparar en mí, y le dijo al secretario:

—Hazle a Paquito un certificado de adicto al régimen, pero bien entendido —añadió mirándome con severidad— que sólo lo utilizarás en «la Universidad de Filosofía». Después me lo devuelves.

—Sí, camarada —dije juibloso—, para eso lo quiero solamente.

El secretario, que era amigo mío, me miró de reojo con cierto placer, mientras metía el oficio, calco y papel de copia, en la máquina de escribir.

La cosa estaba resuelta. Abelardo, de codos sobre la mesa, leía el periódico. Yo —pensaba —dos días después me iría a Socuéllamos, para marcharme con mi amigo Delfín a la «Universidad de Filosofía», como decía el jefe.

...Pero apenas el secretario dio los primeros teclazos, sin hacer ruido, escurridizo, y medio levantando la mano con aire blandón, entró *el Jesuita*, entonces flamante jefe de no sé qué. Al verme quedó sorprendido, y me saludó con imperceptible movimiento de labios.

Rápido, fue hacia la mesa del jefe, apoyó las manos en el tablero, y sobre el gran crucifijo le preguntó algo en voz baja.

Hablaron unos segundos. Yo no oía nada. Pero el secretario, sí. Me miró de reojo, y con el pretexto de liar un cigarro, optó por dejar de escribir.

El jefe Abelardo se pasó la mano por la frente sin atreverse a mirarme... *El Jesuita* se apartó a un rincón, de espaldas a mí. Por fin habló Abelardo:

—Paquito, haz el favor de esperar fuera. En seguida te llamo.

Salí al antiguo salón del casino. Estaba muy mal iluminado. Un corro de falangistas escuchaba un aparatillo de radio afonísimo que estaba donde antes de la guerra la mesa de billar.

...Ya sabía lo que me esperaba. Recordé los ojos grandes y azules de mi madre sobre el piecero de la cama de matrimonio, y a mi padre abrazado a la almohada con gesto dolorido.

Por la radio, no sé quién, con voz de trueno, echaba un discurso terrible cantando la grandeza de la España futura y la necesidad de hacer justicia inflexible a sus enemigos seculares.

Pasados unos minutos, *el Jesuita* salió como sombra, sin mirarme, con aquella media sonrisa suya de suegra satisfecha.

Nadie me dijo que volviese a entrra en la jefatura. Oí, sí, que el secretario cambiaba el papel de la máquina y de nuevo sonó el tecleo.

Por la ventana abierta veía ahora al *Jesuita* hablando con un cura. Pero éste tenía una sonrisa más de hombre y miraba de frente, mientras *el Jesuita* hablaba halagador, con los ojos en la baja sotana del otro.

—¡Pasa, Paquito! —me dijo de pronto Abelardo asomándose al salón.

—Esto es lo más que puedo concederte.

Y me largó un papel. Decía poco más o menos: «Certifico que F. G. P., natural de Tomelloso (C. Real), es persona de buenas costumbres y carece de toda clase de acción política en contra o favor del Glorioso Movimiento Nacional Sindicalista. Y para que conste...»

—Pero esto no me vale —dije sacando fuerzas.

—No puedo hacer otra cosa.

—Antes dijo que sí.

—No puedo hacer otra cosa. Lo siento. ¡Arriba España!

El secretario, con los ojos pensativos, miraba el teclado de la máquina. Salí tristísimo.

Cuando llegué a casa, mi madre, como siempre, estaba en la puerta de la calle sobre su butaca de mimbre. Mi padre, bajo la alta luz del patio, leía el periódico en la silla de tijera.

No quise decirles nada de momento. Así que supiese papá que había intervenido *el Jesuita,* se indignaría más de lo que estaba, después de enterarse que habían quitado el Instituto.

Me senté en la silla baja al lado de mamá, callado, como acostumbraba. Ella, pensando en sus cosas, no reparó en lo que me pasaba... Al menos eso creía yo. Porque al ratillo de estar así, me preguntó de pronto:

—¿Has hecho algo del certificado de adicto al régimen?... Ya sabes que papá, tal como están las cosas, no puede dar un paso.

Y de pronto, sin poder remediarlo, se me hizo un nudo en la garganta y rompí a llorar.

Al oírme, mamá se alarmó mucho y mi padre, con el periódico en la mano, salió con cara de extrañeza.

Pasamos al portal oscuro, el portal de las estatuas —que ya no estaban—. Y les conté lo que me había pasado con *el Jesuita*. Luego les enseñé el certificado... de nada. Papá entró para ponerse bajo la luz del patio, y leyó el oficio con gesto de puchero lloroso. Volvió al portal con el papel en la mano, y callado, me pasó la mano por la cabeza y dijo algo terrible contra *el Jesuita*.

Papá se volvió al patio y nosotros a la puerta. Así estuvimos mucho rato, callados, pero seguro que los tres pensando en lo mismo, aunque papá siguiera con el periódico delante de las gafas.

—Ya veremos qué se puede hacer —fueron sus palabras de insegura esperanza.

Abelardo, el Jefe, que ya venía a cenar, al pasar frente a nosotros, dio unas buenas noches sin torcer la cabeza.

Después de cenar, papá no salió y nos sentamos los tres en la puerta de la calle porque hacía muy buen tiempo.

Abelardo apareció en la puerta de su casa, pero al vernos —que bien se lo noté— en vez de tirar hacia la plaza, torció por la calle del Monte, para no tener que saludarnos. Su mujer nos miraba tras la persiana combada.

—Debías hablar con él —le dijo mamá a mi padre, echándole aquellos ojos tensos que puso por la mañana, cuando estaba apoyada en el piecero curvado de la cama de caoba.

—...Con *el Jesuita* por medio no hay nada que hacer. Los maneja a todos —contestó papá con voz sorda—. No parará hasta que nos hunda.

La razón era tan cierta, que mamá no añadió palabra.

Nervioso, después de aquel cambio de palabras, papá volvió a entrarse para releer el periódico. Y mi madre me puso una mano sobre el muslo. No la miré, pero seguro que lloraba en silencio...

Hasta que de pronto, apartándome la mano del muslo, me dijo:

—Mira, por ahí viene tu amigo Pepe Pérez, que también es no sé qué de Falange. Díselo.

Ni lo pensé. Me puse en pie y aguardé a que llegase a nuestra altura. Le pedí que pasase al patio y le expliqué lo que ocurría, delante de papá, que con el periódico sobre las piernas nos miraba por encima de las gafas.

Pepito, que tendría diecisiete o dieciocho años, leyó el certificado y me lo devolvió pensativo:

—Yo te lo arreglaré mañana.

—¿Pero vas a hablar con ellos?

—Tú déjame a mí.

Y moviendo las manos muy deprisa, lo vimos marchar hacia la plaza.

—No te lo decía yo... —me calmó mamá después de contrale lo que había dicho Pepito y poniendo su mano sobre las mías.

Cuando estábamos comiendo al día siguiente, llegó la criada de Pepito y, después de decir el «que aproveche», se sacó de la pechera un sobre azul con flechas, yugos y toda la pesca.

—De parte de Pepito que tengas esto.

Mamá le ofreció una raja de melón, pero ella dijo que muchas gracias, que ya había comido, y salió arrastrando mucho los pies, con cara de pensar en otra cosa.

Era el certificado de «adicto», para efectos del ingreso en la Universidad, con una firma ilegible.

A la luz que bajaba de la montera de cristal, a mamá se le pusieron los ojos tan tiernos que, en el ángulo que están junto a la nariz, le cuajó una lagrimilla...

Al anochecer, papá y yo fuimos a la casa de Pepe, unas puertas más allá, para darle las gracias. Pepito, que salía en aquel momento, desvió en seguida la conversación y dijo que no tenía importancia. Luego nos vinimos los tres hasta la puerta de casa.

Unas semanas después, en Madrid, cuando con otros amigos íbamos de tasca en tasca, en un momento que nos quedamos solos, le devolví a Pepe el certificado de adicto.

—¿Qué es esto?

—El certificado de adicto.

—¿Has ingresado ya?

—Claro. Gracias a ti.

—Enhorabuena.

Y lo rompió en pedacitos, mientras llamaba a los otros para invitarnos a una copa en un bar nuevo que había abierto en la Gran Vía.

Aunque faltaban unos minutos para las seis, hora de dejar la faena, los oficiales del taller habían parado las máquinas, y con disimulo se cambiaban las alpargatas, sacudían la boina y se guardaban el tabaco.

De pronto, José Moya, que miraba por un ventanal, gritó a los compañeros más próximos:

—¡Eh! ¡Eh, quién viene ahí! ¡Antonio!

Con la capa azul aunque apenas hacía frío y la gorra de visera negra, avanzaba con aquel su aire telendo, telendo de siempre.

Mi padre y el abuelo, que andaban por allí con sus trajines, se asomaron a la puerta del taller con cara de sorpresa gustosa.

Antonio fue el encargado de la fábrica desde veinte años atrás, hasta que al acabar la guerra lo metieron en la cárcel por ser miembro de la CNT.

—Pero si ayer hablé con su mujer y me dijo que seguía preso en Alcázar —dijo Peláez que se había acercado a mi padre y al abuelo sin quitarle los ojos a Antonio que ya estaba a pocos metros de la puerta roja de la fábrica.

El abuelo, emocionado, salió hacia él, y sin dejarlo entrar ni decir palabra, uno a uno lo abrazaron en la misma puerta.

Por fin entró al taller y todos le hicieron corro.

—¿Cuándo lo han soltado?

—...Esta mañana.

—Ayer hablé con su mujer y no sabía nada.

—No... He llegado poco después de las tres... Yo tampoco lo supe hasta ayer tarde.

—Lo que pasa es que viene usted a trabajar casi a la hora de irnos —le dijo mi padre bromeando.

—No, no venía a trabajar. Venía a verles.

—Pero mañana sí que empieza.

—Hombre, déjale que descanse unos días —comentó el abuelo.

—No... No vendré a trabajar en mucho tiempo... El lunes lo más tarde, tengo faena... en otro sitio.

El abuelo guiñó los ojos como queriendo descifrar la causa de todo aquello.

Bajo la capa se le veía a Antonio el traje de los domingos ya bastante brillante, y la camisa sin corbata. Estaba muy pálido, había adelgazado y la papada se le arrugaba apenas movía la cabeza.

Después de haber dicho lo de «otro sitio», clavó los ojos con mucha amargura en el suelo envirutado.

—¿A otro sitio? —le preguntó Moya, también con el entrecejo investigador y al tiempo que comenzaba a desabrocharse el mono.

—Sí...

—¿Con quién?

—Con el que todos sabéis.

—¿Pero no te denunció él? —le preguntó mi padre sin comprender.

—Sí... Pero ayer se presentó en la cárcel de Alcázar y dijo que retiraba la denuncia si me iba de encargado a su fábrica... Y claro, mejor se está en libertad aunque sea con ese bicho, que en la cárcel.

Y se quedó muy serio, con la boca apretada y mirando al abuelo, que lo tenía enfrentico.

Se hizo un silencio largo.

Y Antonio, de pronto, empezó a llorar. Pero a llorar muy fuerte —nunca se me olvidará— sin bajar la cabeza, sin hacer ademán de quererse limpiar las lágrimas, con un son desgarrante.

Todos lo miraban fijamente, entre doloridos y asombrados por aquel llanto tan seco, tan de hombre. Con ambas manos agarradas a los embozos colorados de la capa, y dejando que las lágrimas rodasen hasta la cadena del reloj que le cruzaba el chaleco.

Cuando remitieron sus sollozos altísimos, y el silencio era total en el corro, sonaron las seis en el reloj negro, que cubierto de aserrín y telarañas, estaba sobre la puerta del corralillo. El hermano Francisco, el decano de los obreros de la casa, que, ya jubilado, iba todos los días para hacer cosas menudas, se apartó del coro y tocó la campana para avisar que había terminado la jornada. Sonó con menos fuerza que nunca y entre la indiferencia de todos... El hermano Francisco volvió al corro con paso inseguro y tocándose el ancho bigote blanco, como arrepentido de su diligencia campanera. De todas formas sus ojos azules no parecían atentos a lo que allí ocurría.

Cuando Antonio se serenó un poco, se secó las lágrimas, y cada cual empezó a ponerse la chaqueta y la boina.

—No os marchéis que vamos a despedir a Antonio con unos vasos de vino —dijo el abuelo queriendo quitar tensión al trance.

—Voy a recoger la herramienta —dijo Antonio con voz de suspiro.

Y se acercó a su banco, vacío desde que lo encarcelaron, que estaba junto al despacho, y desde el que dominaba todo el taller.

Abrió con llave el armario de la herramienta, que estaba colgado encima del banco y fue sacando aquellos útiles, siempre tan cuidados, de su viejo oficio. El cepillo, los formones, el serrucho, el berbiquí, las barrenas... Todo lo colocó en la espuertilla que utilizaban cuando iban a trabajar a la calle.

Gabriel, el aprendiz de las piernas delgadísimas y que siempre estaba haciendo píldoras, se acercó:

—Señor Antonio, si quiere se la llevo yo, como siempre.

—Está bien, Gabrielillo.

Y salieron todos unidos en grupo al patio de la fábrica. Mi padre y mi abuelo, ya sin los guardapolvos; Gabriel con el esportillo de la herramienta y Antonio contando las cosas de sus tristes semanas de encarcelado.

—Si en vez de apuntarse usted a la CNT se hubiese apuntado a la UGT como le dijeron, no lo habrían apresao.

Antonio sonrió con amargura:

—Si te dijera lo que le han hecho a ciertos amigos de la UGT.

A la abuela no le hizo ni pizca de gracia —como siempre que se trataba de convites— el tener que sacar el queso en aceite y media arroba de tinto para hacer la despedida de Antonio. *Que a la gente también se la puede despedir sin darle na, digo yo. O a lo más un vaso de vino a secas.*

Pero fue un copeo poco hablado. Todos con el queso untado y verdón en una mano y el vaso en la otra, bebían, masticaban en silencio y miraban de reojo a Antonio.

La abuela y la tía Frasquita, bastante apartadas, junto a la escalera de hierro, sentadas frente a frente, y ocultando las manos bajo el mandil, seguro que rezaban el rosario con disimulo.

Cuando dieron de mano con el queso, encendieron los cigarros, y siguió corriendo el vino, mientras Antonio contaba cosas de la cárcel y las astucias de su nuevo patrón.

Sobre las hojas de parra que cubrían el patizuelo de cemento, calcaba el sol con sus últimos rojos.

Antonio, al echar la despedida final, puso otra vez la cara muy contrariada, pero no llegó a llorar. Se detuvo un poco con la abuela y la tía Frasquita, y luego todos tras él hasta la portada.

—Así que pueda, si es que algún día se acaba esta tragedia, volveré a trabajar con ustedes. Adiós, maestro. ¡Salud, compañeros! —Y de pronto, echó a andar, seguido de Gabriel el aprendiz, el de las piernas finas, con la espuerta de la herramienta al hombro, mientras el abuelo, papá, el tío y los operarios quedaron en la portada comentando.

Aquel convento de los años cuarenta olía a cocido frío. En el anchísimo patio sólo había tres o cuatro árboles resecos y doblados, como si les doliera el riñón. Y en el portal, casi siempre se encontraba a un frailecillo tímido, que andaba muy deprisa, hacía reverencias a todo el que entraba, pero no se detenía con nadie.

Sobre el descanso de la escalera que llevaba a la clausura, encima del cuadro de la Virgen, había una luz naranja que no se apagaba jamás. Por la puerta entreabierta del refectorio, se veía a todas horas la mesa larguísima, con servilletas azules enrolladas dentro de los vasos. Y en la celda del padre paralítico, sonaba la radio hasta la madrugada.

Se celebraba el santo del Prior en la galería de los ventanales altos, que daban al corral. Allí colocaban muchas sillas en fila, como en las iglesias, para que se acomodaran los felicitadores que venían de asiento. Y el padre Prior, como era tan sencillo, en vez de sentarse en un solemne sillón que había al fondo, andaba de un lado para otro, con el cigarro en la boca y la sonrisa inapeable, recogiendo las felicitaciones y regalos que le traían las señoras y señoritas del pueblo.

A las horas punta del santo día del Prior, las mujeres que llevaban presentes modestos esperaban cohibidas en los rincones, con el paquetillo o la perdiz muerta clavada en el pecho, hasta que la ricachona de turno entregase al padre la caja grande, envuelta en papeles de seda, que le porteaba la criada. Y las que no traían más regalo que su felicitación y el beso para el escapulario, con la sonrisa mendigante, aguardaban sentadas en la última fila a que el homenajeado las mirase y les diera turno.

El padre Prior, sin apearse aquella sonrisa de santo complacido, recibía los presentes —que en seguida pasaba a un lego encorvado— alzando los brazos, si el donante era de mucha amistad; echándole la mano, si sólo era señor conocido; y ofreciendo el escapulario a las mujeronas que zureaban sumisas. Para demostrar que cuanto le decían le hacía muchísima gracia, sacaba una risa con pedorretas y meneo de cabeza muy expresivo. Y creyéndole de verdad tan contento como parecía, siempre comentaba alguna: «Qué alegre es el padre. Un verdadero bendito de Dios.»

Así que la regaladora le ponía la tarta delante de los ojos para que se enterase de su tamaño y composición, él juntaba las manos gozosísimo, como si fuese la primera tarta que veía en su vida, y comenzaba el mismo paso con escasas variaciones:

—¡Hija mía! Muchísimas gracias por esta tarta tan magnífica. Promete estar suculenta.

—No tiene importancia, padre. Que los tenga muy felices, que es lo que yo deseo.

—¡Que Dios se lo pague!

—Ya estoy pagada, padre, con su presencia.

—Gracias, hija, gracias y siéntese a tomar una copita.

—Muchísimas gracias, padre, pero yo sólo bebo agua.

—Pues siéntese y tome una copita de agua...

—Muchísimas gracias, padre. Sólo un momentico, porque quiero llegar a tiempo a la novena.

En aquellos tiempos heroicos, un jamón era lo mejor que se podía regalar incluso a los frailes.

—Ay, doña Rosa, que Dios le pague ese jamón tan suculento.

—Que usted se lo tome con salud, padre.

—Muy amable, pero la salud me la dará él.

—La tiene usted muy buena, gracias a Dios, padre.

—Qué cosas dice, doña Rosa... Por favor, Fray Julián, llévese este estupendo jamón de doña Rosa, y métalo en la despensa.

(*Qué cosas tiene el padre. Y que lo meta en la despensa. Pues no lo voy a meter en el cuarto de la plancha* —se iba rezongando el lego con el jamón puesto como en bandeja para que no le rozase el hábito.)

—Qué preciosidad de regalo, doña Jacinta, una cabeza de cerdo, con esa envoltura tan señora. Debe haberle costado una fortuna.

—No tiene importancia, padre. Usted se lo merece todo.

—Sí la tiene, hija mía, sí la tiene para unos pobres como nosotros.

—Le digo y le repito que usted se merece todos los dones celestiales.

—No tanto, no tanto. Que nunca es tan bonito el jardín como lo pintan.

—...Ande, Fray Julián, llévese esta magnífica cabeza de cerdo a la despensa.

—A mí me enternece mucho esta gente tan sencilla del pueblo. De verdad se lo digo, don José.

—Muchas gracias, Osoria, por ese pollo tan gordico. Es usted un ángel.

—No tiene importancia, padre, que le sirva de compañía en este día de su santo.

—Muy reconocido, Osoria... Tome, Fray Julián, póngalo en el gallinero.

(*Claro, pues si le parece lo voy a poner en la despensa. Te digo que.*)

Al final de la mañana y al final de la tarde de su día —menos mal que la siesta remediaba mucho— el padre

Prior se sentía cansado, la sonrisa perenne le quedaba bastante desdibujada, y a lo mejor le daba a besar el escapulario a la misma señora por segunda vez.

La mayor parte de las felicitadoras, después de la efusión, se sentaban en las sillas de la galería y, como en el teatro, se dedicaban a contemplar al Padre, a las otras y los otros; y claro, a contar los jamones que llevaba Fray Julián a la despensa.

Los hombres solían permanecer de pie, haciendo corrillos, esperando que el lego les diese la copita.

Don Antonio, que tenía muchísima confianza con todos los frailes de convento, les gastaba bromas atrevidas.

—«Ay que don Antonio este» —le replicaban.

Fray Ambrosio, que nunca miraba de frente y tenía las cejas muy chocadas y peludas, era el encargado de repartir las copitas que llenaba con los licores que acababan de regalar al Prior.

Las cajas de puros no se las entregaba el padre Prior a Fray Julián, y formaban rimero detrás de una maceta, sobre el velador de la galería.

Las señoras de mucho pote que le traían regalos especiales, los desenvolvían ellas mismas para que los viese el público en general.

A primera hora de la mañana, llegaban las hermanitas con las caras sonrientes, palidísimas y muy alujeras. Y siempre le llevaban de regalo una medalla chiquitita, que el padre Prior la alababa mucho cabeceando y mordiéndose el labio de abajo.

—Sois muy buenas, hermanas. Es un detalle precioso el traerme una medalla con la imagen de mi patrona castellonera la Virgen de Lidón.

—Fray Julián, por favor, ponga usted esta preciosidad en sitio preferente.

—No faltaba más padre. (...*Sitio preferente en el baúl de los cadáveres como yo le digo. A que le han regalado más de doscientas medallas con estuche desde que es Prior. Qué disparate.*)

Las hermanas no tomaban copita, pero se quedaban un rato echando risitas entre las tocas almidonadas.

Casi a la hora de comer llegaba el señor Alcalde con algunos concejales, que saludaban muy respetuosos al Prior, pero no traían regalo alguno. Sin embargo, éste, en seguida, les ofrecía personalmente copas y cigarros de una de las cajas regaladas que tenía tan bien apiladas en el velador de la galería, detrás de la maceta. Y luego se acercaba a ellos don Antonio, el señor que tenía tanta amistad con los frailes, porque era como de la casa, y contaba chistes que Alcalde y concejales escuchaban sonriendo y con la copa en el aire.

Cuando se aproximaba la hora de comer, los legos recogedores de regalos y repartidores de copitas no podían ocultar su impaciencia. Hasta que don Antonio decía en voz alta y de manera muy simpática:

—Habrá que empezar la retirada, porque los padres querrán comer y descansar un poquito.

Todos se daban por enterados, y empezaban los despidos, aunque siempre quedaba alguna señora rezagada que le decía al Prior alguna cosa al oído. El la escuchaba con gesto grave, que en seguida endulzaba, a la vez que le hacía una recomendación batiendo la mano derecha con el índice alzado.

En el portal, se encontraba uno con el frailecito tímido, que iba muy deprisa hacia el refectorio, haciendo reverencias a todos y sin detenerse con nadie.

Por el pasillo del fondo, el lego barrigudo y con los ojos tan juntos, empujaba el carrillo del padre paralítico.

Los únicos que permanecían rezagados en la galería eran el señor Alcalde, don Antonio y algún íntimo más, invitados a comer en el convento.

Antes de entrar en el refectorio, el padre Prior, con la pila de cajas de puros bajo el brazo, iba un momento a su celda.

Segunda parte

Llegada a Madrid (I)

*A Delfín Martínez
Díaz Carrasco*

Aquel día de septiembre de 1939, el rápido de Andalucía que, camino de Madrid, debía pasar por Cinco Casas a las ocho de la mañana, llegó después de la una. Delfín y yo nos refugiamos en el barecillo de la Manuela: cuatro mesas de mármol, y detrás del mostrador, un anaquel con botellas. La Manuela era muy alta, con el pelo blanco y la cara de pocos amigos. Como andaba dando zancadas muy largas, a cada nada le chocaba el muslo con los picos de las mesas. Cuando la Manuela no tenía nada que hacer, liaba un cigarro y se lo fumaba de codos sobre el mostrador con gesto de muchísima ausencia... Fue la primera mujer que vi fumar en mi vida.

Aquel día de septiembre, el rápido de Andalucía salió de Cinco Casas, camino de Madrid, a las tres de la tarde pasadas. Estuvo más de dos horas parado en una vía muerta, con la locomotora sollozando muy malamente, y los ferroviarios mirándola con cara de muchísima tristeza. Y no hubo forma de reanudar el viaje hasta que llegó de Alcázar de San Juan otra locomotora de parecido pelaje, pero que sollozaba y echaba los vapores de manera más avenida.

Hasta entonces, Delfín y yo, cansados del barecillo de la Manuela, paseamos a lo largo de la vía, mirando a los viajeros de Argamasilla y Tomelloso, que dormitaban en el andén, entre las maletas. Detrás del casutín de la estación se veía la chimenea de una fábrica de alcohol. Ya bastante tarde pasó el correo que bajaba hacia Andalucía con un vagón lleno de soldados que cantaban cosas nacionales, asomados a las ventanillas.

Aquel día de septiembre, tardamos desde Cinco Casas a Madrid doce horas, porque en Alcázar de San Juan estuvimos hasta las once de la noche, pues no sé cuántos trenes militares tenían interceptadas las vías. Al menos eso dijeron. Los coches iban atestados de gentes con cestas y maletas de cartón. Tuvimos que hacer todo el viaje en el pasillo. Algunos soldados decían chistes a ratos y bebían vino de una bota muy grande. También iban hombres pálidos, con la boina en el entrecejo; y mujeres con los pañuelos de la cabeza muy ceñidos, se meneaban cansinas al compás del traqueteo y echaban reojos a los soldados bromistas.

Desde el metro de Sevilla, hasta la «Pensión La once» de la calle de Echegaray donde teníamos camas reservadas, fuimos con las maletas a cuestas. A pesar de la hora se veían por aquel barrio jóvenes con bigotillo o vestidos de militares, que entraban y salían a las tabernas diciendo varoneces o cantando sones de las trincheras. También se veían busconas con cara de hambre, una flor en el pelo, y badapeando sonrisas y molletes. Nos abrió la puerta de la pensión un hombre en pijama y con el pelo blanco.

—Ya creí que no venían —nos dijo cuando supo quiénes éramos.

—¿No habrá algo de cenar?

—¡Qué va! A estas horas.

Fuimos tras él por un pasillo muy largo, casi en tinieblas, Al fondo estaba nuestra habitación.

—Os advierto que tenéis compañero.

—¿Cómo?

Ni contestó. Abrió la puerta de mala manera y encendió la luz del cuarto.

—Ahí están las dos camas vacías.

Cerró con un portazo y marchó sin más, arrastrando las zapatillas.

Era una habitación muy grande, con tres arcos, sobre dos columnas delgadísimas con cortinas. La cama más próxima al balcón estaba ocupada por alguien tapado hasta la cabeza. Debía estar despierto por la manera que tenía de rebullirse.

—No deshacemos las maletas —me dijo Delfín en voz baja— porque si mañana no nos dan habitación para nosotros solos, marchamos.

Sentados en las camas cenamos pan y chocolate. Mientras masticábamos mirábamos las paredes sucias, un armario de luna con ladeo de naufragio, y el bulto de aquella persona que ocupaba la última cama.

Caímos como serranos. Pero no llevaríamos una hora de sueño, cuando abrieron la puerta del cuarto de un empujón violento y encendieron la luz. Me desperté soliviantado. El hombre del pijama y el pelo blanco venía con otros dos.

—Es el de la última cama —señaló.

Y los dos recién llegados avanzaron con las manos en los bolsillos de las gabardinas. Uno, al verme algo incorporado, y seguro que con cara de susto, me dijo:

—¡Tú, a dormir!

Me escurrí entre las ropas en la posición que estaba, mirando hacia la puerta. Delfín sí que podía mirar entre las sábanas hacia la última cama, según me contó luego.

—¡Eh, tú, venga sal de ahí! —gritó uno de la gabardina al de la última cama.

—¡Venga! —Sonó un golpe seco.

—Déjalo ahora —dijo el otro.

Yo, entre las sábanas, veía al patrón clavado en la puerta, con las manos en los bolsillos del pijama y una sonrisa turbia.

—Vístete rápido.

Desde entonces sólo oí resollar, roces de ropas, de zapatos.

—¿Es ésta tu maleta?

—¡Abrela!

Ruidos de cosas que caían al suelo, crujir de papeles.

—No hay nada.

—Venga, marchando.

Lo vi de espaldas, cuando salía entre los otros. Era muy alto e iba despelunchado, sin nada en la cabeza.

Salieron. El patrón cerró con la fuerza de siempre, pero no apagó la luz.

Delfín y yo nos miramos sobre los embozos.

En el suelo, al pie del armario, había ropas, zapatos y una brocha de afeitar. Otras prendas asomaban por la maleta abierta y tirada en el suelo.

En seguida volvieron a abrir la puerta de un empujón. Era el patrón, claro. Sin mirarnos, recogió de mala manera todo lo que había en el suelo, lo metió en la maleta, sacó una gabardina del armario y registró todos los cajones. Cargado con todo, pasó delante de las columnas finísimas. Ahora sí apagó la luz, y como siempre, cerró a lo bestia.

La poca luz de la calle de Echegaray se filtraba por las rendijas del balcón, y dejaba entrever la cama vacía. Hablamos en voz muy baja Delfín y yo. Al poco se oyó un coche que arrancaba debajo mismo del balcón.

Por la mañana nos dimos cuenta que la habitación no tenía tres camas, como creímos la noche anterior, sino cuatro. Las tres que estaban pegadas a los arcos, entre las columnas; y la cuarta, de matrimonio, dertás de las cortinas... Por eso la segunda noche fue peor si cabe.

Cuando volvimos del cine, en la cama que dejó vacía el detenido, había un cura. En el pechero de árbol estaba colgada la sotana, algo brillante y casi rozando el suelo. La teja, en la silla, sobre los pantalones muy bien doblados.

Al cura apenas se le veía la cabeza, pues, como es propio en una habitación con extraños, se tapaba hasta la coronilla para no ver ni ser visto. ...Y cuando Delfín y yo estábamos en ese momento de desnudarse que consiste en sacarse la camiseta por la cabeza, se abrió la puerta del pasillo a lo bestia, y el patrón, con el pijama azul y el pelo blanco despeinado, hizo pasar entre las cortinas a una mujer que nos miró de reojo, y a un guardia civil con una maleta muy grande.

Así que nos acostamos, apagamos la luz, que se manejaba con la perilla, y claro, sólo quedó encendida la luz de la cuarta cama transluciéndose por las cortinas.

Por los ruidetes de zapatos y roces de ropas, se notaba que el guardia civil y la señora se estaban desnudando. También se oyó abrir una maleta, y el de unas monedas que cayeron al suelo. Por las rendijas de nuestro balcón se veían las tristes luces de siempre...

El cura ni se rebullía ni roncaba. Y en seguida se oyó cuando primero un cuerpo y en seguida el otro, se dejaron caer sobre la cama que estaba detrás de las cortinas. Noté que el somier sonaba a cada meneo de los acostados. Apagaron la luz y se pusieron a hablar en voz muy baja.

—Mira que como sean recién casados, Quico —me dijo Delfín de cama a cama con voz casi de suspiro.

De la calle llegaban palmadas y ruidos de chuzos... Y dentro hubo un momento que se oyeron risitas nerviosas, pero como pasaron minutos sin otra cosa especial me debí quedar transpuesto, hasta que la señora del guardia civil dio un gritito muy ganoso acompañado de unos gruñidos intraducibles de él. Abrí los ojos y vi que los balcones estaban entreabiertos, y el señor cura fuera, de bruces sobre la baranda, con la sotana puesta sin abrochar y fumándose un cigarrillo.

Como noté que Delfín se rebullía, alargué la cabeza hacia su cama y en voz de aliento le pregunté.

—¿Qué pasa?

—¡Qué nochecita! ¡Es la segunda vez!... Tú como no te enteras de nada.

—¿Y el cura qué hace en el balcón?

—Ya puedes imaginarte. Lleva ahí lo menos una hora.

A través de las cortinas se vio la luz de una cerilla, y en seguida el relumbre de un cigarro. Por lo visto el guardia civil fumaba tan satisfecho sobre el embozo, mientras ella le hablaba entre risitas.

—No hay derecho a esto —dijo Delfín—, sobre todo por el cura.

Poco después dejó de verse la luz del cigarro, y en seguida sonó el ronquido leve del guardia civil.

Se entreabrió la vidriera del balcón, el cura hizo oído unos segundos y al comprobar que todo estaba en paz, tiró el cigarro a la calle, y entró friolento, frotándose las manos. Colgó la sotana en el perchero y se metió en la cama con discretos gruñidos de placer.

—...Desde luego mañana nos vamos de aquí aunque sea a la posada —me dijo Delfín.

El señor de «El Gato Negro»

Por fin conseguimos habitación con dos camas en una pensión de la Puerta del Sol. Era un piso grandísimo, de techos muy altos. Nuestro balcón daba a la Plaza, que todavía era el verdadero corazón de Madrid. Aún quedaban tranvías amarillos que giraban rascando rabiosamente los raíles, y pasaban escasos automóviles de modelos anteriores a la guerra.

Algo cara para aquellos tiempos, no abundaban los estudiantes. Recuerdo tres o cuatro militares, dos curas (uno de ellos, de aspecto sanchopancesco, comía con la botella de vino pegada a la mano derecha, y cada nada escanciaba y se bebía el caso de un trago total); gentes de paso y aire provinciano: un músico, que pasaba el día en su habitación tocando el clarinete; y el «matrimonio sin palabras», que le llamábamos nosotros.

El dueño, muy delgado, mutilado de guerra en la zona republicana, siempre con traje oscuro, cuello almidonado y corbata, aguantaba el día sentado en el sofá del vestíbulo leyendo periódicos. Como le faltaba el brazo derecho hacía poco, no se había acostumbrado a la

manquez, pero empeñado en leer con el papel en el aire,
se daba muy mala maña para volver las hojas, y a cada
instante hacía con ellas tales burujos que le ponían nerviosísimo. Más de una vez lo vi hostiando a los papeles
sobre la mesita de centro para intentar domeñarlos. Su
mujer, todo el día en la cocina, si al cruzar lo veía pelear
con el diario, con ademanes muy dulces y pacienzudos le
ponía las páginas en orden.

Pero de todos los pupilos fijos me obsesionaban las
dos mitades de «el matrimonio sin palabras»... La cara
de él me era conocida, pero no atinaba con el dónde ni
el cuándo... Sí, la cara de él me resultaba vista, pero a
ver si me explico, con otro gesto, otra edad y otro cerco.
O a lo mejor se parecía a alguien que tampoco localizaba... Ella, guapa, blanca y severísima, sin levantar
apenas los ojos del plato y con un crucifijo muy grande
de plata sobre la pechera del vestido, me sugería miles
y miles de aquellas señoras de la posguerra que adop-
taban aires sacrosantos o de aristócratas autoritarias.
Cuando rezaba después de cada comida, miraba de refi-
lón y desconfiada al huésped de paso. Andaba con pasos
rígidos y aire despectivo, sin más saludos que para los
curas y los militares. El, si iba tras la esposa, con muchísima cautela nos hacía a todos una leve inclinación de
cabeza. Y si salían emparejados o él delante, imitaba la
frialdad de su mujer.

Durante los almuerzos y las cenas, jamás cambiaban
palabra. Como si la luz y el aire que había entre ellos
fuera una barrera de piedra.

Si alguna vez se sentaban en el sofá del vestíbulo, el
marido solía hojear algún periódico de los que maltra-
taba el dueño de la pensión, mientras ella, impasible y
silenciosa, miraba de reojo a los que entraban y salían.

Varias veces los vi por las proximidades de la pensión.
Ella siempre dos pasos delante o rezagada, mirando es-
caparates; él con las manos en la espalda y aquel aire
de señor sin más distracción que liar sus cigarros. Otro
día, como si los estancos le estuvieran prohibidos, la vi
junto a uno de Sol esperando que saliera el esposo. Las

noches templadas, él en bata se asomaba al balcón, mientras la señora debía dormir con la luz apagada.

Por aquellos días, unos cuantos paisanos tomamos la costumbre de reunirnos en un café de la calle del Príncipe —«El Gato Negro»— al caer la tarde. Como yo estudiaba en el Ateneo, solía llegar el primero a la tertulia. Recuerdo que entonces yo siempre tomaba vermut. A las nueve y media, poco más o menos, nos íbamos a cenar. Y cuando le llegó el primer viernes a aquella tertulia recién creada, sentado en el diván —conforme se entraba a la derecha— vi, sin su mujer por primera vez en mi vida, al marido del «matrimonio sin palabras». Tomaba vino con aire plácido, y al verme entrar me saludó muy expresivo. Me senté junto al ventanal, en la mesa de siempre, a esperar a mis paisanos.

...Ahora, al verlo allí, en «El Gato Negro», se me avivó la sensación de que conocía a aquel señor. Su aire relajado y la forma simpática de saludarme me revelaban una imagen pasada que no acertaba a encuadrar. Durante la breve espera, dos o tres veces se cruzaron nuestras miradas, y el hombre sonrió como con ganas de comunicación. Pero en seguida empezaron a llegar mis contertulios y me olvidé de él. Hasta que pasado un buen rato, entró la señora con velito y un bolso muy grande colgado del brazo. Nada más verla —lo advertí rápido— le cambió el semblante. Le desapareció el suave relajo y le tornó aquel gesto forzado que yo le conocía. Acudió el camarero, la mujer pidió una manzanilla, y él empezó a hojear el periódico que hasta entonces tuvo en el bolsillo. Ella, nada más sentarse, me localizó, aunque fingió ignorarme. Luego, mientras el esposo leía o hacía que leía, ella ordenó las cosas de su bolso grande.

A las nueve en punto salieron con pasos lentísimos. El, que iba detrás, echó un reojo hacia nuestra mesa y me dio el adiós con los párpados y un amago de sonrisa.

Los días siguientes en la pensión, se mostró como siempre. Sólo una mañana que nos encontramos solos en

el pasillo, precisamente al pasar ante la puerta del que
tocaba el clarinete, me saludó con amabilidad parecida a
la de aquella tarde en el café.

Hasta el viernes siguiente no volví a verlo en «El
Gato Negro». Al entrar me saludó mucho más efusivo
que la vez anterior, e intuí que de no haber ya un con-
tertulio a la espera, me habría invitado a su mesa como
ocurrió la semana siguiente... Y ocurrió así el viernes
que digo: Diría que me esperaba por la fijeza con que
miraba a la puerta giratoria cuando llegué.

—Buenas tardes.

—Buenas tardes. ¿Qué, cómo va la vida, compañero
de pensión? —dijo levantándose y alargándome la mano.

—Bien...

—Venga, siéntate. Toma algo conmigo mientras llegan tus amigos.

Lleno de curiosidad, más que de simpatía —las cosas
como son— acepté. Rápido, llamó a Rafael el camarero,
que siempre servía en aquel turno. Se trataban con mucha confianza y durante las esperas, si Rafael no tenía
faena, conversaban a ratos. Cuando llegaba la esposa, no.

Visto de cerca mi conhuésped, resaltaba su cara de
señorito picarón de los años veinte. Los ojos, entre in-
crédulos y afectuosos, y un semblante de bromista con-
tenido que jamás se le transparentaba cuando iba con
«la contraria» —como la calificó en seguida. Los dedos
largos, pálidos y untados de nicotina hasta los nudillos,
le tembloneaban al liar los cigarros. Bebía el tinto del
vaso con mucha pausa y regodeo.

Por hablar de algo le pregunté:

—¿Le gusta a usted venir aquí a tomar café?

—No, es malta puro, como en todos sitios. Siempre
tomo vino...

—Quiero decir si le gusta mucho venir a este café.

—Sí... —contestó con un relámpago de melancolía—.
Vengo hace muchos años.

—Es que tengo la impresión de que su cara me es
conocida.

—¿Pero tú vivías en Madrid antes de la guerra?

—No, venía de vez en cuando con mi padre, y como el hotel estaba cerca, solíamos reunirnos aquí.

—Ya... pues será eso. Yo antes de la guerra no fallaba a la hora del café, después de comer. ¿Cuándo estuviste en Madrid la última vez?

—En el invierno de 1936.

—Entonces, seguro.

Y quedó serio unos segundos. Dio una chupada al cigarro y dijo sin mirarme:

—...También venía acompañado algunas tardes. Nos sentábamos exactamente aquí donde ahora estamos... La última vez fue el 16 de julio del treinta y seis. El 1 de julio nos fuimos al pueblo de mi mujer... Bueno, ¿y tú qué estudias? —saltó de pronto sacando una sonrisa de alterne.

—Primero de Filosofía y Letras.

—Filosofía... ¿Y eso para qué vale? —añadió con ojos picarones.

—Bueno, me voy a especializar en literatura.

—¡Ah! —dijo inseguro—... Yo empecé a estudiar Derecho, pero me cansé. Ya tienes ahí a tus amigos.

—Sí...

Hablamos un ratillo más sobre los felices tiempos en que vivíamos, según él, gracias a la victoria de Franco:

—Verás como éste entra en vereda a los españoles por primera vez en la historia.

Me sonreí vagamente y me despedí.

· Hasta que llegó su mujer lo vi tomarse tres o cuatro vasos más con aire plácido, sin dejar de fumar y charlar un par de ratos con Rafael.

Sin necesidad de mirar a la puerta giratoria supe que llegaba ella, por la manera que él tuvo de tensar el gesto. Sin decir palabra, se sentó, dejó el bolso en el diván y se estiró la falda.

En seguida acudió el camarero con la taza de manzanilla infusión, cobró el servicio y no se acercó más a la mesa. Yo imaginaba lo que debería sufrir don Sebastián sin tomar más vino. La señora, como todos los viernes, me echó varios ojeos.

La tarde del lunes —los sábados y domingos no íbamos a «El Gato Negro»— cuando llegué, me dijo Rafael:

—Ya vi el viernes que se ha hecho amigo de don Sebastián.

—Vivimos en la misma pensión... Pero además —le dije ya en plena investigación cotillera— yo lo conocía de verlo aquí antes de la guerra... con otra compañía.

—¡Pobre mujer!

—¿Pues qué pasó?

—Una verdadera tragedia.

—¿Pero ya estaba casado con «la contraria»?

—Sí... Pero mejor es dejarlo.

En aquel momento le llamó alguien y marchó contento de no continuar las confidencias.

Unos minutos más tarde, cuando fue a servir a mis amigos, le pregunté en un aparte:

—¿Y por qué vienen sólo los viernes?

—La señora va al Cristo de Medinaceli, y él la espera aquí.

—¿Con la otra también venía los viernes?

—¡Caaa! —se echó a reír y marchó hacia otra mesa.

El viernes inmediato, nada más entrar en el café, don Sebastián me llamó muy expresivo.

—Venga, don Paco, tómate el vermut conmigo antes que lleguen los de tu gavilla. Te invito.

Hablamos de las gentes de la pensión. Rafael el camarero, de vez en cuando me echaba sonrisas maliciosas.

Acabado el tema pupilero, mientras liaba el cigarro, le volvió el semblante pensativo que le sorprendí durante nuestra última charla:

—¿De modo que me viste aquí antes de la guerra?

—Parece que sí.

—Yo venía todos los días a una tertulia que teníamos allí enfrente... Menos los lunes y los jueves que sólo acudía a tomar el vino, como ahora... después del trabajo —añadió riéndose para sí—... ¿A qué hora venías tú por entonces?

—No teníamos hora fija. Cuando no había nada que hacer. Una noche después del teatro, de un estreno aquí en la Comedia. Eso sí lo tengo fijo.

—No, a esa hora yo ya estaba en el pueblo. No me recordarás en la hora de la tertulia, porque era muy numerosa.

—Sólo estuvimos una semana. Yo me fijaba mucho en los escritores y en los cómicos. Mi padre me decía quién era cada cual. Los conocía muy bien por los periódicos.

—Seguro que me viste el lunes o el jueves de aquella semana.

Y sin añadir más, como inspirado, llamó de pronto al camarero.

—¿Qué dice don Sebastián?, si todavía tiene el vino mediado.

—...Trae la fotografía.

Rafael lo miró algo sorprendido, y luego a mí con gesto levemente admirativo.

Se sacó una cartera del bolsillo interior de la americana y de ella un retrato bastante sobado.

Lo tomó don Sebastián, lo contempló un momento con ojos respetuosos, y me lo pasó.

—A ver si es así como me viste hace tres años.

Exactamente en la mesa que estábamos, aparecía don Sebastián con aire como de diez años menos, saliéndosele el corazón por los ojos que tenía clavados en el rostro de una mujer más bien delgada, morena, con el pelo negro muy recogido, y sonriendo plácidamente hacia la cámara. A la derecha de ella, y de pie, estaba Rafael el camarero, un poco más grueso, con la bandeja en la mano y el pelo muy peinado a raya. La examiné con esa morosidad y amorosidad que me gasto ante las fotografías antiguas. Y la satisfacción de ver claro por qué se me quedó tan grabada la cara de don Sebastián. Tenía Rafael en el retrato el mismo aire que entonces, de camarero amigo. La chaqueta blanca más cortilla; y presumiendo de bandeja con la botella de vino tinto, que por lo visto ya tomaba don Sebastián. El paño le colgaba del mismo brazo, y la mal enfocada luz del magnesio lo dejó como sin piernas total; tronco flotante envuelto en la chaqueta blanca. Junto a la mano izquierda de don Sebastián, semiabierta sobre el mármol, la petaca, y un mechero ovalado muy pegado al vaso de vino. La derecha la tenía bajo la mesa. Llevaba un traje oscuro de rayas claras, menudo el nudo de la corbata, y el pelo, casi negro todavía, con entradas moderadas. Pero lo más llamativo de su figura era el semblante: aquel regusto, aquella entrega, aquella sonrisa casi babosa que le salía al mirar a su pareja... «Sonrisa babosa», «baba», «el de la baba caída», esa-«baba»-que repetí mentalmente, acabó de cuajar mi imagen de don Sebastián en enero de 1936 mientras miraba la vieja foto. «Mira, ya está ahí otra vez el de la baba caída.»

Ella, la pareja, con un discreto traje oscuro, modesto collar, el cuello delgado, aire agitanado, cabello liso y estirado; su sonrisa dulce y ojos llenos de luz, sugerían inocencia, satisfacción ante aquel arrobo, ante aquella «baba caída» de don Sebastián.

Sí, ahora lo recordaba muy bien. Fue Angel, el que quince años después sería mi suegro, el buen amigo de mi padre que vino con nosotros a Madrid, quien al ver por segunda vez a la pareja de enamorados adultos —que de su edad y la de mi padre sería él (ella unos años más joven)— dijo aquello que debí escuchar por vez primera aplicado a un novio tan mayor: «Mira, ya está ahí otra vez el de la baba caída.»

Lo raro es que me acordara de él desde el primer día que los vi en la pensión, y no de ella... ni siquiera ahora, al contemplarla en la fotografía. Miré el revés de la cartulina. Sólo ponía: «febrero 1936». Se la devolví. Don Sebastián le echó otro vistazo y la devolvió a Rafael.

—¿Qué, te ha convencido que soy yo?

—Sí.

Y le conté lo de «la baba caída», que dijo Angel. Sonrió satisfecho.

—¿Y ella qué te ha parecido?

—Guapa. Pero sobre todo inocente, con cara de buena.

Don Sebastián se puso entonces no melancólico, sino seriamente triste.

—Fue la única persona buena de verdad que conocí en mi vida —dijo mirándome a los ojos como añadiendo: «ni tú, ni nadie».

Así quedó, muy reconcentrado, hasta que se bebió el vaso de vino de un trago, sacó el tabaco, y poco a poco volvió a su ser.

En el entretanto, Rafael guardó cuidadosamente la fotografía en su cartera, y después de hacerme una mueca que venía a decir: «¡Qué le vamos a hacer!», marchó a por la botella para reescanciar el vaso de su amigo. Cuando llegaron los de mi tertulia me añadió a modo de despedida:

—Te agradecería que no contases estas cosas a los amigos.

El lunes, saqué el tema a Rafael.

—¿Y qué fue de la mujer de la foto?

—...Ya se lo contará él.

—Comprendo... Pero guapa sí era.

—Guapa... de cara —se animó— pero más bien baja y para mi gusto delgada. Ahora, eso sí, una gran persona. Y muy contenta de que alguien la quisiera tanto como don Sebastián. Vivía ahí al lado, en el pueblo de la señora de don Sebastián. Era pantalonera y venía dos veces por semana a entregar prendas y llevarse faena nueva. Entonces, don Sebastián y su señora vivían en el pueblo. El, como no tenía nada que hacer, venía a Madrid casi todas las tardes. Para mí que debía simular algún quehacer ante su parienta para justificar tanto viaje.

—Y ahora trae aquí a su esposa, a este café, y se sientan en el mismo diván.

—Ya ve...

—Pero ella, la señora, ¿no supo nada?

Como alguien llamó a Rafael, aprovechó otra vez para no contestarme. Bien se lo noté.

En la pensión de la Puerta del Sol se comía tan mal, que por aquellos días, vísperas de las vacaciones navideñas, decidimos marcharnos a una casa particular donde vivía un amigo de Delfín.

«En las casas particulares se come mejor y se está más tranquilo» —me decía.

Por cierto que las cosas fueron muy al revés de como decía Delfín, en aquella casa de la Plaza de San Miguel. Quiero recordar que no llegamos al carnaval. Se comía muchísimo peor, y para colmo, la dueña, solterona, se entendía con un perro lobo, que era el verdadero dueño del piso.

Pero a lo que iba, aquel segundo viernes de diciembre de 1939 los contertulios paisanos de «El Gato Negro» quedamos en celebrar no sé qué chuminada que se le había ocurrido a uno que vivía en el pueblo y que siempre que venía a Madrid nos buscaba y se inventaba pretextos para chatear y tapear en las tascas de la calle de Echegaray; y luego, acabar donde todos sabíamos.

Llegué el primero al café, según mi costumbre, y claro, me senté con don Sebastián. Estaba eufórico por lo que en seguida me confesó:

—Esta noche hasta la hora de cenar estoy libre. La «contraria» después de Medinaceli tiene que ir a la modista. Si no os importa, sentaos aquí. Os invito a todos. Una tarde libre como ésta hay que celebrarla.

Hasta que llegaron mis amigos, don Sebastián me contó cosas de cuando hizo el servicio militar, de sus primeros amores con la hija de un heladero, y no sé cuántos ligues más. El hombre disfrutaba con aquellas historias tan impropias de su edad. Pero se veía claro que fue en las únicas que se sintió protagonista. A cada cual se le para la cabeza en una edad, y la suya quedó en aquellos trances moceros.

Conforme llegaban mis contertulios, don Sebastián los convidaba muy fino «a lo que quisieran». El repetía sus vinos y, ya caliente, recontó a mis amigos las aventuras juveniles que dije, con ojos de mucha picardía, y echándole a cada capítulo un aire de *fru-fru* de *la belle époque* que les hizo reír mucho.

Poco antes de las nueve, el celebrador de aquella noche dijo de empezar el tasqueo.

—Venga, don Sebastián, anímese —le pedí.

—No puedo, que a las diez quedé con la esposa en la pensión.

—Bueno —fui yo quien le pinché—, le da tiempo a tomarse un par de chatos con nosotros y a estar con ella a las diez.

Me miró con ojos placenteros, y no tuve que insistir.

En aquellos tiempos, la calle de Echegaray y sus inmediaciones se convirtieron en el barrio juerguista y andalucero de Madrid. Señoritos de pueblo, estudiantes, legionarios y prostitutas todavía con las caras famélicas que les dejó la guerra, eran la parroquia normal desde que caía la tarde.

Bajo las luces amarillentas: el chato de vino y la aceituna, el pito mal liado, la baba, la carcajada y el cuello duro. El condón pisoteado; la copla balbucida y roncadora; la gitana de la lotería. El regüeldo y el vómito, la paliza en la esquina, y el apodo de «rojo» al discrepante, conformaban aquellas noches de posguerra.

El señoritismo anacrónico, patriotero y clerical que reavivó «la Cruzada», volvió a vestirse de luces y desplantes, de folklore barato y mantillero, como la más pura esencia españolista. Otra vez la gracia y el salero, la amante mal pagada, la sangre de los toros y los hombres declaraban guerra a muerte a nuestras inteligencias más logradas en las últimas generaciones.

A los pocos rodeos de chatos por aquellas tascas con carteles taurinos y guitarra al fondo; de señoritos de mirar altivo y mano en la cadera; de putas con claveles y tacones; don Sebastián olvidó su cita con la «contraria».

Como mis paisanos empezaron a cansarse de su currículum catril, cada vez se pegaba más a mi brazo.

—¿No es ya su hora, don Sebastián? —le pregunté al salir de un tabernucho lleno de humo de fritangas.

Me miró con ojos tristes y a la vez iracundos, pero no dijo nada. Más tembloroso que nunca, lió un cigarro. Comprendí que quería que nos rezagásemos de la panda.

—Ahora los alcanzamos.

Me dobló por el segundo trozo del callejón de Fernández y González. Al llegar a la esquina con Ventura de la Vega, frente justo a un prostíbulo famoso, me señaló con el dedo.

—Aquí veníamos después de comer ella y yo dos días por semana... Como cliente viejo, me alquilaban habitación para llevar ajena. Yo entraba primero. Y al rato ella con una cesta colgada al brazo, como si llevase mercancía.

Como durante la faena me gustaba beber algo, en la cesta traía, la pobre mía, media botella de Valdepeñas y unas almendras... Sólo he pasado una vez por aquí después de la guerra.

Se apoyaba firmemente en mi brazo como si temiera quedarse solo. Un grupo de jóvenes con pinta de estudiantes subía ahora la escalera del prostíbulo voceando... Y de pronto empezó a sollozar con la mano en mi hombro. El sereno nos miraba de reojo. Al rato se calmó un poco, pero sin disposición de moverse.

—Había una encargada entonces, Agueda, que siempre me saludaba con las mismas palabras: «Ya le he puesto las sábanas y la toalla limpias. Está todo como un jaspe»... En la habitación que da a aquel balcón. «El siete», la llamaban. Yo me desnudaba y me metía en la cama. Al rato llegaba ella con la cesta. Antes de besarme, me ponía el vaso de tinto sobre la mesilla... Era trabajadora. Tenía una tiendecita en el pueblo, y además era pantalonera. Por eso venía dos veces por semana a entregar sus labores. Llegaba por la mañana en un tren de cercanías, hacía sus cosas, y nos reuníamos aquí a eso de las cuatro. Yo siempre decía en casa que venía a Madrid a tomar café. Entonces a mi esposa no le gustaba salir del pueblo. La afición le vino después de la guerra. Al salir de aquí nos íbamos al «Gato Negro» a reponer fuerzas. Después, en un taxi, a la estación. Ibamos en el mismo tren, pero claro, en coches distintos.

Por fin arrancamos calle de Ventura de la Vega adelante.

—En el pueblo jamás nos veíamos. Y si nos cruzábamos, ni nos saludábamos. Ella, viuda de un ferroviario, tenía fama de seria... Y yo era el esposo de la mujer más rica del pueblo... Oye, alguna tarde, que aburrido, intenté irme con otra, es que no me animaba nada. Y con la esposa, menos, claro. Y no es que a ésta le apeteciese mucho el cumplimiento matrimonial. Lo que de verdad le gustaba era hablar con las amigas, comprarse cosas, ir a misas, novenas, trisagios y demás latazos. Me tuvo siempre como un mueble más. Se casó conmigo porque había que casarse. Lo mismo que hay que tener floreros, máquinas de coser y gramófono... Todo el pueblo piensa y pensaba que me casé con ella por los cuartos. Y es verdad, aunque estaba muy bien. Pero fue ella la que me pescó... Nos conocimos en un baile del Casino de Madrid... Yo bailaba muy bien, y sabía decir muchas cosas a las mujeres... Además no me gustaba estudiar.

Se detuvo a liar otro cigarro.

—Pero para Micaela, la del retrato, tú me entiendes —al fin dijo su nombre— yo era el macho y el niño. Sí, el marido, el amante y el hijo. Para mi esposa, sólo algo que hay que tener. Eso sí, nunca me regateó los cuartos. Incluso ahora. Yo fui siempre un golfo, pero con sentido común para el dinero. Y mi esposa lo sabe... A Micaela nunca le di un real. Ella no lo habría aceptado, claro. En todo el tiempo que estuvimos juntos sólo le regalé una máquina de coser, algunas cosillas de vestir y una cadena de oro... La última vez que nos vimos en «el siete», antes de la guerra, fue el 16 de julio. Yo aquella noche me quedé en Madrid porque teníamos una boda el 17. Cuando el día 18 ,ya en el pueblo, se pusieron las cosas en claro, me entró un miedo que para qué te voy a contar. Y todo se agravó cuando unos días después, un primo de mi esposa, que era algo en el Ayuntamiento, nos avisó que en la lista de los «paseables» estaba mi nombre. «Debe irse a Madrid en seguida y esconderse.» A mi esposa le pareció bien el plan, y a mí de perlas. El mismo primo de mi mujer se ofreció a llevarme con su coche, que todavía no le habían incautado. Hice la maleta con toda la ropa y bastante dinero, y salimos de madrugada... Por el corto camino hacia Madrid, se me ocurrió la idea. Le dije a mi primo que me dejase aquí. (Otra vez después de darle la vuelta a la manzana, estábamos en la esquina de la calle de Fernández y González, frente al prostíbulo...) El, que era un republicano de esos puritanos, no sabía que esto era una casa de putas. Yo le dije que aquí vivía un buen amigo mío, de izquierdas, donde pasaría la noche hasta decidir mi destino... Al día siguiente me tocaba entrevista con la Micaela, y aunque cayesen chuzos, sabía que vendría. Con el lío de la guerra nadie iba a los prostíbulos, y le dije a la encargada que me metiera la maleta en «el siete». Pasé la noche tomando copas con la dueña, la encargada y las pupilas; hablando de lo que pasaba, aunque yo, claro, me mostré muy rojillo y dije que al día siguiente marchaba en viaje oficial a Barcelona. Me quedé de dormida con una pupila para cubrir las apariencias. Con el pretexto de la medio tajada que nos cogimos la durmiente y yo, tomé un vaso de leche a mediodía y me estuve en la cama esperando a Micaela, pues les dije que no saldría para Barcelona hasta la noche.

Seguimos el paseo otra vez hacia la Carrera de San Jerónimo. Apenas pasaban coches. Don Sebastián de pronto dejó de hablar. Se le notaba la boca seca. Cuando al doblar por la calle de Echegaray encontramos la primera taberna, tiró de mí:

—Vamos a tomar otro chatito.

Me dio la impresión que estaba en un momento de lucidez, y como dudoso de seguir la historia.

En aquella tasca servían sobre unas cubas puestas de pie. Había un hombre gordo hablando solo, quiero

decir hablándole al vaso. Don Sebastián pidió una ja-
rrita. Después de los dos primeros vasos, pareció animarse. Pero de momento sólo fue para sacar la petaca. El
relato de su historia, tanto paseo, y tal vez un inicio de
resaca —pues llevaba dándole al codo desde las siete de
la tarde— le habían dejado de un pálido y gravedad
infrecuentes. Ahora fumaba y chicoteaba como relajado,
casi ignorándome. Al gordo que hablaba a su vaso con
ademanes retóricos y beodos, de pronto se le oyó una
frase clara:

—¡Y viva la República, coño!

Todos quedamos sobrecogidos. El hombre cayó en la
cuenta a pesar de su curda, y echó un vistazo por todo
el local. El silencio era total, y el viejo tuvo una reacción
cómica. Se puso firme, levantó el brazo, y empezó a
gritarnos agresivamente:

—¡Sí, coño, viva la República de Franco! ¡Arriba España!

El dueño de la tasca echó una mirada de conmisera-
ción al viejo. Empezaron a reoírse las conversaciones,
pero se abrió la puerta y entraron unos soldados con
fusiles, mandados por un sargento. Volvió el silencio.
Miraban hacia todos lados. El gordo, alzando su vaso,
les ofreció convite. Pero salieron sin responderle. El,
hizo un gesto de indiferencia y se tomó el vaso de un
trago. Don Sebastián pagó la jarra y salimos. Me volvió
a tomar del brazo, y comprobé que estaba en ánimo de
continuar su historia y de no ir por la pensión.

—...Aquélla fue la única vez en mi vida —comenzó
muy sordamente— que me acosté con Micaela sin tirár-
mela. Nos pasamos todo el tiempo tumbados en la cama
«del siete», pero vestidos. Le conté lo que me pasaba.
A ella no le extrañó.

—«Me lo temía —dijo— vosotros sois muy de derechas y los más ricos del pueblo.»

—Pero yo nunca me metí en política.

—Pero has hablado mucho en el Casino y eres ami-
de todos los carcas del pueblo.

...La idea fue de ella. De pronto me pasó la mano por la cabeza y dijo...

—«Yo vivo sola. ¿Por qué no te vienes a mi casa hasta que pase todo esto? No creo que dure mucho.»

Quedé sorprendido, sin hacerme a la idea, pero lleno de gusto. Ella me miraba con aquellos sus ojos tan tiernos, tan de madre... Y tan cachondos a la vez.

—«Allí estaremos tan a gusto, en paz y compaña..., Yo te cuidaré como nadie».

Nunca olvidaré estas palabras: «en paz y compaña».

Al pasar por «Los Gabrieles» me asomé tras las cortinas. No vi a ninguno de los amigos. Pero un camarero me dijo que estaban abajo, con guitarristas y todo.

—Si quieres, entramos —se ofreció don Sebastián— como temeroso de que estuviera aburrido de su romance.

—No, después, estoy deseando saber el final.

—¡El final!... —dijo pasándose el pañuelo por la frente sin quitarse el sombrero. Pues como te iba contando «¿Y cómo entro yo en el pueblo?» —le pregunté a Micaela.

—«Tú de eso no te preocupes. Me pienso ir esta tarde con mi primo José el recadero, que lleva la camioneta con melones.»

—«¿Y quieres que vaya debajo de los melones?» —le dije riendo.

—«No hombre no. ¿Cómo te voy a meter debajo de los melones?» —me dijo acariciándome la cara como solía.

...Ella tenía los ojos negros y el pelo así muy estirado y brillante, como viste en la foto. Y al mirarte de cerca, qué sé yo, parecía que te rozaba una lumbre.

—«Lleva melones, líos de ropa, periódicos y mil encargos que le hacen.»

—«¿Y tú crees que es de confianza?»

—«Si no se va a enterar.»

Era muy lista, coño. Muy lista para hacer favores. En la vida corriente muchas veces era ingenua, pero a la hora de hacer bien, un águila, como te lo digo.

—«¿Cómo que no se va a enterar?»

—«Como que no. Hemos quedado a las nueve en la
Plaza de la Cebada, porque tiene que entregar por allí
no sé qué cosas. Mientras hace la entrega y tomamos
café, que ya me encargaré yo de invitarlo, tú te escondes
a tu gusto entre las mercancías —me animó acariciándome otra vez el pelo—. Al llegar al pueblo le haré entrar
la camioneta en mi corral para descargar. Le pediré
luego que me ayude a subir los bultos, lo invito a una
cervecilla, le pago, y mientras, tú saltas con la maleta, y
te escondes en la cocinilla de lavar o en la cuadra, hasta
que se marche.»

Así lo hicimos poco más o menos... Me da vergüenza
decirlo, pero los tres años de la guerra fueron los mejores de mi vida. Tenía para mí todo el piso de arriba. La
pobre subió allí sus mejores muebles y apaños. Y como
siempre, hacía su vida diaria abajo, en la tiendecilla y
en las demás habitaciones, como cuando estaba sola. Así
que tenía un ratito libre, la pobre mía subía a estar conmigo, a contarme cosas. Y a las once en punto, se me
metía en la cama y lo pasábamos bomba, riéndonos, char-
lando, y claro, haciendo lo otro.
Lo de los pantalones se le acabó con la maldita guerra,
pero todas las semanas venía a Madrid un par de veces
a comprarme tabaco —en el pueblo no podía por no
despertar sospechas— periódicos, vino, y a enterarse de
lo que pasaba por aquí. Yo, con el aparatillo de radio
puesto muy bajo; los crucigramas, el tinto y la baraja
para hacer solitarios, me pasaba el día. ¡Ah! y cada mes
o así, me echaba en el correo de Madrid una carta para mi
mujer, diciéndole que estaba muy bien y seguro, que no
se preocupara... Si no llego a esconderme, me hubieran
paseado como a tantos buenos amigos. El aviso de nuestro pariente del Ayuntamiento no fue ningún bulo. Las
noticias de estas muertes fueron mi única amargura durante los primeros meses de la guerra... Por las noches,
cuando no hacía frío, me asomaba un poco a la ventana
para respirar... Así, conviviendo con ella, valía todavía

mucho más que viéndola dos veces por semana como
antes. Cosa rara, ¿eh?

...Hasta que un día, amigo Paco, terminó la guerra.
Y aunque esté feo el decirlo, para mí terminó la paz. El
pueblo fue ocupado por los nacionales dos días antes de
entrar en Madrid. Y yo, como oficialmente estaba aquí,
aguardé a que lo tomaran... Y el día uno de abril, no
tuve más remedio: a medianoche, con una maleta en la
mano, salí de aquella santa casa... camino de la de mi
señora.

Don Sebastián tuvo otro silencio, ahora con la cara
más amargada de toda la noche. Ni el mucho vino que
llevaba ensilado pudo desdibujarla. Seguíamos en la esquina de «Los Gabrieles». Por fin continuó, tomándome
de la solapa:

—Oye, nada más ver a mi esposa en el portal, cuando salió en camisón al oírme entrar, tuve el pálpito de
que lo sabía todo. No es que ella me dijo algo ¿tú me
entiendes? Al contrario. Simuló mucho gusto, me abrazó,
y dijo que estaba muy gordito aunque bastante pálido.
Pero ya te digo: en su gesto, voz y mirada, había recá-
mara... Estuvimos más de dos horas hablando. Ella me
contó todo lo sucedido en nuestra casa durante aquellos
tres años, pero no me preguntó nada. Y cuando yo le
relaté la historia que me había inventado para cuando lle-
gara tal momento... «que gracias a mi amistad con cierto cónsul pude pasarme la guerra en una Embajada»,
me escuchó con aire algo distraído, e hizo alguna pre-
guntilla con recochineo que bien se lo calé. Me aseguró luego que estaba muy contenta de que la guerra
hubiera terminado con el triunfo de los nacionales, como
no podía ser menos, porque yo había podido volver al
hogar; y en un caserón con grandes cámaras que teníamos en las afueras del pueblo, incautado por un sindicato rojo como almacén, quedaron no sé cuántos miles
de kilos de comestibles, arrobas de vino y objetos de
valor. Y cuando después de tan larga plática pensé en
cumplir con ella como era mi deber después de tan largo

tiempo, me sacó un pijama limpio y dijo —nunca lo
lo olvidaré:

—«Anda duerme tú solo, Sebastián, que estarás cansado. Y mañana si Dios quiere tendremos 'la entrevista'.» «La entrevista» que todavía no hemos tenido ¡ni
tendremos jamás! «Yo dormiré en mi cama de soltera
—continuó— donde pasé estos años. Hasta mañana.» Me
besó en la frente y salió de la alcoba.

Una hora después, estoy seguro, aunque nunca he podido aclararlo, oí cerrar la puerta de la calle con mucho
cuidado... Acostumbrado al silencio durante tanto tiempo, era, y soy, capaz de oír el vuelo de un mosquito.

Al día siguiente sirvió un desayuno estupendo, me
hizo vestirme con el mejor traje, y a mediodía, me dijo:

—«Anda, vamos a darnos un paseo por el pueblo. A
todo el mundo le gustará saludarte. Además quiero que
veas «la herencia que nos han dejado los rojos en el
casón.»

Muy cogiditos del brazo, paseamos por las calles y
plaza saludando a unos y otros. Me preguntaban qué fue
de mi vida, y me contaban en seguida su pequeña historia durante aquellos años. Al pasar ante el único grupo
escolar que había en el pueblo, vimos hombres con armas y camisas azules. De un coche parado sacaban paisanos y militares.

—«Han habilitado el Grupo como prisión. No cabían
todos los rojos en la cárcel del Ayuntamiento. Ya llevan
tres días haciendo justicia.»

Nuestro casón estaba en el camino del cementerio,
muy cerca del pueblo. Ibamos por el paseo, entre los
cipreses, y de pronto, mirando hacia los muros de una
antigua ermita, medio hundida y rodeada de árboles, que
hay a la izquierda del camposanto, señaló a unos corrillos de gente que curioseaban por allí:

—«¿Qué mirarán aquéllos?... Vamos a ver.»

Nos acercamos. Ella delante, con pasos decididos. En
seguida distinguí cuatro cuerpos muertos a poca distan-

cia uno de otro. El primero que nos tropezamos fue el
de un gordo, mandamás socialista. Estaba de perfil, acu-
rrucado, como durmiendo, y con los pantalones mancha-
dos de sangre seca.

—«Mira, éste es el Feliciano. Bien merecido se lo tenía. Este otro no sé quién es.» Era un chico muy joven,
con la cabeza completamente deshecha y las manos atadas sobre el vientre. Avanzó cinco o seis pasos más, hasta
el tercer cuerpo... Recuerdo perfectamente que lo señaló sin mirarlo, como si se lo supiese de memoria:

—«Mira, ésta es la puerca de la pantalonera.»

...Oye, palabra que me quedé tieso y duro, como ma-
dero clavado en el suelo. Ella lo señalaba con el dedo,
sin dejar de mirarme, con toda la cara llena de orgullo.

—«¡Acércate!» —gritó al ver que no reaccionaba, y
agarrándome del brazo, me puso a los pies de la pobre... Sí, ella era. Mi pobre Micaela. Con la cara serena,
de siempre. Los ojos abiertos sin asomo de miedo, el
pelo un poco revuelto, los brazos muy abiertos, como
entregándose; y la blusa medio rota, endurecida por la
sangre seca.

Lo mismo que antes me quedé seco como un palo,
ahora, de pronto, no pude contenerme. Se me subió toda
la sangre a la cabeza y me abalancé contra la «contraria»... Le pegué la mayor paliza que puedas imaginarte,
a la vista de todos. Le pegué hasta dejarla caída, junto a
la pobre mía. Y sin pensarlo más eché a correr hasta la
estación. Monté en el primer tren que pasó, y me vine
a la pensión donde estamos.

Tres meses después, cuando la muy... comprendió
que estaba empeñado hasta las orejas y sin saber qué
hacer, porque toda mi vida fui un vago sin remedio... Se
me presentó en la pensión. Y aquí se quedó.

...Y no te lo creerás, amigo, porque eso no se lo
cree nadie: pero desde que vino, hace ya casi cuatro meses, no hemos hablado ni una sola palabra. ¡Ni una! Ella
todas las semanas me deja «el sueldo» encima de la mesilla de noche, y en paz. Eso sí, no me permite dar un paso
sin ella... Sólo el rato que se va los viernes a Medina-

celi... y esta tarde, la primera. Cuando hay algo urgente, nos dejamos una nota sobre la cama.

Seguíamos en la puerta de «Los Gabrieles». Yo callaba sobrecogido. El me observaba entre avergonzado y compasivo. Al fin me puso la mano en el hombro:

—Anda, vamos con tus amigos.

En el sótano de Los Gabrieles, mis paisanos andaban de guitarra y flamento entre los frescos de la *belle époque*... a la española, que decoran las paredes. Don Sebastián, incorporado a la mesa grande, apenas se bebió el primer chato, ahora de vino andaluz, pareció olvidarse de todo, y aplaudía y daba «olés» con toda su alma. Tan acostumbrado estaba a su drama, tan rumiado lo tenía, que en seguida lo superaba. De vez en cuando me echaba una ojeada, se sonreía y daba palmas agachando un poco la cabeza y entornando los ojos.

Ya al clarear el día, cuando llegamos a la pensión de la Puerta del Sol, iba completamente borracho. La mezcla del tinto y el andaluz le dio la puntilla. Lo tuve que sostener mientras abría para que no se me cayese en el descansillo... Y nada más abrir, sentada en el sofá donde el dueño mutilado leía durante todo el santo día los periódicos, estaba «la contraria», en bata, y con los brazos cruzados sobre el pecho.

Se me quedó mirando con una hostilidad irracional que nunca olvidaré. Pero no se estremeció. Don Sebastián, con la cabeza apoyada en mi hombro, creo que ni la vio. Después de breve indecisión, lo metí en su cuarto. Lo senté sobre una de las camas. Se dejó caer como colchón... Le quité los zapatos por hacer algo, y marché.

No volví a verlos en los pocos días que tardamos en mudarnos a la otra pensión, la de la Plaza de San Miguel, cuya dueña se entendía con el perro lobo... Me dijo una sirvienta, que don Sebastián y señora hacían las comidas en su habitación.

Tampoco volvió a aparecer don Sebastián por «El Gato Negro» los viernes por la tarde, mientras su santa esposa iba a orar ante el Cristo de Medinaceli.

Mucho tiempo después, por los años cincuenta, desde el ventanal de un céntrico café, la vi a ella sola, en el borde de la acera, esperando para cruzar por el paso de peatones... Mejor dicho, no iba sola: llevaba sujeto con cadena un perro grande, blanco y negro, con las orejas caídas y el rabo entre las piernas... Y conste que no hago simbolismos. Fue así.

—Que te llaman por teléfono —me dijo la dueña de la pensión entreabriendo la puerta del cuarto.

Dejé sobre la silla la manta, que a falta de calefacción me liaba en las piernas para estudiar, y fui hasta el final del pasillo.

Era mi tío el de Oviedo.

—Te espero a comer en Gambrinos. Ya he avisado a Adolfo.

—¿Qué pasa?

—Ya te contaré.

Cuando llegué, ya estaba allí el tío, con la barbilla sobre las manos cruzadas y la mirada tristísima.

No me vio entrar. Avancé despacio entre las mesas vacías, contemplándolo y casi seguro de la triste causa de su viaje.

Le di un beso y me senté. Tomó un trago muy pequeño de su copa y empezó a preguntarme cosas de mis estudios, mientras daba vueltas a un palillo entre sus dedos nerviosos y fuertes. Tal vez por tenerlos tan fuertes —pensaba yo— se hacía el nudo de la corbata muy duro y pequeñito. Sus labios finos, casi siempre apretados, los pómulos altos, la nariz de curva y la cara tan alongada que tenía reflejaba su enérgica honradez.

En seguida llegó el primo Adolfo. Se besaron. Nos pidió cerveza. La cara del primo era como la de su padre, pero en suave, atenuada. Y sus ojos, también pequeños, pero de mirada larga y perezosa.

Mientras almorzábamos, nos dijo que aquella misma tarde seguía para el pueblo.

—¿Pero qué pasa? —le preguntó su hijo que también presumía la respuesta.

—...Ha muerto el abuelo.

La última vez que vi al abuelo, el día antes de venirme a Madrid para comenzar el curso, estaba muy pálido sentado junto a la chimenea del comedor, con una mano alargada hacia la lumbre y el gesto de pensar en cosas lontanas e incoherentes... Quizás, en la pantalla pajiza de su cerebro jubilado, veía ya bailar esas imágenes truncadas, que deben emerger en las postreras tardes de la vida. Y oír palabras desgajadas de conversaciones remotas, que seguro arrastra la sangre en sus recorridos ultimeros.

Sí, estaba junto a la chimenea, con la gorra de visera puesta, y la otra mano, la del dedo falto —aquel dedo que se llevó la aserradora—, en la mejilla... Quién sabe si se acordaba de la huerta que vendió pocos meses antes de la guerra. De las playas del Saler de Valencia, donde veraneó algunos años. O de cuando joven tocaba el saxofón en la banda municipal de su pueblo.

Estuve a su lado mucho rato, mirándole fijamente; intentando grabarme aquella imagen despidiente... Y él, quieto. Sin fumar, ni mover las brasas con el badil como solía. A lo mejor, de pronto, me echaba un reojo, como si en ese instante advirtiese mi presencia. Pero en seguida volvía la mirada a las brasas, olvidado de mí...

o tal vez para evocarme de pequeño, cuando íbamos en el tilburri camino de aquella huerta de sus padres, tan somera de aguas, balidos y recuerdos. O entre las ruinas del Castillo Viejo merendando chuletas asadas bajo las carrascas y a los solespones. O gateando sobre las altas pilas de maderas, allá en el patio de la vieja fábrica, los días sin escuela.

Un par de veces entró la abuela en el comedor y la miró de igual manera, tan huida. Posiblemente mocilla, hecha una fiesta de dientes blancos y ojos candiles, al son de una música antigua, en un baile del casino. O subiendo unas escaleras la noche de bodas... o echándole la primera risa, todavía resollante, al hijo recién acabado de parir.

Claro, que también es probable que no pensara en la abuela, ni en mí, ni en nada de cuanto vio de hombre. Y sólo le llenará la cabeza la imagen de su madre, la que murió en aquella alcoba que luego transformaron en el gabinete que está empapelado de rojo. Y el dije desvaído de su padre, el que fue alcalde de Alicante, y murió cuando él era niño... ¿O rememoraba el chorro tinto de la bota de vino, que tantas tardes de sus primaveras, bebió en compañía de su amigo Lillo, allá en el rincón del patio que entecha la parra de las uvas de gallo? ¿Y si veía en los teloncillos de sus párpados la primera bicicleta que tuvo, aquélla del manillar alzadísimo? ...O recontaba todos los caballos que pasaron por su cuadra: El blanco, que derribó a Salustio. El alazán, que le dio la coz en la quijada al hermano Santiago; o la yegua Lucera, la de la grupa tan redonda, que le incautaron en la guerra. Quién sabe si todos esos cachos de recuerdos y mil más, le bailaban a la vez en su memoria deshauciada.

El tío dijo que no nos íbamos con él al pueblo. Que entre unas cosas y otras perderíamos tres días y teníamos mucho que estudiar.

Sentí un secreto gusto por ahorrarme tanta tristeza de catafalcos y velorios, de ausiones y tacones en la noche;

de bostezos en la madrugada, junto a la cara ausentísima
del muerto. Aquella tarde se llenaría la casa de gente.
La casa, el solarón de la fábrica, el patizuelo de las ma-
cetas y el jardín con su fuente de las ranas de piedra.
Iría medio pueblo, dolorido y curioso, a ver al hermano
Luis el del *Infierno,* en su alterne final, haciendo su
última higa. (La que figuraría la mano sobre el pecho
con el dedo de menos...) Lo llevarían en una caja mala,
de aquéllas de los años cuarenta, con un Cristo muy
grande, color cobre, en la tapa, entre las gentes que en
aquellos tiempos alzaban el brazo cuando pasaban los
entierros.

Allí, junto a los candelabros, estaría Lillo, su amigo
del alma, rumiando la común historia de sus vidas, que
ahora acababa con un mutis tan severo. Sus sobrinas de
Argamasilla, tan relimpias, también estarían allí estirán-
dole la corbata mortajera, y pasándole el dedo por los
pelos de las cejas feraces... Y mi padre, con el gesto de
niño dolido y el cigarro en la comisura, dando aquellos
sus cortos paseíllos. Y por supuesto, la abuela, haciendo
solos de suspiro sonorísimos.

En la fábrica, las máquinas calladas. La campana de
llamar al trabajo, casi verde, entre las telarañas de la
viga, y los operarios que se salvaron de la guerra... y
de después, vestidos de domingo. Entre cuatro de ellos
sacarían, seguro, el ataúd a hombros, por la escalera de
mármol blanco del portal. Y las barnizadoras gordas,
que se quedaron finas por el hambre de las guerras y las
paces, formarían también duelo con las Orencias, las Sa-
linas y las Ramírez.

Muchos de los condolientes, ahora, al ver la fábrica
y los corridos llenos de madera, evocarían cuando el
abuelo les hizo la alcoba de casarse o la portada de la
destilería, en aquellos años que tanto se mentaba el Monte Gurugú. Y alguno, seguro que le recordaría en la
biblioteca del casino, leyéndoles en voz alta páginas de
Galdós y Blasco Ibáñez, alabando la libertad que muy
pronto se implantaría en España para toda la vida de
Dios...

Mientras comimos, el tío habló de cosas muy variadas, como para distraernos de la muerte del abuelo... Pero también a él se le notaba la rebinación del pasado, en no sé qué fugas de los ojos y en aquella arruga de la frente, que nunca le salía cuando estaba contento... Probablemente, mientras nos contaba lo del traje que le había comprado a Adolfo en los Almacenes Alpelayo, se acordaba del día de su boda con la hija del abuelo. O de la petición de mano, con tantas bandejas como cuentan que hubo. O Dios sabe de qué risas en una anochecida de verano, entre los aladres del jardín.

Nos despedimos en la Carrera de San Jerónimo. El tío marchó hacia la estación con paso calmo. El primo se fue a la universidad, y yo, entre las gentes que iban y venían, sentí la primera gran soledad de mi vida. Con el abuelo desaparecía el mayor rodrigón de mi fabulario infantil y adolescente... Por primera vez en aquella tarde madrileña todas las cosas me parecieron mortales. Y los coches, y las tiendas, y los guardias, invenciones ingenuas para llenar este misterio de la vida.

Libertad condicional - 1943 (Cuento)

*A la memoria
de Carlos Clavería*

Decía mi madre en la carta: «...Así que tengas un rato libre vete a ver a mi primo José, que lo han puesto en libertad condicional.»

Y aquella tarde de domingo, con sol entre refriores, me fui dando un paseo desde la Plaza de España. Parejas aburridas arrastraban la tarde comiendo pipas o hacían cola en los cines de la Gran Vía. En un bar próximo a la Plaza de la Marina Española, tertulianos endomingados echaban la partida. El Palacio de Oriente, con la facha renegrida, parecía una abstracción. Junto al Viaducto, unos chicos jugaban a la pelota. Desde él miré a la calle de Segovia, solitaria, con resoles en los balcones, que desde la altura parecían de fragua.

La casa donde vivía nuestro pariente José, tenía delante un patio de vecindad, casi corralazo de pueblo. Al fondo, la escalera descubierta que llevaba a los pisos en galería.

Mientras José estuvo en la cárcel, su esposa y su suegra tuvieron que dejar el piso de toda la vida y cobijarse

333

allí, como realquilados de la madre de otro preso político.

La escalera tenía mellicones y basura en los descansillos. Las galerías, cuerdas con ropas colgadas. Ropas olvidadas y tiesas en la tarde cansina del domingo.

Al segundo timbrazo abrieron la puerta con mucha cautela. Era la suegra de José. Delgadísima y un poco encorvada, me miró sin reconocerme. Cuando dije quién era, se disculpó de su mala vista. Secándose las manos en el mandil largo, me guió por el pasillo oscuro.

En una habitación pequeña con ventana a la galería, y alrededor de una mesa camilla, José, su mujer y la vieja que les realquilaba, comías castañas asadas.

—Mira quien está aquí, José.

Después de mirarme unos segundos, con gesto entre de puchero y gusto, vino hacia mí. Nos abrazamos sin decir palabra.

Me hicieron sitio junto a la mesa camilla. Con mi corbata y traje dominguero, sentía vergüenza entre tanta pobreza. José llevaba una chaqueta marrón muy brillante, pañuelo blanco terciado al cuello, y boina. La mujer, de luto, con la melena corta, estaba muy envejecida. La realquiladora, que comía castañas poniendo mucho cuidado con qué diente mordía, no me quitaba ojo. José estaba palidísimo, con la papada colgona y las manos vacilantes.

Pasadas las primeras efusiones, José parecía escucharme con mucha complacencia. Pero en seguida noté, que si dejaba de hablarle, seguía igual de maganto, como si me siguiera escuchando. Para coger las castañas, alargaba la mano pálida y temblona. Y al hablar, a veces, se le cortaba la voz y quedaba mirándome con ojos de mucha lástima.

Una de las veces que le acudió esta sequera, su mujer le pasó la mano delante de los ojos y le dijo bromeando:

—«Insensato, despierta.»

—El pobre se distrae con na. No sé que habrá visto —me dijo ella en un descuido.

Al poco rato llamaron a la puerta. Fue la suegra con su chepa entoquillada y en seguida volvió con Marcelino y Sebastián, dos compañeros de José. Marcelo sacó la trinchera cotosa media botella de anís; y Sebastián, otro papelón de castañas asadas. Marcelo también había estado en la cárcel, aunque sólo un año. Y a Sebastián lo habían depurado y echado de su empleo en el ferrocarril.

Destaparon el botellín de anís y la mujer de mi primo sacó unas copas muy desiguales.

—Anda, ponte tú también, mujer.

—Quita de ahí. A mí eso me está muy fuerte. ¿No lo sabes?

La realquiladora aprovechó la copa. Liamos cigarros, y pasado un rato, salió, claro está, el tema político. Pero Marcelo y Sebastián se dirigían a mí todo el tiempo, porque José seguía callado y con su sonrisa complaciente, sin motivo. Eso sí, de vez en cuando copeaba con sorbetes finos y chupaba muy hondo del cigarro.

—Anímate, José, que esto se acaba —le dijo de pronto Marcelo dándole una manotada en el muslo. Los aliados ya han tomado creo que Sicilia. Lo dijo anoche la BBC. El Mussolini ese de la camisa negra tiene los días contados.

Y José sonrió mirando al suelo, pero sin decir palabra. Yo no le quitaba ojo. Era una sombra de aquel José tan alujero y discursivo de cuando la guerra.

Lo comentamos cuando salió un momento arrastrando las zapatillas.

—Yo no sé —dijo la mujer— si le habrán dado algunas pastillas o qué, pero no es ni su sombra.

—El miedo basta para cambiar a un hombre —dijo Marcelo con la cara muy grave—... ¡Te parecen malas pastillas el haber estado condenado a muerte!

Callamos porque volvía José.

Desde la ventana se veían las chimeneas y buhardillas de las casas fronteras, entre sombrajos y solespones. Y en la habitación, los pobres muebles, hacían siluetas larguirutas sobre las paredes sucias.

La mujer de José entraba y salía con aire de no hacer nada urgente, estirándose con ambas manos la bata sobre el trasero ovaladísimo. Las dos viejas, ajenas también a la política, entre castaña y castaña, se dirigían alguna frase desleída.

—Vaya otra copita, José, por el triunfo definitivo de los defensores de la libertad.

Y José levantó la copa como los otros, con su aire de lejano, mirando la bebida transparente que se mecía un poco entre sus dedos temblorosos.

Liamos de nuevo.

—Al que han trasladado al Dueso ha sido a Mejía... La cosa tiene mal cariz.

José arrugó la cara y se pasó la mano doblada por la frente como para arrebañarse un mal recuerdo.

—Yo pienso que al ver el rumbo que ha tomado la guerra, aquí tendrán que aflojar —dijo Marcelo— ¿no te parece, José?

—...No creo.

—¡Pero, leñe! Eres de un pesimismo que pa qué.

José mirándose las manos muy abiertas sobre la mesa, dijo en voz muy baja:

—Lo siento, Sebastián, pero lo que he visto hasta... no hace una semana, no es para optimismos.

—Así que vean correr a los fascistas, por todos los frentes, no tendrán más remedio que templar gaitas. Y si no, al tiempo.

Casi había cerrado la noche y no encendían la luz. Apenas se distinguían las caras. Las buhardillas y chimeneas vecinas ya se fundían con el cielo. El humo del tabaco, el tufo del brasero y el olor del anís, malambientaban la habitación estrecha.

—...Al que no acaban de quitarle la condena, a pesar de lo dicho, es a Natalio. La mujer, me ha contado su yerno, marchó ayer en dirección a Ocaña.

—Le está bien empleado por boceras.

—No digas eso, por favor —pidió suavemente José

con aire de importarle por vez primera lo que allí se hablaba.

—Sí; lo digo porque fue un boceras.

—Era un compañero, Sebastián, y el miedo puede a todos.

—Pero menos. Todos tenemos miedo, pero hemos sabido echarle redaños al trance.

Se hizo silencio muy largo. Seguíamos a oscuras, y a los relumbres de los cigarros se entreveía a José otra vez sumido en su lejanía, en su particular realidad.

—Con los americanos a nuestro lado no hay Hitler que valga.

—Sin los americanos también habríamos vencido. Los rusos se sobran y se bastan.

—No sé qué te diga.

Yo no sabía cómo irme. Llevaba dos horas largas allí, pero con la luz apagada me daba no sé qué.

Entró la mujer y dijo con voz falsa:

—¿Pero qué hacéis a oscuras?

Encendió. Todos nos miramos como si acabáramos de encontrarnos. La luz alta y pajiza hacía más siniestro el cuchitril.

—¿Y tú tienes algún trabajo en perspectiva, José?

Me miró como si le hablase de un imposible.

—No... Ni creo que sea fácil. Ya veré... Si tú sabes algo —y se quedó encanado indagando una posibilidad en mis palabras.

—Haré todo lo que pueda —dije inseguro.

—Todo se arreglará. Venga, Julia, pon la radio a ver qué dice la BBC, que ya es hora —pidió Marcelo con brío para animar el cotarro.

—Yo la pongo, pero no sé cómo se busca esa estación.

—Déjame a mí.

—Espera unos segundos que se caliente el aparato.

Todos miramos el aparatillo color nogal, que estaba en un estante bajo, entre libros viejos.

Así que se oyeron pitidos, Marcelo empezó a mover los mandos en busca de la emisora de la BBC.

—Más despacio y más fuerte, Marcelo —dijo Sebastián.

Marcelo le dio más intensidad y movió el selector de estaciones con mucho pulso. Se oían jirones de voz, ráfagas musicales, la voz elocuente de un actor recitando un poema sobre la División Azul; y de pronto, muy fuerte, sonaron unos compases del «Cara al Sol».

...Y José, rápido, transmutado, se puso firme, con el brazo en alto y la mirada perdida.

Todos, menos Marcelo, que seguía en cuclillas ante el aparato y mantuvo unos segundos la música del himno, a la vez que llevaba el compás haciendo la higa con la mano izquierda, lo miramos asustados.

José, al dejar de oírse aquella música, reaccionó de pronto, bajó el brazo, titubeó un momento y cayó de bruces, llorando sobre el halda de su mujer.

—¡Pero, José, pobre mío... Es la segunda vez que le pasa!

Marcelo, que seguía buscando la BBC, al oír el llanto de José, se volvió sorprendido.

El recién puesto en libertad condicional seguía de rodillas sobre las piernas de su mujer, con la cara entre las manos, sollozando bronca, patéticamente.

—Anda hermoso mío. Anda, José mío, serénate, si ya estás conmigo.

Y le besaba en la cabeza y en la nuca.

Un locutor, con voz triunfal, daba el resultado de los últimos partidos.

La «Pensión Leontina» era bastante buena para lo que daba el tiempo.

Casi todos sus pupilos, hijos de papá y mamá, estudiaban para ingenieros, arquitectos o abogados del Estado, carreras, que recién acabada la guerra civil lucían como segunda aristocracia. Pero este elitismo no impedía que entre los «estables» contásemos tres estudiantes de Filosofía y Letras —«carrera de chalados»— como oí decir a la triunfalista mamá de un amigo; y dos putillas muy formales, pero putillas, con carnet y todas las marcas del oficio: Reme y Eliodora.

La Reme hacía vida matrimonial con Paco, argentino y tanguero por más señas. A Eliodora la visitaba Servando y el padre de Servando, ambos hijos del pueblo de Madrid.

No obstante estas diferencias profesionales —estudiantes y pendones— en «La Leontina» se vivía en paz. Reme y Eliodora eran chicas discretas, no se metían con nadie, comían en su cuarto y sólo las encontrábamos en los pasillos a la hora de irse «a la oficina»... porque la de venir, si venían, era la de cantar las calandrias.

Por estas discreciones, dominaba entre el pupilaje una fina democracia en el trato y saludo. Los estudiantes veíamos a las pililis con simpatía y hasta ternura.

Paco, el argentino, alto, moreno y el pelo entrecano, debía pasar de los cuarenta. El hombre, cuando Reme, a eso de las cinco de la tarde, marchaba a «su oficina» —una famosa mancebía de la calle de la Reina—, con los labios bien tintos de granate, las pestañas azules y el bolso badajeándole sobre la entrepierna, se quedaba tan ricamente en la cama leyendo novelas de aventuras, oyendo la radio o canturreando milongas con voz muy grave, al son de una guitarra que siempre tenía colocada sobre la descalzadora del rincón. A la anochecida salía sólo a tomarse un trago y a estirar las piernas. Alguna vez lo encontré en el ascensor, con aquella chaqueta a cuadros tan inglesa, el cabello muy engomillado y brillante, y un pañuelo de seda terciado al cuello... Hacia la medianoche volvía a la piltra con los ejes calentorros por las copichuelas de costumbre y continuaba con sus lecturas alcaponenses, emisiones radiadas o soliloquios cancioneros, hasta que al amanecer —las noches que no tenía dormida— volvía la Reme.

Como ocupé la habitación contingua cierto tiempo, las noches de mayo que me quedaba estudiando hasta que amañanaba, tuve ocasión, en medio del silencio leontino, de oír los cariños de Paco y la Reme cuando ella volvía de su tajo con cara de frío, los labios y pestañas descoloridos por tanto trato, y el bolso lleno de duros manceberos. Cariños y palabras maternales, propios de las mejores familias, que me dejaban la garganta seca de emoción.

Parecía que a Paco nada le importaba que la Reme, cuando volvía a sus brazos, se hubiese pasado a veinte o treinta mancebos por el decúbito. El le daba besitos y le decía ternuras en rioplatense, como si fuese su mamita. Y ella, igual de maganta y arrumaquera, como si Paco fuese un lactante que tenía junto al sostén, también lo mamoleaba en un castellano, por mimetismo, entresijado de argentinismos. Después de aquellos amaneceres de ternúreo castísimo, dormían hasta mediodía. Cuando los pupilos ya estábamos en el comedor, se bañaban, se vestían, y comían en su cuarto... Y a eso de las cinco, como dije, bien repintada, con el bolso grande y meneando al compás del culo, volvía la Reme a su cometido.

Lo de Servando y la Eliodora era otra historia. Nunca supimos dónde pasaba ella «su consulta» —pues oficialmente era enfermera—. Más reservada que su compupila, era rubia, con cara muy cinematogáfica y aire de fox. Vivía sola en su cuarto de la pensión —el que estaba al fondo del pasillo— y eso sí, a última hora de la mañana, recibía la visita de su Servando. El hombre, se le veía claro, venía a la hora justa para recibir la paga. Llevaba un bigote estilo años cuarenta, pelo alto y lleno de bucles, la voz algo ronca y el gesto agrio y mandón.

Paco el argentino tenía aire cortés, de cantor del barrio que saludaba a su público. A Servando siempre lo recuerdo con traje marrón, y tapabocas de un amarillo agresivo, que contrastaba con el tejido oscuro del abrigo. Sí, llegaba con su aire marchoso, entraba en el cuarto de Eliodora sin pedir permiso, y allí se estaba más de una hora. Nunca se supo lo que hablaban o hacían. Lo posible es que fuese a hacer arqueo, y a la calle rápido. Ni siquiera comían juntos. A eso de la una salía con el cigarrillo en la comisura, entornado el ojo correspondiente, las manos en los bolsillos del gabán, y su andar entre militar y verbenero. Una vez, cuando yo vivía en el cuarto contiguo, entró a hablar con su compadre Paco, y le oía una frase que se me quedó para siempre:

—Porque yo, Paco, sé muy bien lo que quiere mi cuerpo serrano... Pero eso sí, unas veces se lo puedo dar y otras no. Eso depende.

Un rato después de marcharse Servando, no fallaba, todos los días, llegaba su padre. El hombre, algo curvado ya, aunque con cierta elegancia, saludaba muy fino a cuantos encontraba en el pasillo, y llamaba discretamente con los nudillos en el cuarto de Eliodora.

La entrevista no duraba más de quince minutos, con la puerta entreabierta. Desde el pasillo se le veía sentado, con ambas manos apoyadas en el bastón, mientras Eliodora iba y venía por el cuarto... Según los compañeros de pensión, el señor venía a cobrar la «jubilación» que le consiguió su hijo.

A eso de las cinco, ya comida y pagadas las nóminas, la Eliodora —entre amigos «la Eli»—, salía envuelta en su abrigo de pieles, y aquel pelo rubio larguísimo que le daban aire de estrella de cine americano desterrada en Madrid.

Aquel año, apenas comenzado el curso, claro está, fue San Francisco, y la Reme, muy educada y social, a pesar de los malos tiempos que corrían para el condumio, fue de cuarto en cuarto para invitarnos a todos a tomar una copa en su habitación. Nos pareció muy bien el rasgo, y a las siete en punto, estábamos patronos y estudiantes —Eliodora, no— en su habitación.

La Reme —no guapa, con cara de ama de casa, las piernas finas y un poco torcidas— nos recibió con mucha cortesía. Y Paco, con traje azul oscuro, el pañuelo blanco terciado, con más fijador en su pelo cano que nunca, y su sonrisa blanca de fotografía, también nos saludó aunque en argentino, con mucho «che» y mucho «¿no es sierto?».

Había dulces más o menos comestibles, y eso sí, vino de muchas etiquetas. Unos de pie y otros sentados en las pocas sillas y en la misma cama, bebíamos y decíamos jubileces. Paco estaba sentado en el mismo centro de la alcoba, pegado al piecero de la cama, justo debajo de la luz. Reme pasaba las bandejas haciendo equilibrios y echando sonrisas. Cuando ya llevábamos algunas copas y cigarros, Paco se levantó, tomó la guitarra y empezó a templarla con melodías tangueras. Tres de los que estudiaban ingeniero le hicieron corro, le decían cosas gracio-

sas y se reían con muchas ganas de lo que Paco contaba
de su tierra. De lo que Paco decía, tocaba y bebía, pues
sin duda por cumplir, tomaba tan prisoso, que «a las
ocho no más, te lo prometo» —como luego contaba la
Reme—, ya estaba cantando tangos con los ojos bajos
y la voz brava. A la Reme no parecía gustarle mucho la
actuación, pero como todos animábamos al agasajado,
ella disimulaba y servía sin parar, ayudada por la patrona, que siempre estaba con la boca llena.

Paco, cada vez que acababa su pieza, tomaba la copa
de champán, mirándola al trasluz le decía un piropo, se
la bebía de un trago, y volvía a los acordes.

—¿Paco, no estarás tomando demasiado?

Y Paco, debajo de la luz, con mucha distinción y voz
debajo, reempezaba:

> «...Mi Buenos Aires, querido,
> ¿cuándo te volveré a ver?»

—¡Bravo, Paco, bravo! ¡Eres un Gardel!

Y Paco, estimulado por el champán y no sé qué arre-
metida de nostalgias que le anegaba desde los ojos hasta
los pies, que movía al compás:

—Dame otro trago, piba, que soy feliz, ¿no lo ves?

Y mirando la copa de champán al trasluz, quedó un
momento pensativo, con los ojos más allá, posiblemente
en la otra orilla del Atlántico, en una casa bonaerense,
o en el *bar donde solía,* y arrancó otra vez con resuello
dramático:

> «Tomo y obligo,
> mándese un trago,
> que necesito recuerdos matar...»

La fiesta seguía por su camino milonguero.

Paco, como único protagonista, a eso de las diez, tenía
una toña tan hinchada, que aunque seguía clavado en la
silla, ya los tangos le salían peor que mal entre hipos y
una ronquera llorona.

La Reme continuaba disimulando, pero estaba volada. Nos atendía con sonrisas y copas, pero no le quitaba ojo ni oído al cantante... Sobre todo cuando dejó de cantar sin venir a cuento, y quedó abrazado a la guitarra, mirándonos con ojos entornados e hipando.

—«¿Pero Paco, qué te pasa? ¿Se te acabó la cuerda?...» «Anda viejo, otra milonga» —le animábamos los estudiantes, ya más que *tomados,* como diría él.

Bebió otra copa, nos miró a todos con aire de reto, y volvió a templar la guitarra tembloncísimo.

—¡Callad, callad! que Paco va a cantar otro tango.

Y después de un furioso preámbulo musical, comenzó con voz encrespada y sonllorosa:

> «...Mamita,
> yo sé que mi culpa
> no tiene disculpa,
> ni tiene perdón...»

—¡Mamita! —le gritó la Reme sin poder contenerse y con cara de fiera—. ¡Menuda mamita! —añadió sarcástica pasándose el dorso de la mano sobre el carmín de los labios, como si le estorbase para vocear.

—Sí, ché, ¿qué os pasa a vos ahora con mi mamita?

—Ja, ja, ja, que me río yo de tu mamita, eso me pasa ¡so chulo!

> «...Mamita,
> tú que eres tan buena,
> comprende la pena
> de mi corazón!»

cantó Paco adelantando mucho la cabeza sobre la guitarra y sacando el morro como escupiéndole a Reme los versos de la milonga.

Y ella, sin que nadie pudiera contenerla, se abalanzó sobre Paco, y empezó a pegarle en la cabeza con ambas manos a la vez que le daba rodillazos en la guitarra.

—¡Calla, calla! ¡No vuelvas a mentar a tu mamasita de la *m*...!

Nos echamos todos sobre ella. La inmovilizamos. La guitarra cayó al suelo con un sonorosísimo ruido a hueco. Paco, con las manos en la cara y pasos vacilantes, salió de la habitación. Oímos que con un gran portazo, se metió en el cuarto de baño que estaba pared por medio.

La Reme, desinflada de pronto, empezó a llorar blandamente entre los brazos de quienes la sujetábamos. La dejamos sentarse en la cama, y totalmente ajena a todos, se derrumbó sobre la almohada, con su llorar cansino. La verdad es que ninguno sabíamos qué hacer. La patrona era la única que la tranquilizaba. Pero cuando se rehízo el silencio, y por la cabeza de todos pasó la idea de retirarnos discretamente, se oyó de nuevo, amortiguada por el tabique, pero con toda su loca y temblorosa energía:

> «...Ven, madrecita ven
> yo quiero hablarte.
> Quiero contarte...»

—¡La madresita... Otra vez con su madresita! —la reemprendió la coima, dando puñetazos en la almohada y esgrimiendo las canillas.

> «...Ya puedes figurarte
> madrecita,
> que yo sin mi vidita
> cuál será mi dolor...»

—Otra vez con la madrecita... ¡Maldita madrecita! ¡Si vos la conocieras!... Yo estaba de mucama en su casa, allá en Buenos Aires —empezó incorporándose con aire explicativo—. Sí, ¡de Mucama! Y él, señorito barero y perdido, se enamoró de mí... O dijo que se enamoró. Y yo, imbécil, piqué. Piqué del todo, ¿vos me entendéis? —que con la rabia a la Reme le salía el hablar más argentino— hasta que una tarde nos sorprendió la ma-

masita y me echó de la casa... El, ¡ay, Paco!, las cosas
como las digo, tomó la herencia que había recibido de
su difunto padre, y nos vinimos a España. Estuvimos
en Barcelona, y cuando empezó la guerra marchamos a
Francia. Fuimos muy felices..., nunca olvidaré aquellos
tres años. Pero justo al acabar la guerra civil, también se
nos acabó la plata. Nos vinimos a Madrid. Durante estos
seis años la mamasita de la *m* no contestó ni a una carta.
Se conoce que quería a su hijo para ella, sólo para ella...
El no es hombre para trabajar, ni es hombre de oficina,
y al quedarnos sin blanca, fui yo, la Reme, la que empezó el oficio que tengo para mantenernos los dos...
Día y noche, llevo cuatro años sin perder tajo, para que
él repose y tome sus traguitos, y ahora me viene con
la mamasita. Te digo...

—Pero hija si es que el tango tiene esa letra —le dijo
doña Trini.

—No vieja no, que lo hace aposta.

> «Ven, madresita ven,
> yo quiero hablarte...»

Volvió a oírse, ahora muy débil. Pero callamos. A todos nos había sorprendido aquella confesión imprevista.
Sentada otra vez en la cama, miró con rabia hacia el
tabique del cuarto de baño al oír la lejana voz de Paco,
pero en seguida cambió de actitud y bajó los ojos al suelo, como arrepentida de haber contado su historia en
público tan sin necesidad.

Así pasó un buen rato. Durante él no volvió a oírse
la voz de Paco. De pronto, la Reme, con aire de preocupación, se levantó, y con paso sigiloso entreabrió la puerta e hizo oído.

Todos la miramos.

—¿Pero qué le pasa a mi Paco?

—¿Qué quieres que le pase, mujer? —le contestó la
patrona— que se habrá cansado de cantar.

—¿Pero qué hace ahora?

—Mujer, pues en el sitio que está...

Sin hacer caso, salió al pasillo y golpeó con los nudillos discretamente en la puerta del baño. Nos asomamos. Esperó. Repitió. Pero nada, no contestaba.

—Paco... ¡Paco!... ¡¡Paco!!

Volvió a llamar con más fuerza.

—¡Paco! ¿Qué te pasa, Paco?

Todos callábamos, aunque en el fondo nos hacía gracia el cambio.

—¡¡Paco!! ¡¡Paco!!... Este desgraciado se ha muerto. Si no podía ser, con lo que ha bebido.

—¡Paco!!... Sí, cuando ha hablado de su mamasita es porque estaba muy malo.

—Pero cómo se va a morir, mujer de Dios...

Y tú es que exageras mucho. El no ha hablado de su madre, ha cantado dos tangos que dicen eso —le repitió la patrona.

Pero la Reme sin hacer caso de nadie, empezó a darle patadas a la puerta:

—Por favor, doña Trini, echen las puertas abajo, ¡se lo pido por sus hijas!

Con su dramatismo consiguió inquietarnos. Doña Trini y su marido se miraron como dispuestos a acceder. Y José Mari que les vio el gesto —José Mari, que estudiaba ingeniero, era el más alto y fortachón de todos—, dio la copa a otro, apartó a la Reme, se puso de perfil con las manos juntas sobre semejante parte para arrellanarse más, y balanceando toda su naturaleza, se dejó caer sobre la puerta blanca, que al golpe se abrió con mucho ruido. Entramos todos tras la Reme.

...Tumbado en el baño, completamente vestido y con la ducha suelta, estaba Paco susurrando inconexiones.

Reme cortó la ducha y en seguida se abalanzó sobre él.

—¡Paco! ¡Paco! ¿Qué te pasa?

Entre José María y otros dos chicos lo sacaron del baño, y mientras lo sujetaban de las axilas, Reme le quitó la ropa empapada, y lo secó con la toalla de baño. Lo llevaron a la cama.

Entre la patrona y las chicas retiraron copas, bandejas y botellas. Nosotros salimos al pasillo. La Reme, de
rodillas, junto a la cama, besaba a Paco y le frotaba las
carnes para que entraran en calor, mientras le cantu-
rreaba:

—Paco mío, Paco mío... Duérmete, Paco mío.

—Ven, madresita, vennnn —se oyó susurrar.

—¡¡Paco!! —gritó la Reme descompuesta—, por favor, deja a tu mamasita de la m... Déjala.

—Pero mujer, Reme, si no sabe lo que dice...

—Sí que lo sabe.

—Veeeeeen, madresita vennnnn.

—Paco, que me matas ¡Paco!

Y si se callaba el paciente:

—Paco, Paco mío, ¿quién te quiere a ti?

Etc., etc.

Antes de la guerra civil, Manolo era el único andaluz alegre del pueblo. Sí había otros andaluces, pero más apagados, de hablar cansino y manoteos más bien manchegos. Pero Manolo, no. Sólo bebía vino andaluz; se ponía sombrero calañés para ir a los toros, y tenía queda fija a la vista de todo el pueblo. Al acabar su trabajo a mediodía en la carretería, iba a comer a su hogar legítimo. Pero por la tarde, marchaba derecho a casa de su querida hasta la hora de cenar.

Por los mediados años cuarenta Manolo estaba muy cambiado. Los años de cárcel por ser de la C.N.T. le sentaron muy mal; y la jubilación tres años más después, peor.

Cada vez que yo volvía de vacaciones al pueblo, solía encontrarlo sentado junto a un ventanal del casino. Si no se le acercaba nadie, permanecía solo y callado sin leer periódicos, sin hacer alujerías, y tomando cerveza.

—Mal debe andar el Manolo, cuando toma cerveza.
—Oí decir a un amigo.

Allí se pasaba las horas muertas de la mañana. Inexpresivo, mirando a la plaza. Como le sonaban mucho los bronquios dejó de fumar, y la nicotina que siempre manchó sus dedos morenos, ya era sombra dorada.

Como había sido tan amigo de mi abuelo, y yo de su hijo, me gustaba charlar con él y darle ánimos, porque el final de sus conversaciones siempre era el mismo:

—¿A ver qué pinto yo aquí, Paquito?... Se me murió la mujer, los hijos marcharon al extranjero, me jubilaron... y perdimos la guerra. ¿A ver qué me queda por hacer, dímelo? (Manolo nunca decía que también murió su querida.)

—Pues aguantar, Manolo, pues aguantar.

—¿Y pa qué?

—Porque la vida es lo único que tenemos de verdad.

—¿Y pa qué la queremos cuando ya no tiene na dentro?... La primera vez que vuelvas al pueblo, ya no me encontrarás. ¡Ras! —me añadía grave, abarcándose el cuello con ambas manos a manera de horca.

La primera vez que le oí aquel trágico proyecto, me alarmé, y cuando volví a Madrid me lo imaginaba cruzando la plaza, sombrío sombrío, bajo la capa, y mirando hacia una cuerda colgada... Pero como al cabo de tres o cuatro años, cada Navidad, cada Semana santa y varias veces durante el verano, me repetía su amenaza, llevándose las manos al cuello, me acostumbré, la tomé como una tocata de anciano algo arteriosclerótico y no volví a imaginármelo debajo de la cuerda, sino allí sentado, junto al ventanal del casino, mirando a la plaza... Y cuando le conté a algunos amigos el caso, comprobé que aquel anuncio macabro se lo hacía a todos. Hasta al mismo barbero, cada sábado, cuando lo afeitaba, antes de quitarse el paño, y mirándose en el espejo fijamente, le decía:

—Esta es la última vez que me afeitas, Acacio. Antes de que me vuelva a salir la barba, ¡ras! —y se ponía las manos en el cuello, sobre el paño blanco.

A la una en punto del día, se ponía la vieja capa y la boina bien encajada y se echaba a la plaza con aquel

gesto concentrado, y el paso todavía telendo. Me imaginaba al pobre Manolo haciéndose la comida, cenando
solo, lavando los cacharros y limpiando la casa.

El, toda la vida fue hombre gracioso y alegre, amigo
de vinos, guitarras y mítines; guiñador de ojos y mirador de nalgas... Y allí lo tenías, plaza adelante, maldiciendo su propia sombra encapada, que pisaba con las
botas enterizas.

El único amigo que solía sentarse con él largos ratos
al lado del ventanal, era otro andaluz, jerezano por más
señas, que venía muy a menudo a comprar pequeñas partidas de alcohol, y se hospedaba en una fonda.

Yo coincidí con los dos varias veces, y todo resultaba
muy chocante, porque el jerezano, que cada vez que
daba un trago a su copa de jerez la miraba al trasluz, se
reía de lo que decía Manolo. Cuanto más tristes eran los
temas del cordobés, mayores las risotadas del jerezano.
Pero Manolo no se inmutaba, y cuanto más altas eran
las carcajadas del comprador de alcoholes, más exagera-
ba Manolo sus siniestros pronósticos llevándose las manos al cuello en figura de garrote.

Cuando regresé a principios de junio de aquel año, ya
había concluido todo. Me lo contó Perona, el camarero:

Una noche, sentados en la terraza del casino, Manolo
y el jerezano estaban con los temas de siempre. El pobre
Manolo aseguró que aquella noche era la última que lo
veían, y el jerezano, más copeado que nunca, se rió a
sus anchas. Manolo dio su palabra entre las risotadas de
todos los escuchantes, y el jerezano se apostó mil pesetas.

—Te advierto —me dijo Perona— que yo estaba un
poco mosca, porque Manolo era muy raro que viniera al
casino de noche. Algo debía pasarle. Las noches que eran
buenas se paseaba solo por la Glorieta, y entraba al casino nada más que para beber agua, o hacer lo otro.

Cuando quedó formalizada la apuesta, Manolo se despidió, y echó plaza adelante entre las carcajadas de todos.

Dos horas después, cuando el jerezano llegó a la fon-

da, se encontró el portal lleno de gente... Del pasama-
nos de la escalera, a la altura del segundo piso, el de la
fonda, colgaba el cuerpo de Manolo de una maroma flamante. El pantalón medio caído le tapaba las botas enterizas. Tenía la lengua fuera, los brazos caídos y muy
separados del cuerpo por la parte delantera.

Todavía no había llegado el juzgado. El cuerpo, frente a la luz amarillenta de la escalera, proyectaba su
sombra en la pared del descansillo.

...Ante el asombro de todos, el jerezano subió los escalones, y cuando estuvo a la altura del cuerpo pendiente,
adelantó el brazo y le puso en el bolsillo del chaleco
un billete de mil pesetas.

Indice

El Libro de Bolsillo　　Alianza Editorial　　Madrid

Ultimos títulos publicados

---

* Volumen intermedio   ** Volumen doble   *** Volumen especial

**** Volumen extra   ● Volumen sin determinar